납치된 공주

납치된 공주

Die entführte Prinzessin

Die entführte Prinzessin

납치된 공주

카렌 두베 글 | 안성찬 옮김

차례

눈과 얼음

먼 옛날 스뇌글린두랄토르마인가 뭔가 하는 왕국이 있었다. 지금까지 이 왕국의 이름을 정확하게 아는 사람은 아무도 없다. 옛날부터 그저 '북쪽나라'라고만 했다. 북쪽에서도 가장 위쪽에 있었고—더 북쪽에는 북극곰과 물개만이 살았다—어느 누구도 이 왕국의 공식적인 이름을 제대로 발음하지 못했기 때문이다.

북쪽나라는 로타푸르 왕이 다스렸다. 로타푸르 왕의 왕비만이 왕에게 반대 의견을 말할 수 있는 유일한 사람이었다. 왕에게는 왕좌를 물려받을 아들과 아직 결혼하지 않은 공주가 있었다. 공주의 이름은 리스바나였다. 리스바나 공주는 눈부시게 아름다웠다. 윤기 나는 금발 머리와 백합처럼 희고 빛나는 피부, 제비꽃같이 파랗고 갸름한 눈, 비단처럼 부드러운 눈썹, 그리고 그 밖에도 셀 수 없는 아름다움을 지니고 있었다. 그런데도 청혼하는 왕자가 단 한 사람도 없었다.

왕자들은 최근에 올라온 결혼 적령기 공주들의 명단을 훑어보다가 이렇게 말했다.

"북쪽나라의 리스바나라…… 금발이긴 한데 지참금이 보잘것없다는 그 공주 말이로군. 한번 살펴볼까?"

그러고는 지참금 내역이 적힌 페이지를 펼쳤다.

북쪽나라 지참금: 스뇌글린두랄토르마 지참금을 볼 것

지시한 페이지에는 이렇게 적혀 있었다.

스뇌글린두랄토르마 지참금: 왕국 북쪽 끝자락에 있는 퀴퀴한 냄새가 나는 늪지대. 어차피 아무도 가는 사람이 없는 곳임. 2등급 품질의 은수저가 가득 든 상자 네 개. 황색 토종말 스무 마리. 말의 코에는 구멍을 뚫고 구리를 박아 넣은 고삐가 달려 있지만 말이 너무 굼떠서 별로 쓸 일이 없음. 또한 다리가 너무 짧음. 그 밖에 자질구레한 옷가지와 수건 등등. 단, 공주는 무척 아름다움. 금발임.

이 목록을 가져온 유랑 가수단은 공주와 지참금에 대해 자세히 설명해 주려고 애썼지만 왕자들은 귀 기울이지 않았다.

"작은 상자 네 개, 부실한 말 스무 마리, 아무짝에도 쓸모없는 땅…… 이걸 다 보상할 만큼 아름다운 공주가 있을 리 없지!"

로타푸르 왕이 인색해서가 아니었다. 왕은 딸에게 세상의 모든 보물을 주고 싶었지만 가진 게 없었다. 북쪽나라에서 나는 것이라곤 아주 적은 양의 은과 은보다 더 적은 양의 구리밖에 없었다. 이 나라에서 넘쳐나는 건 피를 빨아먹는 벌레뿐이었다. 대부분의 땅은 아무것도 자라지 않는 자갈밭이었다. 시도 때도 없이 화산이 폭발해 마을은 물론 마지막 남은 기름진 들판마저 용암으로 뒤덮어버렸다. 여름은 짧고 습해서 북쪽나라 사람들은 일 년 내내 황색 말털로 짠 '야키'라는 긴소매 옷을 입었다. 해변과 항구가 하나 있기는 했지만 앞바다는 한없이 깊고 위험했다. 멧돼지 이빨이 달린 무서운 괴물이나 발이 스물일곱 개나 달린 사악한 바다괴물들만 들끓었다. 게다가 항상 변덕스러운 조류와 소용돌이가 사납게 휘몰아쳤다. 이 위험한 항로를 따라 감히 북쪽나라까지 올 엄두를 내는 사람은 거의 없었다. 북쪽나라 사람들은 그들의 왕국이 세상에서 가장 아름답다고 믿었다.

크리스마스는 항상 눈으로 덮여 있었다. 길에 흩뿌려진 분가루 같은 눈이나 모퉁이에 쌓인 흰 무더기가 아니라 진짜 제대로 된 눈이었다. 시월 말이면 어느새 하얀 솜 같은 눈송이가 하늘에서 내려왔다. 손으로 받아 들고서 녹기 전까지 오랫동안 살펴볼 수 있는 그런 눈송이였다. 순식간에 집과 교회, 울타리와 나무들까지 모두 하얀 모자를 썼고, 황색의 어린 말들은 배까지 눈 속에 빠져 기분 나쁜 듯 숨을 몰아쉬었다. 말들이 내쉬는 숨은 곧바로 얼어붙어 고드름이 되었다. 오두막 처마마다 고드름이 달리고, 기사들의 수염에

도 고드름이 매달려 덜거덕거렸다. 기사들이 방 안으로 들어와 벽난로 앞에 앉으면 고드름이 녹아 술잔에 물방울이 떨어졌다.

하얀 눈과 추위는 어둠도 몰고 왔다. 십일월이 되면 낮에도 어두운 굴속처럼 캄캄했다. 사람들은 바삭바삭한 양고기 햄이나 구운 족발, 닭고기를 먹으면서 이 굴속 같은 시기를 보냈다. 궁전에서는 난쟁이 페드시가 날마다 공중제비를 넘었고, 사람들이 춤으로 흥을 돋우었다. 꿀로 만든 맥주가 넘쳐흐르는 동안 왕은 순록에 관한 농담을 했고, 기사들은 자신들의 영웅담을 떠들어 댔다. 다른 가난한 나라들이 그렇듯이 북쪽나라도 긍지와 명예를 무척 중요하게 여겼다. 영웅담은 아무리 많이 끄집어내도 끝나지 않았다.

기사들과 귀부인들에게 십이월은 더욱 길었다. 이쯤 되면 그들은 난쟁이의 재주에 관심을 잃었다. 춤을 추는 즐거움도 점점 시들해졌다. 왕은 순록에서 그리 점잖지 못한 북극쥐로 농담의 소재를 바꿨다. 밝은 낮은 단 두 시간밖에 되지 않았다. 낮이라고 해 봤자 꺼져 가는 등잔불 같은 희미한 빛이 영원히 끝날 것 같지 않은 밤과 밤 사이에 끼어드는 정도였다. 하지만 크리스마스가 다가오면 사람들은 다시 기분이 들떴다. 북쪽나라의 화이트 크리스마스는 남쪽나라 사람들도 부러워하는 것이었다.

그러고 나면 일월이 찾아왔다. 낮이 몇 분 길어진 대신 추위는 더 심해졌다. 바다는 얼어붙고, 해변에는 유리처럼 반짝이는 삼각 얼음들로 이루어진 요정의 숲이 생겨났다. 기사들은 때때로 물개와 북극곰을 사냥했다. 성으로 돌아오는 길에는 비곗덩어리를 씹으며 하인에게 무기와 갑옷에 대해 계속 질문을 던졌고, 하인이 곧바로 답하지 못하면 채찍으로 손등을 때렸다. 귀부인들은 난쟁이를 괴롭히면서 누가 가장 먼저 난쟁이를 울리는가를 놓고 내기를 벌였다. 왕이 농담을 시작하려고 들면, 왕비가 왕의 팔에 손을 올려놓으며 부드럽게 말했다.

"로타푸르, 제발 그만해요. 그 얘기는 벌써 십일월에 두 번, 십이월에 여덟 번이나 했어요. 여기 봐요. 내가 모두 적어 놨어요."

그리고는 치마에서 작은 빨간색 수첩을 꺼냈다.

"순록 한 마리가 돌팔이 의사를 찾아가 말하기를, 내 배에 종기가 났어요……. 이 얘기를 당신은 십일월 사일, 십일월 십칠일, 십이월 일일……."

아무리 늦어도 이월이 되면 꿀로 만든 맥주와 포도주가 동이 났다. 기사들은 우울한 표정으로 술잔을 들여다보았다. 참다 못한 몇몇 대담한 기사들은 시력을 잃을 수도 있다는 도토리 소주까지 마셨다. 귀부인들은 난쟁이를 보기만 하면 발로 찼고, 기사들은 하인과 난쟁이들의 머리를 짓밟았다. 때로 기사들끼리 주먹질을 하기도 했다. 이월이 막바지에 이르면 기사들은 칼을 차고, 다리 짧은 말에 눈신발을 신기고는 하나밖에 없는 이웃 나라를 습격했다.

이웃 나라의 공식적인 이름은 더 복잡해서 정말 아는 사람이 한 명도 없었다. 그저 고약한 날씨 때문에 '안개나라'라고만 했다. 안개나라의 왕과 기사들도 북쪽나라가 쳐들어올 날만을 손꼽아 기다렸다. 그것이 한겨울의 유일한 기분 전환이었기 때문이다. 그들은 보통 일주일 정도 전투를 벌였다. 도끼로 정수리 한가운데를 제대로 내려칠 수 있도록 횃불을 들고 싸우기도 했다. 그러고 나서야 국경 협상을 벌였는데 어느 쪽이 승리했느냐에 따라 국경이 삼백 걸음쯤 북쪽이나 남쪽으로 옮겨졌다. 기사들은 전사자들의 시체를 말에 매달고 집으로 돌아왔다.

삼월에도 여전히 온 나라가 눈에 덮여 있지만 낮이 조금 더 길어졌다. 여자들은 전사한 남편을 애도했고, 살아남은 남자들은 숨 죽인 채 즐거워했다. 이때쯤이면 비타민 결핍 증상이 겉으로 드러나기 시작했다. 만성 감기에다 부상을 입은 상처의 염증까지! 북쪽나라 사람들의 쇠약해진 몸은 정체불명의 반점과 부스럼들로 뒤덮였다. 되돌아온 햇빛은 지나치게 강렬하게 느껴졌고, 잠에서 깨어난 자연의 소리들은 천상에서 울려오는 천사들의 소리 같았다. 도취 상태가 시작된 것이다. 이 시기가 되면 예언자들은 아주 또렷한 환상을 보곤 했다. 사람들은 평화를, 난쟁이는 평온을 되찾았다. 부두의 얼음이 깨지는 날이 오면 사람들은 시체를 배에 싣고 불을 붙인 뒤 바다로 떠나보냈다. 땅은 아직도 얼어붙어 있었기 때문에 어쩔 수 없는 해결책이었다.

사월 초가 되면 왕은 궁전 문에 못을 박고서 은화를 매달아 놓았다. 왕에게 가장 먼저 꽃을 가져오는 사람이 이 은화를 상으로 받았다. 은화가 오월까지 그대로 매달려 있는 해도 있었는데, 그럴 때는 왕에게 맞은 불쌍한 난쟁이가 뇌진탕으로 침대에 누워 있어야 했다. 하지만 들판에 꽃들이 가득해지면 모든 것이 아주 빠르게 돌아갔다. 밝은 낮이 날마다 더 길어지고, 들판은 녹색 솜털로 뒤덮였으며, 농부들은 우리에서 끌어낸 가축을 햇볕이 내리쬐는 초원으로 몰고 나갔다. 궁전을 에워싼 진흙탕에도 왕비와 공주와 궁정 귀부인들을 위한 산책로가 만들어졌다. 사람들은 난쟁이를 어르고, 쓰다듬고, 물기 머금은 딸기를 먹여 주었다. 그래도 난쟁이는 해마다 여름이 오면 이곳에서 달아나려고 애썼다. 물론 사람들은 난쟁이를 어디서 찾아낼 수 있는지 잘 알고 있었다. 난쟁이는 솜이불을 몸에 칭칭 두르고, 부둣가 암벽에서 먹고 자면서 외국 배가 들어오기를 기다렸다. 사람들은 난쟁이의 탈출에 대해 아무런 벌도 내리지 않았다. 여름 동안 북쪽나라 사람들에겐 아무런 걱정거리가 없었으므로 그런 작은 잘못 정도는 쉽사리 용서했다. 사람들이 먹고, 일하고, 뛰놀고, 키스하고, 숨 쉬는 속도가 두 배로 빨라졌다. 그러다 보면 다시 시월이 성큼 다가왔고, 춥고 어두운 시기가 새로이 시작되었다.

최고의 가수

　시월의 어느 날 눈이 내리기 직전, 노새를 타고 온 유랑 가수가 성문을 두드렸다. 부드러운 녹색 벨벳 치마를 입은 젊은이였다. 치마에는 두더지 털로 만든 까만 점들이 박혀 있었는데, 그의 검은 머리와 잘 어울렸다. 스타킹 색깔도 한쪽은 녹색, 다른 쪽은 검은색이었다. 펜네그릴로, 그는 북쪽나라를 방문한 최초의 외국 가수였다. 지금까지 이곳 사람들은 흐리므니르 네벨호른의 노래만 들었다. 네벨호른의 노래는 기름때로 얼룩진 그의 누더기만큼이나 역겨웠다. 그러나 펜네그릴로는 고국 바스카리아의 국경 너머 먼 곳까지 운율시의 대가로 알려진 데다 꿀처럼 감미로운 목소리로 노래했다. 그가 노래를 시작하면 나이팅게일조차 입을 다물고 귀를 기울였다.

그런 재능을 가진 가수가 무엇 때문에 이 먼 북쪽나라까지 찾아온 것일까? 이상하게 들리겠지만 펜네그릴로가 거둔 엄청난 성공, 그의 발걸음보다 먼저 퍼져나가는 명성이 순회 공연 때마다 그의 기분을 언짢게 했다. 바스카리아, 이탈리아, 라푼치아, 부르군트 등 모든 곳에서 열광적인 환영을 받았지만 그는 그런 환대에 싫증이 났다. 바스코에서는 그가 안장에서 기타를 내리기도 전에 환호와 갈채가 터져 나왔다. 어찌나 끔찍하던지! 로마에서는 하늘색 옷을 입은 처녀들이 그가 탄 노새의 발 앞에 분홍색 카네이션을 뿌렸다. 귀찮게도! 파르고에서는 노래 한 곡을 끝마칠 때마다 사람들이 너무 오래 박수를 쳐 고작 네 곡밖에 부를 수 없었다. 천박한 것들! 사람들은 단지 흥에 겨워 자신들의 취향을 뽐냈을 뿐이다. 그래서 위대한 가수 펜네그릴로는 올리브 숲을 떠나 소나무 숲과 자작나무 숲을 거쳐, 아직 그의 이름을 들어 보지 못한 사람들이 살고 있는 먼 북쪽으로 여행을 떠나기로 결심했다. 일 년 동안 어떤 가수보다도 더 많은 나라를 돌아다녀 신기록을 세우겠다는 야심찬 목표도 여행을 결심하게 된 또 다른 이유였다. 그는 이미 안개나라를 정복했고, 이제 북쪽나라를 방문해 신기록을 세우는 일만 남았다. 그러고 나서 겨울이 오기 전에 살기 좋은 바스카리아로 돌아올 계획이었다.

로타푸르 왕은 이 예기치 못한 손님을 기쁘게 맞았다. 낮이 점점 짧아지는 시기에 기분 전환이 될 것이고, 기사들에게도 오랫동안 게을리 했던 바스카리아어를 익힐 수 있는 좋은 기회였다. 바스카리아어를 하지 못하면 고귀한 신분으로 인정받지 못했기 때문에 이것은 아주 중요한 일이었다. 왕은 가수를 위해 모든 것을 마련해 주도록 했다. 새로 짚단을 채워 넣은 자루 두 개, 하인들이 묵는 방, 추위를 막아 주는 야키 한 벌, 향신료를 잔뜩 묻힌 작은 수건 하나 가 준비되었다. 그 수건은 여행 중 얻게 되는 피부 기생충을 내몰기 위한 것이었다.

펜네그릴로는 흥을 돋우고 노래를 불러 모든 사람을 즐겁게 했 다. 잘 먹고 마셨으며, 귀부인들의 총애는 물론 기사들의 은까지 선 물로 받았다. 이틀이 지난 뒤 그는 리스바나 공주에 대한 노래를 작 곡했다. 그는 왕과 왕비에게 말했다.

"폐하의 따님은 온 세상의 칭송을 받을 만큼 아름다우십니다. 공 주님께서 결혼 적령기 공주들의 명단에서 두각을 나타내지 못하는 건 전적으로 흐리므니르 네벨호른의 무능함 때문입니다. 제가 공 주님의 아름다움을 제대로 노래하겠습니다."

셋째 날 드디어 그는 공주를 위한 찬미가를 불렀다. 방에 불이 밝 혀지고 왕과 기사들이 긴 탁자에 턱을 괴고 앉았다. 종일 비가 내렸 으므로 방 안은 젖은 야키 냄새로 가득했다. 탁자 밑의 도랑에서는 물이 흘렀다. 작은 벽난로에서도 증기가 칙칙 소리를 내며 솟아 올 랐다. 큰 벽난로 앞에는 뜨개질거리를 든 귀부인들이 앉아 있었다. 난쟁이는 모피 위에 배를 깔고 엎드렸다.

펜네그릴로는 기타를 조율하고 주위를 둘러보았다. 로타푸르 왕 은 코를 수염에 묻었고, 왕비는 다리 위에 손을 얹었으며, 리스바나 공주는 고개를 숙인 채 자수틀 위에서 쉬지 않고 손을 놀리고 있었다. 펜네그릴로는 그 누구도 견줄 수 없는 북쪽나라 공주의 아름다움에 대해 노래하기 시작했다. 공주의 흠잡을 데 없는 미모, 우아한 자태, 빼어남, 훌륭함, 고귀함에 대해 노래했다. 그는 공주의 사랑스러움을 세상 모든 것에 비유했다.

루비 같은 입술은 초승달에 드리운 저녁 구름처럼 부드럽게 다물려 있다오. 섬세한 콧구멍에는 고결한 바람이 드나들고, 눈처럼 하얀 손을 들어 올리면 백조가 날개를 펼치는 듯하고, 머리카락―이것은 흐리므니르 네벨호른도 노래한 바 있다―은 등 뒤로 금물결처럼 흘러내린다오.

여덟 소절은 모두 리스바나 공주의 뛰어난 미모를 묘사했고, 다섯 소절은 공주의 미덕을 기렸다. 열네 번째 소절은 공주가 얼음 속에 갇힌 천상의 새이며 모든 사람이 한 번이라도 보기를 갈망하는 보물이라고 했다. 펜네그릴로는 지혜로운 로타푸르 왕이 일부러 딸을 숨기고 있다는 과감한 주장도 펼쳤다. 공주의 미모가 세상에 널리 알려지면 무서운 싸움이 벌어질 것이기 때문이라는 것이다. 마지막으로 그는 공주에게 선택받지 못한 모든 남자에게 이 세상은 눈물의 골짜기이자 잿더미, 쓰라림, 고통, 저주, 페스트, 코피에 불과하다고 노래했다. 기타 연주와 노래는 점점 더 낮아져서 한탄조로 느려지더니 마침내 그는 고개를 숙이며 노래를 끝마쳤다. 한순간 정적이 감돌았다. 그러더니 갑자기 모두가―얼굴이 붉어진 공주만 빼고-환호성을 터뜨렸다. 기사들이 벌떡 일어나 벽에서 방패를 끌어내려 칼자루로 요란하게 두드려 댔다.

몇 시간 뒤 펜네그릴로는 침대에 누워 내일 아침 자신에게 하사될 산더미 같은 작별 선물과 식료품을 머릿속에 그려 보았다. 이처럼 큰 성공을 거두었으니 그것은 당연한 결과였다. 그는 자신이 어떤 태도를 취해야 할지 잘 알고 있었다. 그런 선물이 처음은 아니었기 때문이다. 북쪽나라로 오는 도중에도 그는 다섯 번이나 여행자를 위한 보관소에 선물들을 맡겨야 했다. 내일 로타푸르 왕 앞에 무릎을 꿇고 이렇게 말할 생각이었다.

"하지만 이것은 제게 너무나도 과분한 선물입니다. 저는 공주님의 아름다움을 비슷하게도 그려 내지 못했습니다. 그리고 폐하의 부인이신 아름답고 고귀한 왕비께서 이미 어제 은잔을 하사하셨습니다."

그럼 감동한 왕은 담비 털로 단을 댄 물개 모피 외투를 그의 어깨에 걸쳐 주며 말할 것이다.

"위대한 예술가이며, 세상에서 가장 뛰어난 가수인 그대가 추위에 떨지 않도록 나의 외투를 시와 노래의 왕에게 하사하노라."

늙은 왕이 이렇게 말하면 그는 아무 말 없이 더 깊숙이 고개를 숙일 것이다. 귀부인들은 흐느껴 울고, 공주는 다가와 그를 오랫동안 바라볼 것이고, 그녀의 눈에는……

하지만 펜네그릴로가 공주의 눈을 채 떠올리기도 전에 누군가가 그를 침대에서 끌어내어 자루를 뒤집어씌웠다. 거친 손이 그를 때리며 앞으로 내몰았다. 그는 비틀거리다 걸려 넘어지고, 달그락 소리를 내는 딱딱한 무언가에 부딪혀 자빠졌다. 도와 달라고 소리쳤지만 발길질과 주먹만 날아왔다. 아까보다 더 거친 손이 그를 붙잡아 일으켰다. 펜네그릴로는 계속 끌려갔다. 차가운 밤공기가 그를 에워쌌다. 성 밖으로 끌려나온 것이다. 스타킹만 신은 발에 조약돌이 밟혔다.

"나를 어디로 데려가는 거요?"

대답 대신 주먹이 날아왔다. 그가 입을 열기만 하면 계속 주먹이 대답했고, 넘어지면 누군가가 다시 일으켜 세웠다. 마침내 잠시 숨을 돌릴 수 있게 되었을 때 삐걱거리며 문 열리는 소리가 나더니 누군가가 그의 등을 떠밀었다. 펜네그릴로는 계단 아래로 굴러 떨어지면서 고통과 공포에 질려 비명을 질러 댔다. 곧 다시 주먹질과 발길질을 당할 거라고 생각했지만 아무 일도 일어나지 않았다. 자물쇠를 채우는 소리가 나고 빗장 세 개가 걸렸다. 자리에 앉으려고 몸을 움직이자 밑에는 짚단이, 등 뒤로는 딱딱한 벽이 느껴졌다. 그는 흐느끼며 자리에 털썩 주저앉았다. 너무나 깜깜해 머리에 씌웠던 자루가 이미 벗겨졌다는 것도 알아채지 못했다. 아침이 되어 한 줄기 가는 햇살이 창문으로 스며들어와 벽에 휘어진 창살무늬를 그려 놓았을 때에야 비로소 그는 사람들이 자신을 망각의 탑에 가두었다는 것을 알았다. 이 탑은 어둠이 차고 넘치는 이 나라에서도 가장 어두운 곳이었다. 다행히 그를 가둔 사람들은 그의 발목에 자물쇠를 채우지는 않았다. 짚단과 보리죽도 가져다주었다. 펜네그릴로는 곰곰이 생각했다. 그는 갇힌 것이다! 의심할 여지가 없었다. 하지만 왜 이런 대우를 받아야 한단 말인가? 그가 무엇을 잘못했지? 도대체 무엇을?

기사 브레두르

이 물음에 대한 대답은 '아무 잘못도 없다'는 것이다. 펜네그릴로 는 아무런 잘못도 하지 않았다. 로타푸르 왕은 이 뛰어난 가수가 도 착하자마자 겨울 동안의 기분 전환을 위해 봄까지 그를 붙잡아 두 기로 결심했다. 그가 비록 최고의 가수라고 할지라도 떠돌이에 불 과하기 때문에 왕은 그에게 동의를 구하거나 사정을 할 필요가 없 다고 생각했다. 두 주가 지나자 북쪽나라는 눈 속에 파묻혔다. 장비 와 기본 지식이 없이는 감히 이곳을 떠날 엄두를 내지 못하게 되었 을 때에야 비로소 왕은 그를 풀어 주었다.

펜네그릴로의 공연 곡목은 엄청나게 풍부해서 일주일 내내 다른 노래를 부를 수 있었다. 하지만 그가 기타를 손에 잡기만 하면 사람 들은 한목소리로 외쳤다.

"공주를 위한 찬미가! 공주를 위한 찬미가!"

밤마다 펜네그릴로는 리스바나 공주의 백조, 백합 또는 조개 같은 손, 제비꽃, 수정 혹은 샘처럼 깊은 눈, 버드나무 가지처럼 늘씬하고 유연하며 희고 부드러운 리넨 같은 몸매를 노래했다. 하지만 그의 감흥은 점점 줄어들었다. 찬미가를 네댓 번이나 부른 날도 있었다. 이런 강제 노역을 당하면 가수의 감수성이 아무리 깊고 순수하더라도 고갈될 수밖에 없다. 펜네그릴로의 심장이 서서히 식어 가는 동안 그의 청중들은 사랑의 도취에 빠져들었다.

이 겨울은 북쪽나라 역사에 기록될 만한 특별한 해였다. 원래 북쪽나라 사람들은 추운 겨울 동안 권태와 술로 쉽게 불타오르곤 했지만, 이때처럼 증상이 심각한 때는 결코 없었다. 다섯 명의 귀부인이 얼마 전에 부인을 잃은 젊은 기사 룬트람을 사랑하게 되었다. 그런데 룬트람은 공주의 차석 시녀 라우힐데를 사랑했다. 요리사는 네 명의 하녀들을 사랑했다. 왕비조차 다시 왕에게 사랑을 느껴 그의 지루한 농담에도 웃음을 터뜨렸다. 궁전 경비병들은 서로 사랑에 빠졌다가 다시 헤어져야 했다. 그리고 적어도 서른 명의 기사가—기혼이건 미혼이건 간에—공주를 사랑했다. 모든 시종들도 마찬가지였다. 펜네그릴로가 찬미가를 열창할 때마다 공주는 더욱더 아름다워졌다. 공주의 머리카락은 그 어느 때보다 더 화려한 금빛으로 빛났고, 검은 눈동자는 벨벳처럼 부드러워졌다. 공주의 하얀 손은 백조의 날개처럼 자수판 위를 수놓았다.

하지만 단 한 사람, 공주에게 빠지지 않은 이가 있었다. 그는 펜네그릴로가 기타를 조율할 때마다 경멸하듯 입술을 비죽거리며 시종에게 말했다.

"하느님 맙소사. 이제 곧 백조 공주의 백조 같은 목과 백조 같은 손에 대한 노래를 스물네 번째 듣게 될 거야."

흔들리지 않는 냉정한 심장을 지닌 이 젊은 기사의 이름은 브레두르였다. 그의 칼은 그라인데라흐, 말은 켈피, 시종은 비갈트라고 불렸다. 브레두르는 열아홉 살을 갓 넘겼다. 북쪽나라 기사치고는 날씬한 몸매인 그는 공주보다 그리 크지 않은 키에 세련된 용모를 지니고 있었다. 깨끗한 피부와 파란 눈, 소녀처럼 예쁘장한 입술을 가졌다. 아버지 프레두르 박커툰에게서 풍성한 수염을 물려받지 않았더라면 그의 이런 외모는 커다란 근심거리가 되었을지도 모른다. 다행스럽게도 오래된 까치집 같은 수염 속에 사탕무 같은 코가 우뚝 솟아 있었다.

프레두르 박커툰은 존경받는 기사였다. 그는 다른 어느 기사들보다 많은 전투에서 큰 공을 세웠으며 삼 주 전에 날씨를 예견할 수 있는 능력이 있었다. 얼마 전에는 작은 칼 한 자루만 가지고 바다코끼리를 사냥하기도 했다. 사람들은 그가 항상 취해 있다는 것에는 별로 신경 쓰지 않았다. 브레두르는 아무리 애를 써도 아버지의 마음에 들지 못했다.

"내 아들은 아름다운 내 아내의 목숨을 앗아간 대가로 세상에 나왔어."

프레두르 박커툰은 늘 이렇게 말했다.

　브레두르는 아버지를 향한 원망을 가슴속에 가두고, 입을 금발 수염 안에 숨기고, 가는 팔과 여윈 어깨를 북쪽나라 기사들이 거의 벗지 않는 사슬 갑옷과 헐렁한 야키 속에 감추고 살았다. 브레두르가 팔짱을 낀 채 문가에 기대서서 시종의 귀에 대고 펜네그릴로의 노래를 신랄하게 비판하자, 귀부인들은 기쁨에 겨워 반짝이는 눈길로 그를 바라보았다.

　서른두 번째로 찬미가를 들으며 브레두르는 시종 비갈트에게 말했다.

　"사랑에 빠진 저 수탉들을 봐라. 늙은 닭이건 솜털이 보송보송한 병아리건, 결혼을 했건 어미 품에서 갓 벗어났건 전부 다 개구리 눈깔을 하고 있구나. 하지만 아무리 그래 봐야 소용없는 일이지. 로타푸르 왕은 눈이 높아. 그건 분명해. 최소한 공작이나 백작의 아들은 돼야 사위가 될 수 있을걸. 영지가 없는 기사에게 딸을 줄 리 없지. 절대로 그럴 리 없어!"

　"왕이나 백작의 아들을 구할 수 없다면요? 공주는 벌써 열일곱 살이에요."

　비갈트가 물었다. 브레두르는 비갈트의 머리를 사랑스럽게 쓰다듬으며 말했다.

　"그러면 왕도 결국 기사 중에서 사윗감을 고를 테지."

　그때 궁정 난쟁이 페드시가 뒤에서 살금살금 다가와 의자 위로 기어 올라가더니 브레두르의 머리를 찰싹 때리며 소리쳤다.

　"야호!"

집으로 돌아온 브레두르는 옷 벗는 것을 거들고 있는 비갈트에게 말했다.

"펜네그릴로가 너무 과장하는 것 같지 않아? 그가 말하는 것만큼 공주가 아름다운 건 아냐."

비갈트는 브레두르의 바지 가죽끈을 풀며 단호하게 말했다.

"오, 물론입죠. 솔직히 말해 공주는 별로 아름답지 않아요."

그러자 브레두르는 그의 뺨을 철썩 갈겼다.

"이 멍청아, 공주가 아름답지 않다는 말이 아냐. 저 금발을 보고도 몰라? 내 말은, 공주의 목이 너무 섬세해서 붉은 포도주가 목으로 넘어가는 게 보인다는 둥 하는 건 완전히 꾸며 낸 말이라는 거야. 내가 자세히 살펴봤는데 아무것도 보이지 않았거든."

비갈트는 아무 말 없이 브레두르의 발에서 비늘무늬 양말을 잡아당겼다. 이럴 때 시종이 할 수 있는 가장 현명한 행동은 침묵뿐이었다.

페드시와 로자몬데

십일월이 되자 펜네그릴로는 공연 곡목에 다른 노래들을 집어넣을 수 있었다. 하지만 저녁마다 최소한 한 번은 공주에 대한 찬미가를 열창해야 했다. 잠자리에 든 그는 이십 년쯤 뒤에 백발이 되어서도 노처녀 리스바나 공주를 위해 찬미가를 부르는 악몽에 시달려야 했다.

그동안 불쌍한 시종장은 왕비를 사랑하게 되었고, 차석 시녀 라우힐데는 거대한 체구의 외르구르 왕자를 사랑하게 되었으며, 시종들은 점점 더 애타게 공주를 사모했다. 그럴수록 기사 브레두르는 점점 신랄해졌다. 휘몰아치는 사랑의 훈풍은 결국 궁정 난쟁이 페드시에게도 불어 닥쳤다. 그는 이제 사랑에 빠진 기사들의 머리를 막대기로 후려치는 대신 기회 있을 때마다 공주의 수석 시녀 주위를 맴돌다가 주방에서 훔쳐 낸 과자를 몰래 선물하곤 했다.

"세상에서 가장 아름답고 사랑스러운 로자몬데, 내 아내가 되어 주세요."

페드시는 간청했다.

로자몬데는 갈색 고수머리를 흔들며 하얀 앞니 사이의 작은 틈새가 보일 정도로 혐오스러운 표정으로 입을 비쭉거렸다.

"차라리 내 신발을 씹어 먹겠다."

그녀는 이렇게 말하면서도 페드시가 나무 상자에 담아 건네준 과자는 주머니에 집어넣었다.

"왜 안 되죠, 사랑스런 로자몬데?"

"너는 너무 작잖아!"

"그래요. 하지만 나는 젊고 잘생겼어요."

로자몬데는 멈칫하며 난쟁이를 찬찬히 살펴보았다. 정말로 잘생긴 얼굴이었다. 긴 속눈썹에 슬픈 듯한 검은 눈, 섬세하고 하얀 피부에 숱 많은 검은 머리.

"그것만으론 어림없어."

로자몬데가 단호하게 말했다.

"너는 너무 작아. 게다가 키가 더 자랄 정도로 어리지도 않고."

"당신은 절대로 기사와 결혼하지 못해요. 하지만 나와 결혼하면 언제까지나 이 궁 안에서 살 수 있어요!"

"내가 평생 이 구질구질한 궁에서 살고 싶어 할 거 같아? 공주님이 결혼하면 어차피 나도 이곳을 떠날 거야."

“그래도 나와 결혼해 주세요. 내 참모습을 알게 되면 당신도 나를 사랑하게 될 거예요. 우리 함께 이곳을 떠나요.”

로자몬데가 웃음을 터뜨렸다. 언제나 그렇듯 로자몬데와 다른 귀부인들이 웃음을 터뜨리면 페드시는 슬픔에 사로잡혀 용기를 잃었다.

그러던 어느 날 저녁 무렵이었다. 고래 이빨로 만든 왕좌에 앉아 있던 로타푸르 왕의 심기가 불편해 보였다.

“난쟁이에게 요새 무슨 일이 있는 거냐? 요즘은 통 재미가 없어. 난쟁이는 정신 차리고 좌중을 즐겁게 해 주어라!”

왕이 불만스러운 목소리로 말했다.

왕의 명령을 거들기 위해 기사 룬트람이 페드시를 등 뒤에서 밟으려고 했다. 페드시는 살짝 피하며 허공에 떠 있는 룬트람의 다리를 붙잡더니 그 자리에서 빙빙 돌아 그가 한 발로 껑충껑충 뛰게 만들었다. 그러더니 다리를 놓아서 살짝 쭈그려 앉아 비틀거리던 기사가 자신에게 걸려 쓰러지도록 했다. 왕은 아주 즐거워하며 주먹으로 자신의 허벅지를 두드렸다.

“훌륭해! 정말 멋진 재주야! 나는 네가 더 이상 재주를 못 부리는 줄 알았다. 이리 오너라! 자, 이리 와! 네 소원을 들어주마!”

페드시는 즉시 왕좌로 달려갔다. 로타푸르 왕이 말했다.

“자, 무엇을 원하느냐? 새 야키? 아니면 비버 가죽 조끼?”

난쟁이는 잠시 망설이다 말했다.

“제게는 단 한 가지 소원밖에 없습니다.”

로타푸르 왕은 말만 하라는 듯 고개를 끄덕였다.

"공주님의 수석 시녀 로자몬데 양을…… 그녀는 고아인데다 지참금도 없습니다. 제 말은…… 그러니까 제가 하고 싶은 말은…… 그녀를 아내로 맞이하고 싶습니다!"

그 순간 로자몬데는 분노의 비명을 지르며 부지깽이를 들고 페드시에게 달려들었다. 페드시는 기사들이 앉아 있는 탁자 밑으로 달아났다. 이성을 잃은 로자몬데도 치마를 거머쥔 채 탁자 밑으로 기어 들어갔다. 그 광경은 왕을 더 즐겁게 만들었다. 왕은 너무 웃다가 눈물까지 흘렸다. 난쟁이가 담비에게서 달아나는 토끼처럼 탁자 밑에서 빠져나와 도망치려 하자 왕이 그를 손짓으로 불렀다. 난쟁이가 알아채지 못했기 때문에 기사 하나가 그를 낚아채 왕좌 앞으로 끌고 갔다. 로자몬데는 탁자 밑에서 기어 나오더니 다시 난쟁이를 향해 달려가려고 했다. 그러나 왕이 그녀를 붙잡으라고 명령했다.

"그만해라."

로타푸르 왕이 숨을 고르면서 수염에 묻은 눈물을 닦아 냈다.

"이제 그만해라. 두 사람 다! 이러다가는 웃다 죽겠다."

왕은 페드시에게로 몸을 돌렸다.

"네 소원을 들어주마. 눈이 녹으면 바로 결혼식을 올리도록 해라. 내가 보기에 로자몬데와 난쟁이는 천생연분이다."

왕비가 왕의 팔에 손을 얹으며 무언가 말하려 했는데, 공주가 먼저 소리쳤다.

“안 돼요!”

하지만 리스바나 공주의 항의는 기사들의 웃음소리에 파묻혀 버렸다. 웃음소리가 수그러들자 로자몬데는 정신을 차리고 왕 앞에 몸을 던지며 명령을 거두어 달라고 탄원했다.

“안 된다.”

왕은 또다시 웃음을 터뜨렸다.

“약속은 약속이다. 그만 가 보아라. 그리고 다음번에 암소를 잡으면 그 유방을 네게 주도록 하겠다. 그것으로 네 미래의 남편을 위해 고깔모자를 만들도록 해라. 부드럽게 마름질해 은방울을 달도록 해라.”

로자몬데는 흐느끼며 밖으로 뛰쳐 나갔다. 기사들이 큰 소리로 웃어 댔다.

흥분한 귀부인들은 로자몬데를 도울 방안을 논의했다. 하지만 귀부인들이 왕에게 청원을 하기 전에, 기사들이 암소 유방에 대해 의논하다가 흥에 겨워 외설스런 농담을 떠들어 대자 귀부인들은 자리를 떠나야 했다. 기사들만 남아서 저녁 시간을 즐겼다. 하지만 난쟁이 페드시는 벽난로 앞에 가만히 앉아 있었다. 엄청난 행운에 감격한 그의 귀에 암소 유방으로 만든 모자 얘기 따위는 들어오지 않았다.

십이월 말이 되자 누구도 펜네그릴로의 노래를 들으려고 하지 않았다. 특히 공주 찬미가는 아무도 듣고 싶어 하지 않았다. 공주조차도! 예술가는 때를 알아야 한다. 공연 중에 누군가 하품을 한다거나, 청중이 망설임 없이 더러운 장화를 만지작거린다거나, 잡담을 나눈다거나, 밤중에 누군가가 입에 말똥을 쑤셔 넣는다거나 하는 작은 징후들에 주의를 기울여야 한다. 밤중에 누군가가 입에 말똥을 쑤셔 넣으면 노래를 완전히 그만두는 것을 곰곰이 생각해 보아야 하는 것이다. 펜네그릴로도 그렇게 했다.

이제 그는 노래 대신 궁정 귀부인들에게 외국의 관습과 유행을 얘기해 주었다. 그러자 다시 모두가 그에게 귀를 기울였다. 로자몬데만 빼고. 매일 저녁 그녀는 한쪽 구석에 앉아 무두질한 암소 유방을 뚫어지게 내려다보면서 조용히 흐느꼈다. 그녀 앞에 어떤 미래가 펼쳐질지 알 수 없었다. 반면 리스바나 공주는 낮과 밤, 여름과 겨울이 모두 따뜻하고, 남자들이 무릎까지 오는 바지를 입으며 조끼와 소매에 레이스를 달고 다니는 지중해 도시들에 대한 얘기를 듣는 데 온 정신이 팔려 있었다. 그곳에서는 여자들 옷이 너무 부피가 커서 보통 크기의 방에 두 여자가 동시에 들어가는 것이 불가능하다고 했다. 또 이런 옷은 옷감이 어마어마하게 많이 들어가기 때문에 아주 얇고 가벼워야 한다고 했다. 유명한 재단사는 마직이나 모직은 취급하지 않고, 아주 작은 새가 잣는 실로 찐 천만을 다루는데, 그 새처럼 실도 무지갯빛이라 당연히 옷도 화려하다고 했다. 소매는 나비의 날개로 만드는데, 그곳에서는 나비가 토끼만큼 크며, 날개도 새보다 화려한 데다 돼지 오줌통처럼 질기고 신축성이 뛰어나다고 했다.

"그 얘기가 모두 사실이라면 나는 지중해에 있는 왕과 결혼하겠어. 그리고 앞으로는 새가 잣는 실과 나비로 만든 옷만 입을 거야.”

공주가 말했다. 그러면 안 듣는척 하면서 귀부인들이 있는 쪽으로 귀를 기울이고 있던 기사들이 모두 어깨를 움찔했다. 지금까지는 공주가 결혼에 대해 말하거나, 어떤 기사를 오래 바라본 적이 없었기 때문에 그들 모두 자유롭게 환상에 빠질 수 있었다.

“그냥 팔자대로 결혼해.”

외르구르 왕자가 손에 카드를 들고 웅얼거렸다.

“아니면 노처녀로 늙어 죽고 싶은 거냐?”

기사들은 다시 긴장을 풀었고, 브레두르와 시종 비갈트는 남몰래 눈짓을 주고받았다.

겨울은 끝없이 계속되었다. 이제 펜네그릴로에게는 더 이상 할 애기도, 새로운 옷감도 없었다. 그는 여기저기 돌아다니면서 시종들의 뺨을 꼬집었고, 궁전 경비병들 앞을 얼씬거렸다. 그래서 난쟁이 페드시는 다시금 공중제비를 넘어야 했다. 리스바나 공주는 털신에 파란 나비를, 마직 옷에는 알록달록한 새를 수놓았다. 한편 로자몬데의 암소 유방 모자는 조금도 진척이 없었다. 그녀는 페드시가 자신을 바라보는 것조차 허락하지 않았다. 페드시가 ‘사랑’이란 말만 꺼내면 분노에 찬 비명을 지르며 가까이에 있는 무거운 물건을 집어 던졌다. 로자몬데의 불행은 이미 라우힐데를 향한 사랑이 식어 버린 룬트람의 마음을 움직였다. 게다가 모든 사람들 앞에서 자신을 웃음거리로 만든 난쟁이에게 그렇게 아름다운 선물이 주어지는 것이 그로서는 달갑지 않았다. 룬트람은 왕에게 청원했다. 자신이 로자몬데와 결혼하고 싶으니 그녀에게 내린 왕의 명령을 거둬달라고 간청했다.

"다른 문제가 없다면 그렇게 하지."

로타푸르 왕이 기꺼운 표정을 지으며 말했다.

"처음부터 나도 난쟁이의 소원이 뻔뻔하다고 생각했네. 그놈에게는 비버 가죽 조끼를 주고, 신발에 달린 종에 새로 은칠을 해 주면 될 거야. 그 정도면 충분한 보상이 되고도 남지."

룬트람은 로자몬데에게 왕의 말을 전하면서 그녀의 눈물을 닦아 주었다. 다음 날 저녁 로타푸르 왕은 난쟁이 페드시에게 가까이 오라고 손짓했다. 왕좌 옆에는 로자몬데가 서 있었다. 페드시는 환호성을 지르며 공중제비를 넘어 두 사람 앞으로 다가갔다.

"시녀가 네게 키스하고 싶다는구나."

왕은 웃음을 참느라 이를 악물었다. 페드시는 불안한 눈길로 미래의 신부 로자몬데를 바라보다가, 기사들을 돌아보고, 그리고 다시 로자몬데를 바라보았다. 로자몬데는 부드러운 미소를 띤 채 고개를 숙이며 페드시의 턱을 손으로 가볍게 감쌌다. 페드시는 초조해서 어깨를 움찔했다. 그는 주먹이 날아올 거라 생각하면서도 가만히 서 있었다. 로자몬데의 손길이 그에게 닿은 건 이번이 처음이었다. 로자몬데의 입술이 그의 입술에 와 닿았다. 페드시는 행복에 겨워 숨이 넘어가는 듯했다. 왕과 왕비, 공주와 귀부인들과 기사들이 모두 보고 있었지만 그는 개의치 않고 눈물을 흘렸다. 키스가 너무 짧았다거나, 다시 키스하라고 왕이 말하지 않도록 로자몬데는 오랫동안 난쟁이에게 키스했다. 기사들은 탁자를 주먹으로 내려치며 환호했고, 귀부인들은 놀란 표정으로 서로를 바라보았다.

만족한 왕이 두 손을 비비며 말했다.

"자, 이건 첫 번째 상이고, 이제 더 많은 상이 기다리고 있다."

룬트람이 앞으로 나와 비버 가죽 조끼와 새로 은도금한 방울이 든 가죽 주머니를 난쟁이의 손에 쥐어 주었다. 그와 동시에 그는 로자몬데를 자기 쪽으로 끌어당겼다. 페드시는 그 행동이 무엇을 뜻하는지 알아채지 못했다.

"무슨 일이죠?"

그는 고개를 갸우뚱하며 왕을 올려다보았다.

"무슨 일이냐고?"

왕도 고개를 갸우뚱하며 말했다.

"아무 일도 아니다. 나는 네게 새로 만든 비버 가죽 조끼를 선물했다. 그것으로 만족해라. 로자몬데는 기사 룬트람과 결혼하게 될 거다."

그제서야 상황을 알게 된 페드시가 절망으로 울부짖었다.

"폐하께서는 저와 명예를 건 약속을 하셨습니다."

"그런 적 없다! 난 난쟁이와는 명예를 건 약속을 하지 않는다. 그건 기사나 왕들에게만 해당되는 일이야. 난 그저 뭔가를 얘기했을 뿐이다."

"폐하께서는 왕으로서 제게 약속하셨습니다. 그러니 약속을 지키셔야만 합니다."

"내게 해야만 하는 일이란 없다. 왕에게 감히 그런 말을 하다니!
한 번만 더 그런 말을 하면 네 키를 더 줄여 버리겠다!"

왕이 화난 목소리로 말했다.

"키를 더 줄이신다구요? 하하하!"

페드시가 소리쳤다. 기사들도 웃음을 터뜨렸다. 로자몬데는 안
도감을 느끼며 룬트람에게 살짝 몸을 기댔다.

페드시는 그 자리에 주저앉았다. 왕은 그의 눈길을 더 이상 견디
지 못해 그만 물러가라고 손짓했다. 페드시는 넋이 나간 표정으로
가죽 조끼를 바닥에 질질 끌며 기사들의 방에서 물러났다. 밖으로
나갈 때 그는 눈앞이 캄캄해지는 듯한 어지럼증을 느끼고 비틀거
렸다. 문에 어깨를 심하게 부딪혔지만 고통을 느끼지 못했다. 기사
들의 웃음소리에도 그는 아무렇지 않았다. 굴욕을 당하는 것이 그
의 직업이었고, 궁정 난쟁이와 궁정 광대를 가업으로 해 온 집안의
오랜 전통이었다. 어머니들은 아이들을 쇠로 된 상자 속에 눕혀 키
가 자라지 않도록 만들고, 젖먹이 때부터 장난감 딸랑이로 머리를
때리면서 웃음을 터뜨려 아이들이 천박한 일에 길들여지도록 했
다. 페드시가 영혼이 산산이 부서져 나가는 듯한 고통을 느낀 것은
오로지 로자몬데를 잃어버린 때문이었다. 그의 꿈은 물거품이 되
었다. 그의 사랑은 허망하게 끝나고 말았다. 목표가 바로 눈앞에 있
다고 생각했던 바로 그 순간에!

브레두르와 리스바나

난쟁이의 마음에 관심을 보이는 사람은 아무도 없었다. 하지만 난쟁이를 괴롭히는 사람도 없었다. 한쪽 구석에 조용히 앉아 있는 그를 못살게 굴어 봐야 아무런 즐거움도 얻을 수 없었기 때문이다. 사람들이 발로 차도 페드시는 하소연조차 하지 않았다. 한마디로 그해 일월은 다른 어느 때보다 더 지루했다. 그래서 로타푸르 왕은 이월 초가 되자 일찌감치 염소뿔피리를 불었고, 기사들을 불러 모아 출전했다. 안개나라 국민들로서는 전혀 예상치 못한 공격이었다. 그들은 원래 이번에는 먼저 공격해서 기선을 제압할 계획이었다. 그런데 북쪽나라 기사들이 몰려오더니 왕을 포로로 잡고 연달아 세 번이나 국경을 남쪽으로 삼백 걸음 옮겼다. 그 모든 일이 별로 피를 흘리지 않고 이루어졌기 때문에 모두가, 심지어 안개나라의 왕조차 만족해했다. 기사들은 서로 어깨동무를 한 채, 용감하고 명예롭게 싸운 것을 자랑하며 네댓 구의 시체를 말에 실었다. 그리고는 집으로 돌아가면서 다음번 만날 때까지 은총으로 가득한 새해가 되기를 빌어 주었다.

만약 전투 중에 브레두르가 탁월한 공을 세우지 못했다면 이 모든 얘기는 말할 가치가 없었을 것이다. 외르구르 왕자는 어둠 속에서 너무 급하게 말을 몰다가 성벽에 부딪혀 낙마하고 말았다. 왕자는 자신의 갑옷에 눌려 꼼짝할 수 없었다. 그때 손에 횃불을 든 브레두르가 왕가의 북극곰 문장이 새겨진 거대한 가슴막이 갑옷을 발견하고는, 곧바로 그의 말 켈피의 등에서 뛰어내렸다. 그는 왕자를 향해 몰려오는 말발굽과 바람을 가르며 날아드는 도끼와 칼을 자신의 방패로 막아 냈다. 그사이에 왕자는 갑옷을 제대로 챙겨 입고 다시 일어섰다.

그 덕분에 브레두르는 승전 축하연에서 리스바나 공주가 따라 주는 술을 마시는 영예를 누리게 되었다. 오직 브레두르에게만 허락된 것이었다. 축하연이 시작되기 직전에 왕은 공주에게 술을 따를 것을 명했다.

"아버지, 아랫사람에게 술을 따르는 건 품위와 공평성에 어긋나는 일이에요!"

공주는 화를 내며 소리쳤다.

"그 기사는 네 오빠인 나를 구해 줬어. 그러니 그만 입 다물고 시키는 대로 해."

외르구르 왕자가 말했다.

"오빠가 멍청하게 말에서 떨어졌다는 이유로 내가 기사의 시중을 들어야 한단 말이에요?"

리스바나 공주는 왕에게로 몸을 돌렸다.

"아버지께서 그 기사를 백작으로 봉해 저와 결혼시키려 한다는 소문이 돌고 있어요."

"멍청한 소리!"

왕이 웃으며 말했다.

"용사에게 술 한 잔 따르라는 것뿐이다. 그게 전부야. 결혼시키겠다고 생각한 사람은 아무도 없어."

"얼마 전에 오빠가 카드놀이를 하면서 그렇게 말했어요. 그러니 그런 소문이 떠도는 게 당연하죠."

공주가 뾰로통해서 말하자, 외르구르 왕자가 비웃었다.

"너의 그 수많은 구혼자들은 다 어디 갔지? 브레두르 기사가 너를 원한다면 오히려 기뻐해야 할 거야. 브레두르와 결혼하기에 넌 너무 나이가 많아. 하지만 너를 며느리로 맞아들여 달라고 그의 아버지를 설득할 수는 있겠지."

"들으셨죠? 오빠는 항상 저래요!"

공주가 소리치자 마침내 왕비가 끼어들었다.

"애야, 그렇게 잘생기고 용감한 브레두르 기사에게 넌 전혀 관심이 없다는 거니?"

"전혀요."

리스바나 공주는 흐느끼며 자수틀을 바닥에 내던졌다.

그녀는 결국 전쟁 영웅의 시중을 들며 승전 축하연 내내 그의 오른쪽 뒤에 서 있어야 했다. 그녀가 술을 따를 때마다 기사 브레두르는 그녀의 눈을 들여다보려고 애썼고, 리스바나 공주는 냉정하게 눈을 내리깔았다. 술을 따르는 손은 분노에 떨렸다. 손이 떨리는 것을 보면서도 분노 때문이라는 것을 알지 못한 브레두르는 이것을 자신에게 유리한 징표라고 생각했다. 그때 늙은 기사 회글리가 자리에서 일어나 탁자를 한 바퀴 빙 돌더니 살찐 손가락을 브레두르의 어깨 위에 얹고는 정말 용감하고 유능한 젊은이라고 말했다.

"자네 아버지처럼 말이야."

그리고 모든 사람들의 모범이라고 칭찬했다. 기사들은 이 말에 큰 소리로 동의하며 잔을 높이 쳐들었다. 아들의 대각선 방향에 앉은 프레두르 박커툰만이 아무 말도 듣지 못한 것처럼 계속 술잔을 기울이며 수염에 묻은 거품을 닦아 냈다. 그의 커다란 어깨가 탁자 쪽으로 기울어졌다.

"프레두르."

회글리가 비난 섞인 목소리로 외쳤다.

"프레두르, 우리는 자네 아들을 위해 건배하고 있네!"

"오, 그래. 내 아들을 위해서."

프레두르 박커툰의 목소리는 술통에서 흘러나오는 것처럼 울려 퍼졌다. 혼자서 술 한 통을 다 마신 듯한 목소리였다.

"그렇다면 이제 내 아들이 저 하얗고 예쁘장한 얼굴에 또다시 상처 하나 없이 집으로 돌아오게 된 것을 위해 건배하자고. 내가 묻고 싶은 것은, 도대체 어떻게⋯⋯."

"프레두르, 자네 정말 무슨 소리를 하는 겐가!"

회글리가 소리쳤다. 브레두르가 잔을 높이 쳐들며 말했다.

"내 예쁘장한 얼굴과 술 취한 아버지를 위해!"

"브레두르, 자네를 위해!"

회글리가 재빨리 외쳤다. 다른 기사들도 따라 했다.

"브레두르를 위해!"

"영웅을 위해!"

그때 리스바나 공주는 술을 따르면서 처음으로 기사의 얼굴을 바라보았다. 그는 정말로 미남이었다.

"공주가 나를 바라보았어. 정말이야. 분명하다구!"

두 시간 뒤, 다시 시종과 단둘이 있게 되었을 때 브레두르가 흥분한 목소리로 말했다.

"내가 무슨 짓을 한 거지?"

같은 시간 리스바나 공주는 수석 시녀 로자몬데에게 한탄했다.

"그는 지금 틀림없이 나를 손아귀에 넣었다고 생각할 거야. 어쩌면 다른 기사들에게 뽐내고 있을지도 몰라. 난 명예를 잃었어. 궁정 전체가 나를 비웃을 거야. 아버지는 나를 죽이려고 하실 거야! 이제 어떻게 하지?"

"가장 좋은 방법은 앞으로 몇 주 동안 그를 거들떠보지 않는 거예요. 다른 기사들을 살펴보는 척하세요. 그것이 브레두르를 처리

하는 방법이에요. 브뢰디를 바라보세요. 그도 용감한 기사인데다 안개나라의 왕을 포로로 잡았잖아요. 아름다운 눈을 가진 루템 역시 바라보아선 안 될 이유가 없죠. 기사들이 공주님을 사모하는 건 누구나 다 알고 있어요. 모든 사람을 바라보면 아무도 바라보지 않는 게 되는 거예요.”

영리한 로자몬데가 공주에게 조언했다.

“아니야, 공주는 내게 전혀 관심이 없어. 어리석게도 공주를 사로잡았다고 믿다니!”

며칠 뒤 브레두르는 시종 비갈트에게 이렇게 탄식했다.

“나는 멍청한 기사인데다 술주정뱅이의 아들에 불과해. 그런데 그녀는 너무나 아름다워.”

비갈트는 주인의 용기를 북돋우려고 했지만 소용없었다.

“공주님은 주인님을 바라볼 용기가 없는 것뿐입니다. 공주님은 주인님을 좋아하지만 아직 마음을 결정하지 못해서 그런 거예요.”

“천만에. 공주는 마음을 결정했어! 그녀는 나를 원치 않아!”

브레두르는 의기소침해졌다.

“보세요. 브레두르가 괴로워하고 있어요.”

로자몬데는 승리를 뽐냈다.

“공주님, 우리가 제대로 대처한 거예요. 그가 괴로워하는 모습이 그걸 증명하고 있어요. 내일부터는 좀더 친절하게 대하셔도 될 거 같아요.”

그래서 공주는 조금 친절한 태도를 보이려 했다. 문제는 기사와 귀부인들이 하루에 단 한 번, 저녁 시간에만 기사의 방에 같이 있을 수 있다는 것이다. 그곳에서도 서로 다른 탁자에 앉아 사람들의 감시의 눈길을 받아야 했다.

"공주는 나를 사랑해. 난 도저히 저항할 수 없어…… 난 모든 기사들 중에 가장 용감한 기사야……."

리스바나 공주가 미소를 보냈을 때, 기쁨의 노래가 브레두르의 가슴속에 울려 퍼졌다. 그날 저녁 음악이 연주되자 자신감이 넘친 브레두르는 시녀와 열정적인 춤을 추었다.

"아니냐. 그는 나를 사랑하지 않아. 바람둥이 시녀들한테만 관심이 있다구."

그 모습을 본 공주는 한탄했다.

"이런 식으로 명예를 짓밟히다니……. 아, 차라리 죽어 버렸으면! 이걸 인생의 교훈으로 삼아야겠지?"

다음 날 저녁, 브레두르는 다시 오직 공주만을 바라보았다. 그것도 아주 뚫어지게. 이번에는 공주도 두 번이나 눈길로 응답했다. 심지어 두 번째는 눈을 깜빡일 때까지 아주 오랫동안 처다보았다.

이때부터 두 사람의 관계는 현기증을 일으킬 만큼 빠른 속도로 진전되었다. 로자몬데는 그녀의 순진한 약혼자 룬트람에게서 브레두르가 언제 동쪽 탑을 거쳐 마구간으로 내려가는지 알아냈다. 그러고는 공주와 함께 나선형 계단에 몰래 숨어 기다리다가 그가 내려오는 발소리가 들리자 잡담을 나누며 계단 위로 올라갔다. 나선형 계단은 너무 좁아서 브레두르가 두 사람을 지나가게 하려고 벽에 몸을 밀착시켰지만, 공주와 몸이 닿을 수밖에 없었다.

"오, 달콤한 기쁨이여, 그 용감한 사나이와 몸이 닿다니!"

방으로 돌아온 공주가 떨리는 목소리로 말했다.

"오, 정말 그래요."

로자몬데도 한숨을 내쉬었다. 리스바나 공주는 다음부터 그곳에 혼자 가야겠다고 결심했다.

공주는 그 계단에서 브레두르와 네 번 마주쳤고, 그때마다 그의 야키가 자신의 팔에 스치는 것을 느꼈다. 하지만 로자몬데는 연달아 네 번 이상 그런 시도를 해서는 안 된다고 했다. 이것으로 의사 표시는 충분했다. 브레두르가 아직도 어떤 행동을 보이지 않는 것은 전적으로 그의 잘못이었다. 공주도 더 이상 품위를 떨어뜨리고 싶지 않았다. 그래서 일주일 동안 탑으로 가지 않았다. 그리움과 고통으로 가득 찬 그녀의 마음은 자수틀 위에 한숨으로 쏟아졌다. 그때 수심 가득한 난쟁이 페드시가 구석 자리로 끼어들었기 때문에 공주는 시녀들에게로 발걸음을 옮겼다.

하지만 그녀의 고통은 브레두르의 고통에 비하면 아무것도 아니었다. 그는 자신이 뭔가 잘못했을지 모른다는 생각으로 머리를 쥐어뜯었다. 공주가 그의 곁을 스쳐지나갈 때 어깨를 조금 내민 것이 너무 뻔뻔스러웠나? 그때 가쁘게 숨을 쉬어서 그녀에게 불쾌감을 주었을까? 공주가 자신을 찾아왔다는 생각은 순전히 망상에 불과한 것이 아닐까? 그저 단순한 우연이 아니었을까? 어쩌면 왕이 공주에게 새 말을 선물하려 해서 그녀가 그렇게 자주 마구간에 왔는지도 모른다. 아마 그때가 공주에게 적당한 시간이었겠지. 아, 그녀는 공주이고 자신은 영지도 없는 비쩍 마른 기사에 불과하지 않은가! 이 모든 것이 헛된 망상이었다! 아니면 비갈트의 생각이 맞는 게 아닐까? 문제는 완전히 다른 데 있을지도 모른다! 그가 너무 주저해서 공주를 화나게 한 것이 아닐까? 그의 우유부단함에 상처 입은 공주가 그에게 행동을 요구하는 건 아닐까? 오, 공주가 그에게 한 번만 더 기회를 준다면 분명한 행동을 보여 줄 수 있을 텐데!

다섯 주가 지났다. 브레두르는 완전히 체념한 상태로 동쪽 탑을 내려오다가 계단에 서 있는 공주를 발견했다. 두 사람의 눈길이 맞닿았다. 불꽃이 튀었다. 리스바나 공주는 곧 눈을 내리깔고 서둘러 그의 곁을 지나가려 했다. 하지만 브레두르는 이번에는 벽에 몸을 붙이지 않았다. 공주가 그의 곁을 지나갈 때 그녀를 향해 손을 뻗었다. 어디서 이런 용기가 나왔는지 자신도 알 수 없었다.

'내가 미쳤군. 완전히 돌았어.'

그는 생각했다. 하지만 그러면서도 공주의 손을 꼭 붙잡았다. 공주는 몸을 돌리지 않고 그 자리에 서서 자신의 손을 맡기고 있었다. 두 사람은 그렇게 오랫동안 서 있었다. 공주의 눈길은 여전히 바닥을 향해 있었고, 브레두르는 공주의 등을 바라보고 있었다. 그는 주위에 다른 사람이 없다는 것을 확인한 뒤 공주의 뒷모습을 찬찬히 관찰했다. 마침내 서로 붙잡고 있던 두 사람의 손에서 땀이 나 저절로 미끄러져 떨어지자 공주는 서둘러 그곳을 떠났다.

브레두르는 행복에 취해 남은 계단을 뛰어 내려가 아버지에게
달려갔다.
"그만두거라!"
프레두르 박커툰이 소리쳤다.
"내 얼굴에 먹칠하지 마라!"

펜네그릴로의 귀향

그러던 어느 날 아침, 목동이 크로커스 꽃을 들고 달려와 성문에 달아 놓은 은화를 상으로 받아 갔다. 봄이 찾아오고 길이 다시 열린 것이다.

이 소식을 듣자마자 펜네그릴로는 자신의 숙소로 가서 아무 말 없이 짐을 꾸리기 시작했다. 여왕이 하사한 은잔을 손에 들었을 때 그의 얼굴은 험상궂게 일그러졌다. 한 계절을 망쳐 버린 것에 화가 치밀어 잔을 창밖으로 내던지거나 짐 꾸리는 것을 도우며 울고 있는 하인에게 줘 버리고 싶었다. 하지만 절약이 몸에 밴 그는 마음을 고쳐먹고 잔을 짐 속에 쑤셔 넣었다. 북쪽나라 여행은 그에게 너무나 큰 손해였다. 파르고나 로마에서 벌어들였을 수입에 대해서는 생각하고 싶지 않았다. 고향에 도착하면 벌써 유월일 것이다. 여름 내내 일해야 겨울 동안의 손실을 메꿀 수 있다. 그의 차림새는 또 어떠한가! 바지는 다 너덜너덜해지고, 멋진 치마에 박힌 검은 두더 지 털 점박이 무늬는 잿빛으로 바랜 데다 좀까지 슬었다. 두더지 털 한 오라기가 볼품없이 축 늘어져 있었다. 털을 잡아 뽑은 그는 아직 도 흐느끼고 있는 하인에게 그 치마를 기념으로 주었다. 그러고는 궁전으로 발길을 돌렸다. 펜네그릴로가 노새에 짐을 싣는 동안 왕 과 왕비와 공주, 그리고 귀부인 몇 명과 시종, 하인들이 그에게로 왔다.

"작별 선물도 없이 떠나고 싶진 않겠지?"

왕이 말했다.

"필요 없습니다. 벌써 멋진 은잔을 받았는걸요."

펜네그릴로는 무뚝뚝하게 말하며 노새 배에 묶은 띠를 조였다.

"추위에 떨지 않고 목을 상하지 않게 이것을 하사하노라."

왕이 이렇게 말하며 까칠까칠한 털목도리를 펜네그릴로의 목에 둘러 주었다. 펜네그릴로는 감사의 인사를 하기 전에 몇 번이나 헛 기침을 해야 했다. 그때 공주가 앞으로 나서더니 나무 상자를 내밀 었다. 아주 큰 상자였다. 그 안에 뭐가 들었는지 모르겠지만 공주의 선물을 받지 않는다면 무례일 것이다. 게다가 공주의 미소가 얼마 나 아름답던지…….

"잘 가요, 위대한 가수여. 당신은 흐리므니르 네벨호른보다 훨씬 뛰어날 뿐 아니라 우리에게 커다란 기쁨과 즐거움을 주었어요. 편 안하고 안전한 귀향길이 되길 빌어요."

왕비의 말에 왕이 고개를 끄덕였다. 펜네그릴로는 탐욕스럽게 보일까 봐 상자를 그 자리에서 열지 않고, 그대로 자루에 집어넣었다.

이 작별 장면을 멀리서 지켜보던 페드시는 재빨리 부엌으로 달려가 치즈와 빵을 훔쳐 목에 건 수건에 쌌다. 그러고는 성을 빠져나와 샛길을 통해 숲 속으로 들어갔다. 단 하나뿐인 오솔길에 있는 나뭇등걸 위에 걸터앉아 다리를 흔들며 초조하게 나무껍질에 붙은 버섯을 잡아 뜯었다. 하지만 펜네그릴로의 노새가 그곳에 도착하기 전에 커다란 비명이 페드시를 놀라게 했다. 아주 가까운 곳에서 들려오는 소리였다. 누군가 위험에 빠진 듯했다. 페드시는 나뭇등걸에서 뛰어내려 그쪽으로 달려갔다. 숲 속 작은 호숫가의 빈터에서 페드시는 펜네그릴로를 발견했다. 그는 노새 옆에 서서 불만에 가득 찬 표정으로 나무 상자 안을 들여다보고 있었다.

"도대체 무슨 일이십니까?"

페드시가 물었다. 대답 대신 펜네그릴로는 신음했다.

"비명을 들었어요. 무슨 일이신가요? 마음의 고통이 나만큼 심각한 사람이 또 있나요?"

펜네그릴로는 나무 상자를 머리 위로 높이 들어 올리더니 호수로 내던졌다. 상자가 날아가는 동안 금속으로 만든 작은 물건들이 상자에서 쏟아져 숲 속 여기저기에 흩어졌다. 페드시는 몸을 굽혀 저 악명 높은 북쪽나라의 2등급 은수저를 집어 들었다.

"이 수저가 마음에 안 드세요?"

펜네그릴로가 허공에 주먹질을 하며 소리쳤다.

"바스카리아의 궁전에서는 이 따위 수저는 하인들도 쓰지 않아. 반년 넘게 가둬 놓고 내 노래에 흥겨워하고, 내 예술을 망쳐 놓고, 두들겨 패고, 못살게 굴더니 그 대가가 고작 이런 허섭스레기라니! 이 따위 걸 쥐어 주고 모두 보상했다고 생각해? 야만인들!"

펜네그릴로의 주먹이 부르르 떨렸다.

"맞는 말씀입니다!"

페드시가 소리쳤다.

"나도 붙잡힌 몸이랍니다. 벌써 여러 해 동안이나. 그러니 제발 나도 데려가 주세요."

"안 돼, 절대로."

펜네그릴로가 냉정하게 말했다.

"난 하루라도 빨리 집으로 돌아가고 싶어. 넌 내게 방해만 될 뿐이야."

"절대로 그렇지 않습니다. 당신께 도움을 드릴 수 있어요. 함께 무대에 서서 당신은 노래를 부르고 제가 사람들을 웃기면 큰 성공을 거둘 거예요!"

펜네그릴로는 노새에 올라타면서 안장 위로 기어오르려는 페드시를 걷어찼다. 페드시는 땅바닥에 굴러 떨어졌다.

"내가 무슨 유랑 서커스단처럼 보이느냐?"

그는 노새를 몰고 멀어져 갔다.

펜네그릴로는 해변을 따라 여행을 했다. 몇 주 동안 노새를 타고 가서야 비로소 남쪽으로 가는 배를 만날 수 있었다. 그 배로 오랫동안 여행한 뒤, 보관소에 맡겼던 상자 다섯 개를 찾아 여섯 마리의 노새에 나눠 싣고 다음 배를 탔다. 그리하여 마침내 지중해에 상륙했고 바스카리아인들이 살고 있는 그의 고향에 도착했다. 그곳에서 그는 다시는 북쪽으로 여행을 떠나지 않을 것이며, 리스바나 공주를 위한 찬미가를 부르지 않겠노라고 맹세했다. 남은 일생 동안 다시는!

집에 오자마자 그동안 그에게 온 편지들을 훑어보았다. 펜네그릴로는 바르트부르크에서 열리는 유랑 가수 대회가 삼 주도 남지 않았다는 사실을 알게 되었다. 그는 새 옷을 차려입고, 다음번 우편 마차를 타고서 즉시 북쪽으로 향했다. 바르트부르크까지 삼 주는 너무 빠듯했다. 하지만 다행스럽게도 유랑 가수 대회는 닷새 동안 열렸다. 넷째 날 저녁 펜네그릴로는 빌린 노새를 타고 성문을 통과했다. 바로 최고의 찬미가를 겨루는 날이었다. 그가 나타나자 몇 사람이 얼굴을 찌푸렸다. 펜네그릴로가 지난 팔 년 동안 최고의 곡에 주어지는 우승배와 최고의 가수에게 주어지는 월계관을 독차지했기 때문이다. 북쪽나라 공주를 위한 찬미가를 부르면서 펜네그릴로는 기대 이상의 가창력을 선보였다. 다만 노래를 부르는 내내 치통을 앓는 듯한 끔찍한 표정을 지은 것이 다소 아쉬웠을 뿐이다. 이 때문에 약간의 감점을 받았지만 그래도 월계관은 그에게로 돌아갔다. 월계관과 우승배 말고도 가장 멀리까지 여행한 가수에게 주어지는 영예의 핀도 받았다. 그때까지 그 핀을 달고 다녔던 동료 가수 페르메토는 자신의 웃옷에서 핀을 빼 펜네그릴로에게 건넸다. 시상식 뒤에는 가수들이 서로 노래를 교환하고, 저마다 공연이 겹치지 않도록 누가 언제 어디서 노래할 것인가에 대해 협의했다. 그리고 결혼 적령기 공주들과 지참금을 기록한 올해의 새로운 명단을 만들었다. 명단은 모든 왕가와 영주들에게 전해졌다. 결혼할 왕자가 없는 곳에도 보냈는데, 이 명단이 이런저런 풍문을 퍼뜨리는 데도 기여했기 때문이다.

검은 왕자

결혼 적령기 공주들의 명단은 바스카리아에도 도착했다. 바스카리아는 훌륭한 취미의 모국이자 모든 나라의 윤리적 모범이었다. 바스카리아의 관습과 요리와 유행은 술탄의 궁전에서도 본받았으며, 이 나라의 수도 바스코에는 베니스보다 더 많은 다리가 있었다. 바스카리아의 궁전은 삼층 건물에 열여섯 개의 탑, 육백 개의 창문, 일만 일천이백 개의 망루로 이루어졌으며 특히 엄청나게 큰 정원이 유명했다.

정원은 아늑한 숲과 부드러운 능선을 이루며 이어진 언덕들, 짙은 녹색의 계곡들이 인간의 창조물인 사원들, 난간들, 황금 모자이크로 장식된 인공 동굴과 어우러져 숨막히게 아름다웠다. 세찬 폭포가 그대로 거친 바위에 떨어져 내리던 곳에 물길이 여러 단계를 거치도록 계단식 폭포를 만들어 물이 대리석 물받이로 찰랑거리며 흘러들었다. 이사벨라 왕비의 지시에 따라 연못을 메우고, 언덕을 깎아 내고, 그 흙을 다시 다른 곳에 쌓아 거대한 나무들이 자라나게 하고, 붉은 암벽을 갈아서 다듬었다. 심지어 정원을 밑에서 구경할 수 있도록 지하 통로까지 만들었다. 어린이를 위한 그네, 대기를 식히는 분수, 방해 받지 않고 대화를 나눌 수 있는 정자도 있었다. 그 누구도 허락 없이 들어가 천박한 행동으로 이 아름다운 정경을 손상시키지 못하도록 정원 전체가 수 킬로미터에 달하는 담으로 둘러싸여 있었다. 넓게 펼쳐진 잔디밭에는 공작과 목에 금띠를 한 사슴이 거닐었다. 장밋빛 돌길 위로 화사하게 차려입은 귀부인들이 산책을 했고, 이에 못지않게 우아한 신사들이 그 뒤를 따르며 귀부인들이 떨어뜨린 손수건을 주워서 돌려주었다.

거친 날씨 때문에 무뚝뚝하고, 독선적이고, 관습에 엄격한 북쪽 나라 사람들과는 정반대로 부드럽고 온화한 지중해의 기후는 바스카리아 사람들을 훨씬 친밀하고, 즐겁고, 경쾌하게 만들었다. 신사와 숙녀를 수행하는 시종들조차도 고상하고 말쑥한 차림으로 즐겁게 콧노래를 불렀다. 수백 명이나 되는 정원사 가운데 하니가 순수한 기쁨에 겨워 이 아름다운 일터에서 갑자기 환호성을 지르며, 잡초를 뽑다 말고 춤을 추는 것도 그리 별난 일이 아니었다.

바스카리아 궁에는 디에고라는 왕자가 있었다. 사람들은 그를 검은 왕자라고 불렀다. 왕자가 언제나 검은 옷만 입었기 때문이다. 디에고 왕자는 색에 대한 무감각만 빼면 매우 매력 있는 젊은이였다. 하지만 열일곱 살 먹은 남자는 대부분 매력 있게 보이는 법이다. 디에고 왕자는 아직 결혼에 대한 압박감을 느끼지 않고 있었다. 그의 부친 레오 1세는 여전히 활력이 넘쳤고 퇴위할 생각이 전혀 없었다. 왕자는 그저 심심풀이로 결혼 적령기 공주들의 최신 명단을 읽고 있었다. 부모가 다른 일들로 바빴기 때문에 왕자는 홀로 아침식사를 하며 명단을 읽어 내려갔다. 그는 새로운 공주가 나올 때마다 말했다.

"내가 원하기만 하면 이 공주를 내 것으로 만들 수 있어. 이 공주도, 이 공주도, 이 공주도!"

왕자는 잘생겼을 뿐만 아니라 대단히 부유했다. 그의 부친이 부유했기 때문에 그 역시 부유했다. 돈에 파묻혀 수영을 할 수 있을 정도였다. 정신이 제대로 박힌 왕이라면 기꺼이 그에게 딸을 주리라는 것을 왕자는 잘 알고 있었다. 그래서 그는 이 명단을 즐겨 읽곤 했다.

"결정을 내리기 전에 좀 더 기다려야지. 결정을 내리기 전까지는 이 공주들이 다 내 것이니까."

왕자는 찬찬히 명단을 다시 읽어 보았다. 전체적으로 작년 것과 거의 같았다. 바뀐 곳은 세 군데뿐이었다. 첫 번째는 테스베타니아의 아라벨라 공주가 새로 명단에 오른 것이었다. 그녀는 열네 살의 아랍인으로, 이제까지 아랍의 공주가 명단에 오른 적은 없었다. 그 나라를 방문했던 가수 페르메토가 공주를 발견한 것이다. 그전까지 이런 공주가 있다는 것도, 심지어 테스베타니아라는 나라가 존재한다는 사실조차 아무도 알지 못했다. 당시는 개척과 변혁의 영광스러운 시대였다. 계속해서 어디선가 왕국이 생겨나고, 사라지고, 국호를 바꾸고, 다른 왕국에 합병되었으며, 작은 왕국이 더 작은 다섯 개의 왕국으로 분열되기도 했다. 그래서 유랑 가수들이 편찬하는 공주 명단은 결혼하려는 왕자들에게 없어서는 안 될 필수품이었다. 청혼하려는 공주가 오래전에 노예로 팔려 가고, 그 왕국이 이미 망해 버린 경우가 종종 있었지만. 두 번째 큰 변화는 글라우버라흐의 체칠리아 공주가 명단에서 삭제된 것이었다. 애연가인 공주는 몰래 담배를 피우다가 화를 당했다. 공주는 이 추잡한 버릇을 어머니에게 들키자 파이프를 치마 속에 감추었다가 궁전을 다 태워 버릴 뻔했다.

바뀐 내용 가운데 세 번째는 북쪽나라 리스바나 공주에 관한 것이었다.

'아, 북쪽나라의 리스바나. 예쁘지만 보잘것없는 지참금이 딸린 그 공주로군.'

그녀의 이름에 두 번째로 눈길이 스쳤을 때 디에고 왕자는 생각했다. 왕자는 지참금이 적힌 페이지까지 종이를 넘겼다.

북쪽나라 지참금: 스뇌글린두랄토르마 지참금을 볼 것

스뇌글린두랄토르마 지참금: 물론입니다! 물론 있습니다! 그토록 아름다운 신부뿐 아니라 경제적 이득을 노리는 비겁한 왕자님들을 위한 지참금입니다. 무엇을 얼마나 드린다는 말씀은 하지 않겠습니다. 우리는 유랑 비겁자들이 아니라 유랑 가수단이며 사랑의 봉사자들입니다. 공주가 얼마나 아름다우냐구요? 얼음 속에 갇힌 천상의 새입니다. 진정한 왕과 영웅만이 손에 넣을 수 있는 보석 중의 보석입니다. 산호처럼 붉은 입술, 찬란한 금발, 투명한 목, 눈처럼 하얀 손, 비교가 불가능한 사랑의 매력, 지금껏 본 일이 없는 우아함, 그 밖에도 수많은 아름다움을 지니고 있습니다. 하지만 공주의 아버지는 매우 신경에 거슬리는 사람입니다. 아무도 감히 그에게 이의를 제기할 수 없으며, 시대에 뒤떨어진 순록 농담 몇 가지를 안다고 자신이 유머 감각이 아주 뛰어난 줄 압니다(유랑 가수 경연대회에서 받은 상 덕분에 펜네그릴로의 분노가 다소 줄어들기는 했지만 아직 완전히 사라진 것은 아니었다).

디에고 왕자는 이 글을 다시 읽어 보았다. 그는 이 글을 세 번, 네 번, 열두 번을 읽었다. '얼음 속에 갇힌 천상의 새'라는 구절을 읽으며 얼음 덩어리에 갇혀 있는 아름다운 소녀를 마음속에 그려보았다. 바스카리아에서는 맑은 날이면 눈 덮인 산에서 얼음 덩어리를 코끼리로 운반해 와 음식을 만들거나 시원한 레모네이드를 만들 때 사용했다. 그래서 디에고 왕자는 얼음 덩어리가 어떻게 생겼는지 잘 알고 있었다. 가엾은 공주가 얼음 덩어리 안에 갇혀 있다니! 그를 향해 하얀 팔을 뻗는 순간 몸이 굳어져버린 채! '산호처럼 붉은 입술'이라는 구절을 읽으며 그는 소녀의 입술이 있는 곳부터 얼음이 녹아내리는 광경을 그려보았다. 왕자가 용기를 내어 손을 얹자 얼음이 녹기 시작하더니, 마침내 왕자의 손이 공주의 손에 닿았다. 그 순간 그는 공주야말로 자기 일생일대의 사랑이며, 영혼의 반려자라는 것을 확신했다.

디에고 왕자는 벌떡 일어나 명단을 팔에 끼고 자수를 놓은 검은 슬리퍼를 신은 채로 달려 나갔다. 어머니께 결혼하겠다고 말하기 위해서! 어머니는 틀림없이 남국식물원 뒤에 있는 그녀가 가장 사랑하는 장미화원에 있을 것이다. 새로운 장미를 싣고 온 마차가 막 도착했다는 것을 왕자는 알고 있었다. 검은 왕자는 장미를 싫어했다. 왕자는 튤립과 아네모네, 베고니아, 백합뿐 아니라 제비꽃과 제비고깔도 싫어했다. 꽃을 피우거나 가꿔 주어야 하는 모든 것을 싫어했다. 그는 동물을 사랑해서가 아니라 가능한 많은 식물을 없애 버리기 위해 채식주의자가 되었다. 왕자는 평상시에 정원을 지나갈 때마다 일부러 길옆의 난초들을 짓밟거나 갓 심은 오이풀을 은지팡이로 후려쳤다. 하지만 이번에는 그럴 시간이 없었다.

그의 어머니는 화원 한가운데서 방석 위에 무릎을 꿇은 채 작은 황금 모종삽으로 장미에 퇴비를 주고 있었다. 왕비 옆에서는 궁정 난쟁이 하나가 땅을 파고 있었다.

"사랑하는 어머니, 저 결혼할 거예요!"

왕자가 흥분해서 소리쳤다. 왕비는 뒤도 돌아보지 않고 가는 손을 뒤로 뻗었다.

"오, 그거 잘됐구나, 사랑하는 아들아. 거기 꽃 묶는 철사 좀 주겠니? 프란초시아 데모클라티아를 묶어 줘야겠다."

왕비의 관심은 첫째도 둘째도 셋째도 오로지 세상에서 가장 진귀하고 아름다운 꽃들을 모아 둔 정원에 있었다. 특히 장미와 튤립을 소중하게 가꾸고 돌보았다. 왕비는 꽃들이 그녀의 아이들이라도 되는 것처럼 말을 건네곤 했다. 예를 들어 화려한 꽃을 피운 튤립에게는 이렇게 말했다.

"사랑하는 젬퍼 아우구스투스, 너 때문에 근심이 많단다. 요즘 꽃받침에 생긴 이 보기 흉한 갈색 반점을 보니 네 몸이 정상이 아니구나. 무언가 조치를 취해야 해. 네 생각도 그렇지?"

반면 아들에게는 돌을 보듯 무심했다.

"누구와 결혼하려는지 알고 싶지 않으세요?"

기분이 상한 왕자가 물었다.

"물론 알고 싶지. 철사는 바로 내 발 옆에 있단다."

왕비가 외아들에게 이처럼 냉정한 데에는 디에고 왕자가 태어난 해부터 시작된 바스카리아의 유행도 한몫했다. 그해부터 귀부인들은 품이 매우 넓은 옷을 입기 시작했다. 그 옷은 다섯 겹이나 되는 테로 둘레를 만들고, 그 안에 수많은 속치마와 두꺼운 패드를 아랫단까지 채워 넣었다. 그래서 치맛자락 아래쪽은 둘레가 칠 미터가 넘었다. 이 거대한 종 모양의 옷은 못으로 단단히 고정시키지 않은 모든 것을 탁자에서 쓸어내리기 일쑤였다. 마차를 타는 것도 몹시 위험했다. 귀부인들이 요란한 치마 소리를 내며 다가오면 말들이 놀라 날뛰었기 때문이다. 그 옷을 입고 아이들을 다정하게 돌보는 것은 불가능했다. 특히 왕비에게는 감당할 수 없는 의지와 인내를 요구하는 일이었다. 디에고 왕자의 열 번째 생일날, 왕비는 갑자기 아들 생각이 나서 그가 좋아하는 꽃을 가꿀 수 있도록 작은 정원을 마련해 주었다. 하지만 모성애를 발휘하기에는 이미 때가 너무 늦었다. 어린 디에고 왕자는 자신의 정원을 회색 화강암으로 덮어 버리도록 명령했다. 그 일로 왕자는 어머니와 완전히 멀어졌다. 그때부터 왕비는 자식의 교육을 궁정 시종장에게 맡겨 버렸다. 그에 대한 반발로 디에고 왕자는 채식주의자가 되었고, 어머니를 대할 때마다 절망적인 거리감을 느꼈다.

디에고 왕자는 무릎을 꿇은 채 땅을 파내고 있는 왕비를 반감이 가득 찬 시선으로 내려다보았다. 거대한 풍선처럼 불룩하게 펼쳐진 하늘색 치마 때문에 그녀는 바로 뒤에 있는 철사조차 스스로 집을 수 없었다.

"여기요."

왕자는 섬세한 황금 철사 꾸러미를 왕비에게 건네주며 차갑게 말했다.

"제 신부에게 별로 관심이 없으시니 더 이상 귀찮게 안 할게요. 한 말씀만 드리죠. 아무것도 자라지 않는 북쪽나라 공주예요!"

왕자는 여전히 고개조차 들지 않는 어머니에게서 휙 몸을 돌려 아버지에게로 달려갔다. 쾌활하고 감각적인 향락을 추구하는 레오 1세는 말 달리기 시합과 포동포동한 여인에 열광하는 인물이었다. 그는 끝을 꼿꼿하게 만 갸름한 콧수염에 뾰족한 턱수염을 달고 있었다. 하지만 그의 이마에 심하게 튀어나온 동맥은 그가 때로 신경질적인 분노를 터뜨릴 수 있다는 것을 드러냈다. 그는 재산이 엄청나게 많았기 때문에 세금을 거의 올리지 않았고, 구호 단체들을 많이 설립했으며 신하들에게도 지나칠 만큼 넉넉한 돈을 하사했다. 그래서 그는 백성들로부터 많은 사랑을 받았다. 진흙탕에 빠진 왕의 사륜마차를 재빨리 끌어낸 농부에게 왕은 백마 여섯 마리가 끄는 금칠한 마차를 하사한 적도 있었다. 호의를 베풀 때처럼 분노를 터뜨리는 것도 조금 즉흥적이어서 자주 사형 선고를 내렸다가 마지막 순간에 거두어들이곤 했다.

디에고 왕자의 예상대로 레오 1세는 마구간에 있었다. 그곳에서 그는 말 염색 전문가와 말 색깔에 대해 의논하고 있었다.

"사랑하는 아버지, 저 결혼하기로 했어요."

디에고 왕자는 멀리서부터 소리치며 달려갔다.

"세상에, 정말이냐?"

왕이 말했다.

"잘 생각했다. 남자라면 결혼을 해야지. 특히 미래의 왕은 그래야 한다. 현명한 짓은 아니지만 그것이 관습이니까. 네가 관습을 존중하니 기쁘구나. 그래, 상대는 누구냐?"

"북쪽나라의 리스바나입니다."

"흠, 네 팔에 끼고 있는 것이 명단이냐?"

귀족들은 결혼 적령기 공주들의 최신 명단을 줄여서 그냥 '명단'이라고 했다. 그동안 계속 명단을 팔에 끼고 있던 디에고 왕자가 명단을 왕에게 건네주었다.

왕이 한숨을 내쉬었다.

"가져올 게 별로 없는 것 같구나. 하지만 상관없다. 우리가 충분히 가졌으니까. 어쨌든 직접 북쪽나라로 가서 공주를 만나 봐야겠다. 유랑 가수들이 떠드는 소리를 그대로 믿을 수는 없다. 그것들이 금발이라고 노래했는데 실제로 가서 보면 얼룩덜룩한 배 같은 색일 때도 있거든.”

바다 괴물

출발하기 전 디에고 왕자는 복장을 완전히 새로 맞추었다. 언제나 그랬듯이 전부 검은색이었다. 이것이 어머니의 화원에서 찾아볼 수 없는 유일한 색이기 때문이었다.

몇 년 전부터 정원사는 왕립 식물원에서 검은색 튤립을 재배하려 애썼지만 지금까지 보라색 튤립조차 만들어 내지 못했다. 왕자는 칠흑 같은 검은 소매에 붉은색 벨벳 레이스를 달도록 했다. 그리고 구두의 중심지인 파르고에서 지난 이백 년 이래로 구두코가 가장 긴 새 구두를 주문했다.

"정말로 세련되고 멋진 구두입니다."

신발이 도착하자 디에고 왕자의 재단사가 포장을 풀며 입에 침이 마르도록 칭찬했다.

“훌륭하십니다. 왕자님께서는 항상 놀라운 생각을 하시는군요.”

왕자는 황홀한 기분으로 구두를 신고, 조심스럽게 몇 발짝 내딛다가 거울 앞에 섰다. 그러더니 다시 몸을 돌리며 미심쩍은 눈길로 재단사를 바라보았다.

“좀 우스꽝스러워 보이지 않아? 남들 웃음거리가 되는 건 견딜 수 없어.”

“절대로 아닙니다.”

재단사가 속삭이듯 말했다.

“익살스런 긴 구두코가 정말 멋지십니다.”

디에고 왕자는 이마를 찌푸린 채 잠시 재단사를 바라보더니 그에게 구두코를 반으로 줄이라고 명령했다. 그래도 이 구두는 지난 이백 년 이래로 구두코가 가장 긴 구두였다.

그사이 레오 1세는 그가 소유하고 있는 갈레온선 중에서 갑판이 높고 잘빠진 에스페란토호의 출항을 준비시켰다. 양쪽에 열두 개의 노가 달린 이 배는 범선과 소형선을 혼합한 형태로 방향을 유연하게 바꿀 수 있으면서도 긴 항해를 충분히 견뎌 낼 만큼 육중하고 안정감이 있었다. 순풍이 불면 앞 돛대와 중앙 돛대에 황새 돛을 올리고, 바람이 잔잔하면 돛을 내려 오십 명의 선원이 노를 저었다. 레오 1세는 배를 보다 날렵하게 만들기 위해 뱃머리를 산뜻하게 다듬고 길이를 늘이도록 명령했다. 또한 대포를 장착하고 화약, 양탄자, 식수, 살아 있는 닭과 돼지를 싣게 했다. 신부에게 줄 선물도 준비했다. 다마스트(다마스쿠스산 문직물), 동양에서 온 비단과 벨벳, 앵무새, 화려한 장신구, 금으로 짜고 석류석으로 장식한 숄, 아름다운 자수정, 족제비와 담비 가죽, 양탄자와 침대에 뿌릴 향료, 향유고래에서 얻은 용연향, 카네이션, 육두구, 카르다몸, 최근 유행하는 털빛의 순종 말과 개, 황금 새장에 든 나이팅게일 조각 등이었다. 그 밖에도 초록 바나나를 엄청나게 실었다. 바나나는 온대와 한대 지방 어디서든 환영받는 선물이었다.

선원들이 닻을 감아올리고 돛을 높이 올렸다. 그리고 북쪽으로, 계속 북쪽으로 뱃머리를 향했다. 바스카리아 왕의 부와 권력을 과시하기 위해 일백 명의 기사가 레오 1세와 그의 아들을 호위했다. 왕비는 집에 남았다. 이제 곧 백합꽃이 필 때가 되었고, 누군가는 궁전에 남아 나라를 다스려야 했기 때문이다. 삼 주 동안 좋은 날씨가 계속되었다. 순풍이 불고, 햇볕은 따스했으며, 먼 곳까지 뚜렷이 보이는 쾌청한 날씨였다. 레오 1세와 디에고 왕자는 뒤쪽 갑판의 하얀 천막 아래 앉아 카드게임을 했는데, 거의 매번 왕자가 졌다. 공주를 생각하느라 집중을 할 수 없었기 때문이다. 왕자는 질 때마다 금화 한 개씩을 왕에게 내놓았다.

"디에고, 어리석음은 대가를 지불해야 하는 법이다."

왕은 짤랑 소리가 나도록 금화를 돈주머니에 집어넣었다. 하지만 문제 될 것은 전혀 없었다. 언젠가는 이 모든 것을 디에고 왕자가 물려받을 테니까.

배가 항구에 정박할 때마다 고향에 남아 있는 사람들을 위해 선물을 샀다. 수석 시종장을 위해서는 담배 파이프를, 왕의 애인들을 위해서는 진주 목걸이와 재미있는 글귀가 새겨진 재떨이를, 왕비를 위해서는 꽃을 샀다.

넷째 주가 시작되었을 때 에스페란토호는 안개나라 근처의 바다에 도달했다. 불쾌하고 축축한 냉기며 안개가 배로 다가오는 것으로 보아 안개나라 부근이 틀림없었다. 바람이 잠잠해지더니 곧 유황 냄새를 품은 거대한 안개에 휩싸였다. 앞으로 제대로 나아가고 있는지조차 알 수 없는 상태로 배는 비틀거리며 계속 항해했다. 회색의 짙은 안개 말고는 아무것도 보이지 않았고, 때로 멀리서 들려오는 울부짖는 듯한 숨소리 외에는 아무 소리도 들리지 않았다. 왕과 왕자는 선실로 물러났다. 안개를 경고하는 뿔피리 소리가 계속해서 들려왔다.

"언제 날씨가 맑아질까?"

저녁 만찬 시간에 디에고 왕자가 선장에게 물었다. 선장이 고개를 흔들며 음울하게 대답했다.

"팔월부터 발정기가 시작됩니다. 몇 주 동안 계속되지요. 내일부터는 노를 젓도록 하겠습니다."

이어지는 왕자의 질문에 선장은 다음과 같이 설명했다.

"용이 숨을 쉬는 겁니다. 안개나라는 용들이 교미하는 곳이지요. 안개는 용들이 내뿜는 숨입니다. 이 괴물들은 다른 계절에는 여기저기 먼 곳에 흩어져 살다가 구월이 되면 이곳 해안으로 몰려와 증기를 내뿜고 포효하면서 짝을 찾는 소리를 지릅니다. 수천 마리나 되는 용이 이 기간 내내 모든 비늘에서 증기를 뿜어내지요. 용들의 콧구멍과 귀에서 나오는 짙은 안개는 해풍도 흩어 버리지 못합니다. 그래서 이곳을 지나가는 배는 무풍 상태에 갇히게 되지요. 안개나라 사람들은 이런 사실을 숨기려 합니다. 어차피 이곳은 일 년 내내 안개가 끼니까요. 하지만 저 냄새는 숨길 수 없지요."

디에고 왕자가 근심에 차서 창밖을 내다보았다. 선장이 얘기하는 동안 안개가 더 짙어진 것 같았다.

"그렇군."

레오 1세가 말했다.

"그런데 선장, 그렇게 잘 알면서 왜 이 해안으로 들어왔지? 굳이 안개를 헤치고 항해하는 이유가 뭐냐고?"

"안개가 귀찮기는 하지만 안개가 없는 바다의 사정은 더 고약합니다. 엄청난 소용돌이에, 갑자기 폭풍우가 닥쳐오기도 하고, 앵무새 부리에 멧돼지 이빨을 하고 온몸이 털가죽으로 덮인 괴물들이 나타나 배를 난파시키기도 하니까요."

선장은 서랍을 열더니 지도를 꺼내 탁자 위에 펼쳤다. 지도에는 안개나라와 북쪽나라 연안의 바다가 그려져 있었다. 지도 위의 바다에는 수많은 괴물들이 지느러미가 서로 닿아 있을 정도로 우글거렸다. 주둥이가 커다란 거대한 물고기, 물갈퀴와 꼬부라진 꼬리가 달린 해마, 수도승 같은 얼굴에 돼지 주둥이를 하고 정수리에서 계속 물을 뿜어내는 늑대고기, 앵무새 부리에 멧돼지 이빨을 가진 괴물 등. 선장은 손가락으로 지도를 톡톡 두드렸다.

"전하께서 보시다시피 암흑 세계의 괴물들과 충돌하거나 공격을 받지 않고 이곳을 통과하는 건 불가능합니다. 안개 속에서 며칠 동안 무풍상태를 겪는 게 더 낫지요. 전하, 안개나라의 해안은 그리 길지 않으니 며칠만 참으십시오. 이제 길어야 닷새만 노를 저으면 됩니다. 그러면 제 결정이 옳다는 것을 아시게 될 겁니다.”

“용, 바다 괴물, 암흑 세계라고?”

레오 1세는 불같이 화를 냈다.

“세상 끝에서 추락하는 게 두려운 거겠지, 안 그런가? 내일 아침 선원들에게 대양으로 나가라고 명령을 내려라! 이곳에서 하루 종일 용의 방귀 냄새만 맡고 싶진 않다.”

“폐하의 명령을 거역할 순 없지만, 정말 괴물이 있습니다.”

“자네가 직접 봤는가?”

“그건 아닙니다. 경박한 믿음을 미워하는 사람들처럼 저도 오랫동안 괴물들의 존재를 믿지 않았습니다. 하지만 제가 잘 아는 조타수 한 사람이 에트왈호가 괴물의 공격을 받아 침몰할 때 그 자리에 있었답니다.”

“그의 말을 믿는가?”

“그는 절대로 거짓말을 하시 않습니다. 딩시 그는 주교를 배에 태우면 안 된다고 선장에게 경고까지 했었습니다. 자석이 금속을 끌어당기듯 성직자들은 바다 괴물을 끌어들이니까요.”

“그 친구 혹시 이 배에 타고 있나?”

“전하, 무슨 말씀을 하시는 겁니까? 그 일이 있은 뒤로 그는 다시는 갑판을 밟지 않습니다. 지금은 콘스탄티노플에서 사탕무 농사를 짓고 있습니다."

선장은 황금빛 술을 잔에 따랐다.

"우리 배에는 주교가 타고 있지 않다. 그러니 내일 즉시 이 해안을 벗어날 것을 명령하노라!"

레오 1세가 손을 쳐들며 말했다.

다음 날 아침 선장이 다시 괴물 이야기를 꺼내자 레오 1세는 탁자를 뒤집어엎고 등잔을 내던지며 무섭게 화를 냈다.

"아무 얘기도 듣고 싶지 않다. 이것이 내 뜻이다."

선장은 괴물들보다 왕의 분노가 더 두려웠기 때문에 에스페란토호를 몰아 대양으로 나아갈 수밖에 없었다. 마침내 안개가 점차 옅어지더니 햇빛이 쏟아지고 바다가 반짝거렸다. 모두가 안도의 한숨을 내쉬었다.

시종들이 흰 천막을 다시 쳤다. 선장이 카드놀이에 참여하자 왕이 비웃으며 말했다.

"멧돼지 이빨이 달린 자네의 바다 괴물은 대체 어디 있지? 왜 한 마리도 보이질 않아?"

"물론 보이지 않아야지요. 그놈이 나타나면 우린 모두 죽을 테니까요."

선장이 대답했다.

디에고 왕자는 뱃머리에 서 있었다. 에스페란토호는 무한한 수평선을 향해 나아갔다. 그는 갑판 벽에 몸을 기대고 뛰어오르는 돌고래를 구경하면서 마음속에 떠오르는 꿈과 소망에 자신을 맡겼다. 그러다 어느 사이엔가 돌고래들이 배 곁에서 떠나간 것을 알아챘다. 바다는 짙은 청색에서 거의 보랏빛에 가까워졌다. 선체가 바다를 가르며 나아갈 때 너무 많은 거품과 소용돌이가 이는 것을 본 왕자는 깜짝 놀랐다. 그 순간 그는 이 소용돌이를 일으키는 것이 에스페란토호가 아니라는 것을 알아챘다.

"선장! 선장! 이리 와서……."

디에고 왕자는 소리치다 갑자기 숨이 턱 막히고 말았다. 그의 눈앞에서 엄청난 괴물이 솟아올라 앞발을 갑판 난간에 척 올려놓았다. 괴물은 왕자의 정면에 있었다. 황소보다 두 배는 큰 바다 괴물의 머리에는 귀가 없었고, 이마의 양 옆에 파이프 모양의 연골이 달려 있었다. 지금까지 한 번도 본 적이 없는 모습이었다. 괴물은 눈을 끔벅거리며 이빨이 없는 주둥이를 벌리더니 커다란 혀를 쑥 내밀었다. 바로 그 순간 이마 양 옆의 파이프에서 물줄기가 뿜어져 나와 왕자의 속옷까지 흠뻑 적셨다. 바다 괴물은 만족한 듯 꿀꿀거리고는 앞발을 부채처럼 활짝 펴 등 뒤의 바다로 다시 뛰어들었다.

선장과 기사들이 왕자를 돕기 위해 달려왔다. 기사들은 단검을 빼들고 있었다. 하지만 괴물은 다시 나타나지 않았다. 그들이 뱃머리 주변의 바다 위를 살피고 있을 때, 후미에서 비명 소리가 들려왔다. 괴물이 이번에는 레오 1세를 공격한 것이다. 왕은 네 발로 기어 카드놀이 탁자 밑으로 달아났다. 또 다른 괴물이 나타나 육 미터나 되는 뿔로 흰색 천막에 구멍을 내고 있었다.

"오, 맙소사, 이것들은 다 뭐야? 이놈들을 쫓아라! 어서 쫓아내!"

레오 1세가 소리쳤다. 괴물의 몸이 거의 천막에 덮여 있었기 때문에 모습을 다 볼 수는 없었다. 용감한 기사 하나가 여기저기 들쑤시고 있는 괴물의 뿔을 칼로 자르려 했다. 그때 선장이 한쪽으로 물러나라고 그에게 손짓했다.

"빈 술통들을 가져와라!"

선장이 소리쳤다.

"새로 칠한 것일수록 좋다. 빈 술통을 가져와서 갑판 밖으로 내던져라!"

술통들이 파도 위를 떠다니자 괴물은 곧바로 천막에서 떨어져 바다로 되돌아가 새 장난감을 몰고 앞으로 나아가기 시작했다. 레오 1세는 탁자 밑에서 기어 나와 괴물을 구경했다.

"뿔고래입니다. 위험한 놈이긴 하지만 다른 데로 관심을 돌리기가 쉽지요."

선장이 설명했다.

뿔고래가 술통을 하나씩 물어 챌 때마다 날카로운 흰 이빨이 보였다. 수평으로 뻗은 꼬리지느러미가 달린 뚱뚱한 몸통에 조그만 머리가 붙어 있었고, 정수리 한가운데에 돛대처럼 뿔이 솟아 있었다. 뿔 끄트머리에는 아직도 하얀 천막 조각이 매달려 있었다. 입을 다물고 있을 때는 그리 위험해 보이지 않았다. 무언가 질긴 것을 씹고 있는 것처럼 불룩 나온 볼에 두툼한 눈꺼풀이 달려 있었다.

"침실 모자처럼 생겼군."

레오 1세가 말했다.

“고래작살로 잡아서 박제를 뜨고 싶군. 저렇게 괴상하게 생긴 동물은 처음 보네.”

이때부터 바다 괴물이 차례로 몰려들기 시작했다. 바다가 스프 냄비처럼 부글거리며 거품을 일으키고 쏴 소리를 내더니 바다호랑이가 나타나 앞발로 무시무시한 파도를 일으켜 배에 부딪치게 했다. 시커먼 바다 괴물이 선체로 돌진해 엄청난 힘으로 부딪쳤다. 큰 코끼리의 네 배나 되는 덩치에 돼지코를 하고 목덜미에 가시가 달린 물고기가 뱃머리에 물을 토해 냈다.

기사들과 선원들은 처음 열 마리가 솟아오를 때까지는 기절초풍했다. 그러나 바다 괴물들이 사람을 잡아먹으려는 것이 아니라 관심과 호기심으로 배 주위를 맴돌고 있다는 사실을 알게 된 뒤로는 마음을 놓았다. 그래서 바닷물이 아무리 부글거려도 별로 주의를 기울이지 않게 되었다. 심지어 몇몇 선원들은 해마 두 마리와 눈이 아홉 개나 달린 아름다운 고래에게 먹이를 주면서 장난을 쳐 선장에게 혼이 났다. 배에 가까이 다가와, 갑판 위를 종종거리는 닭들을 낚아챈 바다 괴물들에게는 술통을 던져 주었다.

“자네가 과장이 심하다는 걸 난 처음부터 알고 있었네.”

레오 1세가 선장에게 말했다.

“저놈들 좀 보게나. 양처럼 순한 것이 마치 이슬과 비만 먹고 사는 동물 같지 않은가?”

“저놈들은 이슬과 비를 먹지 않습니다. 하지만 녀석들 몸에 수분이 아주 많기는 합니다. 기다려 보십시오. 곧 성질이 불같은 놈을 만나게 될 테니까요. 멧돼지 이빨 괴물 같은……."
  선장이 정색을 하며 말했다.
  "허, 자네는 또 불길한 말을 하는군."

깔때기 속에서

다음 날 아침에도 에스페란토호는 최적의 바람과 날씨 속에서 항해를 계속했다. 그사이 친해진 바다뱀 두 마리가 배를 따르고 있었다. 목에 붉은 띠가 있는 뱀이 머리를 꼿꼿이 쳐들고 이리저리 몸을 비틀며 고요한 바다를 헤엄쳤다. 뱀들이 내는 빛이 항로를 환하게 밝혀 주어 깊은 바다 속까지 희미하게 들여다보였다. 레오 1세와 디에고 왕자는 수선한 천막 아래 앉아 아침식사를 하고 있었다. 레오 1세는 베이컨과 계란을, 채식주의자인 왕자는 과일과 케이크를 먹으며 새로 나타난 바다 괴물을 주의 깊게 구경했다. 노란색의 찢어진 눈을 한 풍차만 한 붉은 고래가 그들 옆을 지나갔다. 고래는 바다 위에 떠서 입을 크게 벌리고 오른쪽으로 빨아들인 바닷물을 왼쪽으로 내보냈다. 먹이로 바다 괴물을 꾀지 말라고 선장이 주의를 주었는데도 디에고 왕자는 바다뱀에게 과자를 던져 주었다. 바다뱀은 공중에서 과자를 낚아채며 목에 난 갈기를 흔들었다. 뱀이 재채기를 하자 불꽃이 번쩍였다. 레오 1세는 아들을 툭 치며 고래 옆에 나타난 괴물을 가리켰다.

"저기 봐라. 뿔고래가 다시 나타났다. 정말 멍청해 보이지?"

그런데 뿔고래가 갑자기 흥분해서 머리와 뿔을 흔들어 대더니 바다 밑으로 사라져 버렸다. 그 순간 태양이 구름에 가려지고 배는 거대한 손에 붙잡히기라도 한 듯 빙글 돌아 바람 방향에서 벗어났다. 돛이 힘없이 축 처졌다가 곧 이리저리 심하게 나부꼈다. 바다가 일렁이며 선체에 부딪쳤다. 동시에 새로운 소리가 들려왔다. 나지막하면서도 불길하게 후루룩대는 소리. 선원들은 당황하여 서로를 쳐다보았다.

"이보게, 선장!"

레오 1세가 소리쳤다.

"어서 이리 와 보게나. 이상한 소리가 들려. 이번엔 또 무슨 괴물인가?"

선장은 대답하지 않았다. 그는 바람 쪽으로 코를 향한 채 이것이 무슨 징조인지 알아내려 집중하고 있었다. 기이하게도 이제 괴물들은 어디서도 보이지 않았다. 바다뱀도 사라지고 없었다. 수평선 끝까지 보이는 것이라고는 거품을 일으키는 바다뿐이었다. 더 기이한 일은 에스페란토호가 돛이 축 처진 채로 선미를 앞으로 하여 완전히 반대 방향으로 나아가고 있는 것이었다.

"배를 좌현으로!"

선장이 갑자기 소리쳤다.

"활대와 돛을 내려라! 모두 노를 잡아라! 있는 힘껏 노를 저어라! 생사가 걸린 일이다!"

"무슨 일인가?"

디에고 왕자가 선장과 함께 노가 있는 쪽으로 달려가며 물었다.

"멧돼지 이빨 괴물인가?"

"제발 멧돼지 이빨 괴물이길 바랍니다. 그래야 우리 가운데 몇 사람이라도 살아남을 테니까요."

선장이 숨을 헐떡이며 말했다. 그는 조타실 쪽으로 손짓을 해서 선원 하나를 돛대 위로 올라가게 했다. 구슬땀이 얼굴에서 흘러내렸다.

"노를 저어라!"

선장이 소리쳤다.

"앞으로 나아가라! 제멋대로 하지 말고 길고 힘차게 노를 당겨라! 영차-영차-영차-, 모두 죽고 싶어? 어서 혈관이 터지도록 노를 당겨! 당겨라, 살고 싶다면 노를 당겨!"

선원들은 몸을 앞으로 깊이 숙였다가 뒤로 젖히며 노를 저었다. 숨을 헐떡이고, 비 오듯 땀을 흘리며, 잇몸을 다 드러낸 채 있는 힘껏 노를 당겼지만 배는 조금도 앞으로 나아가지 않았다. 심지어 제자리에 서 있지도 못했다. 배는 사정없이 엉뚱한 쪽으로 미끄러졌다. 미끄러져 들어갈수록 항로는 거세지고 후루룩대는 소리도 더 커졌다. 맷돌소용돌이라는 끔찍한 말이 입에서 입으로 전해졌다. 그것은 북쪽바다에서 가장 무서운 소용돌이 가운데 하나였다.

"모세, 뭐가 보이나?"

선장이 목을 움츠린 채 두 손을 입에 대고 외쳤다. 돛대 위에 올라간 선원이 소리쳤다.

"바다에 구멍이 있어요. 대략 오 킬로미터 전방이에요. 가운데는 검고 가장자리는 흰색인데 엄청나게 큰 구멍이에요. 우리 숙모 옆집에 사는 시장네 목장보다 더 커요. 빙빙 돌아요. 선장님, 현기증을 일으킬 정도로 빠르게 빙빙 돌아요. 저 내려가도 될까요?"

"계속 거기 있어!"

선장이 소리쳤다. 왕이 위세를 보이려 함께 데려온 백 명의 기사는 물론 디에고 왕자도 선원들과 합세했다. 그들은 교대로 노를 저었다. 제복을 입은 시종들도 함께 노를 저었다. 하지만 에스페란토호는 더 빠른 속도로 반대쪽으로 미끄러져 들어갔다. 자포자기한 심정으로 선원들은 닻을 내던졌다. 하지만 닻줄은 끊어져 버리고 배는 계속 구멍 쪽으로 빨려 들어갔다.

"우현에 바다 괴물이 나타났다!"

돛대 위의 선원이 내려다보며 소리쳤다.

"멧돼지 이빨이 달렸다!"

우현의 노잡이들이 노 밑의 틈새로 괴물을 보려고 몸을 굽혔다. 에스페란토호보다 네 배나 큰 엄청난 덩치에다 여기저기 끔찍한 이빨이 솟아 있었다. 코에서는 김을 뿜어 냈고, 등 전체가 조개로 덮여 있었으며, 앞발로 물길을 가르며 무서운 속도로 다가왔다.

"자리에 앉아 계속 노를 저어라!"

선장이 외쳤다.

"괴물을 향해 나아가라! 좌현 노를 담가라! 우현 동작 그만!"

선장은 앞에 앉아 있는 왕자의 어깨를 잡으며 소리쳤다.

"살아남을 수 있는 유일한 기회입니다!"

그의 얼굴은 갑자기 솟아난 희망으로 일그러져 있었다.

"이유는 모르겠습니다만 우측에서는 소용돌이가 배를 끌어당기지 않아요."

하지만 그 시도도 실패로 돌아가고 말았다. 조타수와 노잡이들의 기술로 에스페란토호를 옆으로 돌려놓는 데는 성공했지만 배를 조류의 흐름에서 완전히 빠져나오게 하지는 못했다. 멧돼지 이빨 괴물과 배의 거리는 불과 삼십 미터도 되지 않았다. 그런데 갑자기 괴물이 태도를 바꿨다. 괴물은 숨을 몰아쉬며 무섭게 꽥꽥 대더니 맷돌소용돌이에서 빠져나가려고 절망적으로 요동치기 시작했다. 하지만 이것은 폭포를 거꾸로 거슬러 오르려는 것이나 마찬가지였다. 뒤쪽으로 빨려 들어가지 않으려고 버둥대며 개헤엄을 쳤지만 소용없었다. 괴물은 공포에 질려 꿀꿀대고 울부짖으며 침을 튀겼다. 부지런히 헤엄을 치고 꼬리지느러미를 휘두르며 조류와 싸울 때까지 괴물은 에스페란토호와 같은 높이에 있었으나, 점차 힘이 빠져서 배 옆을 지나 구멍 속으로 빨려 들어갔다. 디에고 왕자는 괴물이 돼지 주둥이를 일그러뜨리고, 소용돌이의 가장자리 거품 속으로 빨려 들어가는 모습을 분명히 보았다. 후루룩대던 소리는 이제 굉음으로 바뀌었다.

"노를 젓든 말든 마음대로 해!"

선장이 외쳤지만 아무도 그의 말소리를 알아들을 수 없었다.

"어떻게 하든 이제 마찬가지다. 우리는 이미 죽은 목숨이야. 우리는 거대한 암흑 세계로 빨려들 거야! 기도해라! 그럴 기분이라면! 하하! 조용히 기도해라! 빌어먹을! 이제 끝장이다!"

철썩이는 물보라와 튀어 오르는 거품이 배와 선원들을 덮쳤다. 대기와 바다가 하나가 되고 짠 물거품이 사방에서 몰려와 선원들의 속옷까지 흠뻑 적셨다. 바닷물이 코와 입속으로 마구 밀려들었다. 몰려드는 흰 물보라에 뒤덮여 바로 앞도 분간할 수 없었고, 엄청난 굉음이 외침과 비명을 삼켜 버렸다. 모두가 공포 속에 홀로 고립되었다.

그렇게 한 시간이 흘렀을까? 아니면 두 시간? 에스페란토호가 물거품을 통과하여 안쪽 가장자리의 빛 속으로 다시 들어오기까지 영원한 시간이 흐른 듯했다. 배는 약간 옆으로 기울어진 채 커다란 원을 그리며 돌고 있었다. 귀를 멀게 하는 굉음이 여전히 들려왔지만 배는 거의 흔들리지 않았다. 갑판 위의 사람들 모두 흰색 소용돌이의 마비 상태에서 깨어났다. 노 젓는 자리에 앉아 있던 선원들과 기사들도 몸을 일으켰다. 하지만 소용없는 일이었다. 이곳의 광경은 그들을 새로운 공포와 더 깊은 절망으로 몰고 갔다. 에스페란토호의 오른쪽에 솟아 있는 거대한 흰색 거품 벽이 세상의 모든 희망으로부터 그들을 갈라놓았다. 왼쪽으로는 검은 바다 깔때기의 깊은 심연이 들여다보였다. 그 끝은 종이 위에서 끼적대는 깃털 펜대처럼 이리저리 흔들렸다. 그곳에서 깊고 공허한 울부짖음이 울려왔다. 깔때기의 벽은 팽팽한 피부처럼 매끈하고 반짝거렸다. 에스페란토호는 그 위를 맴돌며 자꾸 안쪽으로 빨려 들고 있었다. 배는 거대한 구멍 속을 향한 채 비스듬히 기울어졌다. 폭이 훨씬 좁은 약간 아래쪽에는 멧돼지 이빨 괴물이 있었다. 괴물은 안타깝게 몸을 버둥대며 필사적으로 헤엄치고, 울부짖으며 하늘을 향해 머리를 쳐들었다.

그곳이 바로 맷돌소용돌이의 심장이었다. 목숨을 대가로 내놓아야만 볼 수 있는 곳. 레오 1세는 카드놀이 탁자 옆에 앉아 울었다. 기사와 선원들은 무릎을 꿇고 탄식하고 기도하거나 머리를 쥐어뜯었다. 다른 사람들은 숨을 멈춘 채, 바다의 목구멍 속으로 빨려들 순간을 조용히 기다렸다. 하지만 바다는 서두르지 않았다. 에스페란토호는 빠른 속도로 쉴 새 없이 원을 그리며 돌았다. 계속 돌면서도 이 원이 작아진다거나, 속도가 더 빨라진다거나, 더 깊은 곳으로 빠져든다는 것은 전혀 느낄 수 없었다.

‘이럴 수는 없어.’

디에고 왕자는 생각했다.

‘이건 아니야. 아직 북쪽나라 공주도 보지 못했다구!’

몇 명의 기사들이 토했다. 이어서 다른 기사들이, 그리고 결국 선원들도 토하기 시작했다. 마침내 모두가 신음 소리를 내며 갑판 위에 쓰러졌다. 갑판 난간을 붙들고 심연을 들여다볼 만큼 강한 심장을 지닌 사람은 아무도 없었다. 바다의 모든 위험과 싸워 본 선장만이 성큼성큼 걸어서 흰 천막 안의 탁자 밑을 기고 있는 왕에게로 다가갔다. 선장은 무릎을 두 손으로 짚은 채 고개를 숙여 왕의 귓가에 대고 소리쳤다.

"자, 이제 어떻게 하시겠습니까, 전하! 어떤 명령을 내리시겠습니까?"

"오오오오오…… 몸이 안 좋다, 끔찍하게 안 좋아."

왕은 말이 끝나기가 무섭게 아침식사로 먹은 것들을 선장의 발 앞에 토해 냈다.

배는 몇 시간 동안 계속 원을 그리며 돌았다. 몇몇이 의식을 잃었다. 이어서 다른 사람들도 하나씩 의식을 잃어 갔다. 처음 의식을 잃었던 사람들이 다시 깨어났을 때도 에스페란토호는 여전히 빙빙 돌고 있었다. 북쪽바다는 험악할 뿐만 아니라 종잡을 수도 없었다. 날이 어두워지기 시작했다. 멧돼지 이빨 괴물은 이미 오래 전에 깔때기 속으로 사라졌다. 왕과 왕자와 다른 기사들이 위 속에 든 모든 것을 토해 내고, 이제 영혼까지 게워내려 할 즈음 갑자기 배가 느려졌다. 깔때기가 넓어지고, 거품 벽은 낮고 투명해졌다. 굉음, 끓는 소리, 칙칙대는 소리가 점차 작아졌다. 맷돌소용돌이가 물을 빨아들이는 일에 이제 지루함을 느끼는 듯했다. 깔때기의 끝이 솟아오르고 원을 그리며 맴돌던 움직임을 그치더니 에스페란토호를 자유로이 풀어 주었다. 물에 빠져 죽은 멧돼지 이빨 괴물이 배를 위로

한 채 코르크처럼 바다 위로 떠올랐다. 거의 죽은 듯 보이던 사람들이 서서히 몸을 일으켰다. 모두가 멍한 상태였다.

"소용돌이가 멈췄다. 정말 멈췄어! 이제 살았다!"

레오 1세가 소리쳤다.

"모두 노로 가라!"

선장이 소리쳤다.

"소용돌이가 다시 시작되기 전에 모두! 모두라고 말했다!"

선원, 기사, 왕자, 왕 모두가 더럽혀진 옷을 입은 채 갑판 아래 노가 있는 쪽으로 몰려가, 넷씩 다섯씩 짝을 지어 마지막 힘을 모아 노를 저었다. 선장도 노를 저었다.

"당겨라! 바다에 거품이 일도록 당겨라! 바다가 생크림이 되도록 노를 저어라! 피가 나도록 노를 당겨라! 영차-영차-영차!"

선장이 소리쳤다. 사람들은 신음하고 몸을 떨며 창백한 얼굴로 쉬지 않고 노를 저었다. 바람이 불어와 그들을 도왔다. 선원들이 돛을 올리자 강한 바람이 돛을 부풀리며 배를 해안으로 몰고 갔다. 그래도 그들은 쉬지 않고 노를 저었다. 밤새 노를 저어 다음 날 아침 해안의 안개가 그들을 다시 감쌀 때까지.

"무풍지대로 돌아왔다! 향기로운 용의 입김이다!"

레오 1세는 외치더니 노를 내던지고 몸을 끌며 선실로 향했다. 그리고 이틀 동안 내리 잠만 잤다.

검무

닷새 뒤 안개가 걷히더니 억수 같은 비가 쏟아졌다. 배를 저어 해안으로 다가가자 바람에 기울어진 오두막들이 나타났다. 젖은 장작을 태우는지 굴뚝에서 연기가 솟아오르고 있었다. 누더기를 입은 아이들이 해안을 따라 달려왔다. 바스카리아 사람들은 손짓을 하며 바나나를 던져 주었다.

"맙소사. 비참한 나라구나. 세상의 끝자락이야. 지참금이라고 해 봐야 동전 몇 개뿐일 테니 차라리 포기하는 게 낫겠다. 땅이나 재산은 받을 생각도 말아라."

레오 1세가 아들에게 말했다.

거친 시련을 겪었지만 왕자는 행복했다. 왕자는 양산 속에서 비를 피하며 팬케이크처럼 평평하고 척박한 경치를 흐뭇한 시선으로 바라보았다. 깊은 바퀴 자국이 해안가 진흙길에 나 있었다. 바닷새들이 끽끽대며 검은 바다로 하강했다.

"네게 이 말부터 해야겠다. 상륙하자마자 공주를 보고 즉시 다시 집으로 돌아가자. 신부를 데려가건 데려가지 않건 말이다."

에스페란토호의 출현은 곧바로 궁정에 전해졌다. 로타푸르 왕은 언젠가 배가 들어올 때를 대비해 해안에 연락 초소를 세워 두었다. 중요한 손님이 미리 연락하지 않고 찾아왔을 때, 자작나무 칫솔을 입에 문 채 잠옷 바람으로 맞닥뜨리고 싶은 사람이 어디 있겠는가? 전령이 북쪽나라 왕의 궁정으로 달려갔다. 그의 말은 이 나라의 모든 말처럼 다리가 짧았지만 그래도 빨리 달릴 수 있었다. 에스페란토호가 항구에 정박하기 두 시간 전에 땀에 흠뻑 젖은 전령이 궁정에 도착했다.

로타푸르 왕은 왜 바스카리아의 왕이 거대한 배를 타고 이곳까지 왔는지 이해할 수 없었다. 결혼 적령기 공주들의 최신 명단이 아직 북쪽나라에 도착하지 않았기 때문에 그는 자신의 딸을 좋게 평가한 글이 실려 있다는 것을 알지 못했다. 하지만 그는 딸이 결혼할 수 있는 좋은 기회를 놓치고 싶지 않았다. 이 귀한 손님이 리스바나 공주의 매력에 빠져들게 만들겠다고 그는 결심했다.

"청소를 해라!"

로타푸르 왕이 소리쳤다.

"머리부터 발끝까지 말끔히 차려입어라! 여자들은 가장 좋은 옷으로 단장해라! 내 딸을 아름답게 치장해라! 공주에게 새 야키를 만들어 줘라! 궁전 바닥을 솔질하고 깨끗이 닦아! 깃발도 달아라! 손님들이 진창에 빠지지 않도록 용암 들판에서 바위 부스러기를 가져와 길바닥에 뿌려라!"

성 전체가 시끌벅적했다. 부엌에서는 새의 깃털이 눈송이처럼 공중에 날렸다. 거위, 오리, 닭들이 하녀들 손에 도살되었다. 흰옷을 입은 시녀들이 계단을 오르내리고, 시종들은 너도밤나무로 만든 탁자와 의자에 천을 씌웠으며, 하인들은 양고기와 돼지고기를 나르느라 숨이 턱까지 차올랐다. 누구도 뒤처지지 않으려 서두르고, 욕설을 해 대며 어깨를 부딪쳤으며, 열쇠를 떨어뜨리고 물통을 엎질렀다. 왕이 그 한가운데 서서 짐을 가득 실은 무역선을 발견한 해적 선장처럼 명령했다. 왕비와 리스바나 공주는 아직 젖은 머리에 뜨겁게 달군 순록뼈를 꽂은 채 왕의 옆을 지나갔다. 두 사람은 새로 만든 야키를 입어 보러 가는 길이었다.

"당신도 옷을 갈아입어야 한다는 걸 잊지 말아요!"

왕비가 왕의 어깨 너머로 소리쳤다.

"그 낡아 빠진 녹색 허리띠를 또 두르면 안 돼요!"

그사이에 비가 그치고 햇살이 내리비쳤다. 바다는 반짝거렸고, 구름 그림자가 땅과 바다 위를 미끄러지듯 스쳐갔다. 레오 1세가 값비싼 양탄자를 배 아래로 펼치라고 명령했다. 배가 정박할 때마다 엄청난 반응을 불러일으킨 방법이었다. 배의 앞쪽과 뒤쪽은 바나나 다발로 장식했다.

"이 모든 일이 끔찍한 환멸로 끝나지 않았으면 좋겠구나."

레오 1세가 아들에게 말했다.

"그런 일은 절대 없을 겁니다."

디에고 왕자가 정열에 불타는 눈으로 대답했다.

"그런데 왜 그런 생각을 하시는지요?"

"네가 너무 환상에 빠져 있는 것 같아 걱정이다. 이 현실 세계에 속한 사람이 네 열광적인 꿈이 만들어 낸 환상의 인물과 같을 수 있을까?"

"제 꿈에 대해 뭘 알고 계시죠?"

마음이 상한 디에고 왕자가 물었다.

"세상은 상상하는 것과 다르단다. 너는 북쪽나라 사람들이 고기를 엄청나게 먹어 댄다는 사실을 알고 있느냐? 그리고 북쪽나라 사람들은 명예욕이 강한 것으로 유명하다. 그러니 부디 말조심하도록 해라."

왕이 갑판 난간을 따라 줄을 선 기사들에게 외쳤다.

"이것은 귀관들에게도 해당된다. 궁정 귀부인들을 절대 건드리지 마라. 쳐다보지도 마라. 북쪽나라 사람들은 오해를 잘한다. 말할 때는 각별히 조심해라! 이 사람들은 모든 것을 진지하게 받아들인다. 아예 아무 말도 하지 않는 게 가장 좋을 것이다."

"북쪽나라 공주를 사랑하게 될 거예요. 전 알아요. 분명히 알고 있어요."

디에고 왕자가 말했다.

"그리고 공주도 저를 사랑하게 될 거구요."

많은 인파가 몰려와 에스페란토호를 환영했다. 이곳의 사정에서
는 엄청나게 많은 사람이었지만, 레오 1세가 보기에는 너무 적었
다. 그들은 갈색 누더기를 걸쳤고, 이가 빠진 사람들이 많았으며,
대부분 이곳의 식물들처럼 몸이 구부정했다.

"만세! 바스카리아 만세!"

사람들이 소리쳤다.

배가 정박하자 누더기를 걸친 구부정한 군중들이 양쪽으로 늘어
서 길을 만들었다.

"북쪽나라에 오신 것을 환영합니다. 스뇌글린두랄토르마에 오신
것을 진심으로 환영합니다!"

길 끝에서 한 남자가 거의 알아들을 수 없는 바스카리아어로 외
쳤다. 그는 북극쥐 모피로 만든 외투를 걸치고 낡아 빠진 녹색 허리
띠를 두르고 있었다.

"저 사람이 왕이로군. 서툰 농담을 좋아한다는 그 왕 말이야."

레오 1세가 속삭였다. 하지만 디에고 왕자의 귀에는 아무 말도
들리지 않았다. 왕자는 오로지 왕비의 한 걸음 뒤, 그리고 오빠의
두 걸음 옆에서 로타푸르 왕을 수행하고 있는 공주만 뚫어지게 바
라보았다. 레오 1세가 이미 아들에게 주의를 주었듯, 아직 한 번도
보지 못한 사람에 대해 마음대로 이런저런 상상을 하는 것은 치명
적인 결과를 가져올 수 있다. 진실이 스스로 드러나도록 하는 것이
현명하다. 하지만 여러 주를 항해하면서 디에고 왕자는 미래의 신
부에 대해 세부 사항까지 머릿속에 그려 보았다. 금발과 투명한 목

뿐 아니라 손톱 모양과 인사할 때 턱의 각도까지! 그가 실망하지 않을 가능성은 맷돌소용돌이에서 빠져나올 확률보다 적었다.

"인사드립니다. 바스카리아의 왕자님."

리스바나 공주가 바스카리아어로 말했다. 흠잡을 데 없는 매력적인 억양이었다. 인사할 때 머리의 각도는 왕자의 기대와 정확히 일치했고, 공주의 태도와 생김새도 그의 상상 그대로였다.

"감사드립니다. 북쪽나라의 리스바나 공주님."

왕자는 오른발을 뒤로 빼며 정중하게 인사했다. 리스바나 공주가 무릎을 굽히고 리넨 치마를 살짝 들어 올리며 인사할 때, 왕자는 공주의 손을 유심히 관찰했다. 공주의 손톱은 왕자가 상상했던 것과 전혀 달랐다. 그의 상상보다 훨씬 더 아름다웠다. 공주는 경이로울 만큼 아름다웠다. 그녀의 부드럽고, 생기 넘치고, 매력적이며, 완벽하게 우아한 몸매는 보석 장식이 달리지 않은 옷과 기묘한 디자인의 노란 야키로 인해 더욱 돋보였다.

리스바나 공주가 이국의 왕자에게서 느낀 것도 별반 다르지 않았다. 온통 검은 옷을 입고 배에서 내리는 왕자의 첫인상이 너무 강렬해서 공주는 그와 함께 바스카리아로 가는 것 말고는 세상 그 무엇도 바라지 않게 되었다. 디에고 왕자는 믿을 수 없을 만큼 우아한 청년이었다. 모든 궁정 귀부인들이 그렇게 느꼈다. 물론 그가 수염을 기르지 않은 건 조금 낯설었다. 남자가 수염이 없다는 건 북쪽나라에서는 있을 수 없는 일이었다. 하지만 왕자의 특이한 구두, 매력적이고 부드러운 목소리, 당당한 거동과 열정적이고 좌중을 휘어

잡는 듯한 몸짓 등 모든 것이 북쪽나라 기사들과는 달랐기 때문에 이 차이도 귀부인들에게는 당연하게 여겨졌다. 디에고 왕자가 세계 사교계의 중심이라고 받아들인 것이다. 새까만 머리에 벨벳같이 검은 눈을 지닌 이 젊은 왕자는 머리부터 발끝까지 너무나 매력적이었다.

"환영합니다."

아무도 말을 하지 않자, 로타푸르 왕이 다시 말했다.

"감사합니다."

레오 1세가 단도직입적으로 말했다.

"우리가 왜 이곳에 왔는지 궁금하실 겁니다. 내 아들이 이곳 공주와 결혼하기를 원합니다. 그래서 귀하의 따님을 뵙고 싶었습니다. 선물도 가져왔습니다."

두 왕은 함께 바위 부스러기를 깔아 놓은 길을 밟고 궁전으로 갔다. 그 성은 물론 육백 개의 창문이 있는 바스카리아의 성과는 비교가 되지 않았다.

'정말 초라하군.'

레오 1세는 생각했다.

'너무 작고 초라해. 게다가 목조 건물이라니! 전체가 나무잖아. 경제적인 면에서 볼 때 이 결혼은 완전히 정신 나간 짓이야. 다행히 내가 부자니 망정이지.'

실내도 별로 나을 것이 없었다. 연회장의 벽에는 아무런 장식도 없었다. 기사들의 칼과 방패만 걸려 있을 뿐이었다. 탁자는 투박했고 작은 창문에는 유리 대신 얇은 가죽이 달려 있었다. 순무기름 램프는 손님들을 훈제할 기세로 타올랐다.

"아바마마, 저 훌륭한 목판화들을 보세요!"

디에고 왕자가 박공 창문을 가리키며 말했다. 거기에는 다리가 여덟 개 달린 늑대가 머리가 두 개인 독수리와 싸우고 있는 모습이 새겨져 있었다.

바스카리아의 기사들이 선물을 굴리거나 끌면서 안으로 가져왔다. 북쪽나라 사람들은 모든 선물에 경탄과 찬사를 터뜨렸다. 특히 붉은색과 녹색으로 채색한 고상한 말에 감탄했다. 분위기는 점점 더 활기를 띠었다. 리스바나 공주가 북쪽나라의 태양 아래 가장 행복한 신부라는 데 모든 사람의 의견이 일치했다. 시녀 로자몬데도 이국의 화려한 선물들에 경탄했다. 기사 룬트람과의 약혼이 이제 더 이상 커다란 행운이라고 여겨지지 않았다. 결혼을 앞둔 그녀는 바스카리아로 시집가는 공주를 따라갈 수 없었기 때문이다. 바스카리아에서 어떤 기회를 잡을 수 있을지 모르는 데도 말이다.

왕비가 양고기와 돼지고기를 가져오라고 명했다. 모두가 식탁에 앉았다. 하지만 레오 1세가 위세를 과시하려 데려온 백 명의 기사 중에서 일흔 명과 로타푸르 왕의 궁전 안팎에 사는 쉰네 명의 기사 중 스물네 명은 밖에 있어야 했다. 연회장 안에 자리가 없었기 때문이다. 브레두르도 밖에 있어야 했다. 로타푸르 왕은 연장자들과 가장 명망 있는 기사들만 식탁에 앉도록 했다. 하지만 소수의 선발된 사람들이 앉기에도 연회장은 너무 좁았다. 의자도 부족해서 청어 절임통을 밖에서 가져와야 했다.

레오 1세는 이 나라의 거친 주인이 디에고 왕자가 샐러드를 달라고 했을 때 어떻게 받아들일지 걱정했다. 하지만 쓸데없는 걱정이었다. 리스바나 공주가 기름이 번드르르한 닭다리를 접시에 받아드는 것을 본 왕자는 오랫동안 지켜 온 채식주의 원칙을 접고 고기에 손을 댔다. 레오 1세가 만족해서 고개를 끄덕였다. 이 공주가 자신의 까다로운 아들에게 좋은 인상을 심어 주었다는 것을 알 수 있었다. 게다가 공주는 눈부시게 아름다웠다.

레오 1세가 스테이크를 집기 전에, 시종이 나무 접시를 그의 앞에 내려놓았다. 왕비는 이것이 북쪽나라의 특별 요리라고 설명했다. 양의 심장에 돼지 콩팥으로 속을 채우고, 그 안에 다시 칠면조 심장을 채워 넣고, 그 안에 또 오리 심장을 채운 요리라고 했다. 레오 1세는 검게 그을린 고깃덩어리를 불만스럽게 내려다보았다. 피가 흘러나온 요리 위에는 투박한 칼이 수직으로 꽂혀 있었다. 이 나라의 왕과 왕비는 포크가 무엇인지조차 모르는 게 분명했다. 그들은 식사 때 다섯 손가락이 아니라 세 손가락만 사용하는 것을 귀족의 징표라고 자랑스럽게 여겼다. 북쪽나라 기사들의 경우 손을 사용하는 것만으로도 고맙게 여겨야 할 판이었다. 리스바나 공주도 그리 세련된 식사 예법을 지니고 있지는 않았다. 다만 그녀는 너무나 사랑스러워서 팔꿈치를 식탁 위에 올리고 두 손을 사용하여 고기를 뜯는 모습만으로도 사람들을 행복하게 했다.

디에고 왕자는 뼈에 붙은 고기를 이리저리 발라 먹으며, 미래의 신부에게서 한순간도 눈을 떼지 않았다. 리스바나 공주가 네 번째 고기 코스를 끝낸 뒤 자리에서 일어나 매무새를 고치러 방을 나갔을 때에야 왕자는 궁정 난쟁이에게로 시선을 돌렸다. 난쟁이는 왕자 앞의 접시와 그릇 사이에서 자신도 코가 긴 구두를 신은 것처럼 거들먹거리며 돌아다녔다. 그러다가 넘어지는 척하고 공중제비를 돌더니 왕자의 접시 위에 놓인 고기를 입으로 물고 달아났다. 디에고 왕자는 다른 사람들과 함께 웃음을 터뜨렸다.

그사이 리스바나 공주는 그녀의 방에서 연회장으로 돌아오고 있었다. 공주가 어둡고 좁은 계단을 내려오고 있을 때, 갑자기 손이 불쑥 나와 그녀를 붙잡았다. 이전에도 같은 행동을 한 적이 있는 용감한 기사의 손이었다. 그는 이번에는 놀라울 만큼 세게 공주를 붙잡아 자기 쪽으로 끌어당겼다.

"리스바나."

브레두르가 속삭였다.

"사랑스러운 리스바나, 내 마음을 다해 그대를 사랑합니다. 그대의 뜻이 곧 내 뜻이고, 내 피는 마지막 한 방울까지 그대의 것입니다. 남쪽에서 온 향수에 절은 왕자에게 팔려가기 전에 나와 함께 달아납시다."

"오!"

리스바나 공주가 놀라며 말했다. 브레두르가 그녀에게 말을 한 것은 이번이 처음이었다. 더구나 이렇게 많은 말을 한 것은! 동쪽 탑에서 손을 잡은 뒤로 두 사람은 더 이상 가까워질 기회를 얻지 못했다. 그리고 솔직히 말해 리스바나 공주는 바스카리아 왕자가 도 착한 이후로 브레두르를 까맣게 잊고 있었다. 하지만 지금은 그를 무시할 수 없었다.

"연회장으로 돌아가야 해요."

공주는 속삭이며 그에게서 손을 빼내려 했다. 브레두르는 손을 꽉 쥔 채 그녀를 벽에 밀어붙이더니 키스했다. 그녀에게는 첫 키스였다. 당연한 일이다. 그녀는 공주니까! 브레두르의 수염이 그녀의 얼굴 위에서 바스락거렸다. 공주는 화려한 새들을 수놓은 연회복을 뚫고 들어오는 거칠고 차가운 벽의 냉기에 몸을 떨었다. 얼마의 시간이 흐른 뒤 공주는 그를 밀치며 소리쳤다.

"무슨 짓이에요!"

그러고는 서둘러 연회장으로 돌아갔다. 외르구르 왕자가 문 앞에서 기다리고 있다가 넓은 어깨로 그녀를 막으며 말했다.

"어디 갔었지? 이 기회를 망치면 대가를 톡톡히 치러야 할 게다! 바스카리아 왕자가 물으면……."

리스바나 공주는 오빠를 무시하고 연회장 안으로 들어가며 그의 코앞에서 문을 꽝하고 닫아 버렸다. 화가 난 외르구르 왕자는 문을 활짝 열어젖히고 그녀 뒤를 따라갔다. 하지만 다시 말을 걸 수는 없었다. 레오 1세가 바다 괴물과 맷돌소용돌이에 대한 얘기를 자랑스럽게 늘어놓고 있었기 때문이다. 북쪽나라 기사들은 바나나를 먹고 있었다. 공주는 아무 일도 없었다는 듯 다시 자리에 앉았다. 지금까지 그녀는 왕자와의 결혼이 브레두르를 잃어버리는 것을 뜻한다는 생각을 하지 못했다. 그것도 그렇게 멋진 고백을 할 줄 아는 기사를.

자리에 앉자마자 그녀는 곧 다시 일어나야 했다. 칼과 방패를 든 젊은 기사 열 명이 안으로 들어와 북쪽나라의 전통 검무를 추는 순서가 되었기 때문에 탁자와 의자를 한쪽으로 밀어 놓아야 했다. 머리카락이 약간 헝클어진 브레두르도 거기에 끼어 있었다. 사람들이 다시 자리에 앉았다. 왕비가 손수건을 바닥에 던지고, 두 명의 고수와 나팔수가 악기를 연주하자 열 명의 기사들이 춤을 추기 시작했다. 전통적으로 뛰어난 춤꾼들인 바스카리아 사람들에게 이 춤은 좋게 말해 황당함 그 자체였다. 북쪽나라 기사들은 춤추는 내내 그 자리에 선 채 소리만 질러 댔다. 그러다가 가끔씩 한쪽 발을 구르며 쇠를 덧댄 주먹으로 칼을 내려치거나 칼자루로 방패를 두드렸다. 나중에 궁정 귀부인 열 명이 합세해 기사들의 주위를 돌며 알록달록한 수건을 머리 위로 흔들어 댔다.

“이 춤이 마음에 드시기를 바랍니다.”

북쪽나라의 왕비가 손님들 쪽으로 몸을 굽히며 말했다.

“오, 물론입니다.”

레오 1세가 서둘러 대답했다.

“정말로 인상적인 춤입니다. 인상적이라는 건…… 에…… 그러니까…….”

“네, 마음에 듭니다.”

디에고 왕자가 간단하게 상황을 정리하고 앞을 바라보았다. 그

춤은 정말로 왕자의 마음에 들었다. 하지만 리스바나 공주를 바라볼 수만 있다면 아마도 누군가가 망치로 그의 엄지손가락을 내려쳐도 마음에 든다고 했을 것이다.

"아마도 이제 지참금에 대해 얘기해야 할 것 같습니다."

로타푸르 왕의 말에 레오 1세가 손을 저으며 말했다.

"그럴 필요 없습니다. 우리는 이미 의견 일치를 보았습니다. 귀하의 따님이 내 아들의 마음에 들기만 한다면─그렇게 보입니다만─협상 같은 건 필요 없습니다. 굳이 자랑하려는 것은 아닙니다만, 이미 짐작하셨듯이 저는 어마어마한 재산을 가지고 있습니다."

"그렇겠지요, 그럼요."

지참금을 얘기하지 못해 다소 기분이 상한 로타푸르 왕이 말을 덧붙였다.

"혹시 순록 사업에 참여하실 생각 없으십니까? 매우 유망한 사업입니다. 최근에 저는 순록을 대량으로 사들였습니다. 순록에 한 번 투자해 보시지요. 순록 고기는 매우 맛있는데다가 소금에 잘 절여집니다."

기사들이 쉰 목소리와 함께 첫 번째 춤을 마치면서 칼을 바닥에 내리꽂자, 칼날이 부르르 떨렸다. 적갈색 사슬셔츠를 입고 다리를 넓게 벌린 채 자신의 칼그라인데라흐를 마룻바닥에 내리꽂는 브레두르의 모습은 참으로 위용 있고 야성적으로 보였다. 공주는 아직까지 입술에서 그의 감촉을 느끼고 있었지만 눈길은 검은 벨벳 옷을 입은 왕자에게 가 있었다. 이 일을 그녀가 아니라 아버지가 결정한다는 것이 다행으로 여겨졌다.

브레두르는 질투심 때문에 소리라도 지르고 싶은 심정이었다. 공주는 그에게 한 번도 눈길을 주지 않았다. 그녀는 검은 옷을 입은 멋쟁이 왕자만 바라보았다. 그가 한 일이라고는 이곳에 나타나 우아한 옷을 보여준 것뿐인데도 말이다. 붉은 소매 장식, 정말 꼴불견이었다. 저 빌어먹을 녀석은 아무 공적도 없고 키도 브레두르보다 작은데도, 단지 언젠가 부와 권력을 쥐게 되리라는 것만으로 그보다 우월한 위치를 차지하고 있었다. 여자들은 부와 권력의 편이다. 모두! 검은 왕자는 공주에게 전혀 어울리지 않는다. 공주는 브레두르 자신에게 훨씬 더 잘 어울린다. 지금 당장 행동하지 않는다면 모든 게 허사가 될 것이다.

칼이 옆으로 치워지고 나팔수가 나팔을 입에 대며 고수에게 고갯짓을 했다. 그때 브레두르가 두 팔을 높이 쳐들며 외쳤다.

"멈춰라! 잠깐만! 바스카리아의 왕자께서는 다음번 춤을 우리와 함께 추는 영예를 베풀어 주시지 않으시겠습니까?"

디에고 왕자는 즉시 자리에서 뛰어나와 몸을 굽혀 절했다. 어려운 일이 아니라고 생각했다. 북쪽나라 기사늘의 춤은 훈련받지 않은 곰도 출 수 있을 것이다. 게다가 디에고 왕자는 바스카리아의 궁전에서 가장 우아하게 춤을 추는 인물로 꼽혔다. 아첨꾼들의 아첨을 고려한다고 해도 춤을 잘 추는 것으로 네 번째나 다섯 번째쯤은 될 것이다.

"자, 음악을 울려라!"

브레두르는 음험한 미소를 지으며 다른 기사들처럼 사슬셔츠를 벗어던졌다. 이번에는 훨씬 빠른 춤이었다. 문제가 있다고 생각한 로타푸르 왕이 뭔가 말하려 했지만 이미 음악이 시작되었다. 귀부인들이 양쪽으로 늘어서 휘파람을 불거나 박수를 쳤다. 기사들이 짝을 이뤄 왼쪽과 오른쪽으로 돌며 살인적인 속도로 그 사이를 통과한 뒤 공중으로 뛰어올라 발뒤꿈치를 서로 부딪쳤다. 디에고 왕자는 브레두르가 예상했던 것보다 훨씬 뛰어난 춤꾼이었다. 처음 두 번은 귀부인들 사이를 달려 통과하더니 세 번째에는 평생 그 일만 해왔던 것처럼 하늘로 뛰어올라 공중회전을 했다. 아름다운 리스바나 공주는 그것을 보고 자리에서 벌떡 일어나 웃고 박수 치다가, 심지어 두 손가락을 입에 넣고 휘파람을 불어 대며 검은 왕자를 응원했다. 브레두르는 이제 어떤 일이 벌어질지 알고 있었다. 로타푸르 왕은 리스바나 공주와 지중해에서 온 멍청이가 함께 춤을 추도록 권할 것이고 그러면 모든 것이 허사가 될 것이다. 공주는 이제 완전히 왕자에게 눈이 멀어 있었다.

기사가 하나씩 춤을 추는 차례가 되었다. 기사들은 저마다 더 과감한 도약과 회전으로 앞선 기사보다 돋보이고자 했다. 브레두르는 토끼처럼 뛰어올라 공중에서 두 발을 벌린 채 양 손으로 자신의 발끝을 건드린 뒤 칼을 두 손에 잡고 두 팔과 칼 사이를 앞뒤로 뛰며 통과하는 묘기를 보였다. 그러고 나서 그는 줄의 끝에 무릎을 꿇고 앉아 다음 기사가 지나가도록 했다. 그다음 차례로 디에고 왕자가 도약하며 앞뒤로 공중제비를 넘었다. 브레두르 앞을 지날 때 왕자는 너무 가까이에서 도약하여 그의 몸이 브레두르를 건드릴 뻔했다. 이때 브레두르는 발을 살짝 앞으로 내밀었다. 아무도 그를 비난할 수 없을 만큼 아주 약간만. 다음 순간 디에고 왕자가 요란스럽게 바닥에 넘어졌다. 우아함과는 거리가 먼 모습이었다. 악사들이 나팔과 북을 멈추자 연회장 전체가 죽은 듯이 고요했다. 누군가 잔기침을 했다. 디에고 왕자는 몸을 일으키더니 바지의 먼지도 털지 않은 채 브레두르의 멱살을 잡고는 이게 무슨 짓이냐고 소리쳤다.

브레두르가 왕자에게 경멸의 웃음을 던졌다.

"무슨 말이신지요? 왕자께서 춤이 서툴러 코를 처박고 넘어진 게 나하고 무슨 상관입니까?"

세상에서 가장 막강한 부와 권세를 가진 사위를 놓치고 싶지 않았던 로타푸르 왕이 나섰다.

"혀를 함부로 놀리지 마라, 브레두르. 친애하는 왕자, 우리는 지금 아름다운 이유가 있어 향연을 즐기는 중이오. 나의 기사가 그대에게 해를 입히려 하지 않았다는 것을 나는 확신하오. 아마 그가 약간 어설픈 자세로 서 있었던 것 같소. 어찌 되었건 사과하게, 기사……."

"그래, 사과해라!"

건너편 탁자에 앉아 있던 브레두르의 아버지 프레두르 박커툰도 소리쳤다.

"멍청하게 춤을 춘 게 잘못이지! 그러고는 다른 사람에게 죄를 뒤집어씌우다니!"

브레두르가 소리쳤다.

"돼지 같은 놈! 니가 내 발을 걸었잖아!"

아버지의 급한 성미를 유전으로 물려받은 디에고 왕자가 소리쳤다. 브레두르도 소리를 지르며 응답했다.

"결코 그런 적 없소! 당신의 한심한 신발에 걸려 넘어졌겠지! 당신 잘못이오. 그런 신발을 신고 춤을 제대로 출 사람이 어디 있겠소! 제정신이 박힌 사람이라면 그런 신발을 신을 리 없지."

이제 레오 1세도 자리에서 벌떡 일어났다. 그의 이마에 핏줄이 선명했다.

"뭐라고?"

레오 1세가 소리쳤다. 그때 디에고 왕자가 브레두르의 코에 주먹을 날렸다. 하지만 그다음 순간 바닥에 쓰러진 사람은 왕자였고, 코에 피를 흘리는 것도 왕자였다. 반면 브레두르는 코를 약간 킁킁댈 뿐이었다. 그러자 모든 바스카리아 기사들이 자리에서 벌떡 일어나 왕자에게로 달려갔다. 아직 춤을 추고 있던 북쪽나라 기사들도 그들을 향해 돌진했다. 레오 1세는 로타푸르 왕의 나무 접시로 그의 따귀를 때렸다. 여자들은 비명을 지르며 밖으로 뛰쳐나갔다. 이로 인해 문 밖에서 대기하고 있던 기사들도 소동을 알게 되어 연회장으로 몰려 들어갔다. 삽시간에 엄청난 싸움이 벌어졌다.

모두가 입에 거품을 문 채 서로를 두들겨 패고 가구를 때려 부쉈다. 디에고 왕자와 브레두르는 서로 할퀴고 발로 차며 뒹굴다가 작은 벽난로 속으로 굴러 들어갔다. 기사 회글리는 창에 찔리기나 한 듯 비명을 질렀다. 바스카리아의 기사 하나가 그의 엄지손가락을 깨물었던 것이다. 두 왕은 청어 절임통을 내던졌다. 프레두르 박커툰은 싸움판에서 바스카리아 기사들을 하나씩 끌어내 한주먹에 때려눕혔다. 외침, 부딪치는 소리, 깨지는 소리가 뒤범벅이 되었다. 피와 고기 소스가 뒤섞였으며, 부러진 앞니가 우박처럼 바닥에 쏟아졌다. 그래도 기사들은 검을 사용하지 않았다. 그들은 기껏해야 칼자루로 머리만 가격했다. 전투라기보다는 주먹 싸움이었지만, 그래도 기사 하나가 목숨을 잃고 말았다. 북쪽나라의 늙은 기사 토르고르의 심장은 이 싸움을 더 이상 견뎌내지 못했다. 그는 쓰러진 탁자 옆에 조용히 누워 죽어 있었다. 바스카리아의 기사들이 주먹질을 멈추고, 맞아 죽었을지도 모를 그의 시체를 내려다보았다. 비록 그들 중 누구도 싸움을 피하지는 않았지만, 생각해 보면 이렇게 싸워야 할 이유가 하나도 없다는 것 역시 분명했다. 그러자 북쪽나라 기사들도 싸움을 멈췄다.

"이제 그만 궁전을 떠나 주시오."

로타푸르 왕이 우울한 목소리로 말했다. 보통의 경우라면 그는 끝까지 싸웠을 것이다. 하지만 지금 북쪽나라 사람들은 평소와 전혀 다른 이유로 싸우고 있었다. 바스카리아의 기사가 북쪽나라의 기사보다 두 배나 더 많아서도 아니었다. 그의 기사들도 그 정도는 감당할 수 있었다. 로타푸르 왕의 마음이 무거운 건 세계에서 가장 명망 높은 왕국과의 유대가 산산조각 난 때문이었다.

"가자."

레오 1세가 그의 기사들에게 말하며 손으로 출구를 가리켰다. 풀이 죽은 바스카리아의 기사들이 머리를 떨군 채 천천히 걸어 나갔다. 그때 디에고 왕자가 아직 의자 다리를 손에 든 채 외쳤다.

"저는 공주를 제 아내로 주실 것을 요구합니다. 공주를 두고는 떠나지 않겠습니다."

"그만 입을 다물라!"

레오 1세가 꾸짖었다.

"지금은 그런 얘기를 할 때가 아니다."

그러면서 그는 로타푸르 왕에게 몸을 돌리며 덧붙였다.

"귀하께서 허락하신다면 오늘 밤은 귀국의 항구에 정박하겠습니다. 날이 밝으면 왕 대 왕으로 모든 얘기를 다시 나누고 싶습니다. 아침은 밤보다 더 현명한 법이니까요."

"오늘 밤은 이곳에 머물러도 좋습니다."

로타푸르 왕이 위엄 있게 말했다.

"하지만 내일 아침 될 수 있으면 빨리 내 나라를 떠나 주시오. 더 이상 할 얘기는 없습니다."

"선물은 어쩌구요?"

디에고 왕자가 소리쳤다.

하지만 레오 1세는 쩨쩨한 사람이 아니었다. 그는 아무 말 없이 기사들과 함께 밖으로 나가며 아들의 등을 떠밀었다.

납치

“그가 내 발을 걸었어요. 맹세코 정말이에요.”

갑판 위의 천막 안에 다시 앉았을 때 디에고 왕자가 말했다. 천막 휘장이 바닥까지 내려져 있었고, 탁자 위에는 촛불 세 개가 희미한 빛을 내며 타오르고 있었다.

“전 아무 잘못 없어요! 공주를 원해요. 공주도 저를 원하고요. 그녀의 눈빛으로 알 수 있어요. 공주가 저를 보는 걸 느끼셨죠? 공주와 함께 가지 않는다면 저는 집으로 돌아가지 않겠어요. 왜 이 궁전을 싹 쓸어 버리지 않는 거죠? 우리 병력이 두 배나 많잖아요. 우리가 더 힘이 강한데 왜 물러서야 하는지 모르겠어요.”

“그만하면 됐다.”

레오 1세가 말했다.

"지금까지 나는 네 기분을 너그러이 받아 주었다. 나도 네게 그 공주를 아내로 맞이하게 해 주고 싶다. 하지만 공주가 아무리 아름답다고 해도 가엾은 북쪽나라 기사들을 살해하고 내 기사들의 목숨을 위태롭게 할 정도는 아니다. 나중에 무엇으로 내가 기사들에게 보상하며, 무엇으로 그들의 전의를 불태울 수 있겠느냐? 정복할 땅이나 보물이라도 있다면 모를까. 이 나라에는 가치 있는 것이라곤 아무것도 없다."

그때 선장이 천막의 휘장을 한쪽으로 걷고 들어섰다. 손에 나무로 된 등불을 들고 있었다.

"난쟁이가 전하께 말씀드리고 싶은 것이 있다며 찾아왔습니다. 제 생각이 맞다면 로타푸르 왕의 전갈을 가지고 온 듯합니다."

"아하, 그 늙은이가 이제 정신을 차렸구먼. 봐라, 아들아. 모든 일이 저절로 풀리지 않느냐?"

난쟁이를 들이라 명하자, 페드시가 천막 안으로 들어섰다. 선장이 등불로 페드시를 비췄다. 하지만 곧 로타푸르 왕이 난쟁이를 보낸 것이 아니고, 전혀 화해할 기분도 아니라는 사실이 드러났다. 페드시가 찾아온 건 자신의 뜻이었다. 그는 이곳에 너무 오래 머물지 말고 되도록 빨리, 늦어도 해가 뜨기 전에 배를 저어 항구에서 떠나라고 충고했다. 로타푸르 왕이 점점 더 화가 치밀어 기사들을 몰고 쳐들어올지도 모른다는 것이었다. 또한 디에고 왕자에게 이제 리스바나 공주를 머리에서 깨끗이 지워 버리는 게 좋을 거라고도 했다. 로타푸르 왕의 가슴에 엄청난 응어리가 맺혀 있어 공주를 결코 왕자에게 주지 않을 것이라고.

“그렇다면 힘으로 하세요!”

디에고 왕자가 소리쳤다.

“우리 숫자가 훨씬 더 많잖아요. 아버지, 제발 그 고집쟁이를 힘으로 제압해 딸을 달라고 하세요.”

“그 얘기는 이미 끝났다. 너의 미련 때문에 기사들의 시체를 가득 싣고 바스카리아로 돌아가야 한단 말이냐? 더구나 그런 제안을 북쪽나라 궁정 난쟁이가 있는 앞에서 하다니. 이제 이 난쟁이를 어떻게 해야 하지?”

“전하, 저를 함께 데려가 주십시오. 저를 데려가신다면 아무것도 발설하지 못할 테니까요.”

디에고 왕자가 고개를 탁자 위로 떨구는 바람에 초 하나가 쓰러졌다. 왕자는 흐느껴 울었다. 레오 1세가 초를 집어 불이 꺼진 심지를 선장이 들고 있는 등불에 갖다 대며 말했다.

“내가 너를 너무 응석받이로 키웠구나. 이제 체면 좀 차려라.”

왕자는 더 큰 소리로 흐느끼며 탁자 다리를 발로 걷어찼다. 페드시기 헛기침을 해서 사람들의 주목을 끌며 말했다.

“제가 한 가지 제안을 하겠습니다. 피 한 방울도 흘리지 않고 공주님을 왕자님 손에 들어오게 할 방법이 있습니다.”

디에고 왕자가 고개를 번쩍 쳐들었다.

“말해 봐라! 어서!”

“먼저 약속해 주십시오. 그 대가로 저를 바스카리아로 데려가 궁정 광대로 써 주시겠다고요."

레오 1세가 고개를 끄덕였다.

"네 제안이 괜찮은 것이라면 너를 바스카리아로 데려가겠다. 하지만 바스카리아에는 궁정 광대가 없다. 내게는 광대가 필요 없다. 원래 나는 광대를 보며 웃어 본 일이 없으니 이것을 너에 관한 얘기로 듣지는 말아라. 내 부인이 거느리는 난쟁이들에 끼도록 한 자리를 주면 어떻겠느냐? 별로 어려운 일은 없을 게다. 궁정 난쟁이들은 훔치고 거짓말하는 것 말고는 하는 일이 없으니. 내가 알기로 난쟁이 하나는 내 부인의 정원 일을 돕고 있지만, 다른 난쟁이들은 성 안을 돌아다니며 익살을 부리는 것 말고는 별로 하는 일이 없다. 그 일이 네게 맞겠느냐? 그 일이 마음에 안 든다면 다른 일을 찾아보도록 하지."

"좋습니다."

페드시가 말했다.

"중요한 건 제가 이곳을 벗어나는 것이니까요. 공주님에 관해 말씀드리겠습니다. 공주님을 몰래 납치해 오는 일은 그리 어렵지 않습니다. 멀지 않은 곳에 부인들 방에서 동굴을 거쳐 이곳까지 오는 비밀 통로가 있습니다. 성이 포위됐을 때를 대비한 대피로입죠. 물론 안쪽으로 문이 잠겨 있습니다만 조금만 들어 올리면 활짝 열립니다. 밤이면 때로 문이 저절로 열려 동굴의 냉기가 방으로 스며 들어온다고 부인들이 자주 하소연을 할 정도니까요. 왼쪽 첫 번째 침실은 시녀 로자몬데의 방입니다. 그 시녀도 함께 데려와야만 할 겁니다. 그러지 않으면 비명을 질러 사람들을 모두 불러 모을 테니까 요. 공주의 방은 오른쪽입니다. 제 말을 그대로 따르고 동작만 빠르 게 한다면 횃불도 필요 없을 겁니다.”

디에고 왕자가 애원하듯 아버지를 바라보자 레오 1세가 말했다.

“난쟁이를 과소평가해서는 안 되지. 이 장난꾸러기는 부인네들 방에서 누가 자고 있는지도 소상히 알 테니까. 그렇게 하도록 하자. 하지만 난쟁이 너도 함께 가야 한다.”

그러고 나서 레오 1세는 기사 두 사람을 데려오게 했다. 돈 미구 엘이라는 스페인 사람과 기사 에르네스토가 이 일을 맡았다. 두 사 람은 페드시의 옷과 신발에 달린 방울을 떼어 내고, 막대기와 밧줄 로 매듭을 지어 난쟁이의 목에 걸었다. 그렇게 해서 페드시가 앞장 을 서게 하고, 혹시 뭔가 잘못되면 목을 졸라 버리겠다고 위협했다.

레오 1세는 선장에게 에스페란토호를 출항시킬 준비를 하도록 명령했다. 다른 기사들에게는 북쪽나라의 배 네 척에 소리 없이 구 멍을 내도록 했다.

“바스카리아까지 우리를 뒤쫓아 올 만큼 로타푸르 왕이 어리석 지 않기를 바라야지.”

레오 1세가 말했다.

바스카리아에 있는 기사의 수는 북쪽나라의 열 배가 넘었다.

“아버지, 지금 우리가 하는 일을 정당하다고는 할 수 없을 거 같 아요.”

디에고 왕자가 말했다.

"로타푸르 왕은 손님으로서 우리를 이곳에 머물 수 있게 해 주었는데, 우리가 그의 배를 모두 망가뜨린다는 게 말이에요."

"너무 늦었다. 그런 생각은 진작에 했어야지. 로타푸르 왕의 화가 가라앉을 때쯤 훨씬 좋은 새 배에 선물을 가득 실어 보내 주면 된다. 그리고 첫 외손자 세례식에 초대해서 선물을 잔뜩 안겨 주면 이 일은 모두 잊을 게다."

디에고 왕자는 더 이상 아무 말도 하지 않았다. 그는 갑판 위에 서서 한 손으로는 밧줄을 굳게 붙잡고, 입으로는 다른 손의 손톱을 깨물며 돈 미구엘과 에르네스토가 난쟁이와 함께 사라진 쪽만 바라보았다.

그사이 북쪽나라의 궁전에서는 로타푸르 왕이 왕비와 기사들을 모아 놓고 회의를 하고 있었다. 탁자를 다시 세워 한곳에 모았지만 이번에는 고기와 술, 그리고 음악이 빠져 있었다. 모두 어두운 표정이었다. 몇몇 기사와 외르구르 왕자는 브레두르에게 모든 책임이 있다고 말했다. 신랑이 될 사람에게 춤을 추도록 권한 것은 미친 짓이며 결코 해서는 안 될 일이라는 것이었다. 또한 그는 좀 더 조심해야 했으며, 설사 왕자를 건드리지 않았더라도 사과를 할 수 있었다고 주장했다. 하지만 브레두르가 잘못된 행동을 하지 않았다면 세상에서 가장 권세 높은 왕에게라도 사과할 필요가 없다는 의견이 대부분이었다. 브레두르는 정당한 행동을 했다! 아무튼 더할 나위 없이 멋진 싸움이었다는 것에 대해서는 모든 사람의 의견이 일치했다. 또한 그들은 바스카리아 사람들도 용감하게 싸웠다는 것을 인정했다. 앞니 하나를 잃어버린 데다 턱에 아직도 피가 흐르고 있는 로타푸르 왕은 그토록 싸움을 잘하는 신랑감을 쫓아 버린 건 슬픈 일이지만 명예를 위해서는 어쩔 수 없었다고 말했다. 기사들은 고개를 끄덕였지만 얼굴은 다시 어두워졌다. 암암, 그렇고말고, 명예를 위해서는 어쩔 수 없는 일이지.

왕비는 남편에게 피를 닦으라고 헝겊 조각을 건네주었다.

"내일 바스카리아의 왕과 왕자에게 사과하라고 요구하는 건 어떨까요?"

왕비가 제안했다.

"나는 그들이 그럴 용의가 있을 거라고 생각해요."

"그건 안 됩니다!"

프레두르 박커툰이 소리쳤다.

"비록 내 아들이 모든 일을 망치기는 했지만 이제는 되돌릴 수 없는 일입니다. 명예의 방패에 묻은 얼룩은 오직 피로만 씻어 낼 수 있습니다!"

기사들이 다시 고개를 끄덕이며 웅얼거렸다. 로타푸르 왕이 손에 든 피 묻은 헝겊 조각을 내려다보며 탄식했다.

"나는 그들에게 오늘 밤 항구에 정박해도 좋다고 말했네."

"하지만 싸움의 실제 당사자는 브레두르와 디에고 왕자예요."

왕비가 다시 말을 꺼냈다.

"두 사람에게 마상 결투를 하도록 해서 지는 쪽이 사과하는 건 어떨까요?"

“당치 않은 소리! 레오 1세는 내 따귀를 갈겼단 말이오.”

로타푸르 왕이 대답했다.

하지만 결국 내일 디에고 왕자에게 기회를 주는 쪽으로 결론이 났다. 울타리 안에서 브레두르와 싸움을 벌여 피를 약간 흘리게 함으로써 양쪽의 명예를 회복시키고 다시 신랑 후보로 받아들이자는 것이었다.

“지중해에서 온 개자식을 때려눕혀서 리스바나 공주와 결혼하지 못하도록 만들겠습니다.”

지금까지 침묵하고 있던 브레두르가 말했다. 사람들은 못 믿겠다는 눈빛으로 그를 바라보았다.

“브레두르, 자넨 지금 뭔가 잘못 생각하고 있네.”

외르구르 왕자가 입을 열었다.

“자네가 말하는 그 지중해에서 온 개자식은 어떤 일이 있어도 내 누이와 결혼할걸세. 혹시 자네에게 지더라도 말이야. 자네는 그 용감한 바스카리아의 왕자에게 심한 상처를 입혀서는 결코 안 되네. 싸움이 끝난 뒤에는 서로 손을 내밀고 화해해야 해! 명예가 걸린 일이야.”

기사들이 세 번째로 고개를 끄덕였다. 명예가 요구하는 것은 거역할 수 없었다.

돈 미구엘과 에르네스토가 힘들게 약탈한 노획물을 짊어지고 돌아오기까지 두 시간이 걸렸다. 이 두 시간이 디에고 왕자에게는 이

틀처럼 느껴졌다. 드디어 목에 묶은 끈에서 해방된 난쟁이가 기사들 앞으로 달려왔다. 그리고 그곳에 그녀가 있었다. 왕자는 땀에 젖은 손으로 밧줄을 타고 내려오다가 갑판에서 떨어질 뻔했다. 흰색 잠옷을 입고 손을 꽁꽁 묶인 리스바나 공주의 모습은 더 아름답고, 더 순수하고, 더 연약해 보였다. 하지만 그녀는 돈 미구엘을 여러 가지로 힘들게 했다. 그는 그녀에게 재갈을 물리고도 입을 손으로 틀어막아야 했다. 게다가 공주가 걷는 것을 거부하고 발길질을 했기 때문에 갑판 위로 질질 끌어올려야 했다. 반면에 시녀 로자몬데는 시키는 대로 기사 에르네스토보다 앞장서서 달려왔다. 기사는 등 뒤로 묶은 끈만 쥐고 있으면 되었다.

급히 닻을 올리고 선원들이 조심스럽게 노를 젓자 잠깐 사이에 배는 항구에서 멀어졌다. 그들은 이 아름다운 포로들을 신부를 위해 꾸며 놓은 선실로 데려가 재갈과 결박을 풀어 주었다. 레오 1세는 일단 지금은 아들이 공주와 얘기를 나누지 못하도록 했다. 그리고 애인들을 위해 산 옷을 선실로 가져다주도록 시켰다. 그는 두 여인이 마음을 진정하고 새로운 상황에 적응하게끔 둘만 있도록 두고, 열쇠를 두 바퀴 돌려 문을 잠그게 했다.

레오 1세의 분노

다음 날 아침 레오 1세와 디에고 왕자는 조심스럽게 선실 문을 두드렸다. 처음에는 조심스럽게, 다음에는 점점 세게 두드리다가, 당분간은 '들어오세요'라는 친절한 대답을 기대할 수 없다는 것을 깨닫고는 문을 열고 안으로 들어갔다. 리스바나 공주와 시녀 로자 몬데는 여전히 잠옷 차림으로 서 있었다. 디에고 왕자는 민망해서 땅바닥을 내려다보았다.

"에, 흠."

레오 1세가 말문을 열었다.

"옷이 그대들에게 너무 크다는 걸 생각 못 했군. 허리띠를 가져 오도록 하겠소. 아마 선장에게 바느질 도구가 있을 게요. 금방 다시 돌아오리다."

“그러실 필요 없어요. 이 헝겊 조각 따위 걸치지 않을 거니까요. 강도들! 배신자들! 당신들의 수치스러운 행동에도 불구하고 제 아버지가 두 분께 보이신 신뢰를 이렇게 배신하다니요!”

공주가 소리쳤다.

“아…….”

레오 1세가 한숨을 내쉬며 말했다.

“기만과 배신이라는 편견을 가질 만하지. 하지만 우리가 제대로 행동을 취했더라면 수많은 사람이 죽었을 게요. 그것도 대부분 북쪽나라 사람들이. 명예로운 해결책은 끔찍한 싸움을 불러왔을 테니까.”

“아니요, 올바르고 명예로운 해결책은 우리를 집으로 돌려보내는 거예요!”

리스바나 공주가 매서운 목소리로 대꾸했다.

“내 생각도 그렇다오. 하지만 그 문제는 내 아들과 의논하도록 하시오. 난 도무지 이유를 모르겠으나 내 아들이 공주를 사랑한다니까. 내가 보기에 공주는 따뜻함이 부족한 것 같군.”

레오 1세가 말을 끝내고 선실에서 나가 버렸다. 디에고 왕자는 공주 앞에 몸을 던지며 무릎을 꿇고 말했다.

“아버지의 말씀이 맞습니다. 모든 게 제 잘못입니다.”

“무릎을 꿇고 뭘 어쩌겠다는 거죠? 정말 가소롭군요. 당신의 손아귀에 잡혀 있는 건 우리예요! 여기서 무릎을 꿇고 자비를 빌어야 할 사람은 바로 우리라구요. 하지만 결코 그럴 일은 없을 거예요!”

리스바나 공주가 힐난했다.

"아, 사랑하는 리스바나, 그게 아닙니다. 나는 그대의 아름다운 눈에 사로잡힌 포로입니다. 그대의 눈이 이렇게 기사답지 못한 행동을 하게 만들었습니다. 굳이 변명하자면, 달리 방법이 없었습니다. 그대를 너무나 사랑하고 그대도 나와 같은 마음이길 바라고 있습니다."

"그럴 일은 결코 없을 거예요! 부끄러움도 모르는 강도를 사랑하진 않을 거예요. 이렇게 뻔뻔스런 말을 내뱉다니! 게다가 우스꽝스러운 구두를 신고 춤을 추다가 자기 발에 걸려 넘어지는 사람을 사랑할 수는 없어요. 당신은 멍청이예요. 내가 멍청이와 결혼할 거라고 생각하세요?"

"그건 내 잘못이 아닙니다. 내게 춤을 추라고 권한 그 기사가 내 발을 걸었어요."

"흥, 누구나 그렇게 변명하죠."

"왕자님 말씀이 맞아요."

로자몬데가 끼어들었다.

"저도 봤어요. 브레두르 기사가 고의로 발을 걸었어요. 질투심 때문이에요."

디에고 왕자는 어여쁜 시녀에게 감사의 눈길을 보냈다. 공주는 잠시 침묵하다가 로자몬데를 꾸짖었다.

"넌 왜 이 사람 편을 드는 거지? 너는 자존심도 없어? 아바마마께서 너를 난쟁이와 결혼시켰어야 했는데! 브레두르 기사는 흠잡을 데 없는 분이야. 그분은 세상에서 가장 세련되고 용감한 기사야. 나는 이 멍청한 왕자보다 그를 천 배는 더 좋아해.”

공주가 왕자 보고 들으란 듯이 말했다.

“내가 옳지 못한 일을 했다는 것을 나도 알고 있습니다.”

디에고 왕자가 진심으로 후회하는 표정으로 말했다.

“당신이 나를 당장 용서할 거라고 기대하지 않습니다. 하지만 내게 죗값을 치를 기회를 주세요. 나를 믿어 주세요. 내가 저지른 나쁜 짓들을 보상하고 싶습니다. 내게서 희망을 빼앗지 말아 주세요. 내 심장을 찢지 말아 주세요!”

“천만에요! 희망은 없어요! 나가요!”

리스바나 공주는 손가락으로 선실 문을 가리켰다. 디에고 왕자는 고개를 떨구고 밖으로 나갔다. 공주는 그의 뒤에서 세차게 문을 닫아 버렸다.

“아, 너무 안됐어요. 저분은 공주님을 진심으로 사랑하고 있는데. 저렇게 잘생기고, 부자인 분에게 너무 가혹하다고 생각하지 않으세요? 아마 왕자님은 세상에서 가장 훌륭한 신랑감일 거예요.”

로자문데가 말했다.

“넌 정말 자존심도 없구나. 충고하는데 어느 편에 설 건지 빨리 결정해. 우리 편 사람들이 와서 구해 주었을 때 후회하지 않으려면 말이야.”

그사이 북쪽나라 사람들은 공주와 수석 시녀가 사라진 것을 알아차렸다. 난쟁이 페드시가 보이지 않고, 함대 네 척이 파괴되었다는 것을 알기까지는 좀 더 시간이 걸렸다. 그러자 자초지종이 분명해졌다. 로타푸르 왕은 차분한 목소리로 단 한마디만 내뱉었다.

"배신이다!"

그는 기사들을 불러들였다. 아름다운 리스바나 공주를 구하기 위해 목숨을 바칠 각오가 되어 있지 않은 사람은 한 명도 없었다. 하지만 바다로 뒤쫓아가는 것은 불가능했다. 기병대가 이미 해안 길을 따라 안개나라로 달려가고 있었지만 희망은 별로 없었다. 레오 1세는 이미 멀리 앞서가고 있을 것이다. 게다가 안개나라의 북쪽 지역은 배를 타고 가는 사람들에게 훨씬 유리했다. 가장 빠른 말이라도 그곳에서 에스페란토호를 따라잡을 가능성은 없었다. 외르구르 왕자와 기사들에게 남아 있는 유일한 가능성은 바스카리아까지 말을 달려 간 뒤, 그곳에서 적을 굴복시키는 것뿐이었다. 이번 겨울에는 지중해에서 전투를 벌이면 안 된다는 법이 어디 있겠는가? 바스카리아 왕국과 전쟁을 할 명분도 있었다. 다만 한 가지 문제는 바스카리아 기사의 수가 동맹군을 제외하고도 북쪽나라의 열 배나 된다는 사실이었다. 십 대 일은 그리 간단한 문제가 아니었다.

바스카리아 왕의 비열한 짓으로 인해 브레두르의 명성은 한순간에 다시 높아졌다. 그 외국인들, 그 빤질빤질한 원숭이들과 허풍선이들이 얼마나 불순하고 음흉한지가 이제 확실히 드러났다. 그들에게 공주를 내주지 않은 것도, 브레두르가 멍청한 왕자 놈의 코를 가격한 것도 모두 잘한 일이었다.

브레두르가 말했다.

"군대를 소집하려면 얼마간 시간이 필요할 겁니다. 그러니 저와 시종이 먼저 바스카리아로 가서 공주님이 어디 갇혀 있는지 알아내겠습니다. 어쩌면 싸우지 않고도 공주님을 구출할 수 있을지도 모릅니다. 파렴치한 왕자가 결혼을 생각한다면, 그 날짜보다 먼저 가서 납치를 납치로 갚아 주어야 합니다. 그건 불명예스러운 행동이 아닙니다!"

하지만 브레두르의 계획은 전혀 호응을 얻지 못했다.

"집어치워라! 납치라니! 그것이 북쪽나라 기사와 어울린다고 생각하는가?"

늙은 기사 회글리가 소리쳤다. 그는 대답을 기다리지 않았다. 늙은 기사들에게 대답은 자명한 것이었다. 프레두르 박커툰은 방패에 묻은 오점은 오로지 피로만 씻어 낼 수 있다는 말을 다시 꺼냈다. 다른 기사들도 피를 흘리지 않는 구출 작전을 거부했다.

"그렇다면 정탐이라도 하겠습니다."

브레두르가 간곡하게 말했다.

"저를 보내 주십시오!"

룬트람이 외쳤다. 그는 자신의 신부 로자몬데가 걱정되기도 했고, 피를 흘리고 싶지도 않았다.

"디에고 왕자는 브레두르를 금방 알아볼 것입니다. 둘이 싸웠으니까요."

"수염을 자르면 됩니다. 그러면 저를 알아보지 못할 겁니다."

브레두르가 외쳤다.

"수염은 네 턱에 있고, 너는 이곳에 있어야 한다. 너는 결혼 협상을 망친 장본인이니 나서지 마라!"

프레두르 박커툰이 꾸짖더니, 왕에게로 시선을 돌렸다.

"제 아들을 보내지 마십시오. 아직 이 일을 해낼 만큼 성숙하지 못합니다. 만약 바스카리아인들에게 붙잡혀 고문이라도 당한다면, 우리 군대의 공격을 누설할 녀석입니다. 게다가 올해는 다른 해보다 일찍 눈이 내릴 것입니다. 제 뼈로 느낄 수 있습니다."

"해낼 수 있어요! 전 고문도 눈도 두렵지 않다구요. 비갈트, 출정할 채비를 해라!"

잔뜩 화가 나 하얗게 질린 얼굴로 브레두르가 외쳤다.

"시종은 이곳에 있도록 하라. 너로 인해 죄 없는 시종을 죽게 할 수는 없다. 그리고 너도!"

"브레두르 기사, 부친의 말을 따르라."

로타푸르 왕은 이렇게 말하며 기사들에게 몸을 돌렸다.

"가능성은 한 가지뿐이다. 안개나라와 동맹을 맺어야 한다. 외르구르 왕자는 안개나라의 공주와 결혼하도록 해라. 그렇게 하면 우리는 두 나라의 군대를 이끌고 바스카리아로 진격할 수 있다. 그러면 우리 기사와 바스카리아 기사의 수는 일 대 사나 일 대 오가 된다. 그 정도라면 싸워 볼 만하다."

"안개나라 공주와 결혼할 수 없습니다. 매력도 없는데다 나이가 서른은 됐을 거예요!"

외르구르 왕자가 외쳤다.

"팔자려니 해라! 네 누이와 우리의 명예가 걸린 일이다!"

이 한마디로 모든 것이 해결되었다. 기사들이 한 가지 아쉬워한 것은 긴 겨울 동안 전쟁을 할 수 없다는 것이었다. 하지만 그 대신 내년 봄 지중해에서 치를 대단한 전투를 기쁜 마음으로 고대할 수 있었다.

회의가 끝나자마자 브레두르는 비갈트를 불러 자신을 따라올 것인지 아닌지 선택하라고 했다. 그리고는 짐을 꾸리고 말 켈피에 안장을 얹은 뒤 그라인데라흐를 차고 어둠 속으로 사라졌다. 비갈트는 그를 따라가지 않았다.

그때 에스페란토호는 고향을 향해 항해하고 있었다. 남쪽으로, 남쪽으로 배를 저었다. 이번에는 얌전하게 안개나라의 해안을 따라갔다. 리스바나 공주와 로자몬데는 이 항해의 절반 동안 잠옷만 입고 있있으며 갑판에도 나가지 않았다. 하지만 에스페란토호가 온대 지방을 거쳐 아열대 지방에 이르자 스스로 선택한 감옥살이에 싫증을 느끼기 시작했다. 공주는 결국 레오 1세가 통통한 여인들을 위해 사들인 값비싼 옷을 줄였다.

"그냥 한번 줄여 본 거야."

그리고는 같은 이유를 대며 옷을 입어 보았다. 공주는 로자몬데의 시중을 받으며 비단 속옷을 입고, 그 위에 담비 털로 레이스를 단 하늘색 비단 옷을 입었다. 로자몬데가 코르셋을 채워 주고, 깊이 파인 가슴께를 끌어올리자 원래 공주를 위해 맞춘 옷처럼 꼭 맞았

다. 공주는 거울 앞에 서서 세상에서 가장 아름다운 자신의 모습을
바라보았다.

"이제 신발만 신으면 되겠군요."

로자몬데가 담쟁이 넝쿨을 수놓은 하늘색 구두를 공주의 발에
신겼다.

"정말 가슴 아프네요. 이렇게 아름다운 공주님의 모습을 보아 줄
사람이 아무도 없다니……."

리스바나 공주도 한숨을 내쉬었다. 로자몬데는 심각한 표정을
지으며 말을 이었다.

"더 가슴 아픈 건 공주님의 이 모습을 왕자님이 보지 않는 거예
요. 만약 그분이 공주님의 지금 모습을 보신다면 공주님이 자신에
게 너무 과분하고, 자신은 가엾은 허섭스레기에 불과하다고 느끼
실 텐데 말이에요."

이 논리는 공주에게 먹혀들었다.

"게다가 우리에게는 신선한 공기가 필요하다구요. 계속 여기에
있으면 병이 날지도 몰라요. 그런데 잠옷을 입고는 밖에 나갈 수 없
잖아요."

얼마 뒤 로자몬데 역시 공주의 옷만큼 값비싼 노란 옷을 입고 공
주와 함께 비단 스치는 소리를 내며 갑판으로 나갔다.

그때부터 리스바나 공주는 아침부터 저녁까지 흰 천막 뒤에 서
서 고향 쪽을 바라보았다. 오로지 북쪽만을! 비단 소매가 마치 나
비의 날개로 만든 것처럼 반짝거리며 나부꼈다. 디에고 왕자는 몇

번이나 천막에서 나와 뭔가 도울 일이 없느냐고 공손하게 물었다. 그러면 리스바나 공주는 돌아보지도 않고 이렇게 말했다.

"아, 멍청이 무용수님! 제 대답은 잘 아실 텐데요."

공주가 갑판으로 나온 첫날, 로자몬데는 공주 옆에 서 있었다. 그러나 지루함을 견디지 못하고 둘째 날부터는 배 위를 돌아다녔다. 셋째 날에는 레오 1세와 조금씩 얘기를 나누며 초콜릿 과자를 받아 먹었다. 넷째 날에는 디에고 왕자와 단 둘이 있게 되자 공주가 하늘색 옷을 입은 것은 좋은 신호가 분명하다고 왕자에게 말했다. 하지만 자신들을 납치한 사람들에게 너무 관대해서는 안 된다는 생각이 들 때면 난쟁이 페드시에게 발길질을 했다. 페드시는 종일 갑판 위를 바쁘게 돌아다녔다. 그는 바다 공기를 들이마시고, 남은 바나나를 먹어치우고, 늦은 오후부터는 손에 포도주잔을 들고 재주를 넘으며 자기 앞에 새로이 펼쳐진 삶을 즐겼다. 이제 로자몬데 말고는 아무도 신경 쓸 필요가 없었다. 로자몬데가 다가오는 것을 보면 얼른 돛대 위로 달아났다. 로자몬데는 그를 쳐다보며 공주에게 충분히 들릴 만큼 큰 소리로 외쳤다.

"저주받을 난쟁이! 모두 네 책임이야! 빌어먹을 난쟁이!"

페드시는 한 손으로 돛을 붙잡고 다른 손에 든 술잔을 그녀를 향해 들어올렸다.

마침내 에스페란토호가 지중해에 도착했다. 바스카리아 항구가 얼마 남지 않았을 때, 수많은 삼각 깃발과 사각 깃발로 장식한 소형

선과 곤돌라들이 국왕의 갈레온선을 향해 다가와 호위했다. 고집 센 공주의 마음을 얻어내려 애쓰는 아들의 모습을 긴긴 시간 고통스럽게 지켜보았던 레오 1세가 직접 리스바나 공주에게 다가갔다. 예상했던 대로 그녀는 뒤쪽 갑판에 서 있었다. 더운 날씨인데도 군청색 벨벳 숄을 두르고 있었다. 그것은 원래 그녀의 선실 탁자 위에 깔려 있던 것이었다.

"내 충성스런 백성들이 공주에게 손짓하고 있소."

레오 1세가 말했다.

"내 아들의 신부가 잠시라도 자애롭게 화답의 손짓을 해 주었으면 하는 것이 지나친 바람인가? 손을 많이 흔들 필요도 없소. 한 번으로 충분하오."

"신부라니요?"

리스바나 공주가 아연한 표정으로 말했다.

"어떤 신부 말씀인가요? 여기 신부가 어디 있나요?"

그러면서 그녀는 사방으로 몸을 돌리며 왕자의 신부가 어디 있는지 찾는 척했다.

"지금 여기 있는 사람은 전하께 손님의 예우를 다한 나라에서 가장 수치스러운 방법으로 납치돼 온 가엾은 포로일 뿐이에요."

"됐소, 이제 그만하면 됐소. 공주가 우리에게 화가 나 있다는 건 잘 알고 있으니까. 그럴 만한 권리가 있다는 것도. 하지만 이제 그만 운명에 따를 때가 아닌가 하오. 세상의 모든 공주는 내 아들과 결혼하는 것을 더없는 행복으로 여길 것이오. 아들이 원한다면 어떤 공주와도 결혼할 수 있소."

"그것 참 잘됐군요. 하나 고르시죠."

리스바나 공주가 도도한 목소리로 대답했다.

"유감스럽게도 벌써 골랐소. 내 생각에 그리 잘 고른 것 같지는 않소. 변변한 지참금도 없는 며느리를 받아들이는 내가 관대하다는 걸 모르겠소?"

"모르겠는데요. 정말 그렇게 생각하세요?"

공주가 말했다. 그녀는 레오 1세의 이마에 손가락 굵기만 한 핏줄이 서고 얼굴이 점점 검붉어지기 시작했다는 것을 눈치 채지 못했다. 그때 디에고 왕자가 다가와 공주를 바라보며 말했다.

"사랑스럽고, 아름답고, 가엾은 리스바나, 저 수평선 너머로 반짝이는 것이 보이나요? 바스카리아의 황금 지붕들 위에 태양이 반사되고 있는 것입니다. 이 도시에는 베니스보다 많은 다리가 있습니다. 이제 그만 분노를 거두고 저 빛나는 곳으로 함께 들어가 주세요. 그대가 내 부인이 된다면 아바마마의 애첩들도 꿈꾸지 못할 우아하고 화려한 삶을 누리게 될 겁니다. 그대가 원하는 건 모두 그대 것이 될 겁니다. 이제, 내 청을 들이주십시오."

마지막 말은 또다시 애원조로 들렸다.

"자, 공주, 이제 그만 내 아들의 말을 들어주시오!"

레오 1세가 으르렁댔다.

"싫어요!"

리스바나 공주는 재빨리 몸을 돌리며 숄을 머리에 썼다. 디에고 왕자는 절망적으로 그녀의 팔을 붙잡았다. 그의 손이 닿자마자 리스바나 공주는 두 손으로 그를 밀어내며 날카롭게 쏘아붙였다.

"역겨워요!"

그 순간 레오 1세의 인내는 한계를 넘어섰다. 그의 얼굴은 폭발 직전으로 달아올랐다. 레오 1세는 리스바나 공주의 허리를 붙잡고 그녀를 머리 위로 번쩍 들어 올려 바다로 내던졌다. 수심이 오 미터나 되는 곳이었다. 공주는 돌덩이처럼 물속으로 가라앉았다. 북쪽나라의 수온은 너무 차서 수영을 배울 일이 없었다.

"이제 좀 조용하군!"

레오 1세가 말을 하기 무섭게 디에고 왕자도 공주를 따라 물속으로 뛰어들었다. 바스카리아 항구의 수온은 일 년 내내 따뜻했지만 그렇다고 바스카리아 사람들이 모두 수영을 잘하는 것은 아니었다. 더구나 왕족이 수영을 배우는 일은 결코 없었다. 사람들은 몸에 많은 물이 닿는 것을 해롭다고 여겼다. 왕자 역시 돌덩이처럼 물속으로 가라앉았다. 다행히도 에스페란토호 주위에는 깃발을 단 작은 배들이 북적대고 있었다. 선원 하나가 긴 막대기에 달린 고리로 왕자의 발목을 걸어 잡아당겼다.

그는 당기고 또 당겼다. 왕자는 놀라울 정도로 무거웠다. 물론 그의 검은 색 벨벳 옷이 물에 흠뻑 젖기는 했지만, 그것만으로 이렇게 무게가 나갈 리 없었다. 작은 배에 타고 있던 선원 절반이 왕자를 끌어올리기 위해 힘을 모았다. 곧 발이 나타났고, 이어서 종아리와 무릎이 드러났다. 그 순간 지켜보고 있던 모든 사람들이 놀라움과 경탄의 환호성을 질렀다. 왕자는 리스바나 공주를 팔에 안고 있었다. 공주는 그의 손을 거부하기는커녕, 팔의 관절이 하얗게 드러날 정도로 그를 부둥켜안고 있었다. 두 사람은 숨을 몰아쉬었다.

"다행이군."

분노를 터뜨린 것을 후회하고 있던 레오 1세가 중얼거렸다.

"저를 죽일 뻔하셨어요!"

물을 뚝뚝 흘리는 한 쌍을 에스페란토호 갑판 위로 끌어올리자 디에고 왕자가 소리쳤다.

"네가 배에서 뛰어내린 것이 내 잘못이란 말이냐?"

왕이 못마땅하다는 듯 말했다. 왕자가 그렇게 소리친 것은 만약 아버지가 공주에게 해를 입힌다면 그도 함께 죽겠다는 뜻이었다. 공주는 아무 말이 없었다. 로자몬데가 그녀의 등을 두드리자 기침을 하며 물을 토해 냈다.

레오 1세는 무뚝뚝한 목소리로 말했다.

"공주는 가서 옷을 갈아입도록 하시오. 옷이 달라붙어 다 벗은 것처럼 보이니까."

리스바나 공주는 겁에 질린 얼굴로 선실로 사라졌다.

파이

에스페란토호가 바스코 항구에 입항한 뒤 레오 1세는 리스바나 공주를 불렀다. 공주는 군말 없이 갑판에 나타났다. 아직 젖어 있는 머리에 로자몬데의 노란 옷을 입은 그녀는 조용히 디에고 왕자와 함께 육지로 내려갔으며, 기쁨에 들뜬 평민 소녀가 바스코의 특산물인 후추와 포도, 녹색 과자가 담긴 바구니를 건네자 군말 없이 받았다.

"만세!"

엄청나게 몰려든 바스카리아 사람들이 외쳤다.

"리스나바 공주님과 디에고 왕자님 만세! 젊은 신부 만세, 만세, 만만세!"

'신부'라는 말을 들었을 때 공주는 잠시 바구니를 냄새나는 물속에 던져 버리려고 했다. 하지만 바로 그 순간 무서운 레오 1세가 뒤에 와서 서자, 줄지어 환호하는 군중들을 밀어내고 있는 하인에게 바구니를 건네주었다.

이사벨라 여왕은 장차 며느리가 될 리스바나 공주에게 은빛 옷을 입은 열두 명의 시녀를 열두 마리의 검은 말에 태워 보냈다. 시녀들은 공주를 위한 말도 가져왔다. 온몸에 작고 검은 반점이 있는 눈처럼 하얀 말이었다. 은빛 옷을 입은 시녀들은 공주에게 반짝이는 다이아몬드를 별처럼 수놓은 검푸른 망토를 둘러 주었다. 시녀들이 안장에 달린 바구니를 열자 수백 마리의 하얀 비둘기가 하늘로 날아올랐다.

디에고 왕자와 레오 1세가 마차에 올랐다.

"저는 어떻게 하나요?"

마른 옷이 없어 다시 잠옷을 걸친 로자몬데가 외쳤다.

"저는 어디로 가야 하나요? 저는 공주님의 시녀예요."

"하인들을 따라오면 돼. 시녀니까."

갑자기 페드시가 옆에 나타나 말했다.

"이 망할 난쟁이!"

하지만 로자몬데가 페드시를 발로 차기 전에 레오 1세가 손짓으로 난쟁이를 불렀다.

"이리 와라. 너를 짐 속에 숨겼다가 사람들을 놀래 주어야겠다."

페드시는 커다란 여행용 궤짝 속으로 기어 들어갔다. 숲을 이룬 깃발, 회양목과 장미 화환으로 장식한 개선문, 길거리마다 늘어서서 열광적으로 환호하는 군중. 바스코에서 리스바나 공주를 위해 준비한 성대한 환영식에서 페드시는 종소리와 대포 소리만 들을 수 있었다. 그 불편한 어둠 속에서 페드시는 새로운 삶을 맞았다.

궤짝이 열리자 뭉툭한 코와 친절한 표정의 얼굴 두 개가 페드시의 눈앞에 나타났다.

"진심으로 환영해! 나는 타카수에의 아들 오자무야. 얘는 베르나도테구."

왼쪽의 얼굴이 말했다. 이국적인 얼굴의 오자무는 검은 머리에 오렌지 껍질을 반쪽으로 잘라 놓은 듯한 오렌지색 모자를 쓰고 있었다.

"우리는 이사벨라 왕비께서 가장 총애하는 난쟁이들이야. 그런데 너를 보니까 내일부터 우리는 두 번째가 될 것 같다. 하지만 상관없어. 이제 다시 내가 하고 싶은 일을 할 수 있을 테니까."

"누가 더 잘생겼는지는 나중에 따지라구."

종처럼 넓게 부풀린 치마를 입은 베르나도테가 말했다.

"서둘러, 어서. 옷을 갈아입어야 해. 자, 이제 밖으로 나와. 이름이 뭔지는 모르겠지만."

페드시는 자신을 소개하면서 궤짝에서 나왔다. 그는 매우 산뜻하게 꾸며진 방 안에 들어와 있었다. 모든 것이 놀랍도록 난쟁이에게 딱 맞는 방이었다. 창문도 낮아서 의자 없이 편안히 창밖을 내다볼 수 있었다. 휘어진 다리가 달린 탁자는 그의 엉덩이 높이밖에 되지 않았고, 반짝이는 노란색 쿠션 의자에도 전혀 힘들이지 않고 앉을 수 있었다. 그저 무릎만 조금 굽히면 되었다.

"그럴 시간 없어."

베르나도테가 조급하게 말했다.

"괜찮아. 이 정도 시간은 있을 거야."

페드시가 한숨을 쉬며 대꾸했다.

"바닥에 발이 닿는 의자에 앉아 보는 건 내 평생 처음이야."

"이제 늘 그럴 텐데 뭐. 여기는 난쟁이들을 위한 방이야. 앞으로는 네 방이 될 테고."

오자무가 친절하게 말했다.

페드시는 탁자 위에 놓인 잔을 집어 들었다. 손에 꼭 맞는 잔이었다. 탁자 위에 놓인 파이프와 트럼프, 벽에 걸린 바이올린과 벽난로 옆의 장작도 마찬가지였다. 베르나도테는 그의 손에서 잔을 빼앗아 치워 버리고, 낡은 광대옷을 벗겼다. 그러고는 커다란 칼라가 달린 흰색 셔츠와 갈색 벨벳 조끼, 벨벳 반바지, 파란색 구두를 건네주었다. 모두 새것이고 세련된 것들이었다. 오자무는 향수를 뿌린 수건으로 페드시의 얼굴을 닦아 주었다. 조끼가 약간 커서 허리띠를 묶어야 했고, 신발이 꽉 끼었지만 참을만 했다.

"이제 주방으로 가자!"

"주방으로? 식사 시간이야?"

오자무와 베르나도테가 그의 손을 잡아끌었다. 계단을 오르내리더니 미처 정신을 차리기도 전에 페드시는 궁정 주방에 도착했다. 열 개의 화덕이 불을 뿜어내고 있었다. 칙칙 소리가 나고, 기름이 튀고, 증기가 나오고, 물이 끓었으며, 한 무리의 요리사들, 케이크와 설탕을 만드는 사람들, 식사 시중을 드는 사람들, 주방 하인들이 북적댔다.

"이제야 왔군!"

주방장이 소리치며 구리 그릇이 가득 쌓인 탁자로 오라고 프라이팬을 흔들었다. 이제 다시 페드시가 옛날부터 잘 알고 있던 풍경 속으로 들어온 것이다. 거품기를 허리에 찬 비쩍 마른 요리사가 페드시의 겨드랑이 밑을 붙잡아 들어 올리더니 탁자 위에 있는 커다란 이파리 모양의 반죽 한가운데에 올려놓았다.

"무릎을 꿇고 앉아라. 네가 해야 할 일은 왕께서 '나의 부인이며 모든 사람의 사랑을 받는 아름다운 왕비 이사벨라……' 라고 말씀하시면 파이 속에서 튀어나와 왕비님의 접시 옆에 서서 존경이 담긴 재밌는 대사를 읊는 것이다."

"재밌는 대사요? 어떤 대사요? 그런데 왕비님을 어떻게 알아보지요?"

"금방 눈에 띌 거야. 왕관을 쓰고 계시니까."

그러더니 요리사는 파이 위에 뚜껑을 씌우고 녹색 아몬드 이파리로 만든 꽃 장식을 가장자리에 붙였다. 그러자 시동 네 명이 황금 쟁반에 올려진 파이를 왕의 식탁으로 가져갔다.

불편한 파이 속에서 페드시는 오랜 시간을 참아야 했다. 저려 오는 다리를 주무르며, 필사적으로 대사를 생각해 내려 애쓰는 동안 난쟁이는 자신의 팔자가 더 나아질 것이라는 확신이 흔들리는 것을 느꼈다. 마침내 레오 1세가 왕비를 위한 찬사를 시작했다. 페드시는 벌떡 일어나려 했지만 무릎이 굳어 버려 제대로 움직일 수 없었다. 그는 비틀거리다가 옆으로 넘어지면서 허겁지겁 파이 밖으로 나왔다. 하지만 이로 인해 왕비의 환희가 줄어든 건 결코 아니었다. 왕비는 기쁨에 겨워 박수를 치면서 남편에게 감동의 눈길을 보냈다. 레오 1세는 매우 만족스러워했다. 페드시는 다시 정신을 차리고 몸의 균형을 잡았다. 수많은 양초의 불빛에 눈이 부셔 눈을 깜빡거리며 설탕을 뿌린 과일 피라미드와 공작새 구이 주위를 우아하게 한 바퀴 빙 돌았다. 그러고는 이사벨라 왕비의 접시 옆에 서서 머리를 숙여 인사를 올렸다. 왕비는 날씬하고 코가 오똑했으며 세련된 크림색 자수비단 옷을 입고 있었다. 페드시가 대사를 읊기 시작했다.

"고매하신 바스카리아 왕국의 왕비시여, 제게는……."

"가장 작은 난쟁이는 아니지만, 다른 난쟁이들보다 훨씬 잘생겼어요!"

이사벨라 왕비가 페드시의 말을 끊으며 소리쳤다.

"너무 사랑스러워요."

"전하의 시종입니다, 왕비마마."

페드시는 디에고 왕자처럼 발을 뒤로 빼며 인사를 했다.

"잘됐다. 내일부터 당장 정원을 돌볼 때 나를 호위하도록 해라. 오후 두 시에 마구간 라우렌티우스에게 너희들 모두 하늘색 옷을 입으라고 했다고 보고해라. 색깔 검사는 마구간 시종장 책임이다.

파란색은 안 된다.”

페드시가 대답이나 질문을 하기도 전에 안경을 끼고 은빛 가발을 쓴 품위 있는 신사가 식탁에서 내려오라고 손짓했다. 왕비는 이미 새 선물을 풀고 있었다.

“오, 금낭화 뿌리군요! 마간테 뿌리도! 내가 이것들을 갖고 싶어 했다는 걸 어떻게 아셨어요?”

페드시는 대사를 다 읊지 못한 것이 그리 불만스럽지 않았다. 그는 왕족 모두에게 다시 몸을 굽혀 절했다. 그때서야 리스바나 공주가 그 자리에 없다는 것을 알았다. 페드시는 시동 두 명이 받치고 있는 발판을 밟고 식탁에서 내려왔다. 이제 식당에서 물러가야 할 거라고 생각했지만 가발을 쓴 품위 있는 신사가 아주 가까이에 마련된 낮은 식탁으로 그를 안내했다. 페드시가 미처 보지 못한 식탁에 그의 자리가 마련돼 있었다. 그곳에는 왕비가 거느리는 난쟁이 열세 명이 왕족과 똑같은 모양의 작은 의자에 앉아 있었다. 왕족의 식사를 축소한 모습이었다. 브라반트 거위 요리가 왕의 식탁에 놓이면 난쟁이들에게는 살찐 오리 요리를 내오는 식이었다. 똑같은 방식으로 요리하고, 설탕 절임에 오렌지만 귤로 바꿔서 똑같이 테두리를 장식했다. 난쟁이들의 샐러드 접시에는 아주 작은 완두콩과 야채 뿌리, 강낭콩이 담겨 있었다. 접시, 칼, 포크, 냅킨, 잔, 케이크, 파이, 꽃 장식도 왕의 식탁에 놓인 것 그대로 크기만 작을 뿐이었다.

페드시의 대각선 쪽에 앉은 오자무와 베르나도테가 고개를 끄덕이며 그에게 친근한 인사를 보냈다. 모든 난쟁이가 잔을 높이 쳐들었다. 모두 앉아 있었지만 페드시는 이들 대부분이 곱사등이거나 몸이 굽어 있는 등 장애가 있다는 것을 알 수 있었다. 오자무는 휘어진 짧은 다리였고, 다른 난쟁이는 새가슴이었으며, 또 다른 난쟁이는 머리통이 엄청나게 컸다. 입술이 두툼하고 얼굴이 부은 난쟁이 두 명은 정신지체가 분명했다. 건강하고 반듯한 난쟁이는 베르나도테뿐이었다. 아무도 말을 하지 않았기 때문에 페드시도 말을 꺼내지 않고, 다만 키 큰 시동에게 자신의 접시를 요리로 가득 채우게 했다.

"하지만 가장 멋진 선물은 난쟁이예요."

왕의 식탁 쪽에서 왕비의 목소리가 들려왔다.

"이 선물이 나를 얼마나 기쁘게 했는지 모를 거예요, 사랑하는 레오. 이 기쁨은 말로 다 표현할 수 없어요. 들어 봐요. 우리 아들의 결혼식을 위한 멋진 아이디어가 떠올랐어요!"

"내가 맞혀 보지. 당신 정원과 관련이 있지?"

"오, 아니에요. 하지만…… 물론 정원도 새로 꾸며야지요. 특히 교회당 부근을요. 정원사들을 시켜 무성하게 자란 넝쿨장미를 손질하고 단정하게 자를 거예요. 숲 속에 장미꽃과 교회당이 서로 어우러져 탄성을 자아내도록 할 거구요. 화려한 색깔의 꽃들은 뽑아 버리고 대신 신부의 드레스와 어울리는 흰색과 은색 꽃들을 심을 거예요. 신부의 고향이 북쪽이니 웨딩드레스는 눈처럼 흰색으로 준비할 거예요. 흰 공작과 흰 토끼, 흰 사슴을 풀어 놓고 알록달록

한 앵무새도 흰색으로 바꿀 거구요. 백마를 새로 사서 이마에 염소 뿔을 박아 넣어 유니콘처럼 보이게 할 거예요.”

“고통스런 말들이 미쳐 날뛰어서 모든 걸 짓밟아 놓겠군.”

레오 1세가 대꾸했다.

“그럼 말들의 눈을 모두 뽑고 파란 유리를 끼워 넣으라고 하지요. 그러면 얌전해질 거예요. 하지만 결혼식 장식의 백미는 고롱지아예요. 모든 하객들이 볼 수 있도록 그걸 한가운데 장식할 거예요. 오, 레오! 식물 탐사를 할 수 있도록 배를 준비해 주세요. 나의 식물학자들은 벌써 몇 주 전에 탐사 준비를 마쳤어요. 고롱지아가 없으면 결혼식은 반쪽짜리가 되고 말 거예요.”

“또 고롱지아 타령이군. 지금 나는 다른 어느 때보다 배 한 척이 아쉬운 상황이오. 곧 북쪽나라 기사들이 공격해 올지도 모른단 말이오.”

레오 1세가 투덜댔다.

“오 디에고, 네 인색한 아버지를 좀 설득해다오. 배 한 척도 안 된다는구나. 네 결혼식 때문인데도 말이야. 고롱지아가 없으면 모든 것이 무의미해. 내게 또 하나 멋진 계획이 있단다. 난쟁이의 결혼식을 동시에 거행하는 거야. 새로 온 난쟁이를 베르나도테와 결혼시키도록 하자.”

그러자 난쟁이들의 식탁에서 케이크를 먹던 페드시가 깜짝 놀라 사레에 들려 기침을 해 댔다. 페드시는 건너편에 앉은 베르나도테를 바라보았다. 그녀는 왕비의 말을 페드시만큼 진지하게 받아들이지 않는 듯 침착한 미소를 지으며 그를 바라보았다. 오자무도 그리 놀라지 않았다. 그는 다만 자기 여자 친구의 손을 자신의 입에 가져다 대고 손가락에 입을 맞추면서 페드시를 바라보았다.

"난쟁이들을 너희와 똑같이 치장하게 하고, 똑같은 옷을 입힐 거야. 십 분 간격으로 난쟁이들에게 똑같은 순서를 밟게 할 거야. 결혼식 마차도 작은 것을 하나 더 만들어서 조랑말에 달아 네 마차를 뒤따르게 할 거란다. 네 신부가 곁에 없어 아쉽구나. 웨딩드레스와 마차 장식에 대해 지금 얘기하면 좋을 텐데. 바다에 살짝 떨어졌다고 그렇게 힘들어 한단 말이니?"

"어머니, 공주는 익사할 뻔했어요. 아바마마께서 공주를 바다에 집어 던지셨다구요. 아마 오늘 저녁에는 우리와 함께 있고 싶지 않을 거예요."

"아주 건강해 보이던데. 너무 건강해서 거칠어 보일 정도더구나. 점을 몇 개 만들어 얼굴에 붙이고 분칠을 해 주면 되겠지. 그리고 우리 궁정 시인에게 네 신부가 아직 한 번도 읽어 보지 못한 시 한 편 가져다 주라고 했다. 글은 읽을 줄 아니?"

왕비가 말했다.

"물론이죠."

디에고 왕자가 대답했다.

"전 공주를 위해 낭독자 네 명을 고용할 생각이에요."

톨스테란 백작 부인

　다음 날 아침 리스바나 공주는 파란색 유리로 된 침실에서 눈을 떴다. 녹색 다마스트로 장식한 천장을 기둥들이 떠받치고 있었다. 공주는 더할 나위 없이 부드러운 베개를 베고 있었다. 에스페란토 호의 선실에 있던 침실도 북쪽나라에서 그녀가 사용하던 침실에 비하면 초호화판이었다. 이곳의 침실은 그녀에게 천국의 것처럼 여겨졌다. 벽지는 자수비단이었고 천장에는 수정 채광창이 달려 있었다. 이 채광창을 통해 들어오는 빛이 수많은 거울에 반사되었다. 거울마다 옆에 중국 도자기가 놓여 있었고, 그 안에는 왕비의 정원에서 꺾어 온 아름다운 꽃들이 하나 가득 꽂혀 있었다. 작은 의자 위에는 금빛, 은빛, 장밋빛 옷이 놓였는데 진주로 장식된 이 옷들은 공주가 배에서 입었던 옷보다 훨씬 더 화려했다. 요정이 만든 옷 같았다.

공주가 잠에서 깨자마자 로자몬데가 방으로 들어와 재단사와 구두장이를 들이라고 공주를 재촉했다. 이들은 벌써 몇 시간째 공주의 옷과 신발을 만들기 위해 문밖에서 기다리고 있었다. 로자몬데는 반짝이는 회색 옷을 입고 있었으며, 이미 다른 옷들의 주문도 마친 참이었다. 그녀는 갈색 머리를 네 갈래로 우아하게 묶어 나비매듭과 밴드로 장식했다. 시녀의 마음부터 사로잡아 공주의 마음도 정복하려는 디에고 왕자의 의도였다.

십 분 뒤 리스바나 공주는 장밋빛 옷을 입고 열 명의 시녀와 궁정 미용사, 네 명의 옷감 상인, 두 명의 재단사에 둘러싸여 거울이 달린 탁자 앞에 앉았다. 그녀의 발 앞에는 비단, 공단, 레이스, 자수비단, 패드, 장식 술, 검은색 비단 스타킹, 양산, 부채, 모로코 가죽, 유리 구두, 다이아몬드, 부드러운 사슴 가죽, 은구두 등이 산더미처럼 쌓여 있었다. 모두가 여자들의 눈을 반짝이게 하고 손을 즐겁게 하는 것들이었다.

"이것, 여기 이것, 그리고 이것, 이것도."

공주는 쉬지 않고 지시했다.

"이 옷감 십 미터, 이 옷감에는 이것으로 자수를 놓으세요. 이건 뭔가요? 순금 장식 단추? 이것도요."

배가 불룩 나온 왕실 보석 관리인이 부드러운 미소를 지으며 반지, 목걸이, 팔찌, 귀고리, 왕관으로 가득 찬 보석함들을 공주 앞에 내밀었다. 공주가 집게손가락으로 보석함을 헤집는 동안 시녀들은 그녀의 얼굴에 분을 바르고 궁정 미용사의 지시에 따라 머리를 빗어 올리고, 뒷머리를 묶은 뒤 왕관을 씌웠다. 로자몬데가 공주의 목에 진주 목걸이를 걸어 주었다.

미용사와 재단사, 상인들이 나가자마자 어제 은빛 옷을 입고 있던 열두 명의 시녀들이 오늘은 하늘색 옷을 입고 문 앞에 와 섰다. 시녀들은 귀한 손님을 왕비의 정원까지 모셔가기 위해 왔다고 말했다.

"귀한 손님? 말도 안 돼. 가라고 해. 바스카리아의 시녀들은 절대 내 시녀가 될 수 없어."

공주가 로자몬데에게 말했다.

"정원을 돌아보는 건 괜찮지 않을까요? 왕비의 정원이 세상에서 가장 아름답다고 하던데."

시녀들이 모욕감을 느끼며 가버린 뒤 로자몬데가 말했다.

"안 될 건 없지. 어차피 포로로 잡힌 몸인데 되도록 쾌적하게 보내도록 하자. 우리가 고통받고 굶주린다고 해서 누군가에게 도움이 되는 건 아니니까."

리스바나 공주는 뿔 모양의 도자기에 담긴 포도를 따 먹었다.

태양이 뜨겁게 불타는 늦은 오후가 돼서야 공주와 로자몬데는 왕비의 정원 안에서도 가장 아름다운 길을 산책하기 시작했다. 잘게 부순 돌을 깔아 놓은 길 양쪽에서 화려한 색깔의 앵무새들이 그네를 타고, 줄을 걸어 놓은 받침대를 재스민과 장미가 휘감고 있었다. 꽃을 피운 것에서부터 과실이 달린 것까지 모든 성숙 단계의 오렌지나무들이 길가에 늘어서서 산책로를 향기로 가득 채웠다. 터번을 쓰고, 꽉 끼는 조끼와 파란 바지를 입은 흑인 소년이 야자나무 옆에서 원숭이와 장난을 치며 이국적인 풍경을 연출했다. 그 뒤에는 회양목과 꽃들로 꾸민 여러 나라의 문장들이 있었다. 리스바나 공주는 제비꽃으로 북극곰 형상을 만든 북쪽나라의 연회색 왕실 문장을 발견했다.

길은 분수가 있는 원형 화단으로 이어졌다. 신하들과 귀부인들이 그녀들 쪽으로 다가오고 있었다. 그들은 분수 근처의 산책로에서 대화를 나누다가 돌아오는 길이었다. 말쑥하게 차려입은 귀족들이 웃으며 모자를 벗고 고개를 숙여 인사했다. 귀부인들은 북쪽나라에서 온 고집 센 신부를 호기심 가득한 시선으로 찬찬히 바라보며 몇 미터 떨어진 곳에서 머리를 맞대고 쑥덕거렸다. 리스바나 공주는 부채를 펼치고 평정심을 잃지 않으려 애쓰며 목에 부채질을 했다.

바로 그때, 귀부인들 가운데서도 가장 화려한 옷차림을 한 여자와 마주치게 되었다. 그녀는 통통한 몸매에 리스바나 공주의 것보다 두 배나 더 넓은 옷을 입고 있었나. 그 옷은 순백색에 장밋빛 테두리가 여러 겹으로 둘러져 있어 거대한 케이크처럼 보였다. 그레이하운드와 함께 있었는데, 치마의 둘레가 개 줄보다 길어 하인이 대신 개를 끌어야 했다. 귀부인은 붉은색 머리에 보석 부케를 달고 있었다. 둥그스름한 얼굴에 새하얀 분칠을 하고 있어 나이를 가늠할 수 없었다. 곱게 그린 눈썹 아래 뺨은 홍조를 띠었으며, 왼쪽 입가에는 점 대신 그려 넣은 검은색 스페이드 에이스가 있었다. 자신을 향해 다가오는 귀부인의 모습에 너무 깊은 인상을 받은 리스바나 공주는 오만한 태도를 취하는 것도 잊어버렸다.

"제 소개도 하지 않고 이런 말씀부터 드리는 것을 용서하세요. 하지만 부채로 하는 은밀한 표현을 잘 모르시는 것 같아서요. 공주님, 부채를 조심스럽게 다루셔야 합니다. 저는 톨스테란 백작 부인입니다."

"무슨 말씀이시죠? 내가 뭘 어쨌다는 건가요?"

"그렇게 부채를 세워 손에 들고 턱과 입을 가리며 부채질을 하는 것은 애인을 구하고 있다는 뜻입니다. 물론 공주님이 그런 생각을 품고 있을 거라고는 생각하지 않습니다만."

톨스테란 백작 부인이 포도 잎으로 덮인 그늘진 길로 접어들었을 때, 리스바나 공주와 로자몬데도 그녀의 엄청난 치마에 밀리지 않기 위해 함께 그 길로 들어섰다.

"공주님은 곧 결혼하실 테니까요. 그것도 세상에서 가장 훌륭한 신랑감과요."

톨스테란 백작 부인이 말했다.

"무슨 말씀을 하시는 거예요?"

리스바나 공주가 소리쳤다.

"내가 나의 뜻과 무관하게 이곳으로 납치돼 왔다는 걸 모르실 테니까 그 말씀은 용서하겠어요. 결혼식은 절대 없을 거예요! 내 아버지께서 나를 구해 주실 테니까요."

“아, 아직 어리시군요. 왜 그렇게 저항만 하시나요?”

백작 부인이 통통한 손을 공주의 팔 위에 얹으며 말했다.

“차라리 공주님 부친을 다시 볼 필요가 없게 되기를 바라세요. 부친께서 공주님이 디에고 왕자님과 결혼하는 것을 반대한다면, 그건 공주님의 행복을 원하지 않는다는 거예요. 그러니 공주님도 부친께 아무 잘못이 없는 셈이지요.”

“나도 디에고 왕자를 원하지 않아요. 왕자가 싫다구요!”

공주가 쏘아붙였다.

“언제부터 결혼에 남편이 그렇게 중요했나요?”

백작 부인이 말했다.

“누구와 결혼하는가는 중요하지 않아요. 중요한 건 남편이 제공하는 사회적 지위와 호사지요. 공주님께서는 일은 적게 하고 돈은 많이 벌고 싶어 하는 사람들의 우상이 되실 거예요. 디에고 왕자 말고 누구를 마음에 품고 계신지 모르겠지만, 어차피 결혼하고 일 년만 지나면 아무리 잘생기고 사랑스런 남자라도 오랫동안 벽에 걸려 있어 바라보면 하품 나는 그림에 불과하게 되죠. 그러면 이 사람이나 저 사람이나 다 마찬가지예요. 그런데, 디에고 왕자님의 외모나 성격에 도대체 어디 흠잡을 데가 있다는 건지 도저히 이해가 안 되네요.”

“명예가 걸린 문제예요.”

리스바나 공주가 고집스럽게 말했다.

백작 부인이 가엾다는 듯이 미소를 지었다.

"명예, 존엄, 긍지…… 도대체 언제부터 여자들이 그런 것들과 상관이 있었나요? 기사나 군인이 다른 사람에게 하는 가장 고약한 욕설은 여자처럼 행동한다는 거 아닌가요? 그것이 우리의 의무를 면제해 주잖아요. 여자라는 치욕이 제공하는 무한한 장점을 누리세요. 부친께서 공주님을 결혼시키려 할 때 공주님의 의견을 물으시던가요? 본인의 의견을 묻지 않는다면 긍지나 명예 때문에 고민할 필요도 없는 거예요. 공주님은 정말로-죄송한 말씀이지만 사실이 그렇지 않은가요?-바스카리아의 왕위 계승자 대신에 북쪽나라의 털북숭이와 결혼하고 싶으세요?"

톨스테란 백작 부인이 리스바나 공주의 팔을 놓아 주었다.

"대단한 여자로군요."

로자몬데가 말했다.

"톨스테란…… 톨스테란…… 도대체 어디 있는 곳이지?"

갑자기 생각났다는 듯 공주가 물었다.

"됐어, 일단 가자."

공주는 로자몬데를 재촉하여 백작 부인에게 작별 인사도 없이 발걸음을 옮겼다.

"흥, 매춘부 같은 생각이야!"

아직 소리가 들릴 만한 거리인데도 공주는 크게 말했다.

"하지만 옷은 정말 환상적이에요."

로자몬데가 중얼거렸다.

그늘진 길에서 벗어나자 뜨거운 열기가 느껴졌다. 하지만 리스바나 공주는 다시 부채를 사용할 엄두를 내지 못했다. 성으로 돌아오는 길에 왕비가 난쟁이들의 호위를 받으며 말을 타고 곁을 지나갔다. 왕비는 하늘색 승마복을 입고 거기에 어울리는 삼각모를 쓰고 있었다. 왕비가 탄 당당한 백마의 갈기에는 하늘색 띠와 비단 끈이 둘러져 있었다. 왕비를 따르는 난쟁이 일곱 명은 모두 같은 색 승마복을 입고 하얀 셰틀랜드 조랑말을 타고 있었다. 조랑말들의 갈기도 큰 말과 똑같이 장식돼 있었다. 로자몬데는 공주의 옷에서 먼지를 털어 주며 난쟁이들의 뒷모습을 바라보았다. 조랑말의 꼬리에는 로제트 장식이 달려 있었는데 마찬가지로 하늘색이었다.

"저기 조랑말을 타고 있는 건 분명 페드시예요. 저 녀석이 왜 왕비와 말을 타고 있는 거죠? 도대체 어찌된 일일까요?"

"왕비는 내게 인사조차 건네지 않았어. 말을 세우려고도 하지 않았어. 이렇게 푸대접을 받다니!"

"인사를 했다면 응대하셨을까요?"

"물론 안 했겠지. 어쨌든 왕비는 나한테 인사를 했어야 해."

선물

그날 저녁 디에고 왕자가 방문을 두드렸다.

"아, 멍청이 무용수님."

리스바나 공주가 말했다.

"편안한 마음으로 들어오세요. 어차피 여기에 있는 건 모두 왕자님 것이니까요. 왕자님 부친의 애인이 당신이 얼마나 훌륭한 신랑감인지에 대해서 구구절절이 말해 주더군요. 톨스테란 백작 부인 말이에요. 그래봐야 내겐 아무 소용없었지만, 그건 그 여자 잘못이 아니죠."

왕자가 잠시 헛기침을 하며 화제를 돌렸다. 그는 새까맣고 땅딸막한 몹스 종 개 한 마리를 안고 있었다. 개는 사람처럼 옷을 입고, 머리에 깃털 달린 모자까지 쓰고 있었다.

"내 생각인데…… 어쩌면 당신이…… 당신이 혹시 외로울까 봐 가져왔습니다."

"나는 그런 개를 좋아하지 않아요."

"그러면 혹시 고양이라도?"

"고양이가 곁에 오면 재채기를 해요."

"그렇다면 고양이도 안 되겠군요. 오늘 제가 저녁 식탁으로 안내해도 될까요? 어머니께서 당신을 보고 싶어 하십니다."

"나는 보고 싶지 않아요. 로자몬데와 나는 여기서 먹을 거예요. 우리 둘이서요."

"나를 용서하지 않으실 겁니까?"

왕자가 개의 재킷을 쓰다듬으며 나직한 목소리로 물었다. 공주는 말없이 등을 돌렸다. 로자몬데는 호의적인 눈길로 왕자를 바라보면서 어깨를 움찔했다. 왕자는 개를 데리고 방을 나갔다.

"애쓸 것 없어."

왕자가 식탁에 앉자 왕비가 말을 꺼냈다.

"변덕 부리는 거니까 네가 선물을 충분히 안겨 주면 가라앉을 거야. 그런데 내 결혼식 때 얼음으로 잔과 접시를 만들어 사용하면 어떻겠니? 디에고, 네 신부의 차가운 태도를 빗대서 말이야. 뭐 그 아이가 실제로 얼음나라 출신이기도 하니까. 한 번 녹였다가 다시 얼린 얼음으로 접시를 만드는 거야. 그러면 우윳빛 도자기처럼 되지 않을까?"

"맙소사, 이사벨라! 생각 좀 하고 말하시오."

레오 1세가 말했다.

“뜨거운 스프는 도대체 어디 담겠다는 거요?”

“늘 그렇듯 당신 말이 맞아요. 그렇다면 후식이라도 얼음 접시에…….”

디에고 왕자는 시동을 불러 메추라기 스튜 두 접시와 푸딩 두 접시, 와인 한 병을 건네주며 말했다.

“공주께 갖다 드려라! 식기 전에 얼른!”

그 뒤로 몇 주 동안 리스바나 공주와 로자몬데는 매우 만족스러운 나날을 보냈다. 열한 시 이전에 잠에서 깬 적은 한 번도 없었다. 바스카리아 궁정에서 이 시간은 아직 아침이 아니었다. 열한 시부터 한 시 사이에는 잠옷 바람으로 옷감 상인들과 재단사들을 맞아들여 침대 위에서 물건을 골랐다. 그다음에는 따뜻한 당나귀 우유로 목욕을 했다. 물과 달리 우유는 금기가 아니었다. 그리고 나서 과일 조금과 케이크를 먹고, 열 명의 시녀들의 시중을 받아 옷을 입고, 머리를 손질하고, 치장을 했다. 오후에는 로자몬데와 함께 정원으로 나가 궁정 귀부인들의 옷차림을 구경하거나 승마를 했다.

“기회가 오면 도망가자.”

리스바나 공주가 검은 말을 타고 있는 로자몬데에게 말했다.

“혹시 북쪽나라에 벌써 눈이 내렸다면 우리 편이 공격해 올 때까지 몇 달이 걸릴 거야.”

“저로서는 그리 서두를 이유가 없는데요. 무엇 때문에 그래야 하죠? 북쪽나라 궁전에서 버섯과 목화솜에 둘러싸여 살면서 룬트람 기사의 동상 걸린 발을 물개 기름으로 문질러 주기 위해서요?"

로자몬데가 대답했다.

사실 바스카리아 궁전의 담을 넘어 도망치는 것은 불가능한 일이었다. 정원을 둘러싼 담장이 너무 높고 미끄러운데다가, 그들이 입은 넓은 치마는 말 위에 오르는 것조차 어려웠다. 로자몬데는 지금까지 그런 옷을 열네 벌, 공주는 서른두 벌 맞췄다. 신발은 지금 만들고 있는 여덟 켤레를 제외하고도 쉰네 켤레나 되었다. 디에고 왕자는 공주가 최신 드레스를 입은 모습을 되도록 많은 사람들에게 보이려고 그들을 위한 오페라와 연극을 공연하게 했고, 무도회도 열었다.

"근심에서 벗어나기 위해 잠시 기분 전환을 한다고 해서 우리를 비난할 사람은 없을 거야."

공주는 이렇게 말하곤 했다.

디에고 왕자는 검은색과 붉은색의 바스카리아 정장을 입거나 수많은 다이아몬드로 장식한 검은 옷을 입고 연회장에 나타났다. 다이아몬드들이 은제 별장식 위에서 찬란하게 빛을 발했다. 심지어 리스바나 공주조차도 왕자가 정말로 잘생기고, 빼어나게 고상하며, 매력적이라는 것을 마음속으로 인정할 수밖에 없었다. 게다가 멍청한 무용수가 아니라 뛰어난 춤꾼이라는 것도! 하지만 그에게 친절하게 대하는 건 불가능했다. 왕자가 춤을 청하면 공주는 모든 사람이 있는 앞에서 퉁명스럽게 쏘아붙이며 거절했다.

디에고 왕자는 저녁마다 귀한 선물을 들고 공주의 방문 앞에 나타나 열렬하게 사랑을 호소했다. 하지만 매번 헛수고였으며, 모욕만 당하고 돌아가야 했다.

"이 커다란 다이아몬드가 뿜어내는 강렬한 빛도 그대의 눈에서 흘러나오는 광채에는 비교가 되지 않습니다."

"다른 잡동사니들처럼 상자에 넣어두세요. 나는 받고 싶지 않으니까요."

이런 식이었다.

디에고 왕자는 커다란 다이아몬드에 이어 에메랄드에 마음을 담아 사랑을 호소했고, 그다음에는 루비로 장식한 왕관, 귀고리, 목걸이, 브로치, 반지, 팔찌, 허리띠 등으로 자신의 항복을 표현했다.

"정말 전설적인 루비 세트네요. 특히 이 팔찌는 황홀할 만큼 아름다워요."

로자몬데는 공주의 방에서 세련된 문양이 새겨진 포크로 왕자가 보내 준 꿩 요리를 집으며 말했다.

"우리 편이 쳐들어와서 우리를 구해 주면 이 보석들을 왕자의 목에 개목걸이로 걸게 해야지. 단 하나도 가져가지 않을 거야."

리스바나 공주가 대꾸했다.

"공주님은 우리 편이 쳐들어올 거라고 확신하세요?"

"확신해."

최근 들어 자신은 브레두르 기사를 사랑하고 있다고 고집을 부리고 있는 리스바나 공주가 말했다. 로자몬데는 공주의 이런 주장을 담담하게 흘려들었다. 그동안 로자몬데는 북쪽나라 기사들이 공격해 온다 해도 아무 가망이 없으며, 자신들의 포로 생활이 영원히 계속될 수밖에 없다는 것을 알았다. 그녀로서는 전혀 불편할 것이 없었다. 로자몬데는 애국심 때문에 양심이 불편할 때마다 페드시를 발로 차며 마음을 달랬다.

야망의 언덕

　난쟁이 페드시도 바스카리아의 궁정 생활에 적응하며, 자신의 위치를 조금씩 높여 가고 있었다. 처음에 그는 왕비와 시녀들이 저녁에 성안의 어두운 복도를 지나갈 때 촛불을 들고 앞장서고, 연회 때 치맛자락을 떠받치고, 사냥을 갈 때 망아지를 타고 호위하는 등 난쟁이가 하는 일상적인 일을 수행했다. 왕비는 자신의 스패니얼 사냥개가 페드시와 호흡이 잘 맞는다는 것을 알고는 그를 세 번째로 총애하는 난쟁이로 승격시켰다. 이사벨라 왕비는 그에게 상자에 든 은그릇을 선물했으며, 산책할 때 개들을 끄는 일 외에 정원을 돌볼 때 따라다니는 일도 맡겼다. 페드시는 야외에서 보내는 시간을 좋아했다. 처음에는 정원에서 가장 단순하고 천한 일을 맡았다. 정원에는 수많은 동물들이 돌아다녔는데, 그로 인해 산책하는 사람들은 불가피하게 '그리 아름답지 못한 것'과 마주치곤 했다. 덤불 열 개마다 하나씩 작은 양동이와 삽을 감추어 두었다가, 동물 배설물을 처리한 뒤 다시 덤불 속에 양동이를 숨기는 것이 난쟁이에게 맡겨진 일이었다.

페드시가 정원에서 더 많은 일을 하고 싶다고 말하자, 왕비는 그를 곧바로 두 번째로 총애하는 난쟁이로 승격시켰다. 왕비는 페드시에게 뭉게구름처럼 하얀 양 두 마리가 끄는 마차를 선물하여 그가 정원의 가장 외진 곳까지 다닐 수 있게 해 주었고, 오로지 정원 일에만 전념하게 했다. 사실 정원에서는 별로 할 일이 없었다. 화요일에는 정원 일을 하는 왕비 옆에 쪼그리고 앉아 모종삽이나 갈퀴를 건네주면서 화단에 난 잡초를 뽑았다. 금요일에는 터키정원과 중국정원을 어슬렁거리며 돌아다니는 스무 마리쯤 되는 거대한 거북을 돌보았다. 왕비의 정원에는 아프리카정원, 중국정원, 일본정원, 채소정원 등 저마다 독립되어 있으면서도 전체적인 조화를 이루는 작은 정원들이 있었다. 이 정원들은 모두 오자무가 관리했다. 그는 왕비가 가장 총애하는 난쟁이였으며, 궁정 내에서 제대로 일하는 유일한 난쟁이였다. 그것도 자발적으로.

"그렇게 하지 않으면 매질을 당할 거야."

그는 이렇게 말하곤 했다.

페드시의 임무는 대나무 숲 속이나 중국식 살구나무 정자와 터키정자 아래를 돌아다니며 거북의 건강 상태를 철저히 살피는 것이었다. 거대한 거북들의 옆구리에는 번호가 매겨져 있었다. 왕비는 거북의 등에 구멍을 뚫어 보석을 박아 넣게 했다. 거북이 죽는다 거나 누가 거북 등에 박힌 보석을 빼내 갔을 때 그것을 보고하는 것 도 페드시의 임무였다. 오자무가 모든 거북의 목에 방울을 달아 놓 았지만 그래도 거북의 위치를 파악하는 일은 결코 쉽지 않았다. 거 북이들이 몽유병자처럼 느릿느릿 움직이는 바람에 방울이 거의 울 리지 않았기 때문이다.

일요일은 가장 힘든 날이었다. 그날이면 페드시는 원형극장 뒤 편 테라스에 있는 전망대 벤치에 아침부터 밤까지 앉아 있어야 했 다. 테라스에는 부드럽게 펼쳐진 녹색 느릅나무 계곡과 맞은편 암 벽 위에 만든 십 미터 높이의 인공 폭포, 일부러 폐허처럼 꾸며 놓 은 성이 있었다. 그 테라스에서 사람들은 경이로운 풍경을 배경으 로 두 나무 사이에 그림처럼 앉아 있는 난쟁이를 볼 수 있었다. 파 노라마 같은 풍경을 채워 주는 이 지루한 일을 할 때면 페드시는 술 병을 가지고 가서 가끔 한잔씩 들이키는 습관을 들였다.

월요일, 수요일, 목요일, 토요일에는 마음 내키는 대로 하고 싶은 일을 할 수 있었다. 그런 날이면 페드시는 양이 끄는 마차를 타고 정원을 돌아다니며 시간을 보냈다.

어느 일요일 오후, 오자무가 손수레를 끌며 파노라마 전망대 앞 을 지나다가 나무 사이의 벤치에 앉아 고개를 푹 숙이고 있는 페드 시를 보았다. 페드시가 술에 취한 것으로 생각한 그는 페드시를 잡 아끌며 꾸짖듯이 말했다.

"똑바로 앉아. 풍경을 망치고 있잖아!"

그러나 페드시가 몸을 돌렸을 때 오자무는 수심 가득한 얼굴을 보았다. 그는 곧바로 페드시의 곁에 앉아 짧은 팔로 어깨를 감싸 안으며 부드럽게 말했다.

"알아, 다 알아. 이곳의 일들을 견뎌 내는 게 쉽진 않을 거야. 그들은 우리를 장난감이나 동물처럼 취급하니까. 내가 알아보니까 우리는 이곳 장부에 개나 매들과 함께 적혀 있었어. 그들은 우리가 감정을 지닌 인간이라고 생각하지 않아. 네 키가 더 작지 않다는 것만으로도 고맙게 생각해야 할 거야. 작년에 루도비코라는 난쟁이가 죽었어. 가엾은 녀석. 그 녀석은 우리 중에서도 가장 키가 작았지. 오십 센티미터도 안 됐으니까. 왕비는 그 녀석을 앵무새 새장에 가두고, 그 새장을 자기 뒤에 들고 다니게 했어. 어쨌든 우리가 지금 사는 집과 먹는 음식, 입고 있는 옷에 대해서만 생각하고 다른 일들은 걱정하지 않는 게 현명해."

"그런 건 아무래도 상관없어. 난 내가 난쟁이라는 것에 전혀 개의치 않아. 특히 이곳에서는. 나를 슬프게 하는 건 로자몬데야. 그녀는 나를 싫어해."

상심한 페드시가 말했다.

"로자몬데? 키가 큰 여잔가?"

페드시는 고개를 끄덕였다.

"리스바나 공주의 시녀야. 북쪽나라에서 벗어나면 그녀가 나를 사랑할 거라고 생각했어. 그녀가 이곳에 오게 된 건 내 덕분이니까. 그런데 그녀는 아직도 나만 보면 발길질을 해. 궁정의 모든 사람들

앞에서. 나더러 나쁜놈이래."

"왜 여자 난쟁이 중에서 짝을 찾지 않는 거지? 피파와 지롱델라는 아직 짝이 없어. 도대체 키 큰 여자가 뭐가 좋다고?"

"아름답고, 악마처럼 심술궂고, 끔찍하게 천박하고, 앞니 사이에 작은 틈새가 있는 여자야. 그녀의 매력 앞에서 난 무력해져."

"네게 필요한 건 일이야."

오자무가 말했다.

"몇 시간 동안 벤치에 앉아 빈둥거리는 일 말고 제대로 된 일을 맡는 거야. 나처럼 해 봐. 왕비에게 정원의 한 부분을 맡아 꾸며도 되느냐고 물어봐. 아마 무척 기뻐하실 거야. 그리고 네가 일을 제대로 해내면 엄청난 선물을 주실 거야. 이 궁정 안에서 성공하려면 정원 일에서 두각을 나타내야 해. 일에 시간을 쏟다 보면 로자몬데 생각도 덜하게 될 거고."

"로자몬데를 생각하는 건 내가 원해서 하는 일이야. 그녀가 나를 사랑하기를 원해. 내가 원하는 건 일로 그녀를 잊는 게 아니라 행복해지는 거야."

"중국 속담에 이런 말이 있지. 하루 동안 행복하려면 술을 마셔라. 일 년 동안 행복하려면 결혼을 해라. 평생 동안 행복하려면 정원을 가꾸어라."

"난 네가 일본 사람이라고 생각했는데."

"이랬다저랬다 해."

"난 정원 일은 잘 몰라."

“내가 가르쳐 줄게.”

“지금 당장 첫 수업을 시작하자구. 어차피 오늘은 테라스로 올라올 사람이 없을 거야. 가자! 일본정원에 대해 설명해 줄게.”

오자무가 페드시를 잡아끌었다.

“일본정원은 꽃을 위한 정원이 아니야.”

일본정원으로 건너가면서 오자무가 설명했다.

“식물을 키우기 위한 정원이 아니라는 거지. 화려한 화단을 찾으려고 해 봐야 헛수고일 거야. 돌의 아름다움을 볼 줄 아는 눈을 길러야 해. 네가 돌의 아름다움을 이해하지 못한다면 일본정원도 네게 자신의 아름다움을 보여 주지 않을 거야. 이곳에 있는 모든 돌들은 그 형태가 지닌 표현 능력에 따라 선별되었고, 거기에 맞는 이름을 가지고 있지. 입구에 있는 두 개의 돌은 망각의 문이야.”

그들은 꼭대기가 서로를 향하고 있는 엄청난 암석 사이를 통과해 안으로 들어갔다.

“이 정원은 인간의 삶을 상징하고 있는데, 일본의 종교에 따라 망각의 문에서 시작하지. 그 이유는 묻지 마. 난 종교에 관한 토론을 싫어하니까. 그런 토론은 항상 싸움으로 끝나거든. 망각의 문은 어머니의 배 속에 머무는 시간으로 이어져. 그래서 나는 그곳에 지하실을 만들었어. 장비들을 보관하지. 여기는 삶의 오솔길이야.”

“왜 이렇게 좁아?”

페드시가 물었다.

“왼쪽의 작은 오솔길을 잘 살펴봐. 길이 대나무 숲 속으로 사라지고 있어. 저런 샛길이 계속 나올 텐데, 그리로 들어가 봐야 끝에는 아무것도 없어. 저건 인생에서 우리를 옳은 길로부터 떼어 놓는 유혹들을 의미하지."

"아하, 그러면 이 좁고 어두운 길은 당연히 탄생을 뜻하겠군."

페드시가 탄성을 질렀다.

"아니, 탄생은 이미 오래전에 지나왔어. 우린 지금 막 무지의 터널을 빠져나와 교육의 빛 속으로 들어왔어. 네 발 옆에 있는 반짝이는 작은 돌들을 잘 봐. 정신을 인도하는 별들이야."

오자무가 말했다.

길은 언덕 위로 뻗어 있었다. 정상에 오르니 아름다운 풍경이 펼쳐졌다. 정자들과 분수, 그네들이 있는 두 개의 정원이 내려다보였다. 바로 그 순간 페드시는 구덩이에 빠져 넘어졌다.

"의도적으로 만든 거야."

오자무가 설명했다.

"우린 지금 각성의 길에 와 있어. 인생에는 수많은 덫과 함정들이 있는데, 미래에 대한 커다란 전망을 얻었다고 생각할 때 거기에 빠지게 돼."

그는 페드시를 부축해 일으켜 주었다.

"발을 조심해. 여긴 구덩이가 많으니까. 저 앞에 있는 소나무 숲 근처에는 굵은 나무뿌리가 길 위로 구불구불 뻗어 있어. 그 밑에 있는 고원에는 '평범한 인간의 수준'이라는 이름이 붙어 있지. 거기부터는 안전해. 조심해, 계단이야! 계단 하나하나는 인생의 일 년을 의미해.”

그들이 갈림길에 왔을 때 오자무는 페드시에게 길을 선택하게 했다. 넓고 밝지만 대충 다듬어 놓은 길과 거칠고 좁아서 혼자서만 지나갈 수 있는 오솔길, 그리고 연꽃이 만발한 연못 위에 놓인 빛나는 붉은색 다리가 있었다. 페드시는 다리를 의심스럽게 관찰했다.

“이것도 함정이야? 먼저 다리 이름을 말해 줘. 착오의 다리라든가 파멸의 다리 같은 거 아니야?”

“그런 거 아냐. 저건 기대의 다리야. 기적과 환희의 섬으로 이어지지.”

“그렇게 보이지 않는데?”

페드시가 실망한 투로 말하자, 오자무는 기적과 환희는 벚나무에 꽃이 만발한 봄날에만 경험할 수 있다고 설명했다. 분홍빛 구름이 하늘에서 내려와 나무 꼭대기에 걸린 것처럼 보이는 날에만 만날 수 있다고.

두 난쟁이는 우아한 흰 꽃을 피운 짙은 녹색 이끼 위에 앉았다.

“너 지금 베르나도테와 같이 살고 있지? 그렇지?”

페드시가 물었다. 오자무는 말없이 미소를 지으며 풀줄기를 입에 물었다.

“어떻게 그녀의 마음을 얻어 냈어? 내 말은, 그녀는 우리들 중에서 여기 가장 오래 있었고, 또 가장 어여쁜 난쟁이고, 또 여왕이 가장 총애하는 여자 난쟁이잖아. 어제 로렌티우스한테 들었는데 너는 이곳에 온 지 이 년도 안 됐다며. 게다가…….”

로렌티우스는 망아지를 타고 왕비를 호위하는 수석 기수였다. 오자무는 잠시 말이 없었다.

"네 질문은 일본 사람인 내가 어떻게 그녀를 얻을 수 있었냐는 거지?"

페드시는 고개를 끄덕였다.

"일본 사람이라서 얻을 수 있었지! 페드시, 내 말을 잘 들어 봐. 바스카리아의 궁정에서는 새로운 것, 특이한 것이 사랑을 받아. 그리고 전력을 다해서 얻을 수 없는 여자는 세상에 없어. 확신을 가지고, 정말로 다른 어떤 것보다 더 그녀를 원한다면 너는 그녀를 얻을 수 있을 거야. 너는 잘생기고 균형 잡힌 몸매를 가지고 있잖아. 우울해하지 말고 좀 더 우아한 태도를 취해 봐! 그러면 얼마 안 가서 그 시녀는 네게 호감을 가지게 될 거야."

"곧 어두워질 것 같아. 이제 그만 돌아가자."

페드시가 말했다.

"그래, 좋아. 지름길로 가자구."

오자무가 대답했다.

"게이샤의 집으로 통하는, 옆길이 많이 딸린 결혼의 길 말고 곧장 야망의 언덕으로 올라가자. 그곳에서 내려다보이는 약혼의 다리는 환상적이야."

야망의 언덕은 무척 가팔랐다. 페드시는 언덕 위에 오르자마자 털썩 주저앉았다. 숨을 고른 뒤 그는 파노라마처럼 펼쳐진 멋진 정경을 내려다보았다.

"야망의 언덕은 모든 것이 단단한 암석으로 돼 있어. 이곳에서는 일본정원 전체를 굽어볼 수 있지. 탄생과 망각의 문에서 시작하는 길을 되돌아볼 수도 있고, 네 앞에 놓여 있는 남은 길을 바라볼 수도 있어."

오자무가 설명했다. 페드시는 눈앞에 펼쳐진 길을 보고, 나이의 계단을 내려다보았다. 점점 좁아지는 층계가 이곳까지 이어져 있었다. 천천히 흐르는 넓은 강에는 다리 하나가 놓여 있었다. 그 뒤에는 잔디밭 위에 디딤돌들이 놓여 있고, 작은 석등에서 불빛이 흘러나왔다. 잔디밭 끝에는 버드나무들이 서 있었다. 페드시는 그 위에 있는 어두운 문의 이름이 무엇인지 알 수 있을 것 같았다.

"뒤를 봐. 저기에 약혼의 다리가 있어."

오자무가 말했다. 약혼의 다리는 검은 난간이 달린 다리 양쪽이 붉은빛을 내며 서로를 떠받치고 있었다.

"네 말대로 하겠어. 새 정원을 만들어 보겠다고 왕비께 말씀드릴 거야. 오늘 만나지 못하면 내일 아침에는 여쭤 볼 수 있겠지. 어떤 정원이 가장 깊은 인상을 줄 수 있을까? 왕비께서 안 가지고 계신 정원이 뭐야?"

페드시가 물었다.

"이미 모든 정원을 가지고 계셔. 버섯정원만 빼고. 하지만 시작하지 않는 게 좋아. 버섯정원은 모두 포기했거든. 양치류 화단을 생각해 봐. 그게 좀 더 나을 거야."

"아니, 왕비께 버섯정원을 만들어 드릴 거야. 내가 원래 전통 있

는 정원사 집안 출신이라고 말씀드릴 거야. 북쪽나라의 버섯정원
이 아주 유명하고, 우리 할아버지가 그중에서도 가장 유명한 버섯
정원의 수석 정원사였다고 말씀드릴 거야. 진정으로 원한다면 키
울 수 없는 식물은 없어. 정원을 만들어서 왕비께서 내게 명예와 선
물을 산더미처럼 안겨 주시게 해야지.”

“그래 좋아. 지금 네 모습이 훨씬 마음에 든다. 버섯정원이 아니
라면 더 좋겠지만.”

“버섯정원이어야 해!”

페드시가 소리쳤다.

“꼭 해내고 말 거야. 나는 그 일을 위한 손, 버섯의 손을 갖고 있
다구. 그리고 너를 비판할 생각은 없지만, 이곳 나무들은 좀 이상
해. 잘못 가꾼 것 같아. 발육 부진에 너무 구부러져 있어. 거름을 주
고 다른 곳에 옮겨 심도록 해 봐.”

“나무에 대한 건 다음에 설명해 줄게.”

오자무가 대답했다.

결혼 준비

그날 저녁에도 리스바나 공주는 만찬에 참석하지 않았다. 레오 1세는 흠흠 하고 헛기침을 하더니 아내에게 재촉하듯 고개를 끄덕였다.

"북쪽나라가 버섯정원으로 유명하다는 것을 왜 내게 얘기하지 않았니?"

이사벨라 왕비가 아들에게 말했다. 디에고 왕자는 그저 어깨만 으쓱했고, 난쟁이들의 식탁에서는 페드시와 오자무가 오랫동안 서로 눈길을 주고받았다.

"네 신부와 그 일에 대해 얘기하고 싶은데, 도대체 언제까지 우리와 식사를 안 할 생각인 거지?"

왕비가 물었다. 디에고 왕자는 한숨을 내쉬며 다시 어깨를 으쓱

했다.

"식사 시중을 드는 시종을 보내서 공주의 시녀에게 이 말을 전해라. 그 못된 것이 지금 당장 식당으로 내려와 우리와 식사하지 않으면 내일부터는 보리죽과 물만 먹고 살아야 할 거라고 말이야. 사람을 우롱하는 것도 한도가 있지."

"게다가 그 애는 그동안 방 안에서 놀고먹느라 이제 충분히 살이 올랐을 게다."

레오 1세가 말을 받았다.

맞는 말이었다. 리스바나 공주는 날마다 더욱 아름답게 피어났다. 그녀는 포로 생활을 즐기고 있는 듯했다. 반면에 그녀를 납치한 범인이자 창살 없는 감옥의 간수장인 왕자는 계속 여위어 갔다.

"그 굼뜬 계집에게서 이제 그만 벗어나도록 해라. 고것이 너를 하인 취급하는 걸 더 이상 못 보겠어. 네가 너무 너그럽게 대하는 것 같아."

왕비가 열을 올리며 말했다.

"조금만 더 시간을 주면 틀림없이 부드러워질 거예요."

디에고 왕자가 대답했다.

"선의에 따르지 않을 때는 악의로 강요해야 하는 법이야. 어차피 공주를 납치해 왔으니, 강제로 네 것을 만들어라. 그런 뒤에 결혼하면 차라리 나중에 고마워할걸. 그때까지도 네가 그 계집애와 결혼하고 싶어 한다면 말이야."

디에고 왕자는 물론 화를 내며 이 제안을 거부했다. 그는 이미 기사도에 맞지 않는 행동을 했으므로 이제는 아름다운 포로에게 성실과 존중을 보여 주는 것이 자신의 의무라고 생각했다.

"결혼식은 무슨 일이 있어도 거행해야 해."

왕비가 단호하게 말했다.

"나는 벌써 몇 주 전부터 결혼식을 준비해 왔어. 거지 같은 나라에서 온 그 작고 터무니없이 고집만 센 계집이, 내 아들이 자기 신랑감이 될 수 없다는 망상을 품고 있다고 해서 결혼식을 포기할 내가 아니야. 지금까지 한 번도 보지 못한 엄청난 규모의 정원 축제를 열 거야. 내가 거느리고 있는 흑인 시녀들이 식물로 분장해서 화단에 숨어 있다가 예상치 못한 순간에 뛰어나와 노래하고 춤추는 것으로 축제를 시작할 거야. 모든 동물을 네 결혼 예복 색깔에 맞출 생각이야. 아마 검은색이겠지? 검은 양, 까마귀, 검은 토끼를 사방에 풀어 놓고, 모든 나무에는 붉은 초롱을 달 거야. 꽃도 전부 붉은색으로만 준비하고. 네 신부의 예복도 당연히 붉은색으로 해야겠지. 라푼치아의 왕이 물오르간 연주의 대가를 보내 주기로 했어. 밤에는 불을 내뿜는 조각배에 펜네그릴로를 태워서 중국호수에 띄울 기린다. 그가 노래하는 동안 원형극장의 양쪽에서 인공 화산이 폭발하게 하고, 그 뒤에서는 폭죽을 쏘아 올릴 계획이야. 그리고 거북이 오십 마리의 등을 검게 칠해서 거기에 촛불을 꽂을 거야. 거북들이 사람들 사이를 기어 다니며 발 주위를 밝게 비추도록 말이야."

"……치마를 태우기도 하고."

레오 1세가 하품을 하며 말했다.

“어머니, 이유 없이 축제를 벌이지 마세요. 공주에게 결혼을 강요할 수는 없어요.”

디에고 왕자가 말했다.

“이유 없는 축제라니? 이 모든 준비는 결혼식에 맞춘 거야! 고암소 같은 계집애는 무슨 일이 있어도 너와 결혼해야 해! 네가 그 애보다 세 배는 더 높고 귀한 사람이라는 걸 만천하가 알고 있어. 네가 백발노인이라도 되니? 너를 남편으로 맞는 걸 기뻐해야 마땅하지!”

“디에고, 디에고. 이 궁전에 평화가 돌아오게 하려면 네가 결혼하는 수밖에 없겠다. 그렇지 않으면 네 어머니가 평안을 되찾기 어려울 것 같구나. 그 애를 두들겨 패서라도 당장 너를 사랑하게 만들든지, 아니면 네 머리에서 그 애를 지워 버리고 다른 공주와 결혼하든지 결정을 내려라. 어쨌든 결혼은 해야 한다.”

레오 1세가 말했다.

“전 다른 사람은 사랑하지 않아요!”

디에고 왕자가 소리쳤다.

“그렇다면 사랑하지 않는 사람과 결혼해라.”

레오 1세가 탁자를 내려치며 큰 소리로 되받았다.

“우리 가문은 지난 수 세대 동안 그렇게 해 왔지만 별 문제 없었다. 너라고 다를 바 없어!”

“당연하죠. 부와 권력을 지닌 사람은 개인적인 불행의 대가로 그 부와 권력을 획득하는 법이니까요.”

왕비가 레오 1세의 말을 거들었다.

왕은 주머니에서 결혼 적령기 공주들의 명단을 꺼냈다. 명단은 손때가 묻고 닳아 있었다.

"도대체 뭐 하시는 거예요? 명단은 왜 꺼내시는 거죠?"

디에고 왕자가 큰 소리로 물었다.

"이제 네 후손 문제를 생각할 때가 됐다."

"하지만 여태까지 그런 말씀 없으셨잖아요!"

"이제 막 하려던 참이다. 네가 외아들이라서 왕위 계승이 불안하다. 나는 손자를 원해. 우리에게는 네 가지 가능성이 있다. 첫째, 테스베타니아의 공주. 매우 아름다운 아랍공주, 지참금 사만 탈렌트, 은광, 자수도 놓을 줄 안다. 둘째, 과부 자우버보이텔 백작 부인. 유감스럽게도 외모가 떨어짐. 하지만 지참금 삼십만 두카트, 사슴과 멧돼지가 있는 육천 평방킬로미터에 달하는 훌륭한 사냥터, 미노케스가 건축한 별궁. 셋째, 셉티메니아의 릴라벨라 공주. 예쁨, 부드럽고 총명함, 지참금이 이만 탈러에 불과하구나. 하지만 무슨 상관이냐. 돈이야 우리에게 충분히 있는데. 넷째, 폼포네시아의 공주. 아름답지만 싸움을 잘함. 이름은 잼이 묻어 잘 안 보인다. 아무튼 싸움을 잘한다는구나. 하지만 싸움이야 너도 잘하니까 서로 잘 이해할 수 있을 게다. 이천 평방킬로미터의 사탕수수 농장이 있군. 그밖에 폴란드 공주 세 명……."

"그러면 리스바나는요? 공주는 도대체 어떻게 되는 거죠? 납치까지 해서 여기로 데려왔잖아요!"

디에고 왕자가 소리쳤다.

"노예로 팔아 버리면 돼."

이사벨라 왕비가 말했다.

"아니면-네가 화를 내기 전에 말해둔다만-다시 고향으로 돌려 보내든지. 선물과 함께 말이야. 여기 온 그대로 깨끗한 몸이니까. 사과의 편지를 동봉할 수도 있겠지."

"그럴 수는 없어요!"

디에고 왕자가 벌떡 일어나 중국도자기를 바닥에 내던졌다.

"성격 급한 네 아버지를 점점 닮아 가는구나."

왕비가 말했다.

"리스바나가 아니라면 절대 결혼하지 않겠어요! 수도원으로 들어가 버릴 거예요. 이 나라는 아무나 다스리라고 하세요. 난쟁이에게 맡긴다 해도 난 상관없으니까."

"사람은 떠나보낼 줄도 알아야 한다."

다른 사람이 열을 올리면 자신은 놀랄 만큼 부드러워지는 레오 1세가 말했다.

"아무래도 그 애는 사랑을 모르는 것 같다. 네가 잘못 판단했다는 걸 인정하는 게 좋을 것 같구나."

"공주는 저를 사랑해요. 저는 분명히 알고 있어요. 단지 제대로 표현하지 못하는 것뿐이에요."

"흥, 단지 표현하지 못할 뿐이라고?"

왕비가 비웃었다.

"공주의 고귀한 고집이 그것을 용납하지 않을 뿐이에요. 북쪽나라 특유의 고집과 자존심이 내면에 숨겨진 부드러운 정열을 억누르고 있는 거예요."

"만일 그렇다면 우리가 그 자존심을 꺾어 버려야지. 내게 맡겨라. 어떤 일이 있어도 나는 올해 안에 결혼식을 할 거니까. 신부가 누가 되든 말이야. 그리고 축제의 중심에는 최고의 식물 고롱지아가 있을 거야."

왕비가 말했다.

"어머니가 리스바나 공주에게 해를 입히는 걸 보고만 있지는 않을 거예요."

디에고 왕자가 어두운 표정으로 말했다.

"앞으로 공주를 네 어머니에게 맡길지, 아니면 북쪽나라로 돌려보낼지 둘 중 하나를 선택하거라. 그리고 내일 마차를 준비시킬 테니 파르고에 있는 네 어여쁜 사촌 누이들에게 다녀오도록 해라."

레오 1세가 다시 끼어들었다.

"파르고요? 제가 왜 파르고에 가야 하죠?"

"네 사촌누이 루이제-아우구스타가 지난번 이곳에 왔을 때 황금 머리핀을 놓고 갔다. 그것을 갖다 주도록 해라."

"누이가 다녀간 건 십이 년 전 일이에요!"

"그러니 이제 그것을 돌려줘야 하지 않겠냐?"

"마차로 다녀오려면 적어도 두 주는 걸릴 거예요."

"네가 내일 아침 파르고로 떠나든지, 아니면 리스바나 공주가 북쪽나라로 떠나든지 둘 중 하나다!"

"공주와 작별 인사 할 시간은 주시겠죠?"

"아니! 공주는 지금 이 시간부터 내가 관리할 거야."

왕비가 말했다.

은방울

　한편 기사 브레두르는 안개나라의 남쪽 국경 너머에 있는 슬룬지아 땅에서—그가 잘못 알고 있는 것이 아니라면—엿새째 말을 달리고 있었다. 그는 해마다 이월에 치르는 전쟁을 빼고는 좁은 고향 땅을 떠나 본 일이 없는데다 아는 길도 짐승의 통로와 버섯 지대뿐이었다. 북쪽나라와 안개나라를 통과하는 것은 그가 생각했던 것보다 훨씬 오래 걸렸다. 그가 두 나라를 통과하자마자 겨울이 닥쳐왔다. 그의 아버지가 예견했던 대로 평년보다 몇 주 이르게 겨울이 시작되었다. 언제나 그랬던 것처럼 이번에도 아버지가 옳았다. 눈으로 길이 질척해지고, 강풍이 몰아쳐 앞으로 뚫고 나가기가 어려웠다. 게다가 브레두르는 말에게 신길 눈신발도 준비하지 않았다. 곳곳에서 다시 화산이 터지기 시작했고, 북극곰까지 만나는 바람에 여행은 그만큼 더 길어졌다. 밤을 보낼 지붕과 짚단도 좀처럼 구하기 어려웠다. 밤마다 그는 바람막이가 될 만한 곳을 찾아야 했다. 다행스러운 것은 켈피가 혹한과 굶주림에도 끄떡없는 북쪽나라 말이라는 것이었다. 켈피는 때로 토끼나 꿩을 사냥하기도 했다. 브레두르의 고향에서는 눈 쌓인 벌판 위에서 말이 입에서 피를 뚝뚝 떨어뜨리며 토끼고기를 물어뜯는 모습을 보는 것이 그리 드문 일이 아니었다. 혹한기에 이런 말은 매우 귀중할 수밖에 없었다. 저녁때면 브레두르와 켈피는 불을 피우고 함께 자리에 앉아, 켈피는 뼈를 갉아먹고, 브레두르는 부드러운 고기를 구워 먹었다. 그럴 때면 브레두르는 공주를 구출해서 고국으로 돌아가면 사람들이 그를 위해 베풀어 줄 환영연을 머릿속에 그려 보곤 했다.

다행히 안개나라에는 눈이 쌓여 있지 않았다. 하지만 브레두르가 바람을 막아 주는 빽빽한 소나무 숲을 벗어나자 살을 에는 듯한 습한 냉기가 엄습해 왔다. 짙은 안개가 땅바닥에 깔리면서 반질반질한 살얼음이 겹겹이 쌓였다. 브레두르는 말에서 내려 켈피를 끌어야 했다. 말발굽이 얼음 위에서 미끄러졌기 때문에 켈피는 몇 미터 가지 못하고 계속 자빠졌다. 브레두르가 고삐를 잡고 위로 끌어올리려고 하면, 켈피는 썰매처럼 미끄러졌다. 며칠 동안 그들은 그렇게 미끄러지고 자빠지며 앞으로 나아갔다. 그러던 어느 날, 켈피가 거울처럼 매끄러운 얼음판 위에 두 시간 동안이나 꼼짝 않고 누워 숨을 몰아쉴 때는 모든 것이 끝난 듯 보였다. 정말로 고통스러운 순간이었다. 국경 바로 앞이었다. 길어야 하루나 이틀만 달리면 안개에서 벗어날 수 있었다. 브레두르는 켈피를 그곳에 홀로 버려두고 싶지 않았다. 그는 말의 어깨를 감싸 안고 얼음 같은 안개가 그들의 몸 위에 한 층 한 층 내려 쌓여 결국 호박 속의 모기 같은 운명을 맞을 때까지 기다렸다. 마침내 켈피가 몸을 일으켰다. 그날 저녁 그들은 바람을 막아 주는 숲에 이르렀다. 아마도 슬룬지아 땅에 들어선 것 같았다.

다음 날 아침 숲의 반대편으로 나오자, 얼음은 더 이상 보이지 않았다. 그는 말을 빨리 달려 식량을 얻을 궁전을 찾아다녔다. 하지만 그가 도달한 첫 번째 마을은 방화로 폐허가 되어 있었다. 교회 마당 곳곳에 구덩이가 파헤쳐져 있었고 배가 부푼 채 죽은 가축들이 구덩이에 쌓여 있었다. 다음 두 마을도 마찬가지였다. 부서진 의자들과 매트리스가 찢어진 침대가 집마다 문 앞에 내던져져 있었다. 창고와 집들은 모두 약탈당했고, 문은 비명을 지르는 입처럼 활짝 열려 있었다. 살아서 두 발로 그곳을 빠져나간 사람들은 굶주린 채 떠돌아다녔다. 따뜻한 음식을 얻을 수 있으리라 기대했던 궁전들은 모두 불에 타 시커먼 연기가 솟아나고 있었다. 누더기를 입은 아이들이 브레두르에게 팔을 뻗어 먹을 것을 구걸했다. 침략자들은 자신들이 지고 가기에 너무 무거운 것은 길가의 오물더미에 내던지고 그 위에 오줌을 쌌다. 농부들에게는 닭 한 마리, 곡식 한 자루도 남아 있지 않았다. 켈피가 사냥할 만한 들짐승조차 남아 있지 않았다. 들판에 살아 움직이는 모든 것은 이미 냄비 속으로 들어갔기 때문이다. 결국 켈피는 얼마 안 되는 건초로 배를 채워야 했으며, 브레두르는 전나무 이파리를 끊어 먹는 것으로 식사를 대신했다. 브레두르는 닷새 동안 변변한 먹거리를 구하지 못한 채 여행을 계속했다. 굶주리고, 피곤에 절어 돌아다닌 지 엿새째 되던 날, 그는 사람들이 버리고 떠난 한 농가에 이르렀다. 놀랍게도 그 집 창에는 아직 덧문이 달려 있었고, 지붕도 불타지 않았다. 브레두르는 켈피를 마당에 세워 두고, 칼을 뽑아든 채 집 안으로 들어서다가 기적과도 같은 사실을 발견했다. 탁자 밑에 빵 한 덩어리가 떨어져 있었던 것이다. 딱딱하게 굳었고, 썩어 곰팡이가 난 데다 그 위에 피도 뿌려져 있었지만 브레두르에게는 멋진 케이크만큼이나 귀한 빵이었다. 누군가 나타나 싸움이 벌어지기 전에 그는 빵을 들고 집에서 나왔다. 브레두르가 우물 가장자리에 빵을 두들겨 부드럽게 만들어 한 조각을 막 입에 넣으려 할 때, 지팡이를 든 사내가 반쯤 불탄 헛간에서 기어 나오며 소리쳤다.

“먹을 것을, 제발 먹을 것을 좀 주세요. 굶어죽기 직전입니다. 스무 날 동안 아무것도 입에 넣지 못했어요!”

동정심 많은 브레두르는 먹으려고 금방 잘랐던 빵 조각을 그에게 주었다. 사내는 빵 조각을 게눈 감추듯 먹어치웠다. 브레두르는 남은 빵 덩어리를 얼른 수건에 싸서 야키 속에 감춘 뒤 켈피를 타고 그곳을 떠났다. 그는 이 귀한 양식을 날마다 조금씩 아껴 먹을 작정이었다. 너른 들판의 길섶에 멈춰 서서 사방에 아무도 없다는 것을 확인하고서야 야키에서 빵을 꺼내 수건을 풀었다. 칼로 빵을 자르자마자, 여자가 어린아이 둘을 데리고 구덩이에서 기어 나왔다. 그녀의 옷은 그야말로 누더기였으며, 왼쪽 눈을 잃어 눈구멍에 시커먼 핏자국이 말라붙어 있었다.

"선량한 기사님, 제가 아니라 여기 이 아이들을 위해 애걸하는 이 어미에게 자비심을 베풀어 주세요. 빵을, 제발 빵 한 조각만 적선해 주세요."

장작개비처럼 비쩍 마른 아이들은 코를 훔치며 곰팡이 난 빵을 뚫어지게 쳐다보았다. 브레두르는 잠시 생각하다가, 빵을 또 한 조각 잘랐다.

"자, 네 아이들을 위한 것이다. 다른 조각은 네 것이고."

여자는 그의 손에서 빵을 낚아채더니 한 걸음 뒤로 물러나 빵 두 조각을 모두 자기 입에 쑤셔 넣었다.

"이런 고얀……!"

브레두르가 소리쳤다. 그는 한숨을 내쉬며 빵을 두 조각 더 잘랐다. 그러고는 아이들을 말 위로 들어 올려 빵을 먹였다. 아이들의 어미는 그 모습을 눈에 불을 뿜으며 바라보았다. 그는 아직 빵을 입에 넣어 보지도 못했는데, 빵은 오분의 일로 줄어 있었다. 그는 아이들을 땅에 내려놓고, 고양이처럼 뛰어오르려 웅크리고 있는 여자에게 칼을 겨누면서 빵을 야키 속에 집어넣은 뒤 그곳을 떠났다.

하지만 마법에 걸리기라도 한 듯 같은 일이 계속 일어났다. 그가 주위에 사람이 없다는 것을 확인하고 얼른 빵을 먹으려 하면, 수풀 뒤에서 불구가 된 군인이 기어 나오거나 나무에서 한 무리의 어린 아이들이 울부짖으며 뛰어내려 빵을 구걸했다.

결국 브레두르에게는 주먹보다 작은 딱딱한 빵 조각밖에는 남지 않았다. 그는 정말로 아무도 없는 곳에서 빵을 꺼내기 위해 저녁때쯤 사람들이 사는 지역에서 멀리 떨어진 좁고 풀이 무성한 오솔길로 들어갔다. 외롭고, 황량하고, 정적이 감도는 풍경이었다. 나뭇잎 사이로 스쳐가는 바람 소리와 가지가 서로 부딪는 소리가 들려왔다. 브레두르는 속이 빈 커다란 참나무에 말고삐를 맸다. 앞에 작은 풀밭이 있는 참나무 안에서 밤을 보낼 생각이었다. 그는 켈피의 안장과 재갈을 풀고 나무 속으로 들어가 빵을 싼 수건을 풀었다. 너무 쇠약해져서 안장을 드는 것조차 힘겨웠다. 이 빵으로 다음 날까지 버텨야 했다. 그때 나뭇가지가 부러지는 소리가 들려왔다. 풀을 뜯고 있던 켈피가 머리를 들며 귀를 쫑긋 세웠다. 브레두르가 참나무에서 머리를 내밀었을 때, 그의 앞에는 등에 장작을 짊어진 쪼그랑할멈이 서 있었다. 누추한 노파는 브레두르의 손에 들려 있는 빵을 보자마자 탐욕스럽게 입맛을 다시며 외쳤다.

"오, 고귀한 기사님, 혼자 힘으로는 아무것도 얻지 못하는 이 늙은이에게 먹을 것을 좀 주세요. 제발요, 애원합니다!"

브레두르는 남은 빵 조각을 얼른 자신의 입에 쑤셔 넣었다. 하지만 노파가 잇몸밖에 없는 입술을 혀로 깨끗이 핥으며 가엾은 표정으로 그를 바라보자, 그는 차마 삼키지 못하고 고개를 떨구며 입에서 빵을 꺼냈다.

"배고픔이 무엇인지 나도 안다. 자, 먹어라!"

그는 부끄러운 듯 웅얼거리면서 침이 묻은 빵을 노파에게 건넸다. 노파는 잇몸밖에 없는 입으로 빵을 후루룩 삼키더니 급히 빨아 먹었다.

"기사님은 정말 선량한 분이세요."

쩝쩝 소리를 내며 빵을 다 먹어치운 노파가 브레두르의 등을 두드리며 말했다.

"어차피 내일 굶어죽건, 모레 굶어죽건 내겐 마찬가지다."

"이처럼 선량한 분에게 제가 뭐라도 보답을 하지 않으면 안 될 것 같군요."

"됐다. 놔둬라."

그는 거절하면서도 이 꾀죄죄한 노파가 도대체 어떤 선물을 가지고 있는지 호기심이 일어 몸을 굽히고 내려다보았다. 노파는 치마 주머니에 손을 넣더니 은방울을 꺼냈다. 귀부인들이 고양이의 목에 달아 주는 매우 세련되고 우아한 은방울이었다.

"내게 무엇을 주려는 거지? 죽음의 방울? 굶어죽게 되어 말에서 떨어질 때 방울 소리라도 내라는 것이냐?"

노파는 고개를 저었다.

"잘 간직히세요. 마법의 방울이에요. 이것을 머리 위에서 세차게 흔들면 기사님의 소원이 그대로 이루어질 거예요. 다만 가장 급할 때, 온 마음을 다해 소원을 빌어야 해요. 이 방울은 세 번만 소원을 들어줄 거예요. 그 뒤에는 마법의 효력이 사라지지요."

브레두르는 웃음을 터뜨리며 마법의 방울을 받아 쥐고 머리 위에서 흔들며 소리쳤다.

"구운 요리와 삶은 요리가 하나 가득한 식탁과 벌꿀, 그리고 내 말에게 줄 귀리 한 자루야 나와라!"

은방울은 맑은 소리를 내며 울렸지만 아무 일도 일어나지 않았다. 노파는 나뭇짐을 고쳐 메고는 툴툴대며 그곳을 떠났다.

"괜찮다!"

브레두르가 노파의 등 뒤에 대고 소리쳤다.

그는 모포를 두르고 다시 참나무 속으로 들어갔다. 반시간쯤 지나 어둠이 짙게 깔렸을 때 요란한 말발굽 소리가 들려왔다. 그는 놀라 자리에서 일어났다. 손에 횃불을 든 군인 다섯이 참나무를 둘러싸고 누가 그 자리를 차지하고 있는지 살펴보고 있었다. 시커먼 이빨에, 머리에 기름때가 잔뜩 낀 사내가 말에서 내려 횃불로 나무 속을 비췄다.

"나를 보내다오. 나는 가진 게 아무것도 없다. 나를 죽여 봐야 얻을 게 없다."

브레두르가 말했다. 사내는 한바탕 웃음을 터뜨리더니 옆 사람에게 횃불을 건네주고 브레두르의 턱 밑에 칼을 갖다 댔다.

"오, 젊은 형제여, 그대의 간청이 내 눈에서 눈물을 흐르게 하는구나. 그대를 고이 보내 주고 싶은 마음이 굴뚝같다네. 그대의 어머니를 위해서라도 말이야. 또 그대를 위해서라도. 그대가 좋아지기 시작했거든. 하지만 그럴 수 없네. 그대의 목이 너무 아름다운 게 문제야. 이렇게 매혹적으로 매끈하고 희지만 않았다면! 그런데 턱 밑에는 털이 끔찍하게 많구만."

그가 칼날로 브레두르의 목을 쓸어 올렸다. 브레두르는 할 수 없이 고개를 뒤로 젖혀야 했다.

"이토록 우아하고 부드러운 목은 내 평생 처음이야. 대단히 미안하네만 그대의 목을 자르는 즐거움을 포기할 수는 없겠어."

"먼저 그놈 말부터 죽이자. 그놈한테 말 요리를 시키자구."

얼굴에 흉터가 많은 사내가 말했다.

"오, 그래. 굴라쉬를 만들자!"

뒤에서 다른 사내가 외쳤다. 브레두르는 칼 그라인데라흐를 잡았다. 험상궂은 사내들이 옆으로 물러섰다. 브레두르의 칼이 무서워서가 아니라 그들의 대장이 앞으로 나올 수 있도록 하기 위해서였다. 대장으로 보이는 사내는 한때는 흰색이었지만 이제는 헝클어지고 시커멓게 때가 낀 가발을 쓰고, 뒷머리를 끈으로 묶고 있었다. 너덜너덜한 제복은 다른 왕국의 것이었는데 그 안에 여자 블라우스를 입고 있었다.

"놓아주어라."

그가 말했다.

"우리 모두 가엾은 개에 불과하다. 나무에서 나오게나, 형제여. 우리와 함께 식사나 하세."

"무슨 소리!"

이가 못난 사내가 말했다.

"내가 처음 발견했으니 내 마음대로 하겠어. 원래 그렇게 하기로 약속했잖아! 저 녀석을 내 마음대로 가지고 놀 거야! 그다음에는 목을 잘라 버려야지!"

"오늘은 이만하면 됐다."

대장이 나직하고 위협적인 목소리로 말했다.

"오늘만 해도 너무 많은 사람을 죽였다. 그것만으로도 틀림없이 영원한 저주를 받을 것이다."

"운이 좋군, 형제."

그가 브레두르에게로 몸을 돌리며 말했다.

"지금은 피에 대한 갈증이 싹 가셨으니 말이야. 오늘은 열네 명을 시체로 만들었지. 열넷이 맞나? 누구 세어 본 사람 없나? 아무튼 열넷이야. 소녀 두 명이 살아남았다면 말이지. 어린애도 죽였고 조금 전에는 등에 나뭇짐을 진 노파를 죽였지. 오늘은 더 이상 죽은 사람을 보고 싶지 않다네. 내 말을 듣고 있는가, 형제여? 우리와 함께 식사하세. 자네 말에게는 귀리를 조금 주겠네."

그러자 군인들은 투덜대면서 브레두르를 풀어 주었다. 그러고는 불을 피우고 수수죽을 한 냄비 가득 끓이더니 그 안에 벌집 하나를 집어넣었다. 브레두르는 군인들과 함께 식사를 할지, 아니면 곧바로 자리를 떠날지 잠시 생각했다. 그의 목은 당장 이 자리를 떠나고 싶어 했지만, 꾸르륵대는 위는 남아 있으라고 단호하게 요구했다.

"앉게나, 형제여."

대장이 브레두르의 어깨에 손을 얹었다.

"앉아서 먹게나! 되도록 빨리 먹고 여기서 사라지게! 지금 이 부드러운 기분이 언제까지 갈지 나도 모르니까. 이런 기분은 나에게도 낯선 거라네."

브레두르는 모닥불 가의 군인들 옆에 앉아 북쪽나라의 악명 높은 2등급 은수저를 주머니에서 꺼내 수수죽을 허겁지겁 떠먹었다. 그는 오로지 죽에만 집중하고 다른 것은 생각하지 않으려 애썼다. 왼쪽을 바라보면 시커먼 이빨의 사내가 그를 보고 싱긋 웃으며 손가락으로 목을 따는 시늉을 했고, 오른쪽에서는 얼굴에 흉터 있는 사내가 커다란 도살용 칼로 손톱을 다듬고 있었다. 머리를 들고 앞을 바라보면 거기에는 대장이 앉아 수수죽을 후후 불며 "열넷이나 열다섯이나 무슨 차이가 있겠어"라고 웅얼거렸다. 하지만 아무리 그 자리가 불편할지라도 수수죽 맛은 기가 막혔다.

"자, 이제 그만 가 보게나."

죽 그릇이 거의 비었을 때 대장이 가발을 벗어 머릿니를 불에 털어 내며 말했다.

"식사를 다 마쳤으면 다른 곳에서 잠자리를 찾아보게. 다시 만나는 일이 없길 바라네. 내일 길에서 우리와 마주치지 않도록 조심하게. 내일은 자네를 알아보지 못할 테니까."

브레두르는 두 번 간청하고 싶지 않았다. 그는 숟갈에 묻은 죽을 마저 핥아먹고는 주머니에 집어넣었다. 켈피의 등에 안장을 얹은 뒤 그곳을 떠났다.

숲은 칠흑같이 어두워 자신의 손도 보이지 않을 정도였다. 브레두르는 나무뿌리에 걸려 넘어지고, 나무줄기에 부딪히면서 더듬더듬 앞으로 나아갔다. 나뭇가지가 그의 머리카락을 잡아당기고 야키를 붙잡았다. 충실한 켈피는 브레두르와 같은 나무뿌리에 걸려 넘어지고 같은 나무줄기에 부딪히면서도 부지런히 뒤를 따라왔다. 그러다 브레두르는 완전히 방향 감각을 잃고 말았다. 자신이 군인들의 야영지에서 멀어지고 있는지, 아니면 다시 그들 쪽으로 가고 있는지조차 분간할 수 없었다. 걷는 내내 잡초들이 얼굴을 스치고 발을 휘감아 신경을 곤두세우게 만들었다. 땅이 다시 질척질척해지자 그는 약간 마른땅을 찾아 켈피의 안장을 내려놓고 땅바닥에 쓰러져 곧 잠이 들어 버렸다.

용

다음 날 아침, 박새와 참새, 지빠귀 등 산새들이 브레두르의 잠을 깨웠다. 브레두르는 사람 키만 한 양치식물들이 빽빽이 들어선 수풀 속에 누워 있었다. 수풀 속에는 교회 첨탑 만큼이나 높은 거대한 나무 두 그루가 솟아 있었다. 순간 그는 자신과 켈피가 하룻밤 사이에 작아진 듯한 느낌을 받았다. 양치식물을 내려다보려고 켈피 위에 올라탔을 때 그는 바로 앞에 호수가 있는 것을 발견했다. 호수의 잔잔한 물 위로는 기묘한 나무들이 솟아 있었다. 그 나무들에는 마름모꼴에 굵직한 가시들이 난 커다란 솔방울이 달려 있었으며, 너무 커서 마치 가죽 같은 잎들이 난 것도 있었다. 거대한 잠자리들이 물 위를 날아다녔다.

브레두르는 어떻게 숲을 빠져나가야 할지 알 수 없었다. 사방을 둘러봐도 길이라고는 전혀 보이지 않았다. 방향을 조금만 잘못 잡아도 끝없이 펼쳐진 수풀에 갇힐 것 같았다. 며칠간 버틸 수 있을 만큼 배를 채워 놓은 것이 그나마 다행이었다. 수수죽과 어제 저녁의 일들을 생각하다 보니 문득 노파가 준 은방울이 떠올랐다. 어제 브레두르가 먹은 저녁은 그가 소원으로 빌었던 한 상 가득한 삶은 요리, 구운 요리와는 물론 거리가 멀었다. 하지만 그가 배불리 먹었다는 사실만은 부인할 수 없었다. 브레두르는 주머니에서 은방울을 꺼냈다.

"켈피, 어떻게 생각해? 이걸 한번 실험해 볼까? 어차피 우리를 보는 사람도 없는데, 안 그래?"

브레두르는 머리 위로 은방울을 흔들며 외쳤다.

"이 숲에서 벗어나 바스카리아로 가는 길을 알려 줄 사람이 필요하다. 최상의 해결책은 나를 직접 그곳으로 데려다 줄 사람을 만나는 것이다. 그것도 가장 지름길로. 가는 길이 좀 편했으면 좋겠다. 그 사람은 식량을 가지고 있어야 하고, 유쾌한 사람이면 좋겠다. 그리고 또…… 아니, 그만하면 됐다."

브레두르가 자신의 소원을 말하자마자 켈피가 불안스레 발을 구르기 시작했다. 브레두르는 안장 위에 앉아 기다렸다. 이제 그도 안장과 말의 몸통을 통해 땅이 흔들리고 있는 것을 느낄 수 있었다. 켈피는 사납게 눈동자를 굴리며 입에 거품을 물었다. 북쪽나라의 말은 지진이나 화산에는 전혀 동요하지 않았기 때문에 브레두르는 도대체 무엇이 켈피를 이토록 불안하게 하는지 주위를 둘러보았다. 양치식물과 나무 외에는 아무것도 보이지 않았다. 멀리서 나직하게 나뭇가지가 바스락거리는 소리가 들려왔다. 무슨 소리지? 지금까지 이 숲은 바람 한 점 없이 죽음 같은 정적이 지배하고 있었다. 곧 바스락거리는 소리와 함께 나뭇가지 부러지는 소리가 들려오기 시작했다. 나뭇가지 사이로 거대한 톱날 같은 것이 나타났다. 용이다! 틀림없이 용이었다. 그것도 너무 가까이 와 있었다. 나뭇가지가 부러져 바닥에 떨어졌다. 브레두르는 칼을 빼 들었다. 그러나 바로 그 순간 켈피가 앞으로 세차게 내달려 호수로 뛰어들다가 진창에 미끄러졌다. 켈피는 도살당하는 돼지처럼 소리를 질러 댔다. 브레두르는 켈피가 이렇게 소란을 피우는 것을 본 적이 없었다. 칼은 그의 손에서 빠져 버리고, 한쪽 발은 울부짖는 말 아래 깔렸다. 칼은 그의 손이 닿지 않는 곳에 떨어져 있었다.

"일어나, 이 멍청아!"

그는 켈피에게 소리치며 자유로운 한쪽 발로 말을 무자비하게 차고서 고삐를 잡아당겼다. 이십 미터쯤 떨어진 곳에서 용은 승리의 기쁨에 들떠 포효하며 발을 굴렀다. 발을 구를 때마다 수면이 크게 일렁였다.

브레두르는 안개나라에 용이 찾아든다는 소문을 들은 적이 있었다. 그것도 가을에만. 하지만 직접 본 적은 없었다. 바로 지금, 용이 눈앞에 와 있는 이 순간 직전까지! 용은 말 세 마리를 세워 놓은 것만큼 컸다. 온몸은 녹색 비늘로 덮였고 양쪽에 날개가 달려 있었다. 주둥이는 길고, 좁은 턱에는 털이 났으며 끔찍하게 커다란 입에는 작고 날카로운 이빨이 빽빽하게 났다. 이 짐승의 거대함에 비하면 기가 막힐 정도로 작은 이빨이었지만, 언뜻 보기에도 삼백 개가 넘는 것 같았다. 콧구멍은 연기를 뿜어내고, 노란 눈은 툭 튀어나왔다. 노새처럼 생긴 귀는 걸음을 옮길 때마다 흔들거렸고, 어깨에는 해초처럼 생긴 벼슬이 솟아 있었다. 용은 입을 쩍 벌린 채 곧장 그에게로 달려왔다.

'정신을 잃으면 안 돼.'

브레두르는 생각했다.

'절대 정신을 잃으면 안 돼! 용이 말을 낚아채면 곧바로 일어나 몸을 피해야 한다.'

바로 그 순간 브레두르는 해초처럼 생긴 벼슬이 사람의 다리와 발이라는 것을 알았다. 그 위에 몸통과 머리와 팔이 달려 있었다. 흰 수염을 달고 뾰족 모자를 쓴 사람이었다. 외모로 볼 때 틀림없는 마법사였다.

"두려워 말라아아아! 아무 짓도 안 한다아아아!"

마법사가 입을 크게 벌려 소리쳤다.

"그냥 장난치는 것뿐이다아아아!"

켈피는 진창 속에서 발을 버둥거리며 절망적으로 바닥을 걷어차 다른 쪽으로 몸을 옮기려 했지만 허사였다. 그사이 브레두르는 마침내 다리를 빼내고 몸을 일으켰다. 그러고는 얼른 칼을 손에 쥐고 섰다. 무릎이 덜덜 떨리고 있었다.

"정지! 멈추란 말이야!"

마법사는 소리치며 곤봉으로 용의 머리를 여러 차례 두들겼다. 그러자 용은 약간 망설이다가 걸음을 늦추더니 통나무 같은 다리를 꺾고 거대한 앞발 사이에 머리를 묻었다.

"여기 꼼짝 말고 있어!"

마법사가 용에게 소리쳤다. 무릎까지 내려온 그의 수염은 가까이에서 보니 흰색이 아니라 숱 많은 그의 눈썹처럼 노란색이었다. 수염 끝은 손가락 두 개 만큼 굵었다. 마법사가 뛰어내릴 때 수염 몇 가닥이 용의 목끈에 걸려 빠졌다.

"중요한 건 어떻게 다루느냐 하는 것이지."

마법사가 브레두르에게 말하며 곤봉으로 용의 양쪽 앞발을 내리쳤다.

"함부로 날뛰기 전에 미리 두들겨 주면 감히 그런 짓을 못한다네. 그렇게 하지 않으면 자기 힘이 더 강하다는 것을 깨닫게 되거든. 항상 엄격하고 단호해야 하네. 하지만 잔인해서는 안 돼! 용의 피부는 무척 두꺼워서 때려도 아프지 않지만 깊은 인상을 심어 줄 수는 있다네. 용이라는 동물은 쉽게 감동 받는 편이거든, 제대로 다루기만 하면 말이야."

켈피는 여전히 그르렁거리며 피가 섞인 거품을 콧구멍으로 쏟아냈다. 망연자실한 브레두르는 마법사를 바라보았다.

"프리틀린 가스파요리라고 하네."

마법사가 자신을 소개했다.

"보통 위대한 가스파요리라고 부르지만 이 숲에서는 주로 프리틀린이라는 이름으로 통한다네. 처음에는 귀족 부인이 곤경에 처한 거라고 생각했지. 멀리서는 자네의 수염이 보이지 않았으니까. 유감이군. 여자였으면 용이 무척 좋아했을 텐데. 아무튼 무슨 곤란한 문제가 있는 거 같은데 내가 뭐 도울 일이 있을까?"

"당신 때문에 이렇게 된 거 아닙니까!"

그제서야 정신이 든 브레두르가 소리쳤다.

"용을 타고 돌아다니면서 다른 사람의 말을 까무러칠 정도로 놀라게 하다니. 더구나 용을 사육하는 것은 금지되어 있을 텐데요!"

"그런 투로 말하지 말게나! 그러면 자네를 이곳에 버려두고 가겠네. 말을 일으켜 세우는 정도야 할 수 있을 테니까."

"물론이오. 당장 꺼지시오!"

"그래, 그래. 그런데 혼자서 숲을 벗어날 수 있겠는가? 그렇다면 좋아! 자네가 길을 잃었을까 봐 괜한 걱정을 했군."

그는 유리가 두꺼운 니켈 안경을 쓰고 있었다. 북쪽바다의 해파리처럼 그의 눈에 달라붙은 안경은 눈을 기괴할 만큼 커 보이게 해서 그가 타고 다니는 용과 비슷한 인상을 주었다. 브레두르는 마법사가 안경을 통해 그의 영혼 구석구석까지 꿰뚫어보고 있는 듯한 느낌을 받았다.

"여기에 여행자를 위한 길은 없네. 자네는 지금 깊디깊은 원시림 속에 들어와 있어. 그렌델이 자네가 이곳에 있다는 것을 알아채지 못했다면 자네는 벌써 죽었을 거야. 나는 선의로 자네를 도와주러 온 걸세. 그런데 최소한의 예의도 보이지 않는군. 자신을 소개하는 것 정도는 해야 하지 않겠나?"

위대한 가스파요리가 차분한 목소리로 말했다.

브레두르는 한숨을 내쉬었다. 떨리던 무릎도 점차 진정되었다.

"맞는 말입니다. 나는 브레두르 폰 박커툰입니다."

"아, 기사시군. 그런데 시종은 어디 있지?"

"내가 이렇게 된 건 아버지의 지칠 줄 모르는 간섭, 내가 모시는 왕과 시종이 내 능력을 믿지 않은 덕분이죠. 아버지와 왕은 나를 보내지 않으려 했고, 시종은 나를 따라오려고 하지 않았으니까요."

브레두르가 형식적으로 대답했다. 가스파요리가 수염을 쓰다듬더니 해파리 같은 안경 뒤에서 눈을 깜빡거리며 말했다.

"그런데도 길을 떠났다면, 그럴 만한 이유가 있었겠군."

"입장 차이죠."

브레두르는 그의 말을 살피며 말했다. 켈피는 씩씩대며 숨을 몰아쉬고 있었다.

마법사는 용에게로 돌아가더니, 용의 어깨에 묶어 안장으로도 사용하는 거대한 여행용 자루를 뒤져 점토로 만든 병, 호두 껍질, 양의 뿔 들을 꺼냈다. 그는 이로 병의 코르크 마개를 열어 액체를 호두 껍질에 몇 방울 떨어뜨리고, 두 손가락으로 양의 뿔에서 가루약을 꺼냈다.

"브레두르 기사, 말도 안 되는 소리 말게. 입장 차이는 이런 위험한 여행을 떠나는 것과 아무 상관이 없네. 도대체 무슨 일이 있었던 건가? 중요한 일인가? 중요한 일이 아니라면 자네를 데려가지 않겠네."

브레두르는 숨을 깊이 들이쉬었다.

"중요한 일입니다. 매우 중요한 일이지요. 북쪽나라의 공주가 납치당했어요. 공주를 찾아서 데려와야 합니다."

"왜?"

가스파요리가 호두 껍질 속의 액체를 휘저으며 물었다.

"왜냐구요? 그것이 나의 의무이기 때문입니다. 공주를 납치한 것은 옳지 않은 일입니다. 더구나 내 마음도 관련이 있구요."

"그래, 마음이 관련됐군."

마법사는 한 손으로 자신의 외투를 거머쥐더니 여태 쓰러져 있는 켈피에게 다가가 호두껍질 안에 든 액체를 거품을 내뿜는 말 콧구멍으로 단숨에 부어 넣었다. 그러자 켈피는 갑자기 발작을 멈추었다.

"자네 마음과 관련이 있다면, 어쨌거나 중요한 일일 테니 내가 도와줘야 하겠군."

"도대체 내 말을 어떻게 한 거죠?"

위대한 가스파요리는 켈피 옆에 서서 고삐를 잡았다. 그러자 말이 조심스럽게 일어서더니 그의 옆에 얌전히 섰다.

"마음을 진정시키고 원기를 돋우는 음료를 주었네. 자네도 줄까? 필요할 것 같은데."

가스파요리가 킥킥대며 말했다.

"자네 말은 원기를 회복해야 하니, 자네는 그렌델을 타고 가게.

말은 옆에 따라오게 하고.”

가스파요리는 용의 왼쪽 앞발을 밟고 어깨를 지나 목 위에 올라
타고는 여행용 자루를 바로잡았다.

“나는 남쪽으로 여행 중일세. 그렌델이 좀 더 따뜻하고 자기 체
질에 맞는 곳으로 가야 할 때가 됐거든. 자네 목적지가 어딘지 모르
겠지만 이 계절에는 어차피 남쪽 말고는 여행할 곳이 없네. 자네가
갈 곳이 북쪽이라면 방향을 돌려야 하겠지만, 지금 북쪽으로 간다
면 얼어 죽는 일밖에 없어.”

“나는 바스카리아로 가야 합니다.”

브레두르도 용 위로 올라탔다.

“함께 갈 수 있는 겁니까?”

“갈 수 있네. 하지만 나는 바스카리아가 아니라 라푼치아로 가고
있네. 그곳에서 용 경연 대회가 열리거든. 그렌델은 처음으로 대회
에 참가 신청을 했다네. 자루 뒤쪽에 앉게나. 가장 편안한 자리지.
발을 흔들 수 있고, 위급할 때는 등에 난 작은 톱니 같은 뼈를 붙잡
으면 되네. 조용히 해라, 그렌델. 착하게 굴어. 올라타도 된다고 허
락했다!”

브레두르가 자리를 잡고 앉자, 마법사는 다시 곤봉으로 그렌델
의 머리를 두들겼다. 그러자 용은 몸을 일으키고 발을 뻗더니 움직
이기 시작했다. 용이 몸을 흔들거나 걸음을 비척거리면 브레두르
는 등에 난 톱니 모양의 뼈를 붙잡아야 했다. 이 낯선 움직임에 적
응이 되자 거기에 나름대로 규칙이 있다는 것을 알게 되었다. 켈피

가 얌전히 뒤를 따라오고 있다는 것을 확인한 브레두르는 가스파요리의 어깨를 두드리며 물었다.

"프리틀린, 당신 마법사인가요?"

"그렇다고 믿고 싶군!"

"그렇다면 마법의 방울에 대해서도 잘 아세요?"

브레두르는 방울에 대해 이야기했다. 그가 어떻게 방울을 손에 넣게 되었으며, 두 번 소원을 빌었을 때 항상 무언가를 얻었지만, 그가 원한 그대로는 아니었다고.

"나는 바스카리아로 나를 편안하게 데려갈 사람을 원했어요. 하지만 지금 가고 있는 곳은 라푼치아입니다. 전혀 다른 곳이지요. 당신의 그렌델에게 나는 전혀 불만이 없습니다. 내가 말을 타고 달리는 것만큼이나 빠르니까요. 하지만 그리 편안하지는 않군요."

프리틀린 가스파요리는 수염을 긁적이며 기억을 되살려 보았다. 사실 그는 갑자기 이해할 수 없는 충동으로 가던 길에서 벗어나 이쪽으로 오게 되었다. 수풀을 헤치고 가는 것이 더 나은 길이 아니었는데도 그 길이 더 안전하다고 생각되었기 때문이다. 그는 브레두르에게서 방울을 건네받아 자세히 관찰했다.

"진짜 마법의 방울처럼 보이는군. 왜 자네가 원했던 그대로 일이 이루어지지 않았는지 한번 고민해 보게나. 원하는 것을 제대로 정확히 표현했는가? 사람들은 부정확하게 말을 하는 경우가 많다네. 예를 들어 큰 냄비에 돈이 하나 가득 채워지기를 빌고는 일 전짜리 동전만 가득하다고 불평하거든."

"내 생각에는 정확하게 빌었던 것 같아요."

브레두르가 말했다.

"아무튼 나는 바스카리아라고 했지 라푼치아라고 말한 적은 없으니까요. 라푼치아에서 뭘 해야 할지 암담하군요."

"라푼치아의 용 경연 대회장에서 바스카리아까지는 닷새 거리밖에 되지 않아. 내가 잘 아는 길이지. 소원이 그리 빗나간 건 아니네. 아마 자네의 방울이 소원을 그대로 이루어 줄 수 없었던 건지도 모르지. 우린 지금 전쟁터 한가운데를 지나고 있으니까."

마법사는 그에게 방울과 세 번째 소원을 잘 간직해 두라고 충고했다. 두 번을 벌써 써 버렸으니 혹시 마법의 힘을 빌리지 않고도 해낼 수 있는 일에 마법을 써 버리지 않도록 조심하라는 것이었다. 브레두르는 방울을 옷 속 깊이 집어넣었다. 용이 걸음을 내디딜 때마다 사방으로 나뭇조각이 튀어 올랐다. 켈피는 때로 부러진 나뭇등걸을 뛰어넘어야 했다.

"자네의 방울이 조금 찌그러져서 그런지도 몰라. 하여간 나는 마법의 물건에 대해 아는 게 별로 없네. 내 전문 영역은 연금술과 용 조련술이야."

가스파요리는 두 손으로 용의 목을 붙잡고 발을 앞뒤로 흔들더니 공중에서 두 발을 교차시키면서 거꾸로 돌아앉아 브레두르와 얼굴을 마주했다. 그는 자루의 왼쪽 주머니를 열어 커다란 책을 꺼내 브레두르에게 주었다. 브레두르는 내키지 않는 표정으로 책을 건네받았다.

“내가 막 탈고한 용에 관한 획기적인 원고일세. 자네는 이 책의 첫 번째 독자야. 얼룩을 묻히면 안 되네.”

브레두르는 어찌할 바를 몰라 책을 뒤적였다.

“실은, 글을 읽을 줄 모릅니다.”

그가 마침내 고백했다.

“이렇게 쓰여 있네. ‘용 애호가, 용 수집가, 용에 관심 있는 사람들을 위한 유용한 참고서, 용 조련과 관련된 모든 문제를 위해 편찬된 필독서이자 오락서, 용에 관한 지식, 용을 교육하고 보살피는 방법을 담고 있는 책, 모든 종류의 용을 다루는 복잡한 문제를 상세히 적고 있으며, 특히 폭력을 사용하지 않고 다스리는 조련을 중점적으로 담았음, 식물학적, 역사학적 주석이 부록으로 딸렸음, 저자는 경험과 명성을 자랑하는 마법사 프리틀린, 일명 위대한 가스파요리’라는 제목이라네.”

“제목을 좀 더 간단하게 만들면 어떨까요?”

브레두르가 제안했다.

“예를 들어 ‘용과 함께 춤을’은 어때요? 이 짧은 말에 모든 의미가 담겨 있잖아요. 그러면 사람들을 더 끌 수 있을 것 같은데…….”

“자네가 그렇게 잘 안다면 책을 돌려주게!”

마법사는 호통을 치며 브레두르의 손에서 책을 낚아챘다. 그는 책을 다시 자루에 집어넣고 앞으로 돌아앉아 두 시간 동안 아무 말도 하지 않았다.

그렌델이 나뭇가지를 꺾어 먹게 하기 위해 멈췄을 때에야 가스파요리는 마음을 조금 누그러뜨렸다. 브레두르가 상냥하게 예의를 갖춰 간청하자, 그는 용에 관한 첫 수업을 시작했다. 하지만 가스파요리가 자신이 가장 좋아하는 마지막 장, '공감대 형성'부터 수업을 시작했기 때문에 브레두르는 아무리 집중해도 내용을 거의 알아들을 수 없었다. 수업을 이해하기 위해서는 용에 관한 기본 지식을 갖추고 있어야 했다.

"성공한 모든 용의 뒤에는 고귀한 귀족 처녀가 있었다네!"

가스파요리는 끝으로 이렇게 외치며 감격해 곤봉을 허공에 휘둘렀다. 저녁때 야영 준비를 마친 뒤, 브레두르는 두 번째 장을 배웠다. 그 전에 그는 그렌델의 배가 습기에 젖지 않도록 잔가지와 갈대를 구해 와야 했다. 그날부터 매일 저녁 그렌델의 침대를 만드는 것은 그의 일이 되었다.

"그렌델과 습기는 상극이야."

용의 깔개를 찬찬히 살피며 가스파요리가 말했다.

"주의를 게을리 해서 그렌델의 배가 하루만 습해져도 양서류의 특징이 다시 나타나 두 주 동안 불을 뿜지 않는다네. 그렌델이 불을 뿜게 하기까지 엄청난 시간이 걸렸지. 나는 두꺼비를 키워 이 용으로 만들었다네. 두꺼비를 용으로 키우려면 습기를 멀리하는 것이 가장 중요해. 두꺼비에게 톱밥을 먹도록 가르쳐야 하는데, 일단 두꺼비가 톱밥을 먹기 시작하면 그놈은 이미 용이 된 거라네. 비록 아주 작은 용이지만."

"이해가 안 갑니다. 그렌델이 두꺼비였다구요? 전혀 그렇게 보이지 않는데요. 두꺼비에게는 녹색 비늘이 없잖아요. 목도 저렇게 길지 않고.”

“잘 돌보고, 잘 먹여야지.”

위대한 가스파요리가 태연하게 말했다.

“많은 사람들이 당신을 부러워하겠군요.”

“그게 꼭 그렇지는 않다네.”

위대한 가스파요리가 내키지 않는 표정으로 고백했다.

“그렌델은 두꺼비용에 불과해. 저 역겨운 우스펜스키는 진짜 악취를 뿜는 용을 가지고 있다네. 악취용이야말로 최상급 용이지. 진짜 악취용 한 마리만 얻을 수 있다면 내 모든 것을 내줄 수 있는데…….”

브레두르는 곧 개구리나 두꺼비 혹은 도마뱀을 용으로 키운 것이 3등급 용, 즉 최하급 용이라는 것을 알게 되었다. 무정란을 부화시켜 키운 용이나 안개나라의 야생 용이 2등급이었다.

“하지만 안개나라의 용도 진짜 야생 용은 아니야. 원래 가축이었던 것이 야생화된 것뿐이지. 그렇지만 그 용들의 새끼를 훔쳐 오는 건 아주 위험하다네. 제대로 훈련시키고 최고급 먹이를 주면 두꺼비용도 2등급 용으로 승격될 수 있어. 2등급 용 하나만 물리치면 되지. 나는 그렌델에게 박쥐 피를 많이 먹였다네. 얼마나 멋진 날개가 돋아났는지 보게나. 하지만 날아오를 만큼 크려면 아직 멀었어. 뭐 그래도 다른 용들과 싸울 때 속력을 내는 데는 도움이 될 거야.”

“그러면 최상급 용은 어떤 용이지요?”

192

브레두르가 묻자 가스파요리는 한숨을 내쉬었다. 그러나 눈에서는 광채가 번뜩였다.

"그것은 아득한 옛 시대, 기적 같은 시대에 살았던 용의 후손이야. 사람이 아직 살지 않았던 공룡의 시대, 공룡들이 땅과 바다를 지배했던 시대 말일세."

"어디에 살았는데요?"

브레두르가 믿지 못하겠다는 표정으로 물었다.

"어디냐고? 어디나 살았지. 지금 우리가 앉아 있는 이곳에도. 용이 살지 않았던 곳은 없었어. 하지만 뒤이어 죽음의 시대가 찾아왔어. 거의 모든 용이 죽어 버렸지. 그 이유는 아무도 몰라. 그나마 오늘날까지 살아남은 용들도 광신자들에게 죽음을 당했어. 마지막 순종 용은 바빌론의 용이었어. 탄닌이라는 용이었는데 바알 신전에서 숭배를 받았지. 그런데 어떤 잘난 체하기 좋아하는 작자가 석청과 양털을 넣은 빵으로 독살했어. 오늘날 최상급이라고 내세우는 용들은 바빌론 선조의 기질을 강하게 타고난 잡종들일 뿐이야. 이론적으로만 따지자면 그렌델도 최상급 용으로 승격될 수 있어. 탄닌의 후손을 물리친다면 말이야. 그러나 2등급과 3등급 용이 그런 행운을 차지한 적은 아직 한 번도 없었네. 다만 그렌델이 소규모 시합에서 두각을 나타내면 교배가 허용돼. 그러면 나는 최상급 용을 얻을 수 있는 권리를 갖게 되는 셈이지."

브레두르가 하품을 했다.

"잠자면 안 돼! 자기 전에 그렌델을 쓰다듬어 줘야 하네."

위대한 가스파요리가 소리쳤다.

“내가요? 내가 왜요? 당신 용이잖아요. 직접 쓰다듬으세요!”

“나는 못해. 손가락에 풍을 앓고 있거든. 이봐 자네는 기사잖아. 둘이 좋은 공감대를 형성할 수 있을 걸세. 아직 공주를 품에 넣은 것도 아닌데, 기사로서 그렌델을 안고 쓰다듬는 것이 무슨 해가 되겠나. 그렌델은 쓰다듬어 주는 걸 좋아해. 최소한 기분을 진정시킬 수는 있지.”

“난 은방울에 그 따위 소원은 빌지 않았어요! 침 흘리는 용을 쓰다듬고 싶다고 말한 적 없다구요!”

“자네가 그렌델을 쓰다듬는 동안 내가 맛있는 요리를 하지. 용이 잠들면, 먹을 것을 줄게.”

마법사가 브레두르를 달랬다.

“이리 와, 그렌델. 자, 쓰다듬어 주게나. 쓰다듬어 줘.”

더러운 빨래

디에고 왕자가 탄 마차가 바스카리아 궁전을 떠나자마자 이사벨라 왕비는 리스바나 공주를 찾아갔다. 열두 시가 다 되었는데도 공주는 아직 침대에 누워 있었다. 옷 장식 상인이 테두리 장식, 장식술, 레이스 등을 탁자 위에 펼쳐 놓았고, 로자몬데는 공주에게 코코아를 따라 주고 있었다. 이사벨라 왕비가 문을 활짝 열고 방으로 들어왔다.

"모두 나가라! 이 잡동사니들을 다 치우고!"

왕비는 상인에게 소리쳤다. 상인은 몸을 조아리고는 뒷걸음치며 방에서 물러났다. 두려움에 질린 로자몬데가 들고 있는 잔 받침이 달가닥거렸다.

"봐라."

이사벨라 왕비가 리스바나 공주에게 말했다.

"아주 잘 지내고 있구나. 그렇지 않니? 점심때까지 빈둥거리다가 침대에서 소파로, 소파에서 가마로, 가마를 타고 가장무도회, 카드놀이, 승마, 산책을 하러 나가고, 최고의 음식에 최고의 와인⋯⋯. 그러면서도 내 아들에게 네가 비참하다고 하소연을 해 대고. 오, 하느님. 이 방은 왜 이렇게 더운 거지! 당장 창문을 열어라, 로자몬데."

로자몬데는 창문을 열었고, 리스바나 공주는 코웃음을 쳤다.

"디에고가 세상에서 최고의 남자는 아닐 거다. 정원 일에 전혀 재능이 없으니까. 하지만 최악의 남자도 아니야. 아무튼 부모가 정한 남자와 호화롭게 결혼식을 올리고 나서, 남은 인생을 형편없고 역겨운 남편과 살아야 하는 불행한 여자들에 비하면 네 팔자는 훨씬 나은 편이다. 크라인 공작부인을 봐라. 열일곱 살에 정신 나간 바보와 결혼해서 일생을 셉티메니아의 어둡고 외풍 센 성에서 살고 있다. 공작은 아내에게 신발도 신지 못하게 하고, 카나리아의 깃털을 뽑고 고양이를 요리하도록 강요한다. 아니면 바이에른의 안나를 봐라. 왕자는 그녀를 날마다 시커먼 멍이 들도록 때리고, 하인들 앞에서 온갖 추잡한 이름으로 부른다. 그녀가 해마다 낳는 아이들이 사랑의 결실이라는 생각은 꿈에도 하지 마라. 아, 아름답고 선량한 피앙세타는 또 어떻고. 모두가 그녀를 연모했다. 골렘의 젊은 백작은 그녀가 바공트에게 시집가게 되자 목을 매 자살했다. 그녀는 아버지에게 자신을 바공트와 결혼시키지 말라고 빌고 또 빌었다. 그 간절함이 아버지의 마음에 조금이라도 닿았을 거라고 생각하니? 그녀의 남편은 추남에다 괴물처럼 기형이고, 절름발이에 악취를 풍기는 남자다. 혀를 이빨 뒤에 감출 줄도 모르는 사람이지. 그래도 바람까지 피우면서 정부들을 피앙세타가 있는 침대까지 끌어들인다. 새로운 나쁜 짓을 궁리해서 그녀를 괴롭히지 않는 날이 하루도 없다. 자, 이제 네게 마지막으로 묻겠다. 내 아들과 결혼하겠느냐, 하지 않겠느냐?”

“안 해요, 절대로.”

리스바나 공주가 대답했다.

“그럴 줄 알았다. 너같이 촌스럽고 꽉 막힌 까다로운 계집은 어차피 우리 궁에 어울리지 않아.”

왕비는 문을 열고 시녀들에게 소리쳤다.

“해야 할 일을 알고 있겠지!”

시녀들은 굳은 얼굴로 방에 들어와 평소처럼 리스바나 공주의 시중을 드는 대신에 이불을 젖히더니, 그녀의 팔을 잡아 침대에서 끌어냈다. 다른 시녀들은 로자몬데에게 달려들어 아름다운 옷을 벗기고, 포대자루 같은 옷을 머리에 씌웠다.

“너희들 얼굴을 기억해 두겠어.”

마찬가지로 포대자루 같은 옷을 강제로 뒤집어쓰면서 리스바나 공주가 소리쳤다. 시녀들은 아무 대꾸도 하지 않고 공주와 로자몬데를 방에서 내몰더니, 성안의 허름한 곳으로 끌고 갔다. 그곳에서 시녀들은 두 사람을 방으로 밀어 넣었다. 문 앞에는 웃통을 벗은 험상긋은 하인 둘이 팔짱을 낀 채 보초를 서고 있었다. 방 안의 돌바닥 위에는 짚을 채운 커다란 자루 두 개와 버드나무 바구니 말고는 아무것도 없었다. 시녀들이 물러가자 이사벨라 왕비가 방으로 들어와 바구니 뚜껑을 열었다.

"우리 기사들의 속옷이다. 오늘 저녁까지 너희 둘이 빨아야 한다. 너희는 정원에서 벗어나지 못하도록 되어 있으니, 황금동굴 근처의 계단식 폭포에서 빨래를 하도록 해라."

"우리가 그 일을 할 거라고 생각하세요?"

리스바나 공주가 말했다.

"절대로 하지 않을 거예요!"

로자몬데가 소리쳤다.

이사벨라 왕비는 아무 말 없이 한쪽으로 비켜서며 하인 둘을 손짓해 불렀다.

"채찍질해라! 나무 회초리로만 때려라. 두 대 때릴 때마다 속옷을 빨겠냐고 물어보아라."

저녁때 왕비는 눈물로 범벅이 된 두 처녀를 찾아가 속옷을 제대로 빨았는지 검사했다. 그러고는 이제부터 바스카리아 궁정에서의 생활이 늘 이럴 것이라고 말했다.

"네가 디에고 왕자를 부드럽고 따스하게 맞아들이고, 그의 아내가 되겠다고 결심할 때까지는 그래야 한다. 내게 그렇게만 말하면 모든 것이 예전으로 돌아갈 것이다. 방도, 옷도 돌려받을 수 있다. 디에고에게 하소연이라도 하고 싶겠지만 소용없다. 신붓감을 구하라고 외국으로 보냈으니까. 아름답고, 부유하고, 상냥한 공주들이 기쁨에 넘쳐 내 아들을 영접할 것이다. 디에고가 공주들 가운데 하나를 선택하면, 네 운명은 어차피 이렇게 정해질 것이다. 빨래, 빨래, 빨래!"

왕비가 로자몬데를 바라보았다.

"너도 마찬가지다. 네 고집 센 주인이 생각을 바꿀 때까지 너도 같이 고통을 겪어야 한다. 이제까지 난 참을 만큼 참았다."

왕비는 하나뿐인 초를 불어 끄고는 밖으로 나갔다.

"어디 두고 보자."

리스바나 공주가 어둠 속에서 말했다.

"이렇게 한다고 우리가 굴복할 거라고 생각했다면 곧 실망하게 될걸! 디에고 왕자가 돌아오면 모두 얘기할 거야."

"하지만 디에고 왕자님도 우리가 고통스럽길 바랄지 몰라요. 공주님께서 한 번도 친절하게 대한 적이 없으니까요."

로자몬데가 말했다.

"그럴 리 없어! 디에고 왕자가 이런 짓을 허용할 리 없어. 왕자는 나를 정말로 사랑해!"

공주가 소리쳤다.

로자몬데는 한숨을 내쉬며 짚이 든 자루를 다듬어 부드럽게 만들려고 했다. 그런데 뭔가 뭉클한 것이 잡혔다.

"자루 안에 뭔가가 있어요. 죽은 쥐 같아요. 오, 하느님. 죽은 쥐를 깔고 자야 하다니!"

"참아!"

리스바나 공주가 로자몬데를 꾸짖었다.

"이제 우리에게 남은 건 자제력뿐이야."

북쪽나라 공주와 시녀의 신분이 땅에 떨어졌다는 소문이 바스카리아의 궁정에 퍼졌다. 아침 일찍, 리스바나와 로자몬데가 빨래 바구니를 끌고 계단식 폭포로 갈 때는 정원에 그들 둘뿐이었다. 그러나 정오 이후로는 구경꾼이 꾸준히 늘어났다. 계단식 폭포의 위쪽은 사람들이 가장 즐겨 찾는 산책길이 되었다. 시녀들과 시종들은 대리석 난간에 기대 정원 안에서 유일하게 허름한 옷을 입은 두 처녀가 빨래를 주무르고 짜는 것을 구경했다. 그들은 웃음을 터뜨리고, 박수를 치고, 손가락질을 해 댔다.

"저게 공주 맞아?"

"정말?"

"못 알아보겠네! 입고 있는 옷이 대체 뭐지? 포대자루? 맙소사, 끔찍하군!"

리스바나 공주가 처음 이곳에 도착했을 때 그녀의 시녀가 되고자 했으나 퇴짜를 맞은 열두 명의 시녀들이 가장 열성적인 관객이었다. 그들 중 셋이나 넷은 항상 그 자리를 지켰으며 때로는 빨래하는 곳까지 내려오기도 했다.

"저것 좀 봐. 말이나 덮어 줄 저런 게 옷이라니. 저런 누더기가 북쪽나라의 최신 유행인가 봐."

그때부터 시녀들은 공주와 로자몬데를 누더기라고 불렀다.

"아, 쟤들 또 저기 와 있네. 빨래 바구니를 든 누더기들 말이야. 거기 누더기들, 다른 곳에서 빨래하면 안 될까? 잠깐, 너희들 기왕 무릎을 꿇은 김에 그 누더기로 내 신발 좀 닦아야겠어."

아침마다 빨래 바구니는 더러운 속옷과 양말로 가득 찼다. 궁전에는 하인과 하녀가 수백 명이었지만 빨래하는 사람은 로자몬데와 리스바나 공주뿐이었다. 그런 가혹한 일로 공주를 추하게 만들어 디에고 왕자로 하여금 그녀에 대한 관심을 끊게 만드는 것이 이사벨라 왕비의 계획이었다. 왕비는 두 처녀에게 빗조차 주지 않아서, 그들은 손가락으로 머리를 빗어야 했다.

리스바나 공주와 로자몬데가 황금동굴 앞에 무릎을 꿇고 빨개진 손을 물에 담근 채 신세를 한탄하고 있을 때면, 때때로 버섯정원 일을 마치고 돌아가는 페드시가 곁을 지나갔다. 심지어 한번은 양이 끄는 마차를 세우고 『곰보버섯과 깔때기버섯의 은밀한 일생』이라는 책을 꺼내더니, 황금동굴 앞이 독서하기에 가장 좋은 장소라는 듯 책을 읽었다.

"무시해 버려."

리스바나 공주가 말했다. 하지만 로자몬데는 참지 못하고 페드시 쪽으로 갔다.

"너는 글도 읽을 줄 모르잖아!"

로자몬데가 쏘아붙였다. 반바지 아래 코가 긴 구두를 신고, 사각 칼라가 달린 망토를 입은 페드시는 놀라울 만큼 우아했다. 난쟁이는 거만한 태도로 로자몬데를 바라보았다.

"글을 읽을 줄 모른다면 도대체 내가 뭐 하러 여기에 마차를 세웠겠어? 불쌍한 두 처녀가 뼈 빠지게 일하는 것을 보려고? 이봐, 난 그렇게 한가한 사람이 아니야."

"네가 감히 어떻게 우리의 불행을 비웃을 수 있지? 우리가 이 일을 하고 싶어서 한다고 생각해? 두들겨 맞았단 말이야, 공주님도. 다 네 왕비가 시켰단 말이야. 이제 알겠니? 너도 다른 사람들과 똑같은 짓을 하고 있어. 창피한 줄 알아!"

로자몬데는 눈물을 흘렸다.

"두들겨 맞았다고?"

페드시는 마차를 끄는 양의 하얀 털을 두 손가락으로 꼬며 잠시 생각에 잠겼다가 말했다.

"정말 안됐다! 신께서 그것이 옳은 일이라고 여기실지라도, 너희를 불쌍히 여기시길!"

페드시는 차양이 넓은 깃털 모자를 쓰고 양의 등에 고삐를 올리더니 로자몬데가 달려들기 전에 그곳을 떠났다.

그 뒤로 며칠 동안 페드시는 동굴 앞에 나타나지 않았다. 버섯에 심각한 문제가 생겨 아침부터 저녁까지 버섯정원에 붙어 있어야 했기 때문이다. 비단그물버섯이 모두 썩기 시작한 데다 그물버섯 절반을 다람쥐가 먹어 버렸다.

페드시의 정원이 실패할 것이라는 소문이 나돌았다.

그러나 일주일 뒤, 금방 세탁을 마친 빨래 바구니를 다시 성으로 끌고 가던 로자몬데와 리스바나 공주는 더없이 환한 표정의 페드시와 마주쳤다. 이번에는 적갈색 가발을 쓰고 마차 없이 걸어가고 있었다. 정수리에는 두 개의 화관이 달려 있고, 뛰어올라도 떨어지지 않도록 고정된 가발이었다. 페드시는 다섯 명의 시녀들에 둘러싸여 정원을 산책하면서 상아 손잡이가 달린 산책용 지팡이로 정자 하나를 가리키고 있었다. 그가 얘기할 때마다 시녀들은 웃음을 터뜨렸다.

"공주님, 잠깐만요."

로자몬데가 리스바나 공주에게 말하고는 빨래 바구니를 내려놓고 페드시에게로 달려갔다.

"오늘은 도망가지 못할 거야, 이 비열한 배신자야!"

로자몬데는 소리를 지르며 페드시에게 발길질을 했다.

"여기서 무슨 짓을 하고 있는 거야, 응? 네가 신사라도 되는 줄 알아?"

"물론이지!"

페드시도 소리치면서 그녀에게 발길질을 했다. 격분한 로자몬데가 주먹을 쥐자, 페드시는 뒤로 물러섰다. 그러자 시녀들이 거대한 치마를 바스락거리며 앞을 막아서서 비단으로 된 벽을 만들고 소리쳤다.

"우리 궁전에서 가장 훌륭한 난쟁이를 괴롭히지 마. 그에게 상처를 입히면 가만두지 않겠어!"

"그는 우리의 보호를 받고 있어. 여기는 북쪽나라가 아냐."

"뭐라고? 훌륭하다고? 이 꼬마 괴물이? 정말 어이가 없구나."

로자몬데가 소리쳤다.

페드시가 치마 사이로 머리를 쏙 내밀었다.

"당신이 알아야 할 게 바로 그거라고. 내가 대단히 훌륭한 사람이라는 것!"

"매력적이고."

시녀들이 그를 거들었다.

"궁정 안의 베스트 드레서이고!"

"정원 기술에서는 떠오르는 샛별이고!"

"내 매력과 유쾌한 지성을 잊지 말도록 해."

페드시가 눈을 내리깔며 위엄 있게 말했다. 그러고는 다시 눈을 크게 뜨고 로자몬데를 뚫어져라 쳐다보았다.

"나는 당신을 좋아하오, 로자몬데. 정말로 당신을 좋아하오. 우리가 똑같이 세계에서 동떨어진 지상의 한 점에서 태어났기 때문에, 그리고 또 다른 이유들 때문에. 내가 걱정하는 건 당신이 지금 자신의 처지를 완전히 잘못 알고 있다는 거요. 아니면 너무 무모하거나. 요컨대 당신의 발이 아무리 아름답다 할지라도 왕비께서 가장 총애하는 사람에게 발길질을 하는 것은 당신의 위치에 맞지 않소. 그런 짓은 나의 존엄한 신분에 어울리지 않으니까. 나는 무엇이든 내가 하고 싶은 대로 할 수 있소. 이런 일이 한 번만 더 일어나면 즉시 왕비님께 보고해서 당신들에게 매질을 내리겠소. 그게 뭔지는 경험해 봐서 알겠지?"

시녀들이 킥킥대며 페드시를 둘러싸더니 요란한 치마 소리를 내
며 떠났다. 로자몬데는 입을 벌린 채 한참 동안 그곳에 서 있었다.
그 뒤로 그녀는 페드시에게 다시는 발길질을 하지 않았다.

수련

'이렇게 빨리 용과 친해지다니 정말 놀랍군.'

브레두르는 생각했다. 그는 그렌델 위에 올라타고 몸을 흔들거리며 들판을 지나다가, 농부가 화들짝 놀라 낫을 내던지고 달아나는 것을 바라보았다. 위대한 가스파요리는 가능하면 숲이나 외진 곳으로 그렌델을 몰았지만 때로는 어쩔 수 없이 사람들과 마주치는 경우가 있었다.

"프리틀린, 내가 리스바나 공주와 계단에서 처음 만났을 때 얘기를 했던가요?"

브레두르가 그의 앞에서 이리저리 흔들리는 보라색 등에 대고 말했다.

"물론."

마법사는 뒤도 돌아보지 않고 짧게 대답했다.

이 두 사람처럼 오랜 시간을 함께 여행하다 보면 어쩔 수 없이 서로에 대해 모든 것을 알게 되는 법이다. 그리하여 이제 위대한 가스파요리는 리스바나 공주의 족보, 장점, 성격에 대해 소상히 알고 있었고, 그녀의 운명, 고향, 사랑스러운 모습 등에 대해서도 자신의 손자만큼 잘 알게 되었다. 그녀를 길에서 우연히 만나도 금방 알아볼 수 있을 정도였다. 처음에 가스파요리는 브레두르의 애기에 귀를 기울였다. 리스바나 공주가 어디에 붙잡혀 있을지, 혹시 결혼식이 이미 거행되지는 않았을지 함께 곰곰이 생각해 보곤 했다. 하지만 이제는 브레두르가 리스바나 공주의 아름다움에 대해 말하거나, 다섯 번도 넘게 들은 탑에서 공주의 손을 잡았던 애기를 꺼내면 그저 수염을 쓰다듬으며 건성으로 "아, 그래 그래" 할 뿐이었다. 브레두르는 그 보복으로 가스파요리가 용에 관한 책에 나오는 흥미 있는 사상을 변형시키거나 심화시켜 애기하려 하면 바로 김을 빼곤 했다. 가스파요리가 하는 애기는 주로 용들이 사는 곳, 격투, 공감대의 형성과 해체에 관한 것이었기 때문이다. 그사이에 브레두르는 용에 대해 자세히 알게 되어, 마치 자신이 이 비늘 달린 괴물을 우유 먹여 키운 것처럼 느껴졌다.

"이제 멀지 않았어."

위대한 가스파요리가 소리치며 앞쪽의 숲을 가리켰다. 숲은 누가 봐도 알 수 있을 정도로 망가져 있었다. 숲 가운데 나무들이 부러져 있는 커다란 길 두 개가 나 있었다. 한때 자랑스럽게 서 있었을 참나무들이 부러져 있고, 나무에 매달린 잎들은 그을린 채 돌돌 말려 있었다. 반시간 뒤 그들은 진흙 위에 찍힌 용의 발자국을 발견했다. 바로 그 직후에 그렌델은 갑자기 걸음을 멈추고 커다란 무더기에 코를 대고 킁킁거렸다.

"동굴용의 배설물이야."

가스파요리가 그 모습을 흘깃 보고는 말했다.

그들은 그날 저녁 용 경연장에 도착하지 못하고 숲 속에서 야영을 해야 했다.

"오른쪽으로 이 킬로미터쯤 가면 연못이 나올 거야. 그곳에서 그렌델의 침대를 만들 갈대를 구할 수 있을 걸세. 바짝 마른 것이어야 한다는 걸 잊지 말게."

위대한 가스파요리가 여행용 자루를 내리며 말했다.

"그리고 가는 길에 즙이 많은 먹이가 있나 찾아보게. 요즘 먹는 마른 잎으로는 그렌델이 힘을 쓸 수 없어. 모레는 매우 중요한 날일세. 그렌델은 세 가지 시합에 나갈 거야."

"알았어요."

브레두르는 켈피의 등에 안장을 얹고 방금 왔던 길을 되돌아갔다. 용의 발자국이 찍힌 진흙탕 부근에서 그는 뭔가 반짝이는 것을 보았다. 브레두르는 말에서 내려 덤불을 헤치며 앞으로 나아갔다. 연못은 질척한 땅으로 둘러싸여 있었다. 브레두르가 찾는 마른 갈대는 반대편에 있었다. 그는 연못 위에 걸친 미끄러운 나뭇등걸을 건너가든지, 아니면 질척한 연못 둘레를 빙 돌아가야 했다. 브레두르는 나뭇등걸을 건너가다가 자칫하면 물에 빠질 뻔했다. 그래서 돌아올 때는 연못 둘레에 난 길을 선택했다. 사슴 떼가 그의 옆을 뛰어 달아났다. 하지만 손에 갈대를 가득 안고 있어 화살을 쏠 수 없었다. 그렌델에게 줄 즙이 많은 먹이도 구해야 했다. 하지만 이 겨울에 촉촉한 풀을 찾는 것은 결코 쉬운 일이 아니었다. 조금 전에 나뭇등걸을 건너갈 때 연못 한가운데서 이파리가 풍성한 물풀을 본 것이 생각났다. 수련이었다. 그는 미끄러운 나뭇등걸을 다시 건너, 무릎을 꿇고 손에 잡히는 대로 잎을 뜯었다.

갈대와 수련 잎을 가지고 다시 돌아온 브레두르가 휘파람을 불자 나무 밑에서 켈피가 뛰어나왔다. 켈피는 입에 꿩을 물고 있었다. 브레두르는 꿩을 빼앗으려 했지만 켈피는 자신이 직접 야영지까지 물고 가겠다고 고집을 부렸다.

그들이 다시 돌아왔을 때는 이미 날이 어두워져 있었다. 위대한 가스파요리는 불을 피워 놓고 솥에 음식을 끓이고 있었고, 그렌델은 가시덤불 속에서 꾸벅꾸벅 졸았다. 밤이면 용의 비늘은 썩은 장작 같은 희미한 빛을 냈다. 브레두르는 켈피의 등에서 갈대를 풀어 땅바닥 우묵한 곳에 푹신하게 깔고 용을 불렀다. 그러고는 용에게 즙 많은 수련을 던져 주었다.

"내가 이 커다란 국자를 어디에 넣고 다니는지 알아?"

가스파요리가 브레두르에게로 몸을 돌리며 물었다. 그때 그렌델은 브레두르가 가져온 수련 냄새를 킁킁대며 맡고 있었다. 희미하게 빛나는 그렌델의 코가 이파리를 비추었다. 순간 가스파요리는 숨넘어갈 듯 비명을 지르며 용에게로 달려가 먹이를 빼앗았다.

"미쳤어?"

그가 브레두르에게 소리쳤다.

"용에게 독을 먹일 생각인가? 차라리 유리 조각을 먹이지 그래!"

"왜 그래요? 즙이 많은 것을 먹이라고 했잖아요? 그래서 수련 이파리를 가져왔다구요. 수련에는 독이 없어요."

"용이 끽끽거리는 걸 볼 작정인가? 모레면 불 뿜기 시합을 치르게 될 그렌델에게 물풀을 먹이려 하다니. 내가 즙이 많다고 말한 건 당연히 고기라구! 고기! 어떻게 이런 오해를 할 수 있지?"

불빛이 가스파요리의 얼굴에 스산하게 어른거렸다. 갑자기 그의 눈에 번쩍하는 불빛이 스쳤다.

"혹시 일부러 한 짓 아닌가? 일부러 그랬지! 그렌델이 시합에 떨어지게 하려고! 누가 보냈나? 위대한 우스펜스키? 우스펜스키가 시킨 짓이라고 고백해! 얼마나 받았지?"

가스파요리는 돌을 집어 들어 놀라서 어쩔 줄 모르는 브레두르를 내려치려 했다. 그렌델은 흥분해서 낑낑거리며, 두려움으로 인해 더 밝은 빛을 냈다.

"아니에요! 말도 안 돼요! 난 위대한 우스펜스키를 전혀 몰라요. 난 정말 즙이 많은 이파리를 가져오라는 뜻으로 들었어요."

브레두르가 급히 말했다.

"내 눈을 똑바로 봐!"

마법사가 소리치며 두 손가락으로 자신의 두꺼운 안경알을 가리

컸다. 그의 얼굴은 여전히 분노와 의심으로 일그러져 있었다.

"똑바로 보라고! 우스펜스키가 시킨 짓이 아니라고 맹세해!"

"맹세해요!"

"부족해. 네게 신성한 것을 걸고 맹세해!"

"기사로서의 명예와 내 칼 그라인데라흐와 내 은박차를 걸고 맹세해요. 나는 우스펜스키를 한 번도 본 적이 없고, 그렌델을 해치려 하지도 않았어요. 만약 그럴 의도가 있었다면 수련 잎을 다른 먹이에 몰래 섞어 먹였을 거예요."

"좋아, 이번만은 자네를 믿겠네. 하지만 다시는 그런 짓을 하지 말게. 잘 들어. 다시는 그러지 마!"

가스파요리가 길게 숨을 내쉬며 말했다.

"당신도 앞으로 표현을 좀 더 분명히 하세요."

브레두르는 켈피의 입에서 꿩을 빼앗아 그렌델에게 던져 주었다. 위대한 가스파요리가 달래듯 뭐라고 웅얼거렸다. 켈피는 아무렇지도 않게 그렌델 옆에 누웠다. 그사이에 켈피는 이 괴물과 친해져서, 비늘에 붙은 이끼를 떼어 먹기도 하고, 심지어 그렌델이 트림을 할 때 입에시 직은 불꽃이 튀어나와도 눈 깜짝 안 했다.

용 시장

　다음 날 아침 일찍 그들은 다시 길을 떠났다. 숲은 끝없이 이어졌다. 브레두르가 길을 잃은 건 아닌지 걱정하고 있을 때 갑자기 커다란 공터가 눈앞에 펼쳐졌다. 바로 용 경연장이었다. 왼쪽은 시장, 오른쪽은 격투장, 더 오른쪽은 관람장이 자리 잡고 있었다. 사방에 용들이 우글거렸다. 용들 사이로 마법사들이 쓴 녹색, 보라색, 파란색, 검은색 뾰족모자들이 보였다. 용들이 으르렁거리고 포효하는 소리가 들려왔다. 유황 냄새가 진동했고 독한 회색 입김이 하늘을 덮었다. 그렌델은 불안해하며 울음소리를 내고, 거품을 내뿜고, 발을 구르고, 꼬리를 휘둘렀다. 위대한 가스파요리는 자루에서 강철 사슬이 달린 고삐를 꺼내 그렌델에게 달아 끌고 갔다. 브레두르도 불안해하는 켈피와 함께 뒤를 따랐다.

경연장 둘레는 심하게 망가져 있었다. 풀밭이 짓밟히고, 곳곳이 그을리고, 뿌리가 뽑히고 부러진 나무들이 널려 있었다. 백 명이 넘는 마법사들이 방방곡곡에서 용을 몰고 왔기 때문에 경연장을 둘러싼 숲은 수십 년 동안 계속 파괴되었다. 브레두르는 요즘들어 왕국들이 용 경연대회를 금지하는 이유를 알 것 같았다.

"말도 안 되네."

가스파요리가 말했다.

"나무가 좀 부러진다고 무슨 문제가 있겠나? 겁쟁이들이야. 용에 대해 전혀 모르기 때문에 그러는 걸세. 그들은 항상 공격당하거나 잡아먹힐까 봐 두려워한다네. 용을 제대로 바라보지 못하기 때문이지. 용의 얼굴을 바라보기만 하면 정말로 화가 났는지, 장난을 치려는 것인지 금방 알 수 있는데 말이야."

'그렌델이 가장 무서울 때는 장난을 칠 때인데……'

브레두르는 생각했다. 그는 그렌델의 힘을 도저히 가늠할 수 없었다. 브레두르의 온몸은 그렌델의 장난 때문에 긁힌 자국과 멍투성이였다.

그들은 가판대가 놓인 곳으로 갔다. 나무에 새긴 표식을 살피며 가스파요리는 예약한 장소를 찾아다녔다. 마침내 그는 삼각형과 로마숫자 XII가 새겨진 튼튼한 참나무 앞에 서더니 브레두르를 불렀다.

"여기야!"

가스파요리의 자리는 마법사를 위한 가짜 수염을 파는 가판대와 격투에 참가하는 용을 위한 거대한 가죽 고삐를 파는 가판대 사이에 있었다. 맞은편에서는 붙였다 뗐다 할 수 있는 젖꼭지와 뿔을 팔았다. 미인대회에 참가하는 용들을 위한 것이었다. 가스파요리는 굵은 참나무에 그렌델을 묶고, 또 땅에 말뚝을 박아 발을 사슬로 묶었다.

"자네 말을 그 옆에 묶게. 그러면 좀 진정이 될 거야."

그렌델이 브레두르 앞에서 작은 나무를 씹어 으깨는 동안, 가스파요리는 시장 감시소로 가서 얇은 탁자 상판과 받침대 두 개를 가지고 돌아왔다. 완성된 탁자는 그다지 견고하지 않았지만 문제 없었다. 가스파요리가 내놓은 상품은 용에 관한 그의 저서 단 한 가지뿐이었기 때문이다. 그 책에 관심 있는 사람은 돈을 내고 반시간 동안 책을 읽거나, 더 많은 돈을 내고 베낄 수 있었다. 여유가 있는 사람은 책 전체의 필사본을 위대한 가스파요리에게 주문할 수 있었다. 그러면 그는 수도사에게 필사를 맡겼다. 하지만 그것은 돈이 많이 들었다. 왜냐하면 수도원에서 발각되면 안 되므로 위험수당까지 지불해야 했기 때문이다.

고객들이 찾아와 가스파요리가 돈을 받고 모래시계를 뒤집으며 시간을 재는 동안, 브레두르는 용 경연장을 둘러보았다. 전쟁터가 아닌 곳에서 사람들이 그렇게 많이 모여 있는 것을 그는 처음 보았다. 브레두르는 마법사들과 구경꾼들, 빵 장사꾼과 술 장사꾼들, 손수레와 상인들로 북적대는 곳에 끼어들었다. 유창하고 어색한 온갖 억양의 바스카리아어가 들려왔다.

214

“용 담즙 펀치가 있습니다! 용 담즙 펀치! 맛 좋은 용 담즙 펀치를 아직 맛보지 못한 분 있습니까?”

“이리 오세요! 여기로 오세요! 용 발톱을 갈아드립니다!”

“멋진 용 고삐요! 값도 싸고 거의 새것이나 다름없습니다!”

“용 무정란이 왔습니다! 녹색 무정란, 황색 무정란! 싱싱한 무정란 사세요!”

“용고기 파이! 용고기 파이! 용고기 파이 드실 분!”

허공에 휘젓는 팔, 옆 사람의 옆구리를 밀치는 팔꿈치, 치마를 꼭 붙잡고 있는 아이들의 손, 다른 사람의 지갑이나 뒷주머니를 뒤적이는 더러운 손가락들이 북새통을 이루었다. 브레두르는 격투를 앞둔 용을 위한 먹이, 부스럼 있는 용을 위한 특수 먹이, 용의 피부를 강하게 해 주는 먹이를 진열해 놓은 가판대들을 지나갔다. 그곳도 정신 없기는 마찬가지였다. 땀내와 낡은 가죽 냄새가 진동했다. 사람들은 술을 마시거나, 쩝쩝거리며 음식을 먹거나, 시큼한 입김을 내뿜었다. 그 인파의 한가운데를 거대한 회색 용이 뚫고 지나가며 뱃고동 같은 낮고 불안한 소리를 냈다. 용의 주인은 잠시 용을 색칠해 주는 상점 앞에 섰다가, 뿔 보호 주머니를 씌워 보려고 자리를 옮겼다. 나무와 돌로 만든 작은 용 조각을 팔 거나, 살아 있는 악어와 박제 악어를 파는 곳도 있었다. 브레두르는 박제 악어가 무엇인지, 그것을 어떤 용도로 쓰는지 알지 못했다. 악어는 머리가 삼각형인 도마뱀처럼 보였다. 시장 한쪽에는 부상을 입지 않게 해 준다는 용의 피를 파는 곳도 있었다. 금방 짜낸 피였다. 그 천막 뒤쪽에는 빈혈기가 있는 3등급 용 네 마리가 묶인 채 풀을 뜯고 있었다. 사람들이 너무 많이 몰려 있어 뚫고 지나갈 수가 없었다. 브레두르는 할 수 없이 천막을 돌아 지나갔다. 용의 피를 사려고 몰려든 사람들 중에 마법사는 한 명도 없었다. 아마도 마법사들은 그것이 효력이 없다는 것을 알고 있는 듯했다. 장사꾼들은 매우 초조해하면서 용이 있는 쪽을 바라보다가 주문을 받으면 급히 피를 뽑아 왔다.

브레두르는 시장을 뒤로 하고 경기장으로 건너갔다. 경기장에는 사람만 한 굵기에 높이가 십 미터나 되는 쇠막대들이 땅에 박혀 있었다. 그 꼭대기는 안쪽으로 구부러져 있고, 울타리로 둘러싸인 채 땅에 박힌 묵직한 사슬로 고정되어 있었다. 사방에서 마법사들과 구경꾼들이 몰려왔다. 머리에 파란색과 붉은색이 섞인 터번을 쓴 남자가 경기장 입구에서 소리쳤다.

"여기 챔피언 용이 있습니다. 챔피언은 오직 하나뿐! 도전해 보세요! 챔피언을 이기는 용의 주인에게는 한 냄비 가득 금을 드립니다. 챔피언과 싸워 살아남은 용에게는 구급품 상자를 선물합니다. 다음 격투가 곧 시작됩니다. 아버지를 잊고, 어머니를 잊을지라도 이 챔피언은 잊지 못할 겁니다! 유일하고, 위대하고, 무시무시한 챔피언을 보러 오세요!"

브레두르는 무서운 괴물이 궁금해 거대한 검은 울타리로 다가갔다. 엄청난 덩치를 자랑하는 챔피언 용이 경기장 한가운데 서 있었다. 꼬리에서 머리까지 최소한 십삼 미터는 될 것 같았다. 최소한! 날개가 없고 두 발로 걷는 용이었다. 몸을 뻗으면 경기장 밖으로 목을 내밀고 건너다볼 수 있을 것 같았다. 오른쪽 발을 묶은 사슬은 거대한 바위에 박혀 있었고, 그 바위는 땅에 깊이 묻혀 있었다. 터무니없이 짧은 앞발이 노란 가슴 앞에서 흔들거렸다. 챔피언은 쇠사슬 끄는 소리를 내며 돌아섰다. 그러고는 몰려드는 사람들을 보며 불균형하게 큰 머리를 휘둘렀다. 끔찍한 장면이었다. 동시에 시커먼 구름 같은 연기를 내뿜었고, 칼날 모양의 이빨을 드러내며 으르렁거렸다. 브레두르는 가스파요리에게서 받은 수업 덕분에 챔피언이야말로 가장 귀하고 위험한 용이라는 것을 단박에 알 수 있었다. 이른바 '멋대로제왕' 이라 불리는 챔피언은 때로 사람을 잡아먹을 정도로 위험해서 두꺼운 울타리 안에, 가장 무거운 사슬에 묶어두고 마법의 음료를 먹여 진정시켜야 했다. 이 종류의 용은 세상에 단 두 마리뿐이었는데, 그중에서도 챔피언이 더 사나웠다. 감시원이 다가와 브레두르에게 울타리에서 떨어지라고 소리쳤다. 은전이 여덟 개밖에 없는 것을 알면서도 브레두르는 돈주머니를 꺼냈다. 얼마 안 되는 돈을 오락에 써서는 안 된다고 생각했지만 거대한 바빌로니아 용이 다른 용을 물어뜯는 모습을 볼 수 있는 기회를 놓치고 싶지 않았다. 그는 은전 하나를 내고 경기장으로 들어갔다. 입구 바로 뒤에는 같은 터번을 쓴 사내가 탁자 앞에 앉아 돈을 받고 내기 복권을 팔았다. 그는 흑판에 챔피언이 이길 확률이 14:3이라고 적었다.

관람석과 격투장은 술통으로 격리되어 있었다. 그 술통은 브레두르가 이제까지 본 술통 가운데 가장 컸으며, 그 위에는 기름 등잔이 타고 있었다. 그는 조심하기 위해서 출구 가까운 곳에 자리를 잡았다. 챔피언과 싸울 용이 입장했다. 브레두르는 그 용이 뿔이 셋 달린 최상급 용임을 알아보았다. 목과 머리를 뺀 높이가 칠 미터였고, 거대한 몸통은 회갈색이었으며, 쉽게 흥분하는 체질이었다. 코에 난 뿔과 눈 위에 난 두 개의 뿔 말고도 단단한 목둘레와 가시가 달린 꼬리를 지니고 있었다. 꼬리는 삼각뿔용에게는 드문 것이었다. 바빌로니아 용의 혈통을 이어받은 대부분의 용처럼 이 용도 날개가 없었다. 삼각뿔용은 술통을 따라 걸어가 멋대로제왕에게서 멀리 떨어진 곳에 서더니 두려움에 떨며 모든 비늘에서 연기를 내뿜었다. 삼각뿔용이 앞발로 모래흙을 파헤치자 회색 먼지 구름이 일었다. 챔피언이 사슬을 끌며 몸을 뻗어 목과 꼬리와 등을 일직선으로 만들고, 삼각뿔용을 향해 포효하자 입에서 거품이 흘러나왔다. 가까이 있던 관객들은 끈적끈적하고 뜨거운 거품을 두 손 가득 받아 온몸에 바르며 환호했다. 그러더니 점점 조용해졌다. 기대에 부푼 긴장이 경기장을 가득 채웠다. 경기장 앞에서 손님을 모으던 호객꾼이 술통 위로 올라가자 모든 관중이 입을 다물었다. 챔피언이 커다란 소리를 내며 긴 목을 흔들어 댔다. 삼각뿔용도 흥분해서 뿔로 땅을 파헤쳐 모래를 공중으로 퍼 올렸다.

"신사, 마법사, 농부, 용 경기 마니아 여러분! 드디어 시작합니다! 챔피언 멋대로제왕에게 도전자가 나타났습니다. 그것도 무서운 도전자가! 이 사악한 야수들을 보십시오! 이들은 사람을 위협하고 여러분의 가축과 과일과 빵을 해칩니다. 둘 다 얼마나 끔찍한 괴물입니까! 지옥이 만들어 낸 이 괴물들이 싸우는 모습을 똑똑히 보십시오! 이들이 가까이 오면 머리를 숙이셔야 합니다. 무슨 일이 일어나도 내게 책임을 돌리지 마십시오. 무서운 사람은 지금 당장 나가 주십시오. 나가실 분 있습니까? 아무도 없습니까? 이미 경고했습니다. 자, 그럼 이제 시작합니다. 사슬을 풀어라!"

방패 하나만 손에 든 용감한 진행 요원이 챔피언 멋대로제왕 뒤쪽으로 살금살금 다가가 사슬이 박혀 있는 바위 구멍에서 고리를 잡아당겼다. 이와 동시에 멋대로제왕이 삼각뿔용에게 달려들었다. 사슬이 달가닥 소리를 내며 풀렸다. 녀석의 발은 놀라울 정도로 날렵해 거의 날아가는 것 같았다. 멋대로제왕은 다시 몸을 쭉 펴더니 입을 크게 벌렸다. 삼각뿔용은 머리를 숙이고 날카로운 뿔을 들이대며 대적했다. 멋대로제왕은 먼지 구름을 일으키며 급히 뒤로 두어 걸음 물러섰다가 다시 앞으로 나서서 삼각뿔용의 옆구리를 물어뜯으려 했다. 삼각뿔용은 몸을 돌려 머리에 달린 뿔로 공격을 막아내며 가시 달린 꼬리를 마구 휘둘렀다. 녀석의 비늘 틈에서는 점점 더 많은 연기가 솟아 나오고, 코로 불을 뿜어냈다. 멋대로제왕은 불덩이를 내뿜어 적의 뿔에 화상을 입혔다. 먼지와 연기의 구름 속에서 녀석들은 서로의 주위를 맴돌았다. 그때 갑자기 예상치 못한 일이 일어났다. 멋대로제왕이 적의 뿔을 피하다가 발이 걸려 비틀거리더니 어마어마한 굉음을 내며 옆으로 쓰러진 것이다. 삼각뿔용은 놀랍도록 유연하게 뒷발로 몸을 의지하여 앞발로 멋대로제왕을 내리찍었다. 관중들이 비명을 질렀지만 곧 멋대로제왕의 고통스러운 울부짖음에 묻혀 버렸다. 멋대로제왕은 작은 앞발로 삼각 뿔용의 몸통을 껴안아 무시무시한 입으로 옆구리를 물어뜯었다. 족히 사십 킬로그램은 될 것 같은 살덩이가 떨어져 나갔다. 이번에 는 삼각뿔용이 울부짖었다. 녀석은 피를 철철 흘리며 적에게서 몸 을 떼고 고개를 숙였다. 멋대로제왕은 다시 일어서서 적의 옆으로 돌아가려다가 다리를 뿔에 찔렸다. 하지만 상관하지 않고 두 번째 공격을 시도해 삼각뿔용의 옆구리에서 또 한 번 커다란 살점을 떼 어냈다. 그 순간 적의 뿔이 그의 꼬리를 관통했지만 전혀 개의치 않 았다. 멋대로제왕은 미친듯이 날뛰고 울부짖는 삼각뿔용을 꽉 붙 들고는 상처 부위를 마구 물어뜯었다. 거대한 용이 쓰러지자 땅이 크게 진동했다.

"용 족발구이가 왔습니다. 버찌 소스를 바른 맛있는 용 족발구이 가 왔습니다."

장사꾼이 기름이 번드르르한 음식으로 가득 찬 목판을 브레두르 의 코밑에 들이밀었다.

"저리 비키게."

브레두르는 그를 한쪽으로 밀쳤다. 그 순간 멋대로제왕은 적에 게서 잠시 떨어지더니 다시 내달려 적의 가슴 위로 뛰어올라 무방 비 상태로 몸을 뒤척이고 있는 몸통을 마구 짓밟았다. 뼈 부러지는 소리가 들려왔다. 그러나 삼각뿔용을 완전히 처치하기 전에 용감 한 진행 요원이 다시 뛰어들었다. 그는 경기장 중앙에 서서 호각을 날카롭게 불어 대고, 용의 발에 달린 사슬을 흔들면서, 방패를 시끄럽게 두들겼다. 흥분한 멋대로제왕이 몸을 돌려 곧장 그에게 달려들었다. 그러자 용의 뒷발에 달린 사슬이 달가닥거리며 바위의 안쪽으로 다시 당겨졌다. 진행 요원은 고리를 쳐들고 멋대로제왕이 코앞에 올 때까지 기다렸다가, 잽싸게 고리를 바위 구멍에 끼워 넣고 옆으로 몸을 던져 피했다. 사슬이 순식간에 바위 안으로 빨려 들어가자, 용은 발이 걸려 배를 깔고 길게 쓰러졌다. 진행 요원은 자칫하면 용 밑에 깔릴 뻔했다. 관중들은 환호를 올리며 열광했다. 그때 녹색 망토를 두르고 녹색 모자를 쓴 마법사가 울부짖으며 격투장으로 들어가 신음하고 있는 삼각뿔용에게로 달려갔다. 용의 주인이 분명했다. 터번을 쓴 사람이 그 뒤를 따라가서 싱긋 웃으며 그에게 구급상자를 건네주었다. 삼각뿔용은 운이 좋은 편이었다. 갈비뼈 몇 대가 부러졌고, 앞발 하나가 탈골됐고, 옆구리 두 군데를 뜯겼을 뿐이니까. 운이 나빴다면 목을 물어뜯길 수도 있었다.

"용감한 도전자에게 많은 박수를 부탁드립니다. 이렇게 과감한 도전자는 지금까지 없었습니다."

호객꾼이 소리쳤다. 그러자 관중들은 뿔이 그을리고 피를 철철 흘리며 절뚝절뚝 걸어 나가는 삼각뿔용과 완전히 기가 죽은 주인에게 환호와 박수를 보냈다.

"여기 챔피언이 있습니다. 세상에서 하나뿐인 챔피언. 챔피언에게 도전해 보십시오. 아버지를 잊고, 어머니를 잊을 수는 잊지만……."

브레두르는 2등급과 3등급 용들이 싸우고 있는 쪽으로 발길을 돌렸다. 원형으로 둘러싼 술통이 전부인 그 경기장은 무료였다. 덩치도 훨씬 작고 그리 무서워 보이지 않는 용 두 마리가 서로를 빙빙 맴돌고 있었다. 이번에는 어떤 종류의 용인지 금방 파악할 수 없었다. 아마도 무정란용과 불도롱뇽 사이에서 나온 것 같았다. 둘 다 날개가 달려 있었다. 하나는 몸에 황색과 흑색 반점이, 더 작은 용은 적색과 흑색 반점이 있었다. 그곳에는 관중이 훨씬 적었다. 대부분 마법사들이었다. 그들은 두 용의 장단점에 대해 활발한 토론을 벌이고, 흥분해서 수염을 휘날리며 술통에 조금이라도 더 가까이 다가가기 위해 서로를 밀치며 몰려들었다. 그들이 격투를 벌이는 용들을 구경하는 것은 나중에 용을 교환하게 될 경우에 대비해 가치를 평가하기 위한 것이었다. 마법사가 용을 팔아 버리는 경우는 결코 없었다. 용을 새로 얻거나 키워 내는 일이 매우 어려웠기 때문이다. 하지만 교환은 자주 했다. 용의 가치는 등급보다도 주인이 얼마나 잘 조련했으며 몇 번이나 싸움에서 승리했는가, 그리고 격투 경험을 통해 얼마나 많은 싸움 솜씨를 습득했는가에 달려 있었다. 등급 낮은 용들은 여전히 네 발로 서로를 빙빙 돌면서 꼬리를 물어뜯으려 했다. 그러더니 마침내 뒷발에 의지해 몸을 세우고 앞발로 서로를 공격했다. 씩씩대고 으르렁대며 상대방의 목을 낚아챘다. 예견했던 대로 몸집이 작은 쪽이 실컷 두들겨 맞은 뒤 여러 곳에 상처를 입고 피를 흘리며 격투장을 떠나야 했다.

브레두르는 다시 발걸음을 옮겨 여러 종류의 용들이 경연을 앞두고 대기하고 있는 곳으로 건너갔다. 격투장과 경연장 뒤쪽은 사람들이 그리 몰리지 않았다. 강력한 강철 사슬이 커다란 나무들에 달려 있고, 거기에 용들이 나란히 묶여 있었다. 용들은 종류별로 분류되어 있었는데, 우선 동굴용들이 있었다. 밝고 물컹한 피부와 부풀어오른 분홍색 눈에서 눈물을 흘리는 것을 보고 브레두르는 동굴용임을 알아보았다. 호수에서 살기 때문에 당연히 불을 뿜지 못하는 수룡도 있었다. 주인들은 그 용에게 계속 물을 부어 주어야 했다. 동굴용과 마찬가지로 눈물을 쏟아내는 작은 물고기 모양의 우물용도 있었다. 우물용 다섯 마리를 주어야 당당하고 커다란 용으로 교환할 수 있었다. 육식 용과 채식 용, 그리고 아름다운 노래를 부르는 용도 있었다. 노래하는 용들은 계속 노래를 부르거나 콧노래를 흥얼거렸다. 보물을 지키는 용들은 모래를 채워 넣은 궤짝을 껴안고, 누가 그 궤짝을 바라보기만 해도 무섭게 으르렁댔다. 다른 용들로부터 약간 떨어진 곳에 격투용들이 있었다. 상처와 흉터투성이의 고참들이 있는가 하면 땅을 파헤치는 것 외에는 아직 아무것도 할 줄 모르는 새파란 신참들도 있었다. 그 용들은 걸핏하면 서로 뒤엉켜 싸웠기 때문에 주인들이 그 사이에 뛰어들어 곤봉으로 앞발을 내려쳐야 했다. 바빌로니아 용 네 마리가 멀리 떨어진 곳에서 거품을 내뿜고 있었다. 길이가 십 미터나 되는 험악한 최상급 용이었다. 그것들을 묶은 사슬은 바위에 매어 있었다. 나무로는 감당할 수 없었기 때문이다.

그곳의 한 구역에는 미모 경연대회에 참가하기 위해 온 용들이 모여 있었다. 우아한 기사 같은 용들이 청색과 녹색 빛을 내는 비늘과 세련된 문양을 자랑하고 있었다. 주인들은 그 용들의 비늘을 부드러운 천으로 문질러 광택을 냈다. 반짝이는 하얀 송곳니를 가진 용들에게서는 그들의 선조인 야생 바빌로니아 용의 당당한 분위기가 느껴졌다. 그 용들 가운데 몇몇은 분홍색 피부나 과장되게 상처 입은 뿔, 혹은 우습게 생긴 오리 모양의 머리를 하고서 아웃사이더 같은 면모를 보여 주었다. 또 어떤 용들은 온몸에 각양각색의 젖꼭지를 달고 있거나 고슴도치처럼 가시로 뒤덮여 있었다. 그 한가운데에 온몸이 황금빛으로 빛나는 용이 코를 골며 자고 있었다.

브레두르는 책 가판대로 돌아갔다. 여섯 명의 견습 마법사들이 스승의 지시를 받아 가스파요리의 책을 필사하고 있었다. 그들은 자신들이 가지고 온 의자에 앉아 부지런히 깃촉을 놀리며, 다른 사람이 자신이 필사하고 있는 책장을 넘기면 옆구리를 찔러 댔다. 위대한 가스파요리는 매우 만족한 모습이었다.

"잘 왔어."

그가 브레두르에게 소리쳤다.

"잠시 모래시계를 뒤집으며 가판대를 좀 봐 주게나. 격투장에 참가 신청을 내고 오겠네."

"어떤 시합에 내보낼 겁니까?"

"우선 격투기 데뷔 시합에 내보내고, 경험이 적은 용들이 나가는 유황 A급 불뿜기와 사슬끌기급 날기 시합에 내보낼 걸세."

"그렌델은 날지 못하잖아요?"

"사슬끌기급에서는 날 필요가 없네. 그저 날갯짓을 하면서 내 뒤만 따라오면 되거든. 내가 끄는 대로 얼마나 잘 따라오는가 하는 것이 관건일세. 내가 가장 희망을 걸고 있는 건 불뿜기 시합이야. 이 귀여운 녀석은 불 하나는 정말 잘 뿜으니까. 다른 사람이 그렌델에게 물기 있는 것을 주지 못하도록 잘 감시하게. 여기서는 아무도 믿어서는 안 되네.”

브레두르가 모래시계를 한 번 뒤집었을 때, 가스파요리가 환한 얼굴로 돌아왔다.

“내일 알부민이라는 용과 싸우게 됐네. 그놈도 두꺼비용이야. 녀석을 쓰러뜨리면 다음 상대는 벨로돈이네. 젊은 무정란용이지.”

그렌델의 격투

그렌델의 첫 상대는 키가 작은 황색 용이었다. 등에는 톱니 같은 등뼈가 이중으로 돋아 있고, 꼬리 끝이 곤봉처럼 불룩하게 부풀어 있었다. 길쭉한 입에는 무시무시한 송곳니 두 개가 솟아 있었다. 하지만 날개가 없고, 그렌델보다 덩치가 작았다. 위대한 가스파요리의 용이 덩치에서 큰 이점이 있는 것은 수치스러운 일이라고 몇몇 마법사들이 툴툴댔다.

두 용은 처음에는 그저 빙빙 돌며 서로를 탐색하면서 뒷발로 모래를 공중으로 퍼 올리기만 했다.

"이봐, 뭣들 하는 거야! 춤만 추지 말고 싸워야지!"

누군가 소리를 질렀다. 너도밤나무 열매 하나가 그렌델 쪽으로 날아갔다. 그렌델은 놀라서 머리를 쳐들며, 커다란 목주머니를 벌름거렸다.

"아무것도 던지면 안 됩니다!"

심판관이 엄한 목소리로 소리쳤다. 그는 아래위 모두 흰옷을 입고 있었다. 머리에 쓴 터번도 흰색이었다. 심판관은 차단벽으로 설치된 술통 위에 올라가 균형을 잡으며 경기를 진행했다.

"싸-워, 싸-워, 싸-워!"

관중들이 소리치며 술통 쪽으로 주먹질을 해 댔다. 마침내 그렌델은 뒷발에 의지해 몸을 세우고 험악하게 포효하면서 알부민에게 한 걸음 다가갔다. 황색 용은 네 발을 땅에 딛고, 혀를 이빨 사이로 내밀 뿐이었다. 그러더니 녀석은 번개처럼 몸을 돌리며 곤봉 같은 꼬리 끝으로 그렌델의 앞발을 후려쳤다. 그렌델은 날카로운 비명을 지르며 공포에 사로잡혀 출구 쪽으로 달아났다. 가스파요리는 달아나면 안 된다고 소리치면서 곤봉으로 그렌델을 때려 다시 경기장 가운데로 돌아가게 했다. 그렌델이 다가가자, 적수는 또다시 꼬리를 휘둘렀다. 그렌델은 다시 앞발을 세게 맞았다. 이번에는 너무 끔찍한 비명을 질러 대서 모든 관중이 웃음을 터뜨렸다. 가스파요리의 얼굴이 창백해졌다가 곧 새빨개졌다. 그렌델은 비명을 지르며 오른발을 흔들어 대면서 술통 쪽으로 달아났다. 심판이 머리 위로 세 번 가위 표시를 하며 소리쳤다.

"그렌델의 비겁 행위에 의한 경기 중단, 소유자 프리틀린 가스파요리! 알부민 우세승. 소유자 야고미르 비르블리오치."

시합은 채 오 분도 걸리지 않았다. 돌과 뼈와 썩은 사과가 사방에서 그렌델에게 날아들었다. 가스파요리는 분노에 몸을 떨며 그렌델에게 고삐를 매고 사슬을 걸었다.

"이 녀석은 아무것도 되지 못할 거야."

긴 수염을 달고 구름 같은 머리를 한 여윈 마법사가 가스파요리에게 말했다.

"나는 이런 용을 잘 알지. 이런 용은 뭐 하나 제대로 해내지 못해. 놈을 도살해서 토막으로 팔게. 그걸 밑천으로 새로 한 마리를 키우면 되잖아."

"꺼져 버려! 우리를 좀 내버려두게."

가스파요리가 소리를 지르고는 그렌델을 끌고 갔다. 관객들이 웃으며 술통을 치우고 지나갈 길을 만들어 주었다.

브레두르는 책 가판대를 지키느라고 경기를 보지 못했다. 하지만 손님들이 그렌델과 가스파요리보다 먼저 와서 소식을 전해 주었다. 필사를 하고 있던 견습 마법사들이 웃음을 터뜨렸다.

"뭘 그리 멍청히 쳐다보나? 여기 뭐 볼 게 있나?"

가스파요리는 그렌델을 참나무에 묶으며 화가 나서 그들에게 소리쳤다.

"망했어. 이놈이 다 망쳐 놓았어!"

가스파요리가 중얼거렸다.

"실망하지 말아요. 그렌델은 아직 어리잖아요. 앞으로 잘 자랄 거예요. 원래 먼저 수치를 겪은 뒤에야 승리가 찾아오는 것이 격투잖아요. 이제 그렌델에게는 더 나아질 일만 남았어요."

브레두르가 위로했다.

"뭘 안다고 그래? 우리가 얼마나 노력했는지 자네는 모르네. 나는 그렌델을 석 달 동안 쉬지 않고 훈련시켰어. 세상에서 가장 뛰어난 용 조련사에게 데려가서 말이야. 그래서 안개나라까지 여행을 했던 걸세. 그런데 지금 이 꼴이라니!"

브레두르는 용 사육에 관한 책을 쓴 사람이 자신의 용을 다른 조련사에게 데려가 훈련시켰다는 사실에 놀랐다.

"아, 그래서 안개나라까지 왔던 거군요? 나는 당신이 우리말을 하길래 그곳에 사는 줄 알았어요."

"말도 안 돼! 제정신을 가진 사람이 미쳤다고 안개나라에 살겠나. 내 집은 셉티메니아의 루덱에 있어. 바스카리아 국경 바로 너머에 있지. 그리고 나는 언어에 재능이 있다네."

가스파요리는 수건 두 장을 그렌델의 부어오른 앞발에 얹고 붕대로 감아 주었다. 그렌델은 가엾게 신음하며 낑낑댔다.

"입 닥쳐, 이 약해 빠진 놈아! 멍청한 놈 같으니라고."

가스파요리가 그렌델을 꾸짖었다.

"그렌델한테 너무 심하게 하지 마세요."

"이놈에겐 이런 내섭이 필요해. 하지만 이 녀석은 원래 뛰어나고 강했어. 별 문제 없이 높은 등급에 오를 수 있었는데. 이해가 안 돼. 이해할 수가 없어!"

"조련사가 당신 생각만큼 뛰어나지 않았나 보죠. 그렌델 잘못이 아닐 거예요. 그렌델은 정상이에요."

브레두르가 진심으로 말했다. 위대한 가스파요리의 얼굴이 밝아졌다.

"자네가 옳아. 야생 용들이 발정기를 보내는 지역에 그렌델을 데려간 게 무슨 의미가 있는지 자문해 봤었네. 그 멍청한 조련사가 그렌델의 성장을 앞당길 수 있다고 하더군. 그런데 이 어린 녀석은 겁만 잔뜩 집어먹고, 암컷들에게 조금도 관심을 보이지 않는 거야. 아직 그럴 때가 안 된 거지. 용에게 너무 과도한 요구를 해선 안 돼. 용이 진정으로 필요로 하는 건 공감대니까. 공주만 있으면 용의 힘과 능력은 저절로 솟아나는데…… 그랬다면 아마 이겼을 거야."

위대한 가스파요리는 그렌델이 부상을 당해 남은 경연대회에 참가할 수 없다는 것을 통보하러 갔다. 브레두르는 그가 가판대를 떠나는 것이 기뻤다. 마법사들이 차례로 와서 탁자 위에 쌓인 지금까지 번 돈을 경멸하듯 바라보고는 견습생들을 데려가 버렸기 때문이다.

가스파요리가 돌아왔을 때는 견습생 한 사람만이 책을 필사하고 있었다. 잠시 뒤 그의 스승이 왔다. 검은 망토에 뾰족모자를 쓴 마법사는 긴 갈기를 가진 하늘색 용을 데리고 있었다. 물을 뚝뚝 떨어뜨리는 용은 등에 두 군데 작은 상처를 입어 피를 흘리고 있었다. 마법사는 길고 가는 손가락을 까딱이며 제자를 불렀다.

"미안하게 됐소이다, 좀 더 일찍 오지 못해서."

그가 엷게 쓴웃음을 지으며 가스파요리에게 말했다.

"내 수룡이 결투를 치르느라 그랬소. 하마급의 큰 용과 싸워 기쁘게도 승리를 거두었지. 하지만 알부민처럼 쉽게 이기지는 못했소. 이 책에 적힌 것은 책상물림으로 얻은 지혜와 경험에 불과하겠지. 안 그렇소? 내가 대금을 전부 낼 거라고는 기대하지 마시오. 사분의 일만 내면 될 것 같은데 어떻소?”

“그 더러운 돈 필요 없어! 꺼져! 꺼져 버리라구! 물을 뚝뚝 흘리는 걸레 같은 용을 끌고 없어지라구! 진흙덩어리를 끌고 가! 다시는 그렌델 근처에 오지 못하게 해!”

가스파요리가 소리쳤다. 바로 그때 경기 진행자가 커다란 방울을 흔들며 유황 A급의 네 번째 경기가 그렌델의 부상으로 취소되었다고 소리쳤다. 순간 주위가 잠시 조용해지더니, 곧 모든 사람이 웃음을 터뜨렸다. 브레두르와 가스파요리만 빼고.

“더는 못 견디겠어. 그만 짐을 꾸려야겠네. 자네는 어떻게 할 건가? 여기 남아서 끝까지 구경하게나. 가판대 대여료는 내일까지 지불했네.”

가스파요리가 말했다.

“나도 여기 있을 이유가 없습니다. 당신이 떠난다면 나도 그만 가겠어요. 바스카리아로 가야지요.”

브레두르가 말했다.

“실수하는 걸세. 한꺼번에 이렇게 많은 용을 볼 기회는 또 없을 테니까. 남아 있게나. 진심이야. 나중에 후회할지도 몰라.”

“아니에요. 빨리 바스코로 가야 해요.”

“아, 바스코! 자네가 부럽네. 멋진 도시지. 베니스보다 다리가 더 많다네. 하지만 자네를 더 데려가 줄 순 없어. 여기서 헤어지세나. 나는 남쪽으로 가네. 그리고 자네는…… 에…… 서쪽, 그래, 서쪽이야. 숲에서 벗어나면 작은 산들이 보일 걸세. 그 산들을 넘어야 하네. 산을 넘으면 오래된 길이 보일 거야. 계속 서쪽으로 말을 달리게. 그러면 바스코로 가게 된다네."

그들은 포옹하고 서로의 행운을 빌었다. 브레두르는 그렌델과도 포옹했다. 그렌델은 켈피를 핥아 주었다. 가스파요리는 자신의 책을 집어넣고 여행용 자루를 그렌델의 어깨에 걸쳤다.

"나를 찾아오게나. 루덱은 바스코에서 며칠 안 걸린다네."

브레두르는 켈피의 등에 안장을 매면서 그들이 떠나는 모습을 바라보았다. 위대한 가스파요리는 어깨를 축 늘어뜨리고 걸어갔다. 그렌델이 비척거리며 그 뒤를 따랐다. 브레두르도 켈피 위로 뛰어올라 가스파요리가 알려 준 방향으로 말을 몰았다.

정원의 백작

디에고 왕자가 사촌들을 방문하고 돌아왔다. 사랑의 목표는 전혀 변하지 않았다. 리스바나 공주를 향한 그의 사랑은 여전히 목에 건 쇠줄처럼 그를 사로잡고 있었다.

"가엾은 몰골들이었어요."

조카들에 대해 묻는 부모에게 그는 이렇게 대답했다.

"소피-아우구스타는 개구리처럼 생겼고, 루이제-아우구스테는 난쟁이처럼 키가 작고, 마르타-마틸데는 땅딸보에다 두더지처럼 눈이 나빠서 사방에 부딪혀요. 리스바나 공주는 어디 있죠? 공주를 보고 싶어요."

"네게 좀 설명해야 할 게 있어……."

이사벨라 왕비가 이야기를 시작했다. 오 분 뒤 그들이 대화를 나누던 방은 폐허가 되어 버렸다. 십 분 뒤 디에고 왕자는 정원을 가로질러 달려갔고, 십오 분 뒤에는 리스바나 공주의 손에서 빨래 바구니를 빼앗아 그 안에 든 것을 황금동굴 앞의 대리석 분수에 쏟아 버렸다.

"디에고 왕자님!"

리스바나 공주가 놀라서 소리쳤다. 왕자는 그녀의 눈이 기쁨으로 빛나는 것을 보았다. 처음 있는 일이었다. 그러나 그것도 한순간뿐, 그녀는 다시 눈빛을 바꾸고 비난을 퍼부었다. 무슨 생각으로 자신을 북쪽나라에서 납치했느냐면서, 그가 자신을 버리고 떠나 버려 그의 어머니가 자신에게 모욕을 가하도록 했다고 분노를 터뜨렸다. 공주는 왕비가 그녀에게 이토록 잔인한 짓을 한 건 그의 동의 없이는 있을 수 없는 일이라고 했다. 디에고 왕자는 용서를 빌었다.

"다시는, 다시는 당신을 떠나지 않을 겁니다. 맹세해요! 당신이 어떤 고통을 겪고 있는지 나는 전혀 몰랐어요. 믿어 주세요. 다 내 잘못이에요. 모든 걸 보상하기 위해 무슨 일이라도 하겠어요. 빨래는 그만두고 당신의 편안한 방으로 돌아가세요. 전에 입었던 것보다 더 아름답고 귀한 옷을 보내드리지요. 당신을 위해 파르고에서 새로운 발명품을 가져왔어요. 향기나는 매트리스입니다! 이제부터 훨씬 편안하게 잠들 수 있을 거예요. 방 안 가득 향기로운 공기를 호흡하면서."

하지만 왕비가 말했던 것처럼 고집과 사나움으로 똘똘 뭉친 리스바나 공주는 선물을 거부하고 하녀의 방에 남아 짚단 위에서 자겠노라고 말했다. 게다가 기사들의 더러운 속옷을 계속 빨겠다고 고집했다.

"가엾은 포로에게 적합한 일이지요. 로자몬데도 같은 생각일 거예요."

"뭐라구요?"

로자몬데가 화들짝 놀라 물었다.

디에고 왕자는 맹세하고 애걸하고 탄원했다. 결국 그는 공주를 강제로 예전의 방으로 돌려보내고 문을 잠가 버렸다. 그러자 리스바나 공주는 매트리스를 찢어 짚을 꺼내더니 방바닥에 깔고 그 위에서 잠을 잤다. 왕자가 보낸 음식에는 손도 대지 않았다. 아침에 문이 열리자 공주는 로자몬데를 깨워 함께 하녀들의 처소로 갔다. 그리고는 빨랫감을 빼앗아 들고 황금동굴 가로 가서 빨래를 비비고 짜며 하루를 보냈다. 저녁때 이들 둘은 다시 하녀들의 처소로 돌아갔다.

날마다 그런 식이었다. 디에고 왕자는 절망했다. 리스바나 공주에게 다른 뭔가를 먹이려면 보리죽과 스프에 우유나 빵을 넣어 보내야 했다. 이사벨라 여왕은 그녀가 호사스러운 생활로 돌아가려 할 때까지 다시 매질을 하라고 권했다. 물론 왕자는 이를 허락하지 않았다. 그 대신 그는 리스바나 공주를 찾아가 함께 기사들의 속옷을 빨았다. 페드시를 통해 이 소식을 들은 이사벨라 왕비는 곧바로 계단식 분수 쪽의 산책로를 막아 버렸다.

"이렇게 한다고 뭐가 달라질 거라고 생각하세요?"

디에고 왕자가 공주 옆에 무릎을 꿇고 앉자 그녀가 쏘아붙였다.

"게다가 왕자님께서는 빨래도 제대로 못하잖아요. 내가 어차피 다시 빨아야 한다구요."

"그렇다면 파르고에서 빨래판을 가져오게 할까요? 새로운 발명품인데 빨래를 아주 쉽게 해 준답니다."

"흥, 파르고가 무척 마음에 들었나 보군요."

"아니요, 내내 당신 생각만 하며 날짜를 헤아렸어요. 이제 감히 물어도 될지 모르겠습니다만, 우리 문제를 어떻게 생각하고 있는지……."

리스바나 공주의 대답은 예상한 대로였다. 디에고 왕자는 무뢰한에다 강도이기 때문에 그녀는 결코 그와 결혼하지 않겠다고 했다. 그의 선물도 받지 않을 것이며, 빨래판도 필요 없다고 거절했다. 그녀는 로자몬데에게도 디에고 왕자가 파르고에서 선물로 가져온 과자를 먹지 못하게 했다. 과자를 무척 좋아하는 로자몬데로서는 견디기 힘든 일이었다. 보리죽과 묽은 스프보다 주인과 함께 나누기 더 힘들었던 것은 성으로 돌아가는 길에 마주치는 시녀들의 비아냥이었다. 리스바나 공주는 빨래 바구니를 더 굳게 붙잡고 경멸하듯 턱을 치켜세웠다. 그녀에게는 긍지가 있었다. 하지만 튼손과 벗겨진 무릎만 남았을 뿐인 로자몬데에게는 험담이 가슴에 와 박혔다. 가장 고약한 것은 페드시와 마주치는 것이었다. 그는 날마다 조랑말을 타고 길을 지나며, 마차에서 그들에게 손짓을 보냈다. 매번 그는 더 우아한 차림으로 나타났다. 어느 날에는 나비넥타이에 굽 높은 구두를 신고 나타났고, 어느 날은 가죽 장화를 신었으며, 다른 날에는 넓은 소매 장식의 캐러멜 색 재킷이나 부르군트식 붉은 재킷을 입었다. 옷에는 항상 버섯 모양의 브로치, 배지, 혁대 장식 등 보석이 달려 있었다.

결국 가엾은 로자몬데는 자신의 처지를 감당할 수 없는 지경에 이르고 말았다. 새빨개진 손을 다시 물에 담그고 있을 때 페드시가 시녀 두 명과 함께 뚜껑 없는 마차를 타고 수다를 떨며 계단식 분수 위쪽을 지나가자 그녀는 비명을 지르고 빨래를 집어던졌다. 그러고는 울음을 터뜨리며 바닥에 쓰러졌다. 공주는 로자몬데의 발작을 못 본 척했다. 페드시는 마차를 세우더니 시녀들에게 뭐라고 속삭이며 분 바른 뺨에 키스를 하고는 함께 마차에서 내렸다. 시녀들이 걸어서 성 쪽으로 가자 난쟁이는 산책 지팡이를 들고 폭포 옆의 경사진 곳을 기어내려 빨래터로 왔다.

리스바나 공주가 그를 바라보자 페드시는 타조 깃털이 달린 모자를 벗으며 인사를 했다.

“배신자.”

공주는 차갑게 내뱉고는 수녀와 같은 열성으로 다시 빨래 위로 몸을 굽혔다.

“마담.”

페드시가 미소를 지으며 고개를 숙였다. 그는 로자몬데 옆에 쪼그리고 앉았다. 로자몬데는 더 심하게 흐느꼈다.

“자, 자.”

페드시는 조심스럽게 자신의 손을 로자몬데의 흐느끼는 어깨 위에 얹었다. 그녀가 가만히 있자, 그는 팔로 로자몬데의 어깨를 껴안아 자신의 몸 쪽으로 약간 당기고는 그녀의 머리를 쓰다듬었다.

"그렇게 힘들어?"

그가 묻자 로자몬데는 눈물로 범벅이 된 얼굴을 쳐들며 고개를 끄덕였다. 페드시의 입은 정말 잘생겼다. 인정할 수밖에 없었다. 피부에는 하얀 분칠을 했고, 왼쪽 눈 옆에는 반달 모양의 점을 붙이고 있었다.

"잠시 마차를 타고 소풍이라도 가는 게 어떨까? 기분이 우울할 때 가장 좋은 약은 마차를 타고 드라이브 하는 거지."

"오, 그렇게 해."

로자몬데가 대답했다.

난쟁이 페드시가 일어서서 차양이 넓은 타조 깃털 모자를 다시 머리에 쓰고 로자몬데에게 손을 내밀었다. 이 깃털 모자는 이미 본 적이 있는 것이었다. 하지만 은방울꽃을 수놓은 파란색 벨벳 재킷은 처음 보는 것이었다. 정말 멋져! 그 안에는 긴 금빛 조끼를 입었는데, 단추는 모두 버섯 모양의 루비로 되어 있었다. 그가 궁전에서 왕자 다음으로 우아한 남자라고 소문난 것도 전혀 놀라운 일이 아니었다. 키가 이렇게 작지만 않았다면 얼마나 좋을까.

"로자몬데, 네 빨래는 어쩌고?"

공주가 화난 목소리로 외쳤다.

"우린 빨래할 필요가 없어요."

로자몬데가 소리치며 다시 눈물을 흘렸다.

"이 더러운 것들을 빨라고 우리에게 요구하는 사람은 이제 아무도 없어요. 이 일을 하지 않아도 아무도 상관 안 한다구요."

"천만에! 내가 하겠다고 하잖아. 네가 함께 하지 않으면 일이 너무 많아. 하지만 네가 나를 배신하겠다면, 맘대로 해……."

공주는 경멸하듯 몸을 돌려 시종장의 속옷을 짜기 시작했다. 로자몬데는 잠시 망설였다. 키를 맞추기 위해 두 걸음 먼저 경사면을 올라가고 있던 페드시가 그녀에게 손을 내밀었다. 그녀는 그 손을 잡고 함께 계단식 분수를 기어올라 사륜마차에 올라탔다. 마부가 말 엉덩이에 채찍을 휘두르자 마차가 출발했다.

"왕비의 마차야?"

페드시의 손수건으로 눈물을 닦고 코를 푼 뒤에 로자몬데가 물었다.

"아니, 내 마차야. 스페인 대사가 내게 선물했어. 양이 끄는 마차로는 여자들을 태울 수 없다고 내가 하소연했거든. 왕의 손님들은 왕비뿐 아니라 왕비의 난쟁이들에게도, 특히 가장 총애하는 난쟁이에게 선물을 하는 것이 관례지."

페드시가 말했다. 사람들이 가장 많이 다니는 길로 들어서자 로자몬데는 불안하게 이리저리 몸을 꼬았다. 페드시는 의자 뒤에서 비단 망토를 꺼내 그녀의 어깨에 둘러 주었다.

"이렇게 하면 허름한 옷을 가릴 수 있어. 원래 남자 것이긴 하지만 빨리 달리면 사람들이 알아채지 못할 거야."

마차는 커다란 분수 옆을 지나갔다. 그들 옆을 지나가는 신사들이 모자를 벗고 경의를 표했다. 귀부인들은 웃으며 양산을 숙였다.

"일본정원으로."

페드시가 마부에게 말했다.

오자무는 마침 망각의 문에 그려진 심장에 솔질을 하고 있었다.

"오자무! 어떻게 지내? 거북에 박힌 보석들은 이상 없나?"

페드시가 외쳤다.

"어서 오게, 위대한 버섯 정원사."

오자무가 말했다.

"이 분은…… 아니, 말하지 마. 내가 맞혀 보지. 로자몬데 양이군, 안 그래? 만나서 반갑습니다."

"하!"

페드시가 개선장군처럼 주먹을 공중에 휘둘렀다. 마부는 말들에게 발을 구르게 했다.

그들이 작은 휴양림에 들어서서 굽은 길을 돌고 있을 때, 페드시는 의자 밑에서 뿔피리를 꺼내 불었다. 그는 이것이 무슨 신호인지 로자몬데에게 말해 주지 않고 다만 비밀스런 미소만 지었다. 숲 뒤쪽은 로자몬데가 지금까지 보지 못한 곳으로 이어지고 있었다. 페드시의 버섯정원이었다. 말들이 오 미터 높이의 나무로 만든 버섯 모양 문을 지나갔다. 문 안쪽에는 페드시의 조수들이 두 줄로 늘어서서 깊이 머리를 숙였다. 페드시는 반가운 표정으로 손을 흔들며 그들을 지나쳤다. 곧 너무나 진기한 풍경이 펼쳐졌다. 길 양쪽의 모든 나무들이 죽어 있었다. 잎도 없는 썩은 나무를 이끼와 버섯들이 뒤덮고 있었다. 페드시는 마차를 세우더니 말라 죽은 자작나무에서 버섯을 따 와 로자몬데에게 건네주었다. 로자몬데는 놀란 표정으로 부드럽고 탄력 있는 케이크 모양 버섯을 쓰다듬었다.

"자작나무버섯이야."

페드시는 자랑스러워하며 자작나무의 더 아래쪽에서 자라고 있는 오렌지색 버섯을 가리켰다.

"저건 주홍색 주걱송편버섯이야. 귀한 버섯이라 따지 않았어. 만져 보고 싶으면 내려서 만져 봐."

"고맙지만 사양할래. 내 생각에는 자작나무버섯하고 같은 느낌일 것 같은데."

"그렇지 않아. 주걱송편버섯은 털로 덮여 있어."

페드시가 살짝 화를 내듯 말했다.

그래도 로자몬데가 내리려고 하지 않자 그는 다시 마차에 올라 구멍장이버섯, 송편버섯들을 가리켰다. 로자몬데는 제대로 분간할 수 없었다.

"어떻게 갑자기 버섯에 대해 그렇게 많이 알게 됐어?"

"물론 여기저기 물어 보았지. 길에서 마주치는 정원사들, 궁정 사냥부 직원들, 채소 담당 하녀들과 버섯에 대해 얘기를 나눴어. 몇 시간, 며칠 동안 말이야. 우선 얘기를 듣고, 그다음에는 스스로 생각했지. 버섯의 세계는 거대하고 복잡해. 여기는 이 정원에서 가장 소박한 곳에 불과해. 나무에 나는 버섯은 대부분 일 년 내내 피어나

지. 나무 버섯은 햇볕이 들지 않는 나무줄기에 심어 주기만 하면
돼. 하지만 땅에 나는 버섯은 응석받이 어린애들처럼 아주 까다로
워. 어떤 것들은 참나무 아래서만 자라고, 어떤 건 북향의 그늘지고
이끼가 낀 곳에서만 자라지. 소를 방목한 곳에서만 자라는 버섯도
있어. 버섯은 식물이라기보다 동물에 가까워. 향수병을 앓는 동물
이라고 할 수 있지. 어떤 버섯을 키우려 할 때는 가장 먼저 그 버섯
이 무엇에 향수를 느끼는지 알아야 해. 장소인지, 그늘인지, 아니면
부근에서 자라는 다른 식물인지. 저기 거대한 마귀곰보버섯이 보
이지?”

그들은 대로를 벗어나 버섯이 땅바닥 여기저기에 무리 지어 있
거나 원형을 이루고 있는 숲으로 들어섰다. 페드시가 어떤 버섯에
대해 말하고 있는지 잘 알지 못하면서도 로자몬데는 고개를 끄덕
였다.

“이 버섯을 둘러싸고 있는 이십 평방미터의 땅을 일 미터 깊이로
통째로 파게 해서 이십 킬로미터가 넘는 거리를 운반해 왔어. 상상
도 못할 대공사였어. 말 열두 마리가 수레를 끌어야 했어. 이 버섯
의 고향 땅 전체를 옮겨 온 셈이지. 그런데도 실패할 뻔했다구. 왠
지 알아?”

페드시는 계속 말하지 않고 잠시 뜸을 들이며 로자몬데를 바라
보았다.

“흙을 나르는 중에 작은 돌 하나가 떨어졌던 거야. 어린애 머리
보다도 작은 돌이었지. 나는 다행스럽게도 그걸 기억해 냈어. 그 길

을 되밟아 가서 결국 돌을 발견했지. 그 돌을 원래 자리에 가져다 놓자 마귀곰보버섯이 다시 자라기 시작해서 이렇게 커진 거야. 그 다음에 흰목이버섯, 끈적버섯 종류를 그 옆에 옮겨 심었어. 이 버섯들에게 장소는 전혀 중요하지 않아. 중요한 건 날마다 아침저녁으로 피를 넉넉히 주는 거지. 내장을 담아 놓은 통에서 말이야.”

“피로 버섯을 키운다고?”

로자몬데가 고개를 저으며 말했다.

“이미 말했듯이 버섯은 동물에 가까워. 그래서 먹이를 줘야 하지. 물론 버섯은 맹수가 아니라 썩은 고기를 먹는 동물이야. 잠깐, 주목해 봐! 이제 보게 될 것은 나 이전에는 아무도 성공하지 못했던 거야.”

그들은 부드러운 능선을 이룬 잔디밭으로 갔다. 잘 꾸며진 화단이 있었다. 화단은 붉은색과 흰색의 원, 나비매듭, 소용돌이 모양으로 꾸며졌고, 경쟁하듯 화사한 녹색 빛을 내고 있었다. 로자몬데는 자리에서 벌떡 일어났다.

“저것은…… 저건 광대버섯이잖아, 그렇지? 정말 아름다워! 오, 페드시, 내가 본 것 중에 가장 아름다운 버섯이야. 어떻게 저걸 만들었어?”

“공을 많이 들였지.”

페드시는 만족한 듯 마차에 등을 기댔다.

“정말 공을 많이 들였어. 모든 걸 다 말해 줄 수 없다는 것을 이해해 줘. 하지만 이것만은 말해 줄 수 있어. 내 정원사들은 하루 종일 이 버섯에 얇은 지붕을 씌워 주는 일에 매달리고 있어. 그렇게 해서 구름 낀 날씨를 인위적으로 만들어 주는 거지. 버섯은 따스한 대기를 얻게 되고, 나는 날이 길어졌다 짧아졌다 하는 효과를 낼 수 있지. 왕비께서 구경하러 오시는 경우, 내가 뿔피리를 불면 내 정원 사들이 모든 지붕을 끌어내리는 거야.”

“내가 오는 경우에도?”

“맞았어.”

“그런데 저 버섯 진짜야?”

갑자기 로자몬데가 외쳤다.

“점들이 너무 둥글고 규칙적이야. 혹시 가짜 버섯을 사이에 끼워 넣은 건 아니지?”

페드시는 다시 마차에서 내려 버섯을 따서 로자몬데에게 가져다 주었다. 버섯은 진짜였다.

“어린 광대버섯에는 아직 껍질이 씌워 있어. 키가 자라면 껍질이 터지고 나머지 부분은 반점처럼 버섯 머리 위에 남게 되지. 반점에 서 불규칙하게 삐죽 나온 부분은 내 정원사들이 작은 손톱가위로 잘라 줘.”

“너 정말 천재구나.”

그들은 파라솔 풀밭과 양송이가 자라는 암벽을 더 둘러보고, 나 무로 된 다른 버섯 모양의 문을 통해 정원을 나갔다. 풀밭에 망아지 들이 뛰어다니고 있었다. 얼룩이 있거나 반점이 있는 말들, 그리고 다리가 하얀 말들이 떼를 지어 있었다.

"정말 귀여워. 누구 거야? 왕비?"

로자몬데가 소리쳤다.

"아니, 내 거야."

페드시가 말했다. 로자몬데가 한숨을 내쉬었다. 바스카리아 성을 축소시켜 놓은 건물을 지나며, 이것도 페드시의 것이라는 말을 듣고 그녀는 다시 한숨을 내쉬었다.

"아, 나만 불쌍하군……. 아냐, 다 거짓말이지? 정원의 백작이 이곳으로 들어올 거라는 얘기를 시녀한테 들었어."

"그것도 맞는 말이야."

조금 피곤한 목소리로 페드시가 대답했다.

"내가 바로 정원의 백작이니까. 왕비께서 정원 기술 분야에서 내 공적을 인정해 나를 백작으로 봉하고 이 성을 넘겨주셨어. 좀 더 큰 주택이 급히 필요했거든. 난쟁이들의 거처에 있는 내 방들은 거장들이 만든 미니어처 가구들로 꽉 차 있어. 내게 부탁해 왕비께 다가가려는 사람들이 선물한 것들이지. 요즘 나는 아무리 아름다운 것을 보아도 좋다는 말을 안 해. 내가 칭찬만 하면 사람들이 그것을 내게 선물하니까. 최근에는 크베츠 백작의 신발을 칭찬하면서 누가 만든 거냐고 물어본 적이 있어. 그러자마자 그가 내게 그 구두장이를 보내 발 치수를 재게 하더니 신발을 마흔여덟 켤레나 보냈어. 게다가 겨울에 신으라고 두툼한 장화 다섯 켤레를 함께 보냈어. 아무튼 내 성은 아직 수리를 해야 해. 지금까지 공작새들이 살았던 곳이거든. 삼 주 뒤면 공사가 끝날 거야. 하인들이 이사 오면 네게 구경시켜 줄게.”

“아, 페드시……. 예전에 북쪽나라에서 살 때하고는 완전히 딴판이구나.”

“그게 바로 내가 바라는 거야. 너는 아직도 고향이 그립니?”

“아니, 전혀. 빨래만 안 한다면 행복할 텐데.”

“빨래는 안 해도 돼. 내가 왕비께 말씀드려서 리스바나 공주와 상관없이 아름다운 방과 좋은 옷을 받게 해 줄게.”

페드시가 말했다. 그는 조끼 주머니에서 말린 버섯을 꺼내더니 로자몬데에게 건네주었다.

“향기가 나는 버섯이야. 코밑에 가만히 대 봐. 옷장을 다시 받게 되면 이것을 라벤더 대신에 넣어 둬.”

따귀

이제 리스바나 공주는 황금동굴 앞에서 혼자 빨래를 해야 했다. 그러는 동안 그녀의 수석 시녀 로자몬데는 난쟁이 페드시와 마차를 타고 다니며 일본정원에 대한 얘기를 듣고, 그가 때로 그녀의 손을 잡는 것을 참아 내고 있었다. 공주는 로자몬데와 한마디 말도 나누지 않으며, 더욱 엄격한 생활을 했다. 우유 대신에 물로 끓인 보리죽을 먹고, 날마다 여섯 시면 자리에서 일어나 밤까지 일을 하고, 자루에 든 짚을 바닥에 쏟아 그 위에서 잠을 잤다. 디에고 왕자가 그녀를 도우려 하거나 보리죽 외에 다른 것을 가져오면 왕자를 차갑게 내몰았다. 놀라운 것은 이러한 생활에도 그녀가 나날이 더 아름다워진다는 것이었다. 다만 그녀의 손만 조금 더 거칠어지고, 대리석 같은 피부가 바스카리아 궁정의 취향에는 맞지 않게 다소 검게 그을렸을 뿐이다.

어느 날 저녁 공주가 손가락으로 머리카락을 빗고 나서 짚 위에 몸을 눕히려 할 때, 문 앞에서 뭔가가 와르르 쏟아지는 소리가 들려왔다. 돌아보니 디에고 왕자가 거기 서 있었다. 왕자는 거의 폐인 같은 모습이었다. 눈은 쑥 들어가고 피부는 빛을 잃었으며, 뺨은 깊이 파이고, 머리는 산발이었다. 공주에게 줄 음식과 와인이 가득한 쟁반을 가져오다가 떨어뜨린 것이 분명했다. 양고기 소스가 발에 잔뜩 묻어 있었다.

"아, 멍청이 무용수님."

리스바나 공주가 말했다. 디에고 왕자는 그녀를 뚫어지게 바라보더니 안으로 달려 들어왔다.

"내가 어떻게 하면 되겠습니까? 도대체 어떻게 하면 되겠냐구요! 내가 뭘 해야 하는지 말해 주시오. 무엇이든 할 테니!"

그가 부르짖었다.

"취했군요, 왕자님."

리스바나 공주가 화를 내며 말했다.

"나를 봐요!"

디에고 왕자가 소리치며 자신의 조끼와 셔츠 단추를 풀기 시작했다. 그는 위험스러울 정도로 심하게 비틀거렸다.

"북쪽나라 기사처럼 보이기 위해 운동도 했습니다. 그런데 당신은 내게 눈길도 주지 않는군요!"

"제발 부탁이니, 당장 내 방에서 나가 주세요. 흥분을 가라앉히란 말이에요!”

“나를 보란 말이오! 왜 나를 사랑하지 않는 거지? 왜!”

디에고 왕자가 부르짖으며 셔츠를 풀어헤쳤다. 단추가 떨어져 방바닥에 나뒹굴었다. 리스바나 공주는 고개를 돌렸다. 왕자는 리스바나 공주를 한 바퀴 돌아 다시 그녀 앞에 섰다.

“나는 당신이 무슨 생각을 하는지 알아.”

그가 손가락을 휘두르며 말했다.

“내가 잘못된 생각에 빠져 있다고 생각는 거지? 내 어머니가 나를 사랑하지 않았기 때문에 나를 사랑하지 않는 여자를 부인으로 맞으려 한다고 생각하고 있지!”

“정말 어이가 없군요. 그런 황당한 생각은 해 본 적 없어요. 당신은 응석받이로 자라서 원하는 것은 모두 손에 넣었기 때문에 누군가가 거부하는 것을 받아들일 수 없는 거예요.”

“당신은 베두르인가 뭔가 하는 기사가—이름 따위는 아무래도 좋아—당신을 진정으로 사랑한다고 믿고 있지! 저 바깥에 당신을 사랑하는 사람이 수백 명은 될 거라고 생각하지! 하지만 실제로는 셋뿐이야!”

그는 손가락을 세 개 펴서 공주의 눈앞에 내밀었다.

“모든 사람에게 자신을 진정으로 사랑하는 사람은 셋뿐이야. 세상천지에 셋뿐이라구. 기껏해야 넷 혹은 다섯이나 될까. 그중에서도 당신을 진정으로 사랑하는 사람은 오로지 나뿐이야.”

“중요한 건 그게 아니에요. 중요한 건 얼마나 사랑받는가 하는 것이 아니라 사랑하는 사람이 어떤 사람인가 하는 거예요. 내가 당신의 말을 따른다면 나는 나라도 없는 배신자가 되고 말아요.”

“어떻게 그런 말을 할 수 있소! 아버지의 첩들보다 더 심한 말을 하는군. 가장 중요한 건 얼마나 사랑받는가야. 당신은 나보다 더 당신을 사랑하는 사람을 결코 만나지 못해!”

디에고 왕자가 불을 뿜듯이 소리쳤다.

“그럴 일이 없길 바라죠.”

리스바나 공주가 말하자, 디에고 왕자가 팔을 쳐들더니 그녀의 뺨을 후려쳤다. 한순간 두 사람은 멍하니 서로를 바라보았다.

“이런, 이런 짓을……. 미안해요, 정말 미안해요.”

디에고 왕자가 더듬거리며 사과했다.

“여기서 나가요! 나가란 말이에요! 꺼져 버려요!”

리스바나 공주가 소리쳤다.

다음 날 아침 일찍 페드시는 버섯정원으로 가다가 왕자가 의식을 잃고 분수 앞에 쓰러져 있는 것을 발견했다. 그의 셔츠는 풀어헤쳐져 있었고, 손에는 술병을 쥐고 있었다. 그는 오자무에게로 달려가 그와 함께 디에고 왕자를 손수레에 실어 성으로 데려갔다.

“무슨 일인지 설명해 주겠니?”

왕자가 의식을 차리자 이사벨라 왕비가 물었다.

“다 끝났어요.”

왕자가 힘없이 말했다. 그는 물이 가득 든 돼지 오줌통을 머리에 얹고 그의 부모를 바라보았다.

"끝이에요. 다 끝났어요. 그녀를 때렸어요. 저를 결코 용서하지 않을 거예요."

"드디어!"

레오 1세가 말했다.

"그럴 때도 됐지."

"너무 부끄러워요. 저는 그녀의 사랑을 받을 자격이 없어요. 앞으로 다시는 그녀의 눈을 바라볼 수 없을 거예요. 어디 전쟁을 하는 곳 없나요. 출전하고 싶어요. 이곳에서 떠나야겠어요."

디에고 왕자가 한숨을 내쉬며 말했다.

"무슨 소리냐. 이제 리스바나 공주를 돌려보내고 처음부터 다시 시작하는 거다. 테스베타니아의 공주와 그리고 또……."

레오 1세가 말했다.

"안 돼요. 돌려보내지 마세요. 처음으로 공주가 제게 친밀한 눈길을 보냈어요. 맹세코 사실이에요. 제가 파르고에서 돌아왔을 때 공주는 기뻐했어요. 그녀는 그것을 숨기지 못했어요. 그런데 제가 모든 걸 망쳐 버렸어요."

"맞는 말이야. 네가 떠나 있는 동안 북쪽나라 공주가 네 얘기를 많이 했다더구나. 그것도 대부분 좋은 얘기를. 내가 총애하는 난쟁이한테 들었어. 난쟁이는 요즘 그와 시시덕거리는 공주의 시녀한 테서 이 얘기를 들었고."

이사벨라 왕비가 차분하게 말했다.

"정말이에요?"

왕자는 베개에 얼굴을 묻었다.

"똑같은 일을 다시 하는 거야. 몇 주 동안 궁전을 떠나 있도록 해라. 나는 무정한 마녀 역할을 한 번 더 하고. 리스바나 공주가 빨래를 하고 짚단 위에서 자기를 원한다면 그렇게 하도록 해 줄게. 하지만 내가 정한 조건 안에서 그래야 해."

이사벨라 왕비가 말했다.

"공주에게 매질을 하면 안 돼요. 그건 제가 원하는 일이 아니에요. 공주에게 상처를 주는 건 안 돼요."

디에고 왕자가 외쳤다.

"그래, 매질을 하지 않으마. 중요한 건 네가 공주의 눈에 띄지 않는 거야. 가엾은 포로 연기를 보아 줄 사람이 없다면, 흥미를 잃게 될 테니까. 공주에게 더 많은 일을 시켜야겠어. 그 애가 완전히 지치고 절망할 때, 네가 구원의 기사로 등장하는 거야."

"모르겠어요. 그게 기사다운 행동일까요?"

"물론 너는 이것을 전혀 모르고 있는 것처럼 행동해야지. 그러면 공주는 나를 미워하고 너를 그리워하겠지. 지난번에도 그렇게 되었잖니."

"그동안 저는 뭘 하죠? 또 사촌들에게 가고 싶지는 않아요."

"좀 더 발전적인 일을 해 봐라. 아버지의 배를 타고 가명으로 모험을 떠나는 건 어떻겠니? 그렇게 하면 왕위 계승자가 아닌 사람들이 어떤 대접을 받는지 경험해 볼 수 있을 거야."

"그렇게 하도록 해라. 무척 재미있단다. 나도 젊었을 때 그런 모험을 했지. 진짜 뱃사람처럼 수염을 길러서 아무도 너를 알아보지 못하게 하는 거다. 선장에게만 비밀을 알려 주고 말이다. 선원들이 네 어깨를 툭 치며 이렇게 말할 거다. 잘했어, 레오. 네 어깨를 치면서 말이다. 믿을 수 없는 일이지. 그러다 보면 생각을 다른 곳으로 돌릴 수 있을 게다. 유감스러운 건 내 배가 한 척도 출항할 수 없다는 거다. 로타푸르 왕의 공격에 대비해야 하거든.”

레오 1세가 말했다.

“한 척 많거나 적은 게 무슨 차이가 있겠어요. 내 식물 탐사대가 고롱지아를 찾으러 떠나게 할 좋은 기회예요. 뫼비우스는 몇 달 전부터 출항을 기다리고 있다구요.”

이사벨라 왕비가 말했다.

“미리 눈치 챘어야 했는데. 당신의 그 지긋지긋한 고롱지아 말이오. 하지만 이제 상관없소. 배를 내주겠소. 뫼비우스를 출항시키도록 하시오, 이사벨라!”

다음 날 리스바나 공주는 황금동굴로 온 커다란 상자를 받았다. 평소처럼 그녀는 그것을 받지 않으려고 했지만 하인은 아무 말 없이 상자를 그곳에 놓아 두고 가 버렸다. 리스바나 공주는 디에고 왕자가 보냈을 그 선물을 무시하려고 했다. 그런데 뚜껑이 덜컥거리며 미끄러져 내리더니 바닥에 떨어졌다. 그 안에서 백조 한 마리가 날개를 퍼덕거리며 나왔다. 백조의 목에는 왕관 모양의 금장식에 파란 보석이 박힌 목걸이가 걸려 있었다. 목걸이에는 장식용 끈이

하나 달렸고, 거기에 편지가 묶여 있었다. 리스바나 공주는 주위를
둘러본 뒤 백조를 가까이 끌어와 편지를 펼쳤다.

당신이 옳아요. 나는 당신의 사랑을 받을 자격이 없습니다. 그래서
나는 이곳을 떠나기로 했습니다. 다시 돌아오게 될지 아직 모르겠습니
다. 타향을 떠돌다 죽는 것이 내가 바라는 행복입니다. 부디 이 백조를
길러 주세요. 백조에게는 아무 잘못이 없습니다. ─디에고

무계획

기사 브레두르는 거의 일주일이 지나서야 자신이 완전히 잘못된 방향으로 가고 있다는 것을 알았다. 처음에 그는 말하는 거야 간단하지만 실제는 더 오래 걸릴 수 있다고 생각했다. 브레두르는 가스파요리가 가르쳐 준 대로 말을 달렸다. 산을 넘자 길이 나왔고, 그 길을 따라 그는 서쪽으로 향했다. 하지만 그가 맥주를 싣고 가는 마부 두 명을 만나 바스코까지 거리가 얼마나 되냐고 묻자, 그들은 웃음을 터뜨렸다.

"어디서 오는 길이오? 저쪽 산 너머에서? 그렇다면 오늘 당신은 어제보다 바스코에서 더 멀리 떨어져 있는 거라오. 그저께는 바스코에 더 가까웠고."

처음에 브레두르는 그 말을 믿으려 하지 않았다. 그는 고집스럽

게 계속 길을 가면서 당나귀 모는 사람, 들판에서 일하는 농부, 수
녀 네 명 등, 길에서 만나는 사람들에게 계속 길을 물었다. 수녀가
거짓말을 할 것 같지는 않았다. 브레두르는 이를 갈며 왔던 길을 되
돌아갔다. 다시 산을 넘어 남쪽으로 방향을 잡았다.

'가스파요리가 이런 실수를 하다니 어떻게 된 거지? 노망 난 늙
은이! 그렌델이 격투에 져서 완전히 돌아 버린 모양이군.'

열흘 뒤 브레두르는 마침내 바스코에 도착했다. 그는 우선 이발
사에게 가서 수염을 깎았다.

"고향이 어디십니까?"

브레두르의 목에 수건을 두르며 이발사가 물었다.

"아니, 내가 맞혀 보지요. 억양과 두꺼운 가죽옷을 보니 먼 북쪽
에서 온 것이 틀림없군요. 슬룬지아에서 오셨지요?"

"정확히 맞혔소. 날카로운 눈과 귀를 가졌군."

브레두르가 말했다. 이발사는 비누 거품을 내어 그의 수염에 문
지르고는 칼을 갈았다.

"내가 듣기에 이 나라의 왕위 계승자께서 결혼을 한다던데?"

브레두르가 슬쩍 넘겨짚었다.

"결혼식은 아직 멀었어요. 결혼식을 보실 만큼 오래 머무르시면
좋을 텐데요. 이사벨라 왕비는 축제를 열 줄 아는 분이죠. 게다가
아들의 결혼식을 지금까지 어떤 축제보다 더 화려하게 꾸밀 계획
이라고 하더군요. 우리 같은 사람에게도 뭔가 떨어지는 게 있을 겁
니다."

"신부는 어느 나라 사람이지?"

"기사님보다 더 북쪽에서 왔어요. 벌써 몇 달 전에 도착했지요. 레오 1세께서 직접 데려왔답니다. 소문에는 공주가 왕자와 결혼하지 않으려고 한다더군요. 하지만 내가 보기에 결혼을 원하지 않는 건 왕자예요. 안 그러면 뭐 하러 외국으로 여행을 다녀왔겠어요?"

"공주는 성안에 사는가?"

"말하지 말아요! 잘못하면 살을 베겠어요. 당연히 성안에 살지 어디에 살겠어요? 저 위에는 방이 얼마든지 있는데."

이발사는 성의 크기와 아름다움에 대해, 그리고 성에 딸린 정원에 대해 자세히 얘기해 주었다. 면도가 끝나자 그는 브레두르 앞에 거울을 내밀었다.

"전혀 못 알아보겠어요! 훨씬 잘생겨 보이죠? 더 젊고 멋지게 보이죠?"

브레두르는 깜짝 놀랐다. 그가 훨씬 젊어 보이는 것은 사실이었다. 아니 너무 젊어 보여서 거의 소녀 같은 모습이었다. 턱 주위의 피부는 오랫동안 물에 담그고 있었던 것처럼 희고 연해 보였다.

"바스코는 모든 것이 아름다워요. 그러니 기사님도 아름답게 보여야지요. 옷은 내 동생한테서 구할 수 있어요. 새 옷, 입던 옷 어떤 것이든! 제가 안내할까요?"

"나중에. 이곳에 다리가 많다니 먼저 다리를 구경해야겠네."

브레두르는 말하면서 주머니에 든 얼마 남지 않은 돈을 헤아려 보았다.

"베니스보다 많지요."

이발사가 자랑스럽게 말했다.

"동생은 옷을 교환해 주기도 한답니다. 이 두꺼운 가죽옷을 입고 다니면 너무 더울 거예요. 가벼운 옷을 고르세요."

잠시 뒤, 브레두르는 소매가 짧고 등이 파이고 허리를 묶는 웃옷을 입고 있었다. 이제 그를 알아볼 사람은 아무도 없었다. 그는 말과 검을 이발사에게 맡겨 놓고 성으로 올라갔다. 창문이 육백 개나 있는 성이었다. 그는 성이 주는 깊은 인상에 주눅들지 않기 위해 무진 애를 써야 했다. 그토록 숱한 모험을 거쳐 이곳에 도착했건만 앞으로 어떻게 해야 할지 아무런 계획이 서지 않았다. 궁전 성문 앞에서 안으로 들어가려 하자 보초가 통행증을 요구하며 그를 쫓아냈다. 비가 내리기 시작하자 브레두르는 야키가 벌써 그리웠다.

그는 정원을 둘러싸고 있는 성벽을 따라 걸었다. 성벽은 별 문제가 아니었다. 사다리만 있으면 아무 어려움 없이 넘을 수 있었다. 궁전 안으로 들어가는 것이 더 어렵겠지만 그것도 반드시 필요한 일은 아니었다. 덤불 속에 숨어 오랫동안 기다린다면 언젠가는 리스바나 공주가 지나갈 것이고, 자신이 이곳에 와 있음을 알릴 수 있을 것이다. 문제는 교묘한 계획을 짜내서 공주를 몰래 북쪽나라로 데려가는 것이 해서는 안 될 일이라는 데 있었다. 북쪽나라 왕과 기사들의 자존심을 위해서는 공개적이고 명예로운 전투를 통해 공주를 다시 빼앗아야만 했다. 혼자서 성의 모든 초병들과 싸움을 벌인다? 아니면 또 어떤 방법이 있을까? 아무리 이리저리 궁리해 봐도 해결책이 없었다. 하지만 그는 북쪽나라와 안개나라의 연합군이 올 때까지 그저 기다리고 싶지는 않았다. 나중에 자신의 도움으로 아군이 성안으로 쳐들어가게 되면, 다른 기사가 공주를 팔에 안고 성에서 나오게 될 것이다. 그렇다면 그는 적어도 공주가 그 전에 자신을 보게 해서 그가 가장 먼저 이곳에 왔다는 사실을 알려야 했다.

아무런 계획을 세우지 못한 브레두르는 무거운 마음으로 이발사에게 돌아와 켈피와 그라인데라흐를 찾았다. 값싼 숙박업소를 찾다가 그는 항구까지 오게 되었다. 마음의 위안을 얻기 위해 음침한 선술집으로 들어갔다. 창가에는 도자기로 만든 개가 놓여 있었고, 문 앞에는 바람이 불 때마다 방패가 덜커덕 소리를 냈다. 브레두르는 유명한 바스카리아의 적포도주 가운데서 가장 질이 떨어지는 것을 주문했다. 술값이 없었기 때문에 술을 마신 뒤 싸움판을 벌여 그 와중에 술집에서 빠져나왔다.

브레두르는 '황금닻'이라는 허름한 여인숙에 '라몬 델가도'라는 이름으로 방을 얻었다. 좁은 방 안의 널찍한 침대에서 코를 심하게 고는 선원 두 사람과 함께 잠을 자야 했다. 자리에 누워 그는 리스바나 공주를 생각했다. 공주를 몰래 구해 낸다면 어떨까? 오직 공주만을 위해서. 자존심이나 명예는 접어 두고 그녀를 구해 내고 수치는 혼자 감당한다면?

도주

　며칠 동안 바스카리아에는 축축하고 차가운 날씨가 계속되었다. 물론 북쪽나라의 추위와는 비교도 되지 않았지만, 리스바나 공주는 빗속에서 무릎을 꿇고 부르튼 손으로 빨래를 하느라 몸이 꽁꽁 얼었다. 물속에는 왕자가 보낸 백조가 원을 그리며 헤엄치고 있었다. 백조는 애완동물처럼 그녀가 가는 곳이면 어디라도 따라다녔다. 백조는 공주의 유일한 동무였다. 궁정의 여자들은 이제 공주를 괴롭히는 일에 싫증이 난 데다, 이 무렵에는 거의 산책을 하지 않고 살롱에 모여 카드놀이를 하거나 연주를 들었다. 로자몬데는 밤새 무도회를 돌아다니다가 리스바나 공주가 일어날 무렵에야 잠자리에 들었다.

　왕비의 명령에 따라 공주는 빨래 말고도 빵 굽는 화덕에 불도 피웠다. 그 일을 마친 뒤에야 빨래를 하러 갈 수 있었다. 디에고 왕자가 떠난 이후로 공주는 힘든 일에서 아무런 의미를 찾을 수 없었다. 그녀의 몸은 지치고, 마음은 슬펐다. 하지만 일을 그만두는 것은 있을 수 없는 일이었다. 지금쯤 북쪽나라에서는 무엇을 하고 있을까? 아마도 문 앞의 눈을 치우고, 고드름을 먹고 있겠지. 브레두르는 가끔 그녀를 생각할까? 그녀의 아버지는 그녀를 구해 낼 계획을 세우고 있을까? 아니면 그녀가 자존심을 잃지 않으려고 하녀처럼 지내고 있는 동안 그녀를 잊고 평상시처럼 생활하고 있는 건 아닐까? 그럴 리 없어. 그녀의 아버지가 비열한 강도짓을 징벌하지 않고, 모욕을 참을 리가 없었다. 북쪽나라 전사들이 이곳에 나타났을 때, 그들이 그녀를 비난할 만한 일이 없도록 행동해야 한다. 떳떳하게 머리를 들고 그들 앞에 걸어 나갈 수 있어야 한다. 그들이 쳐들어온다면 말이다. 하지만 과연 그런 날이 올까? 디에고 왕자는 돌아올까? 공주는 백조의 목걸이에 편지를 매달고 있던 끈을 만져 보았다. 그녀는 그 끈을 허리띠로 쓰고 있었다. 물론 돌아올 것이다. 왕자는 그녀에게 돌아올 것이다. 틀림없이. 여행 중에 무슨 일만 생기지 않는다면. 이미 귀국 소식을 알려왔을지도 모른다. 로자몬데라면 틀림없이 알고 있을 텐데. 하지만 공주는 로자몬데와 한마디도 나누지 않고 있었다. 그리고 다른 사람들은 그녀에게 말을 걸어오지 않았다. 리스바나 공주는 성문 입구로 가서 그곳에 왕자의 귀국을 알리는 환영 장식이나 깃발 같은 것이 걸려 있는지 보기로 했다. 성벽 가까이 붙어서 가면 중간에 누군가와 마주치는 것을 피할 수 있을

것 같았다. 누가 그녀를 발견하더라도 백조를 돌보고 있는 척하면
될 것이다. 성벽 가까운 곳에는 항상 풀이 높이 자라 있었다.

그녀는 빨래를 내버려두고 발걸음을 옮겼다. 백조가 분수에서
뛰어나와 열심히 그녀 뒤를 따라왔다. 성벽 옆의 정원은 산책길에
서 멀리 떨어져 있었지만 리스바나 공주가 생각했던 것처럼 인적
이 드물지는 않았다. 비가 오는데도 초라한 수도사 둘과 마주쳤고,
라일락 덤불 속에서는 사람이 움직이는 기묘한 기척이 들려왔다.
잠시 뒤, 제복을 입은 시동이 킥킥대며 달려 나왔다. 그녀를 발견한
시동은 그 자리에 멈춰 서서 소리를 질렀다.

"펜네그릴로! 여기 봐! 고집 센 공주의 차림새 좀 보라고!"

시동은 몸을 흔들며 웃어 댔다. 바로 그때 가수 펜네그릴로가 웃
옷의 단추를 채우고 어깨에 붙은 나뭇잎을 털어 내며 덤불에서 나
와 리스바나 공주를 빤히 바라보았다. 공주는 자기도 모르게 손으
로 머리를 빗어 넘기며 얼굴을 붉혔다. 그녀는 펜네그릴로가 자신
에게 말을 건네고, 놀라움을 표시하기를 기다렸다. 하지만 그는 고
개를 돌리며 큰 웃음을 터뜨리더니 시동과 함께 달려가 버렸다. 리
스바나 공주가 심한 모욕감을 느끼며 몸을 돌리려 할 때, 갑자기 누
군가가 이름을 불렀다. 저 위쪽이었다. 커다란 덤불이 흔들리더니
길고 털이 많은 팔이 나뭇잎을 헤치고 나와 그녀에게 가까이 오라
고 손짓했다.

"히스바나 경주!"

덤불 속에서 웅얼거리는 듯한 기괴한 목소리가 들려왔다. 공주

는 주위를 살피고 백조의 목에 끈을 걸어 풀을 먹이고 있는 것처럼 보이게 하고는 자신을 부르는 손 쪽으로 다가갔다. 덤불 속에 끔찍하게 흉물스러운 사람이 웅크리고 있었다. 곰보에다 입은 삐뚤어지고, 정수리에 늘어뜨린 염색한 변발 말고는 머리카락이 하나도 없었다.

"무서워 마! 좋은 소식 전해."

괴물 같은 남자가 침을 흘리며 말했다. 공주는 숨을 크게 들이마셨다.

"말해 봐! 하지만 나를 약 올리는 거면 재미없을 줄 알아!"

"아니야. 구원! 사다리! 바로 여기. 한밤중에. 오늘."

"누가 보낸 거지?"

리스바나가 공주가 작은 소리로 물었다. 두려움에 떨다가 그녀는 백조를 잡고 있던 끈을 놓쳐 버렸다.

"아버지가 보냈니? 아니면 혹시 여왕이 수집하는 괴물인가? 빨리 말해. 누가 오고 있어."

"기샤 부레두르……."

"공주님, 여기서 뭐하시는 겁니까?"

갑자기 페드시의 날카로운 목소리가 들려왔다.

"성벽 가까이 가면 안 된다는 것을 알고 계실 텐데요."

백조가 무섭게 식식대며 난쟁이에게 달려들었다. 하지만 난쟁이가 지팡이를 휘두르자 백조는 거위처럼 달아났다.

"한밤중."

괴물이 다시 속삭이더니 몸을 더 깊이 웅크리고 덤불 속으로 사라졌다.

"경애하는 공주님. 이렇게 성벽 가까이 오면 안 된다는 것이 왕비님의 뜻이라는 것을 상기시켜 드리고 싶습니다."

"이 비열한 악당아! 백조에게 먹이를 주는 일도 네 감시를 받아야 하니? 아버지께서 나를 구하러 오시면 너는 북쪽나라로 끌려갈 거야."

공주가 소리쳤다.

"아, 그렇게 하시지요. 모두 함께 눈과 얼음 속에 갇혀서 도토리 소주나 마시자구요. 재미있을 거예요."

"내 눈앞에서 사라져!"

"공주님 먼저 가시면요."

페드시는 몸을 굽혔다. 공주에게 난쟁이의 이런 뻔뻔스러운 태도는 아무래도 상관없었다. 그녀는 마비된 듯 빨래터로 돌아갔다. 백조가 그녀의 뒤를 따랐다.

'그만큼 일이 진척되었구나. 브레두르 기사가 나를 구하기 위해 전령을 보낸 거야. 이제 자유의 몸으로 고향에 갈 수 있어. 그런데 왜 전혀 기쁘지 않지? 왜 뛸 듯이 기쁘지 않은 거냐구. 왜 하필 이 순간에 디에고 왕자가 생각나는 걸까? 검은 벨벳 같은 눈을 지닌 아름답고 우아한 디에고 왕자, 나를 너무나 사랑하는 디에고 왕자. 도대체 그는 지금 어디에 있는 걸까?'

난쟁이의 말이 옳았다. 다시 북쪽나라에 가서 사는 것이 그리 달가운 일은 아니었다. 바스카리아의 정원을 산책하고, 이곳의 경쾌하고 즐거운 삶을 경험한 뒤에도 눈과 어둠 속에서 살기를 원할 사람이 있을까? 그렇지만 그녀에게는 오늘밤 이곳에서 도망치는 것 말고 다른 길이 없었다. 지금까지 이곳에서 벗어나는 것 말고는 아무것도 바라지 않는다고 말하지 않았는가? 왕자를 한 번만이라도 더 볼 수 있다면 얼마나 좋을까. 디에고 왕자를 다시 볼 수 없다는 것이 그녀에게는 너무나 가혹한 일로 여겨졌다. 그의 부모가 자신이 아닌 다른 신부를 고를 것을 생각하니 참을 수 없었다. 하지만 이제 와서 물러설 수도 없었다. 아버지를 모욕한 적들에게 스스로 남겠다고 하면 아버지는 뭐라고 할 것인가? 다시는 아버지 앞에 나타날 수 없을 것이다. 하지만 이것은 그렇게 심각한 문제가 아니었다. 어차피 북쪽나라로 돌아갈 일은 없을 테니까. 문제는 디에고 왕자도 같은 생각을 하게 될 수 있다는 것이었다. 그뿐만 아니라, 궁정 안의 사람들과 바스카리아의 모든 국민들까지도! 평생 그녀는 변덕스럽고 명예를 모르는 공주로 손가락질 받으며 하인들의 눈도 똑바로 쳐다볼 수 없을 것이다.

리스바나 공주는 빨래를 헹군 뒤 바구니를 들고 성으로 돌아왔다. 그녀는 백조와 보리죽을 나눠 먹었다. 마음이 점점 더 무거워져 짚 위에 누웠다. 한밤중이 가까워 오자 그녀의 가슴은 이제 납덩이 같이 무거워졌다. 공주는 백조를 붙잡아 머리띠로 주둥이와 날개를 묶고, 짚단이 들어 있던 자루에 집어넣었다. 그러고는 셔츠 바람으로 자루를 메고, 손에 촛불을 들고서 방을 나와 전에 묵던 화려한 방으로 갔다. 그 방은 리스바나 공주가 다시 돌아올 때를 위해 늘 열려 있었다.

'북쪽나라로 돌아가야 한다면, 누더기가 아니라 우아한 옷을 입고 브레두르를 만나야 해'

리스바나 공주는 옷장에 촛불을 가까이 대고 살펴보았다. 어떤 옷이 가장 아름다운지 고를 수 없었다. 분홍색 옷을 입을지, 아틀라스에서 온 군청색 옷을 입을지, 아니면 치마 끝이 상아색인 짙은 녹색 드레스를 입을지 쉽게 결정을 내리지 못했다. 그때 녹색과 황금색이 섞인 화려한 드레스가 눈에 띄었다. 처음 보는 옷이었다. 디에고 왕자가 파르고에서 가져온 옷이 틀림없었다. 그 드레스와 딱 어울리는 구두가 함께 놓여 있었다.

리스바나 공주가 다시 복도로 나왔을 때 누군가 촛대를 들고 공주 쪽으로 걸어왔다. 공주는 촛불을 끄고 숨을 죽인 채 문에 바짝 붙어 섰다. 로자몬데였다. 그녀는 흐트러진 옷매무새에, 머리는 풀어지고, 코르셋을 뒤집어 입고 있었다. 공주를 알아본 로자몬데는 희미한 빛 속에서도 표가 날 만큼 얼굴을 붉혔다. 그녀는 죄 지은 표정으로 무릎을 굽혀 공주에게 인사하고는 작은 목소리로 안부를 물었다.

"난 잘 지내. 너도 기뻐하렴. 오늘로 우리의 치욕도 끝이니까. 도망갈 거야."

리스바나 공주가 위엄 있게 대답했다.

"도망친다구요? 언제요?"

로자몬데가 멍한 표정으로 물었다.

“지금 당장! 우리 편 사람들이 성 밖에서 기다리고 있어. 룬트람 기사도 와 있을지 몰라. 같이 가자!”

로자몬데는 벽에 몸을 붙이며 세차게 고개를 저었다.

“싫어요!”

“제정신이야? 룬트람은 어쩌고?”

“룬트람 기사가 저와 무슨 상관이에요? 저는 그분을 잘 알지도 못 해요. 이곳에 있으면 가장 총애받는 난쟁이의 부인이 될 수 있다 구요.”

“궁정 난쟁이 페드시? 말도 안 돼. 세상에 난쟁이의 부인이 되고 싶은 여자가 어디 있어? 가자. 벌써 너무 늦었어.”

“바로 저요! 제가 난쟁이의 부인이 되길 원해요. 페드시를 사랑 하니까요.”

“네가? 너는 너 자신 말고는 아무도 사랑하지 않아. 백작 부인이 되고 싶은 거겠지.”

“그렇지 않아요! 페드시는 정말 훌륭하고 매력적이에요. 비록 키 는 작지만 궁정에서 가장 옷을 잘 입는다고요!”

“디에고 왕자 다음이겠지.”

리스바나 공주가 날카롭게 말했다.

“그래요. 왕자님 다음으로요. 그런데 공주님은 왜 디에고 왕자님 과 결혼하지 않으세요?”

“로자몬데, 너는 정말 자존심이라고는 눈곱만큼도 없구나. 네가 무슨 짓을 저지르고 있는지는 너 자신이 잘 알고 있겠지. 네게 강요할 생각 없어."

공주는 그대로 몸을 돌려 밖으로 나갔다.

정원으로 숨어드는 일은 매우 간단했다. 초병들은 화려한 옷을 입은 리스바나 공주를 보고 밀회를 즐기러 가는 귀부인쯤으로 생각했다. 게다가 부채로 얼굴을 가렸기 때문에 초병들은 그녀를 알아보지 못했다. 다만 귀부인이 자루를 옆에 끼고 가는 것을 조금 이상하게 여겼을 뿐이다.

하늘에는 별들이 디에고 왕자의 옷에 달린 다이아몬드처럼 찬란하게 빛났다. 고요한 밤이었다. 달빛을 받아 빛나는 포석들만이 공주의 발밑에서 부스럭거렸다. 나뭇가지 위에 잠든 공작새 두 마리가 어렴풋이 보였고, 덤불 속에서 거북 한 마리가 바스락거리며 기어가면서 나지막한 종소리를 울렸다. 리스바나 공주는 약속한 장소로 갔다.

'바로 여기쯤 일거야. 좀 더 아래쪽인가?'

밤이라 그런지 모든 것이 달라 보였다.

'맞아, 바로 이 덤불이야!'

맞은편 벽에 줄사다리가 걸려 있었다.

"브레두르?"

리스바나 공주가 나직한 목소리로 이름을 불렀다. 성벽 너머에서 말이 땅바닥을 긁어 대는 소리가 들려왔다. 공주는 백조를 자루에서 꺼내 옆구리에 끼고 사다리에 올라섰다. 하지만 곧 허영심의 대가를 치러야 했다. 불편한 옷 때문에 그녀는 몸을 제대로 움직일 수 없었다. 허리 패드를 빼 버려도 마찬가지였다. 사다리가 이리저리 흔들거렸다. 게다가 백조를 끼고 있어 사다리를 제대로 붙잡을 수 없었다. 왼쪽 구두가 발에서 미끄러져 풀밭에 떨어지더니 달빛을 받아 반짝거렸다.

'좋아, 그냥 놓고 가자.'

그녀를 그리워할 디에고 왕자에게 주는 선물이었다.

성벽을 사분의 삼쯤 기어올랐을 때 리스바나 공주는 백조를 담장 너머로 던졌다. 그러자 좀 더 수월하게 사다리를 올라 성벽 위에 오를 수 있었다. 성벽의 반대쪽에는 보다 견고한 나무 사다리가 걸쳐져 있었다. 공주는 성벽 아래에서 백조를 붙잡으려고 팔을 뻗는 흉물스러운 그림자를 보았다. 등에 혹이 달려 있었다. 그 옆에는 가없을 정도로 바짝 마른 말이 끄는 마차가 위태롭게 서 있었다. 공주가 꼽추를 믿어도 좋을지 잠시 생각하는 사이에 그는 마차 뒤에 달린 상자에 백조를 집어넣은 뒤, 한 손으로 사다리를 붙잡고 다른 손을 내밀었다. 꼽추는 초조한 듯 재촉하는 소리를 냈다. 공주가 나무 사다리를 타고 내려오자 줄사다리를 당겨 거두어 들이고 백조가 들어 있는 상자 안에 집어넣었다.

"브레두르 기사는 어디 있지?"

공주가 물었다.

꼽추는 대답 대신 나무 사다리를 접으며 어두운 마차 속을 가리켰다. 리스바나 공주가 마차에 올라타자, 꼽추는 마부석으로 뛰어올랐다. 마차가 덜커덕거리며 밤공기를 뚫고 달리기 시작했다. 유리가 달리지 않은 창문과 갈라진 틈새로 바람이 뚫고 들어왔다. 공주의 머리카락이 흩날리며 낮은 지붕에 닿았다. 마차 안에는 그녀뿐이었다. 브레두르 기사는 어디 있는 걸까?

페드로 갈바노

브레두르는 선술집 '악어'에 앉아 있었다. 낮고 그을린 천장, 삐걱거리는 마루, 연기로 매캐한 공기는 그가 그동안 출입 금지를 당한 여느 술집들과 똑같았다. 그의 얼굴은 퉁퉁 부어오른 데다 상처투성이였다. 브레두르는 술값을 때우기 위해 벌인 주먹질에 지쳐 있었다. 낮에는 혹시 리스바나 공주의 목소리라도 들을 수 있을까 하고 정원 주위를 숨어서 배회하다가 저녁에는 취하도록 술을 마시고, 술값 때문에 할 수 없이 싸움을 벌였다. 그런데 이번에는 두 남자가 그에게 다가와 술을 사겠다고 했다. 고마울 따름이었다.

브레두르 앞에는 그가 읽지 못하는 계약서가 한 장 놓여 있었고, 머리 위에는 예전에 십자군 기사가 이 술집 주인의 선조에게 술값 대신 준 악어 박제가 매달려 있었다. 의자를 뒤로 밀거나 문을 여닫을 때마다 악어 뱃속에 채워 넣은 톱밥이 브레두르의 머리 위로 눈처럼 떨어졌다.

"주인장, 여기 한 잔씩 더!"

브레두르에게 술을 사기로 한 둘 중 하나가 소리쳤다. 그는 큰 몸집에 수염이 엄청났다. 그 옆에 구레나룻을 기른 작고 홀쭉한 친구는 마나티호가 얼마나 멋진 배인가에 대해 다시 설명했다. 커다란 돛이 네 개나 달려 있고 선미는 화려한 동인도 항해선처럼 금칠이 되었다고 했다.

"나는 이곳을 떠날 수 없다네. 정말 미안해. 해결해야 할 일이 있거든."

브레두르가 혀 꼬부라진 소리로 말했다.

"오래 걸리지 않을 거야."

키 작은 남자가 말했다.

"아프리카 해안을 잠깐 돌아오는 거라구. 위험하지도 않아. 일이라기보다 소풍에 가깝지."

브레두르는 계속 웃으면서, 와인을 들이켰지만 계약서에 서명을 해 줄 생각은 전혀 없었다. 그러자 키 작은 남자가 그 배는 이사벨라 왕비를 위해 세상에서 가장 진귀한 식물을 찾으러 가는 것이며, 특히 그녀의 아들과 아름다운 북쪽나라 공주의 결혼식에 장식할 붉은 꽃을 구하러 가는 것이라고 설명했다. 브레두르는 정신이 번쩍 들었다.

"북쪽나라 공주가 결혼한다고? 그녀는 왕자를 싫어한다던데."

272

"그렇지 않은가 봐. 만일 그렇다면 왜 결혼식 준비를 하겠어?"

키 작은 남자가 말했다.

브레두르는 사납게 머리를 흔들어 댔다. 그러자 악어 배에서 떨어진 톱밥이 흩날렸다. 브레두르는 리스바나 공주에게 직접 이야기를 듣고 싶었다. 이제 공주 앞에 나타날 기회를 잡아야 했다. 리스바나 공주도 그를 보면 생각을 돌릴 것이다. 공주가 결혼을 한다니……. 강요당한 것이 분명하다. 브레두르는 이 남자들이 성으로 들어갈 기회를 만들어 줄 것이라고 생각했다.

"그거 재밌겠는데. 난 식물에 관심이 많거든. 식물이라면 모르는 게 거의 없으니 아마 내가 쓸모 있을 거야."

브레두르가 말했다.

"물론이지. 우리에게는 자네 같은 사람이 필요해. 우리를 만난 건 자네에게도 큰 행운이라고. 여기 서명하면 돼."

덩치 큰 사내가 말했다.

"먼저 성으로 가자구. 왕비에게 말이야. 식물 얘기를 해야지."

"물론이지. 왕비께서 직접 나오셔서 선원들을 배웅하실 거야."

작은 사내가 진지한 표정으로 말했다. 그는 브레두르 앞으로 계약서와 잉크를 밀어 주고는 직접 펜에 잉크를 찍어 브레두르의 손에 쥐어 주었다. 브레두르는 급료조차 묻지 않고 계약서에 서명했다. 글을 모르니 그저 십자 표시를 했을 뿐이었지만.

어디선가 앵무새 울음소리와 창녀의 웃음소리가 들려왔다. 아니면 그 반대일지도 모른다. 브레두르는 그들과 술잔을 부딪쳤다. 그

다음에 일어난 일들은 기억에 남아 있지 않았다.

다음 날 바닷물이 얼굴에 끼얹어졌을 때에야 비로소 브레두르는 잠에서 깨어났다. 그는 바스코 항에서 막 출항한 어느 배의 갑판 위에 누워 있었다.

"갑판을 닦아."

검게 그을린 얼굴에 귀고리를 한 선원이 그에게 빗자루를 던지며 말했다. 어제 함께 술을 마신 남자들은 갑판 위에 없었다. 당연한 일이었다. 그들은 인신매매상이었으니까! 브레두르는 자신이 불법적으로 이 배에 납치되었다고 따졌지만, 그런 일은 언제나 있는 것이고, 진짜 뱃사람은 결코 그따위 소리를 하지 않는다는 대답만 돌아왔다. 대신 다른 선원들이 칠 주나 팔 주 이상은 걸리지 않을 거라고 귀띔해 주었다. 한 가지 다행인 것은 마나티호가 정말로 왕비를 위해 귀한 꽃을 구하러 출항한 것이었다. 식물학자 두 사람이 그 일을 지휘했으나 그들은 하루 종일 갑판 위를 산책하는 것 말고는 아무 일도 하지 않았다. 더 나이가 많고, 더 중요한 직책을 맡고 있는 것으로 보이는 식물학자의 이름은 뫼비우스였다. 그는 주먹코에 무성한 수염이 있었으며, 항상 책을 가지고 다니면서 젊은 학자에게 보여 주었다. 젊은 학자는 잘생긴 얼굴에 콧수염과 턱수염이 있었다. 푸른 옷 대신 검은 옷을 입었다는 것을 빼면 완전히 해군 장교와 똑같은 복장이었다. 브레두르와 비슷한 또래로 보이는 이 청년은 자신의 이름을 페드로 갈바노라고 소개했다. 그는 뫼비우스가 내미는 책을 잠시 들여다보다가 곧 지루해하면서 다른 곳으로 고개를 돌렸다. 브레두르는 두 학자들 앞에서 꾸며 낸 식물학 지식을 떠들지 않을 정도의 머리는 있었다. 그는 뱃일에만 전념했다. 양동이를 긴 밧줄에 달아 바닷물을 길어 올려서 갑판을 앞에서 뒤까지, 뒤에서 앞까지 청소만 계속했다.

하루하루가 그렇게 흘러갔지만 브레두르는 마나티호에서의 생활에 적응하지 못했다. 바다가 험해질 때마다 위 속을 비워 내야 했다. 무엇보다도 선원들의 수염과 귀고리, 줄무늬 셔츠, 커다란 보폭, 험악한 말투가 너무 낯설었다. 그들의 거칠고 공격적인 태도는 북쪽나라 기사들이 겨울 동안 보이는 행동보다 더 성가시고 혐오스러웠다. 브레두르와 선원들은 어울릴 수 없었다.

선원들은 서로에 대해 별로 상관하지 않았으며, 다음번 맥주 배급 외에는 아무것도 생각하지 않았다. 그들의 가장 친한 친구는 불룩 나온 자신의 똥배뿐이었다. 언제나 혼자 술을 마시고, 한쪽에 따로 떨어져 있으려 하고, 주사위 놀이에도 끼지 않는 이상한 놈은 배 뒤에 줄로 매달아 몇 마일을 끌어서 오만함을 머리에서 씻어 내야 마땅하다는 것이 선원들의 생각이었다. 브레두르는 선원들의 거친 농담과 코고는 소리를 피해 되도록 늦게 잠자리에 들었다. 저녁이 되면 그는 갑판 위를 돌아다니거나 바다를 바라보았다. 별을 하나하나 셀 수 있을 정도로 밤하늘이 맑았다. 그는 빌어먹을 왕자와 결혼할 수밖에 없는 리스바나 공주를 떠올렸다. 그것을 막을 수 없다는 것을 생각을 할 때마다, 스스로 이런 상황에 빠져든 자신의 어리석음이 저주스러웠다. 그럴 때면 항상 페드로 갈바노가 뒷짐을 지고 그의 옆을 지나가다가 조용히 웃으며 그를 건너다보았다. 때로는 브레두르와 그리 멀지 않은 곳에 서서 그처럼 바다를 바라보기도 했다. 그들은 자주 아무 말도 나누지 않고 저마다의 자리에서 반시간쯤 서 있다가 돌아가곤 했다.

어느 날 저녁, 그들은 나란히 서서 어두운 바다에 비친 달을 보고 있었다. 페드로 갈바노가 갑자기 침묵을 깼다.

"다른 선원들이 주사위 놀이나 카드를 하는 시간에 날마다 이곳에 서서 바다를 바라보는 슬픈 청년은 대체 어떤 사람이오?"

배에서 라몬이라고 불리는 브레두르는 웃으며 대답했다.

"나 같은 사람에게는 가까이 다가올 이가 없을 거요. 일도 잘 못하는데다 사람들과 전혀 어울리지 않으니까. 내가 슬퍼 보인다면 아마 사랑의 슬픔에 빠져 있어서 그럴 거요."

브레두르가 말했다.

"그런 사연이라면 나도 이해하오."

페드로 갈바노가 진지한 표정으로 말하고는 선실로 돌아갔다. 브레두르는 마음이 훨씬 편해지는 것을 느꼈다.

다음 날 저녁 젊은 식물학자는 다시 그곳으로 나왔다. 이번에는 브레두르의 바로 옆에 와서 섰다. 그들은 아무 말 없이 해가 바다 밑으로 가라앉는 것을 바라보았다. 페드로 갈바노는 브레두르의 어깨에 손을 얹었다. 브레두르는 침을 꿀꺽 삼키고 자신도 알지 못하는 충동에 이끌려 입을 열었다. 물론 자신의 마음을 사로잡고 있는 여자가 북쪽나라 공주라는 것은 말하지 않았다. 하지만 그의 애기를 통해 그 여자가 그보다 신분이 더 높고, 그가 구해 주지 않는다면 고약한 남자와 결혼해야만 한다는 것을 알 수 있었다. 그러자 페드로 갈바노도 비슷한 일로 근심하고 있다고 털어놓았다. 그도 사랑하는 여자가 누구라는 말은 하지 않았다. 그러나 브레두르는 그가 사랑하는 사람이 뛰어난 미인이고, 아직 희망은 있지만 앞으로 어떻게 될지 확실치 않으며, 특히 지금 이 연인의 관계가 최악의 상태라는 것 정도는 파악할 수 있었다.

"그녀는 금발이야, 눈부신 금발."

페드로 갈바노가 말했다.

"내 연인도. 약간 구릿빛이 감도는 금발이지."

브레두르가 말했다.

"제비꽃 같은 파란 눈을 가졌어."

"그녀는 터키옥에 가까운데."

그때부터 그들은 저녁마다 만나 마음속의 연인에 대해 얘기하거나 별들을 바라보았다. 브레두르가 한숨을 내쉬면 페드로 갈바노는 이렇게 위로해 주었다.

"용기를 내게나, 친구. 그녀는 자네를 기다리고 있을 거야."

그리고 페드로 갈바노가 갑자기 절망에 빠져 손으로 자신의 얼굴을 때릴 때면, 브레두르가 위로의 말을 건넸다.

"그녀는 자네를 사랑하고 있어. 사랑하고말고. 그러지 않을 이유가 없지."

"이 여행을 마치고 돌아가면 자네를 도와주겠네. 내 집안이 영향력이 좀 있다는 걸 알아 주었으면 하네. 내 힘이 미칠 수만 있다면 그 처녀를 구해 낼 수 있을 거야.”

페드로 갈바노가 말했다.

브레두르가 씁쓸하게 웃으며 말했다.

“정말 고맙네. 하지만 자네 집안의 영향력으로도 해결하지 못할 것 같아.”

“내 집안을 과소평가하는군.”

페드로 갈바노가 밝은 표정으로 말했다.

배가 삼사라해에 도착하자 선장이 모든 선원을 갑판에 불러 모았다.

“제군들, 두 분께서 우리에게 알릴 말이 있다. 귀 기울여 잘 듣기 바란다.”

선원들은 커다란 궤짝을 들고 오는 두 식물학자를 미심쩍은 눈으로 바라보았다.

“에…… 흠.”

검은 수염의 뫼비우스가 사람들이 주목할 때를 기다려 말을 시작했다.

“여러분, 우리가 왜 이 항해를 하고 있는지 아십니까?”

“꽃이오. 왕자의 결혼식을 위해 붉은 꽃을 찾으려고요.”

선원들이 대답했다.

“맞습니다. 하지만 가장 중요한 것은 붉은 꽃이 아닙니다. 물론 붉은 꽃들을 찾아낸다면 좋은 일이겠지요. 하지만 진짜 중요한 일은 고롱지아를 찾아 가져가는 것입니다.”

“뭐라고요?”

“페드로 갈바노가 여러분에게 설명할 것입니다.”

브레두르의 친구가 앞으로 나섰다.

“고롱지아…….”

그는 호주머니에 손을 넣은 채, 선원들을 훑어보다가 마치 그곳에 고롱지아가 있기나 한 것처럼 큰 돛 위를 올려다보았다.

“왕비님의 식물 수집에서 화룡점정이 될 것입니다. 그 꽃은 매우 진귀할 뿐 아니라, 동물이기도 하고 식물이기도 한 특별한 생물입니다.”

그는 자주 들은 강연을 외워서 말하는 것처럼 지루하고 귀찮다는 표정이었다.

“야생 고롱지아는 아프리카 정글 속, 뚫고 들어가기 매우 어려운 지역에서 자랍니다. 높이는 삼 미터이고 마디가 있습니다. 뻗어 있는 가지들 사이로 보라색 멜론처럼 생긴 커다란 열매가 단 하나만 달려 있는 것을 상상해 보십시오. 멜론이 익어 너무 무거워지면 가지가 땅에 닿을 정도로 휘어집니다. 멜론은 땅에 닿으면 곧바로 터져 버리는데, 그 안에서 어린 양처럼 순한 뿔이 네 개 달린 작은 동물이 나옵니다. ‘고롱지’라는 동물이죠. 돼지도 닮고, 코끼리도 좀 닮았지만 훨씬 작지요. 피부는 하늘색입니다. 고롱지의 탯줄은 나무와 이어져 있습니다. 육 미터나 되는 매우 긴 탯줄이지요. 멜론이 터진 뒤에 나뭇가지는 다시 위로 올라가기 때문에 고롱지는 사오 미터 반경 안에 있는 풀을 뜯어 먹고 살게 됩니다. 갈증이 나면 풀에 난 이슬을 핥아먹습니다. 오 미터 반경의 모든 풀을 뜯어 먹고 나면 고롱지는 굶어죽습니다. 하지만 대부분은 그 전에 들짐승에게 잡아먹힙니다. 달아날 수 없기 때문이지요. 고기가 너무 연하고 달콤해서 들짐승들은 통째로 먹어 버립니다. 고롱지 안에 들어 있는 커다란 씨까지요. 들짐승은 그 씨를 원시림 속으로 가져가고, 배설물을 통해 고롱지아가 번식합니다. 고롱지 새끼는 매우 순하고 착해서 일단 길들이면 목을 쓰다듬어 주어도 가만히 있습니다. 굶주리고 있을 때 먹이를 주면 쉽게 길들일 수 있지요."

페드로 갈바노가 말을 멈추자 뫼비우스가 나섰다.

"고롱지아를 발견해서 가져가면 이 배의 모든 선원에게 임금을 두 배로 지급할 것이오. 그리고 고롱지아 씨만 가져가도 섭섭지 않을 만큼 상을 줄 것이오."

선원들은 찬성한다는 뜻으로 환호성을 지르며 뫼비우스 만세를 외쳤다.

"유감스러운 것은 고롱지아를 얻는 일이 그리 쉽지 않다는 것이오. 이미 나는 네 번이나 탐사에 나섰지만 모두 실패하고 말았소. 말했듯이 고롱지아는 매우 귀한 식물이오. 하지만 이번에는 확실한 정보를 통해 고롱지아가 많이 서식하는 곳을 알아냈소. 그곳은……."

그는 헛기침을 하며 옆으로 눈길을 돌렸다.

“행복의 섬이오.”

선원들은 번개라도 맞은 듯한 표정을 지었다. 그 섬에 대해 알지 못하는 브레두르는 어리둥절해 옆 사람들을 살폈다.

“그건…… 그건…… 불가능한 일입니다.”

선장이 더듬거리며 말했다.

“그 섬에 발을 딛는 사람은 사형에 처해집니다. 아스투르의 술탄이 가장 사랑하는 딸을 그 섬에 숨겨 놓았단 말입니다.”

“아스투르의 술탄은 잔인하기로 유명합니다!”

선원 하나가 소리쳤다.

“그곳에는 내시도 머물지 못합니다. 심지어 초병들도 모두 여자입니다.”

이번에는 조타수가 소리쳤다.

“조용히, 잠깐만 조용히 하시오.”

뫼비우스가 흥분해서 떠들어 대는 선원들에게 소리쳤다.

“나도 잘 알고 있소. 행복의 섬에는 정박하지 않을 생각이오.”

선원들은 진정하고 다시 그에게 귀를 기울였다. 그러나 여전히 미심쩍은 표정이었다.

“아스투르의 술탄은 파테 모하메드호라는 보급선에 식료품과 동물, 옷, 그 밖에 여자들이 필요로 하는 갖가지 물건들을 실어 두 달마다 행복의 섬으로 보내고 있소. 그리고 매번 새로운 여자 노예들을 승선시켜 섬으로 보내오. 물론 선원들도 모두 여자요. 조타수도 선장도 갑판장도, 심지어 대포를 쏘고 노를 젓는 것도 여자들이오.

내 계획은 이렇소. 파테 모하메드호가 나타나면―내가 수집한 정보에 따르면 앞으로 이틀 이내, 늦어도 나흘 이내에 나타날 거요―그 배를 기습하는 거요. 해적기를 달고 심각한 피해를 입히지 않으면서 여자들과 싸우는 척하는 겁니다. 그 소란을 틈타 우리 중 두 사람이 여자로 변장하고 저쪽 배로 건너가서 화물칸에 숨는 거요. 그런 뒤에 우리는 여자들의 저항에 견디지 못하는 척하면서 퇴각하면 됩니다.”

“뭐라구요? 여자들과 싸워서 진다구요? 말도 안 되는 소리!”

뫼비우스는 침착하고 예의 바른 태도를 유지하기 위해 무진 애를 써야 했다.

“이건 책략일 뿐이오. 여러분, 이해하겠소? 행복의 섬까지 가지 않으려면 이 책략이 필요하단 말이오. 두 사람만 섬으로 가서 두세 그루의 고롱지아를 파내, 도망쳐 나오면 되는 거요. 도망치는 것이 숨어드는 것보다 훨씬 간단하오. 여자 초병들은 공격에 대비해 바다 쪽만 감시하고 있으니까. 어딘가에 배 비슷한 것이 있으면 그걸 타고 돌아오면 되는 겁니다.”

“아하, 그러면 누가 그 일을 하지요?”

조타수가 말했다.

“우선 한 사람은 나요. 두 번째 사람은 항해 지식이 있어야 하니까 선원 중에서 지원자를 받겠소. 내 생각에는 이 젊은이가 적합할 것 같은데.”

그는 브레두르를 가리켰다.

“키도 적당하고 예쁘장하게 생겼으니까. 이름이 뭔가, 젊은이?”

선원들이 웃음을 터뜨렸다. 브레두르는 불쾌한 표정을 지으며 대답했다.

“라몬 델가도요. 하지만 난 항해 지식이 없소.”

“겁쟁이!”

선원들이 외쳤다.

“젊은이, 이건 그리 위험한 일이 아닐세. 그리고 내가 계속 옆에 있을 거야.”

“두려워서가 아니오. 나는 항해 지식도 없는데다 여자로 변장하고 돌아다니고 싶지 않소.”

“아스투르의 여자 옷은 남자 옷과 거의 비슷하다네. 통이 넓은 바지 위에 긴 셔츠만 걸치면 된다구. 다만 칼을 차지 않고 베일로 얼굴을 가려야 하지. 자, 같이 가세나. 내 부탁을 들어주게. 고롱지아를 가지고 귀국하면 자네를 왕비께 소개하지.”

“왕비를 만나게 해 준다고요? 약속하십니까?”

“신성한 모든 것을 걸고 약속하지.”

“좋아요. 하겠습니다.”

“훌륭해. 할 거라고 믿었네. 옷을 입어 보세나.”

뫼비우스는 궤짝을 열더니, 모든 선원들에게 붉은 어깨띠와 가죽 탄띠, 단검을 나누어 주고, 선장에게는 찢어진 비단 재킷과 안대를 주었다. 마지막으로 그는 여자 옷을 꺼냈다. 장식이 달려 있지 않은 수수한 옷이었다. 섬에서 고롱지아를 훔쳐 낼 때 몸을 숨기기 좋도록 녹색이었다. 선원들의 비웃음을 들어가며 브레두르는 여자 옷을 입었다. 셔츠를 벗으려는 순간, 마법의 방울이 손에 잡혔다. 그는 그동안 방울을 까맣게 잊고 있었다. 브레두르는 방울을 여자 옷에 꿰매 달아야겠다고 생각했다. 행복의 섬에서 어떤 위험이 닥칠지 모를 일이니까.

"왕비님을 알현한다네."

선원 하나가 두 손가락으로 셔츠 끝자락을 들어올리며 발을 뒤로 빼는 인사를 하면서 여자 목소리로 소리쳤다. 선원들은 휘파람을 불고 떠들어 댔다. 그러나 브레두르가 베일을 내리고 선원들 앞에 서자, 모두 조용해졌다.

"베일을 벗어 봐!"

선원 하나가 소리쳤다.

"정말 그 친구가 맞네."

"믿을 수가 없군. 다시 베일을 내려 보게."

"믿을 수가 없어."

"진짜 여자 같군."

"멋진 계획이야!"

그들은 앞에 서 있는 여자가 정말로 그들과 함께 일하던 남자가 맞는가를 확인하기 위해 몇 번이나 베일을 벗겨 보아야 했다. 뫼비우스가 변장한 모습은 가관이었다. 덥수룩한 수염이 면사포 밖으로 삐져나왔다. 게다가 바지는 털이 무성한 종아리 중간까지밖에 내려오지 않았다. 선원들은 수염을 깎고 다리털을 면도해야 한다고 말했다.

"그럴 수는 없소."

뫼비우스가 차분한 목소리로 말했다.

"나는 광란하는 바다를 항해하고 사막과 정글을 횡단해 왔소. 왕비님을 위해 진귀한 식물만 찾아낼 수 있다면 어떤 위험도 마다하지 않았소. 하지만 나의 지혜와 남성다움의 상징인 수염을 깎으라는 건 절대 받아들일 수 없소. 마음이 무겁기는 하지만 차라리 이 계획에서 내가 맡은 역할을 다른 사람에게 양보하겠소. 여자 옷이 잘 어울리는 사람에게 말이오. 지원자가 있으면 앞으로 나오시오! 여기 수염 없는 사람 있소? 키가 너무 크거나 거칠게 생긴 사람은 안 되오."

"내가 가겠습니다."

페드로 갈바노가 앞으로 나서면서 브레두르에게 고갯짓을 했다.

"고롱지아를 찾으려면 어차피 식물학자가 필요하니까요."

"안 됩니다. 안 돼요, 그건 안 됩니다."

뫼비우스가 다급하게 소리쳤다. 선장도 놀란 얼굴로 손을 흔들며 외쳤다.

"당신도 수염이 있지 않습니까! 게다가…… 잘 아시지 않습니까. 생각도 마십시오! 이 일에는 전문가가 필요 없습니다. 혼동할 가능성이 없으니까요."

"수염을 자르겠습니다. 자, 잘 드는 칼 가진 사람 있습니까?"

페드로 갈바노가 즐거운 표정으로 말했다. 그는 더러운 주방 행주를 목에 두르고 술통 위에 앉았다. 요리사가 그의 얼굴에 비누칠을 해 주고 턱과 코밑의 수염을 밀어 버리자 이등 조타수가 외쳤다.

“허, 수염이 없으니까 왕자와 똑같네. 그렇지 않아?”

“맞아, 왕자도 검은 옷만 입고 다니지.”

“말도 안 되는 소리 마. 왕자는 저렇게 안 생겼어. 퍼레이드가 있을 때 몸이 닿을 정도로 가까이서 본 적이 있는데, 전혀 달라.”

요리사가 말했다.

“맞아. 아니야!”

누군가가 외쳤다. 하지만 브레두르는 그들보다 왕자를 훨씬 잘 알고 있었다. 그가 수염을 깎는 순간 브레두르는 번개를 맞은 듯한 느낌이었다. 분명 디에고 왕자였다. 잘못 보았을 리가 없었다. 갑판에서 한숨을 함께 나눈 친구, 사랑의 고통을 나눈 동지가 바로 그의 연적이라니. 하지만 친구를 잃어버린 아픔을 이겨내고 마음을 다시 추스르자, 디에고 왕자가 이곳에 있다는 것이 그에게 무척 잘된 일이라는 사실을 깨닫게 되었다. 이제 어떻게 행동해야 할 것인지가 분명해진 것이다. 기회를 노리기만 하면 되었다.

고롱지아

행복의 섬은 대륙에서 멀리 떨어져 삼사라해의 따뜻한 바닷물에 둘러싸여 있었다. 섬에는 작은 만이 있었는데, 그곳으로 파테 모하메드호가 술탄이 가장 사랑하는 딸에게 줄 필수품과 사치품을 싣고 입항했다. 밀, 설탕, 피스타치오, 사과, 살구, 이집트산 레몬, 세상에서 가장 유명한 제조자가 만든 요구르트, 셔벗을 만들기 위한 플란넬에 싸인 산더미 같은 얼음, 제비꽃 수액, 호박보석, 알렉산드리아 빌랍으로 만든 양초, 새 옷과 새 노예, 유쾌하지만 예민한 원숭이, 피리, 탬버린, 담배, 솜, 원두커피, 목걸이, 반지, 발찌 등이 실려 있었다.

상자 안에 숨어 있던 브레두르는 상자가 들어올려져 수레에 옮겨지더니 덜컹거리는 것을 느꼈다. 바퀴 소리가 들려왔다. 갑자기

수레가 멈추고, 누군가가 상자 위를 주먹으로 내리치는 소리가 들려왔다. 이 상자 안에는 원래 사천 개의 수선화 뿌리가 있었지만, 지금은 천 개의 수선화 뿌리와 브레두르가 들어 있었다. 무언가를 묻고 또 요구하는 낮은 여자 목소리가 들려왔다. 브레두르가 알지 못하는 언어였다. 두려움에 사로잡혀 숨을 멈추고, 상자가 열리는 순간을 기다렸다. 수선화 뿌리가 그의 등을 불편하게 짓눌렀다. 다른 여자 목소리가 처음 여자 목소리에 대답했다. 그 목소리가 친근하게 달래는 듯하다가, 뭔가를 길게 얘기하자 낮고 명령하는 듯한 목소리가 웃음을 터뜨렸다. 브레두르는 이들이 하는 말을 알아듣지 못했지만, 두 번째 목소리는 파테 모하메드호의 여자 선원이고, 섬의 여자 초병에게 해적의 기습에 대해 얘기했다는 것을 짐작할 수 있었다. 해적들은 어린애 팔목 비틀기처럼 손쉬운 놀이에 불과하다고 생각했지만, 여자들은 뻔뻔스러운 침입자들을 배에서 몰아냈으며, 대장인 듯한 검은 수염의 사내의 이빨 사이를 칼로 찔러 물에 빠뜨렸다고 얘기했을 것이다. 반면에 파테 모하메드호에는 부상자가 한 명도 없었다고 자랑했겠지. 정말 초보 해적들이었어!

수레가 덜컹거리며 다시 구르기 시작했다. 그러다가 곧 멈추고 다시 상자가 들어 올려지더니 땅바닥에 내려졌다. 브레두르는 상자를 운반하는 여자들이 수선화 뿌리가 너무 무거운 것을 이상하게 여기거나, 여자 정원사가 곧 새로 도착한 물건의 상태를 검사하지 않을까 마음을 졸였다. 하지만 아무 일도 일어나지 않았다. 말소리가 점차 멀어져 갔다. 그는 잠시 동안 정적 속에 귀를 기울이다가 나직한 목소리로 페드로 갈바노를 불렀다. ‘페드로 갈바노라니…… 하, 이 얼마나 재수 없는 이름인가’ 하고 그는 생각했다.

“페드로? 내 말 들려? 페드로? 페드로?”

“나 여기 있어, 라몬. 조용히 해! 밧줄을 끊고 나가서, 자네를 꺼내 주겠네.”

마침내 디에고 왕자가 수선화 상자의 뚜껑을 열었다. 브레두르는 뻣뻣해진 몸을 일으켜 상자에서 나와 기지개를 켰다. 그는 주위를 둘러보았다. 밝고 넓은 창고 안에 들어와 있었다. 고롱지아 도둑 두 명은 베일을 쓰고, 각자 칼을 주머니에 찔러 넣고, 작은 모종삽과 끈을 옷 속에 집어넣었다. 그들은 디에고 왕자가 가지고 있던 안티몬 가루로 서로 눈을 칠해 주었다. 브레두르는 손도 떨지 않고 디에고 왕자의 눈꺼풀에 검은 칠을 하고, 디에고 왕자가 자기 눈을 칠하도록 가만히 서 있었다.

창고 문은 잠겨 있지 않았다. 그들이 조심스럽게 밖으로 나가자, 뒤쪽으로 커다란 흰색 건물이 보였다. 약간 솟아오른 언덕 위에 서 있었는데, 그곳에서 그들은 만을 내려다볼 수 있었다. 파테 모하메드호가 막 출항했다. 브레두르와 디에고 왕자는 오랫동안 소변을 보고, 섬에서 탈출할 방도를 알아보기 위해 항구 쪽으로 살금살금 내려갔다. 항구의 성벽 위에는 머리에 투구를 눌러쓰고 갑옷을 입은 아름다운 누비아인 여자 초병 여러 명이 서 있었다. 아마존 여전사 하나가 지원군을 부르기 위한 뿔피리를 어깨에 걸고 있었다. 항구에는 단 한 척의 배도 없었다. 작은 카약 두 척이 해안 안쪽으로 깊이 끌어올려져 있을 뿐이었다. 그림을 그려 넣고 금칠을 한 카약에는 수놓은 양탄자가 깔려 있었고 푹신한 베개, 비단 보료, 목침과 동양의 갖가지 물품들이 가득 채워져 있어 수상 가옥 같은 느낌을 주었다. 그곳에서 탈출하는 일은 매우 간단해 보였다. 예상대로 초병들의 눈길은 바다 쪽을 향하고 있었다. 섬 안쪽에서는 공격을 받을 가능성이 없었기 때문이다.

"초병들이 우리를 발견했을 때, 이미 우리는 화살이 미치지 못하는 거리에 가 있을 거야. 노만 빨리 저으면 말이야."

브레두르가 말했다. 그는 섬에서 탈출한 뒤 디에고 왕자에게 자신이 누군가를 밝힐 작정이었다. 그러면 싸움이 벌어질 것이고, 그 싸움에서 자신이 지는 일은 없을 거라고 생각했다. 디에고 왕자를 결박하고 마나티호를 지나 바스카리아로 돌아갈 계획이었다. 해안에 도착하면 동굴이나 폐가, 혹은 어떤 곳이든 은신처를 찾아내 그를 묶어 두었다가 공주와 교환하면 될 것이다. 그런 거래는 엄격한 그의 아버지도 용납할 것이며, 로타푸르 왕은 그를 영웅으로 받아들여 딸을 그에게 줄 것이다. 하지만 디에고 왕자와 섬에 있는 동안은 오직 고롱지아를 구하는 데 전념하는 척하고 다른 말이나 행동을 하지 않는 것이 최선의 방책이었다.

"노를 저어 본 일이 있어."

디에고 왕자가 말했다.

"여전사들의 팔 힘이 너무 세지 않았으면 좋겠군."

탈출 방법을 확인한 뒤, 두 사람은 고롱지아를 찾아 나섰다. 아스투르의 술탄은 딸의 궁전을 대단히 호화롭게 꾸며 주었다. 섬 전체에 운하망이 건설되어 있었다. 물레방아 사이에 바프나니아 나무와 오르토트릿 나무가 자라고 있었으며, 각양각색의 꽃들이 문양을 넣은 양탄자처럼 바닥을 장식했다. 하얀 공작새들이 물레방아를 돌렸고, 분수들이 공기를 식혀 주었다. 길들인 표범들과 우스꽝스러운 원숭이들이 노닐고, 풀밭에는 가젤들이 풀을 뜯었다. 사이프러스 그늘 아래에는 난쟁이 코뿔소가 휴식을 취했고, 나이팅게일, 카나리아, 비둘기가 떼를 지어 야자나무와 플라타너스에 앉아 있었다. 새들이 지저귀는 소리가 정원의 무겁고 향기로운 공기 속에 울려 퍼졌다. 공작새가 날카로운 소리로 울면, 멀리서 양이 낮은 소리로 화답했다. 디에고 왕자는 정원의 아름다움에 별 감흥을 보이지 않았지만, 브레두르는 놀라 입을 다물지 못했다. 북쪽나라에서는 정원 기술이라는 것이 무 밭의 고랑을 똑바로 내는 수준에 불과했기 때문이다.

저녁 미풍이 사이프러스 가지에 불어 오고, 노을이 지기 시작했다. 하지만 브레두르와 디에고 왕자는 아직 고롱지아를 한 그루도 찾지 못했다. 완전히 어둠이 내리기 전에 그들은 정자로 숨어 들어가 시원한 다일 바닥 위에서 잠을 잤다.

동이 틀 무렵 다시 탐사에 나섰다. 이른 시간인데도 그들은 노예와 마주쳤다. 두 고롱지아 도둑은 술탄의 딸을 위해 급한 심부름을 가는 척하면서 그 옆을 지나갔다. 노예는 그들을 불러 세우거나 말을 걸 엄두조차 내지 못했다. 오전 내내 야자나무와 유향나무 주위를 샅샅이 둘러보았다. 점심때가 되자 이마에서 땀이 쏟아졌다. 그들은 분수가 뿜어내는 물이 산들바람에 흩날리고 있는 수련 분수 가장자리에 주저앉았다.

"이곳에는 고롱지아가 없는 거 같아. 뫼비우스가 헛소문을 들은 게 아닐까?"

브레두르가 베일을 살짝 들어 올리고 손으로 부채질을 하며 말했다.

"고롱지아 같은 진귀한 식물은 아마 궁전 근처에 있을 거야. 우리가 운이 없다면 궁전 안마당에 있을지도 모르고."

디에고 왕자가 물속을 헤엄치는 황금색, 파란색 물고기를 바라보며 말했다.

하지만 그들이 계획을 채 세우기도 전에 시끌벅적한 소리가 사방에서 들려왔다. 디에고 왕자와 브레두르는 피신할 곳을 찾아 주위를 둘러보다가 급히 높은 나뭇가지 위로 올라갔다. 브레두르는 조심스럽게 얼굴 앞에 있는 나뭇잎을 치우고 밑을 내려다보았다. 술탄의 딸이 틀림없었다! 뒤로 묶은 검은 머리에는 진주 장식을 했고, 이마는 꽃처럼 희게 빛났으며, 뺨은 장밋빛, 입술은 핏빛처럼 붉었다. 그녀는 별들 사이에 있는 달처럼 놀이 동무들 사이에서 단연 빛났다. 그녀가 입은 엷은 금실로 짠 조끼에는 반짝이는 보석들과 공작새 깃털이 장식되어 있었다. 다른 소녀들처럼 그녀도 베일을 쓰지 않았다. 그녀의 바지는 옷감이 얇고 통이 좁아서 다리의 윤곽이 드러났다. 노예들과 시녀들은 정원에서 즐겁게 뛰놀거나, 동물들과 장난을 치면서 껴안고 뒹굴었다. 수련 분수 가까이 이르자, 걸치고 있던 얇은 옷마저 벗어던지고 물로 뛰어 들어가 첨벙거리며 물놀이를 했다. 아스투르 공주의 나신은 우아하고 아름다웠다. 팔다리는 매끄럽고 탄력적이었으며, 엉덩이는 아담하게 부풀어 있었다. 젖가슴은 한 가지에 나란히 달린 석류 같았다. 여자 초병 두 명이 그들 옆을 순찰하며 지나갔다. 술탄의 딸은 소리치며 그들을 손짓으로 불렀다. 그러자 초병들은 투구와 갑옷뿐 아니라 나머지 옷까지 벗고는 벌거벗은 시녀들과 어울려 서로를 쓰다듬었다. 브레두르는 더 앞으로 몸을 굽히다가 나무에서 떨어질 뻔했다.

"그녀의 이름은 사릴리사야. 뒤로 물러나, 들키고 싶어?"

디에고 왕자가 속삭이며 브레두르의 바지 한쪽을 붙잡았다.

소녀들은 수련 분수에서 나와 태양이 내리쬐는 대리석 테두리 위에 누워 몸을 말리며 서로 입을 맞추고 쓰다듬다가 다시 서로를 밀어 물속에 빠뜨렸다. 그러고는 다시 대리석 위로 올라갔다가 또 물속에 뛰어들며 오후 내내 여유롭고 한가로운 시간을 보냈다. 그 동안 나뭇가지 속에 숨어 있던 두 고롱지아 도둑은 찌는 듯한 더위를 견뎌야 했다. 물에 뛰어들어 아름다운 소녀의 부드러운 팔을 쓰다듬고 싶다는 생각이 간절했다. 마침내 공주는 시녀들과 함께 궁전으로 돌아갔다. 브레두르와 디에고 왕자는 나무에서 내려와 체념의 눈빛을 교환하고는, 조금 전까지 지상의 요정들이 뛰놀던 물로 목을 축였다.

그들은 하얀 궁전 근처로 고롱지아를 찾아 나섰다. 한 걸음 걸을 때마다 눈을 황홀하게 하는 풍경들이 새롭게 펼쳐졌다. 아몬드나무, 뽕나무, 사이프러스가 늘어선 가로수 길이 이어졌다. 하지만 디에고 왕자는 오로지 보라색 멜론에서 튀어나온 하늘색 동물만 찾아다녔고, 브레두르는 사릴리사 공주의 모습이 눈에 아른거려 다른 것들은 보이지 않았다. 다시 저녁이 찾아와 공작의 날카로운 울음소리와 양의 낮은 울음소리가 들려왔다. 양 울음소리는 어제보다 훨씬 가깝게 들렸다. 바로 성 안쪽인 것 같았다.

"새끼 양들이 태어날 계절이 아닌데……."

디에고 왕자가 말했다.

"공주의 궁전에서 염소를 키울 리도 없고……."

브레두르가 대꾸했다.

두 사람은 고개를 숙인 채 문을 통과해 첫 번째 뜰로 살금살금 다가갔다. 그 순간 누비아의 여전사 같은 초병이 다가와 호통을 쳤다. 그녀는 그들보다 적어도 머리 하나는 더 컸다. 그들은 그녀가 하는 말을 알아듣지 못하고 몸을 움츠리며 베일을 걷었다. 초병은 그들을 통과시켜 주었다. 하지만 곧 디에고 왕자의 옷을 잡아당기며 뒤통수에 대고 뭐라고 또 소리쳤다. 그들은 이 말도 알아듣지 못했지만 다행히 그럭저럭 안으로 들어갈 수 있었다. 디에고 왕자의 생각이 맞았다. 궁전 외곽을 둘러싸고 있는 흰색 성벽 뒤에 크고 아름다운 고롱지아가 줄지어 서 있었다. 몇몇 나무는 부드러운 보라색 꽃을 피우거나 무거운 열매를 달고 있었지만, 대부분은 이미 새끼 고롱지를 낳아 키우고 있었다. 하늘색 고롱지들은 활발하게 서로를 뛰어넘고, 꼬리를 흔들어 대고, 작은 뿔로 들이받고, 짧고 굵은 발로 탯줄을 휘감으며 놀고 있었다. 그들 가운데 한 마리가 탯줄이 닿는 데까지 디에고와 브레두르에게 달려와 특이하고 긴 윗입술로 쿵쿵거리며 냄새를 맡았다.

"우리한테 필요한 건 더 작은 나무야. 훨씬 더 작은 나무. 가장 좋은 건 아직 꽃이 피지 않은 거고. 저기 봐. 저 뒤에! 바로 저거야."

디에고 왕자가 말했다. 그들은 뜰의 외진 곳에 있는 화단으로 걸어가 어린 고롱지아 앞에 무릎을 꿇고 앉았다.

"이렇게 하자. 정원사인 것처럼 하면서 나무 세 그루를 캐고, 고롱지 한 마리의 탯줄을 잘라 손에 들고 보초 옆을 태연히 지나가는 거야. 술탄의 딸이 시킨 것처럼. 과감해야 승리할 수 있는 거라구. 창고에서 화분을 구할 수 있을 거야. 어두워지면 모두 카약에 싣고 탈출하면 돼."

하지만 이 계획을 뫼비우스가 준 초라한 모종삽만으로 실행하는 것은 생각보다 훨씬 어려웠다. 그들이 나무를 파내는 동안 시녀들이 여러 차례 궁전의 아치형 복도에서 그들을 바라보았다.

"우리가 변장을 잘못한 것 같아. 이곳에 우리처럼 입고 돌아다니는 여자는 하나도 없어. 전부 뚫어지게 쳐다보잖아. 우리가 베일을 쓰고 있어서 그런 거야."

브레두르가 말했다.

"우리가 베일을 쓰지 않았을 때 여자들이 우리를 뚫어져라 쳐다보는 건 어떻게 생각하는데!"

브레두르는 반쯤 파낸 고롱지아를 서둘러 뽑으려다 뿌리를 자르고 말았다. 그러자 고롱지아는 상처 입은 동물처럼 그의 손을 피로 물들였다. 곧 나뭇잎이 시들고 색깔이 흐려졌다. 그는 다른 나무를 다시 파내야 했다. 반면 디에고는 고롱지아 하나를 잘 파낸 뒤, 다른 것을 캐기 시작했다. 그때 술탄의 딸이 나타났다.

사릴리사

그날 저녁 사릴리사 공주는 정원을 한 번 더 거닐고 싶어져 시녀들과 함께 뒤뜰로 들어섰다. 그때 얼굴을 베일로 완전히 가린 두 노예가 어두운 한쪽 구석에서 땅을 파고 있는 것이 눈에 띄었다. 흙으로 뒤범벅이 된 기묘한 옷차림에, 몸짓이 어설픈 두 사람을 손가락으로 가리키며 그녀는 웃음을 터뜨렸다. 시녀들도 모두 웃었다. 누군가가 이 섬에 무단 침입해 무언가를 훔치려 한다는 것은 생각도 못할 일이었기에, 공주와 시녀들은 아무 의심도 하지 않았다. 사릴리사는 두 사람을 손짓해 불렀다. 그들은 물벼락을 맞은 푸들 같은 모습으로 눈을 내리 깔고 다가왔다. 어제 입항한 새 노예들일 거라고 공주는 생각했다. 이곳 여자들은 아무도 베일을 쓰지 않았기 때문이다. 그들이 수줍어하는 것도 그 때문이라고 생각했다. 술탄의 딸은 그들이 누구이며, 왜 옷이 그렇게 더럽냐고 물었다. 하지만 새로 도착한 노예들은 그녀의 말을 알아듣지 못하는 것 같았다. 그녀는 이 소녀들이 최근에 해적에 의해 납치되었고, 콘스탄티노플의 시장에서 아버지의 소유가 된 거라고 생각했다. 아스투르어를 배우기도 전에 실수로 이 섬에 보내진 것 같았다. 사릴리사는 페르시아어, 아라비아어, 나중에는 바스카리아어로 그들에게 말을 걸어 보았다. 하지만 새로 온 노예들은 그저 머리만 더 깊이 조아리고, 어쩔 줄 몰라 하면서 발로 땅만 비벼 댔다.

사릴리사의 수석 경호원 우사르가 그들 중 하나를 붙잡고 얼굴에 불을 비춰 공주가 볼 수 있도록 했다. 노예의 눈은 새파란색이었다. 사릴리사가 베일을 걷으려 하자 노예는 자신의 목숨이 거기 달려 있기라도 한 듯 베일을 움켜쥐고 놓으려 하지 않았다. 감각적 기쁨이 넘쳐나는 섬에서 이렇게 수줍게 예의를 차리는 것을 보고 공주는 다시 웃음을 터뜨렸다. 사릴리사는 노예에게 베일을 그대로 쓰고 있어도 좋다고 허락하면서 산책에 따라오라고 명령했다. 브레두르는 공주가 그에게만 따라오라고 하자 망설이며 계속 못 알아듣는 척했다. 그러나 우사르가 창 끝으로 등을 아프게 찔러 대자, 지난 삼십 시간 동안 그의 턱 위에 성가신 그늘을 드리워 온 베일을 쓴 채로 따라 나설 수밖에 없었다. 그는 도움을 요청하듯 디에고 왕자를 돌아보았다. 그 순간 갑자기 왕자는 그에게 더 이상 적이 아니라, 이 섬에서 유일하게 자신의 편인 인간으로 느껴졌다. 디에고 왕자는 공주의 새로운 총아가 된 브레두르에게 다가가 그의 손을 꼭

누르며 속삭였다.

"용기를 내게, 친구. 내가 구해줄게."

브레두르도 감사의 표시로 그의 손을 꾹 눌렀다.

사릴리사 공주는 가젤과 앵무새들에게 먹이를 주고, 난쟁이 코뿔소들을 깨우게 해서 과자를 먹여 주었다. 브레두르는 공주가 원숭이, 물고기, 공작, 고롱지에게 먹이를 주는 사이 그를 까맣게 잊어, 덤불 속으로 몸을 숨길 수 있게 되기를 바랐다. 하지만 공주는 그를 잊지 않았다. 그녀는 다만 필라프에 들어 있는 기름진 양고기나 푸딩 위에 놓인 설탕에 절인 버찌를 가장 마지막에 먹는 것처럼, 새 노예를 나중에 즐기기 위한 달콤한 후식으로 남겨 놓았을 뿐이었다. 난쟁이 코뿔소들이 배부르게 먹고 나자, 시녀들은 우사르의 등불에 자신들의 등불을 밝히고는 반딧불이 무리처럼 원을 이루어 궁전으로 돌아갔다.

첫 번째 뜰에 이르자 공주는 다른 시녀들을 그곳에 남아 있게 하고 우사르와 가엾은 브레두르만 데리고 아치형 복도를 지나 두 번째 뜰로 들어섰다. 안뜰에는 흰색과 푸른색 유리를 붙인 벽돌이 깔려 있었다. 물을 내뿜는 분수와 덩굴식물들이 공기를 시원하게 만들어 주고 있었다. 서로 교차하는 두 개의 작은 물길이 졸졸 소리를 내며 부드러운 실처럼 흘러가고, 땅을 깊이 파서 만든 화단에는 오렌지 나무들이 서 있었다. 뜰 뒤쪽에 황금 돔으로 이루어진 흰색 건물이 있었다. 공주는 브레두르와 우사르를 그곳에 남겨두고 홀로 건물 안으로 들어갔다. 브레두르는 두려움에 사로잡혔다. 우사르는 브레두르의 흙 묻은 손을 잡더니 작은 옆문을 통해 욕실로 데려갔다. 바닥에는 녹색 타일이 깔렸고, 금칠을 한 따오기 머리가 하얀 분수대 안에서 물을 뿜었다. 바닥에는 목욕용 주전자와 사발이 있고, 의자로 쓰이는 듯한 작은 나무 새장 위에는 부드러운 수건들이 놓여 있었다. 우사르는 몸짓을 해 가면서 브레두르에게 옷을 벗고 사발로 물을 끼얹으라고 명령했다. 그러고는 그를 혼자 두고 나가 버렸다.

브레두르는 몸을 물에 적시는 것이 무슨 의미가 있는지 알 수 없었다. 앞에서 언급했듯이 당시는 깨끗한 물로 몸을 닦는 것이 어디서나 가치 있게 생각되던 시대가 아니었다. 브레두르는 분수에 잠시 손을 첨벙거리고는 몸을 돌려 몰래 밖으로 나가려 했다. 그러나 그리 멀리 가지는 못했다. 우사르가 문 앞에서 보초를 서고 있었기 때문이다. 새 노예를 발견하자 그녀는 느긋한 자세로 창을 붙잡고 서서 즐거운 표정으로 눈썹을 치켜세웠다. 브레두르는 의기소침해서 다시 욕실로 들어갔다. 옷을 벗고 물을 끼얹은 뒤 수건으로 깨끗이 몸을 닦으며 그는 신선한 느낌이 드는 것에 놀랐다. 다시 옷을 걸치고, 베일을 쓴 뒤 밖으로 나갔다. 그러자 우사르는 그를 궁전 안쪽에 있는 방으로 데리고 갔다.

다른 시녀들과 함께 뜰에 있던 디에고 왕자는 그들로부터 벗어나 고롱지아가 있는 곳으로 살금살금 돌아갔다. 궁전에서 비명 소리가 들리면 초병들은 즉시 칼을 뽑아들고 라몬에게 달려들 것이다. 그다음에는 또 다른 남자들을 찾아내기 위해 섬을 수색할 것이다. 그곳에서 당장 도망치는 것이 가장 현명한 선택이었다. 하지만 그가 사귄 인생의 첫 번째 친구를 그곳에 내버려두고 갈 수는 없었다. 그는 자신의 영향력을 통해 그가 사랑하는 처녀와 결혼할 수 있게 해 주겠다고 약속했다. 자신이 바스카리아의 왕위 계승자라고 얘기했을 때 라몬이 짓게 될 멍한 표정을 생각하면 벌써부터 즐거웠다. 그러려면 우선 그를 이 섬에서 무사히 빼내야 했다. 하지만 당장은 마땅한 방법이 떠오르지 않았기 때문에, 우연이라는 기회를 믿고 우선 함께 도망가기 위한 만반의 준비를 갖추어 놓기로 했다. 그는 이미 캐 놓은 고롱지아 나무들을 챙기고, 새끼 고롱지 한 마리의 탯줄을 잘랐다. 손에 나무를 들고, 버둥거리는 통통한 고롱지를 팔에 낀 채 태연히 바깥문을 지나 초병 옆을 무사히 통과했다. 그사이 깜깜한 밤이 되었지만 항구의 성벽에 켜놓은 횃불이 길을 밝혀 주었다. 디에고 왕자는 끊임없이 울부짖는 고롱지의 주둥이를 틀어막고 항구 근처의 깊은 덤불 속으로 들어갔다. 그곳에서 그는 고롱지를 죽이고 피 묻은 씨를 깨끗이 닦아 작은 주머니에 집어 넣었다. 갑자기 달아나야 할 경우 적어도 씨 하나는 가져가기 위해서였다. 그는 나뭇잎으로 죽은 고롱지를 덮어 주었다. 고롱지아 가지를 조심스럽게 묶어 해변으로 가져가서 작은 카약에 싣고, 배를 물속에 절반쯤 잠기도록 밀어놓았다. 큰 배에 있는 노들은 모두 꺼내 덤불 속에 숨겼다. 그러고는 원시림 안으로 들어가 커다란 몽둥이를 하나 만들었다. 궁전 가까이 있는 대나무 숲에 몸을 눕히고 혹시라도 라몬이 빠져나오거나, 궁전 안에서 비명이 들릴 때까지 기다렸다.

경호원 우사르는 브레두르를 기둥들이 늘어선 시원한 방으로 데려가더니, 파란색 휘장이 걸린 네 개의 아치를 지나 문으로 이어지는 복도를 가리켰다. 그녀가 브레두르를 위해 첫 번째 휘장을 걷어주었을 때, 그는 자신도 모르게 바스카리아어로 고맙다는 인사를 했다. 그러자 우사르는 바스카리아어로 그에게 말했다.

"들어가. 너는 이제 공주님의 하렘에 새롭게 날아든 작은 새야. 공주님께서 눈 빠지게 기다리고 계셔."

브레두르는 네 개의 아치를 지나 문 안으로 들어갔다. 그러자 우사르가 그의 뒤에서 문을 닫았다. 부드러운 조명이 비치는 커다란 방 안에 들어선 순간 그는 놀라움을 금치 못했다. 그는 그런 호화로움과 화려함을 꿈에서조차 생각하지 못했다. 다각면을 이루는 벽에는 녹색, 푸른색, 붉은색, 금색의 동양식 문양이 그려져 있었고, 온갖 색으로 칠한 천장과 둥근 돔의 중간에는 황금과 청금석으로 새긴 글씨가 상감되어 있었다. 벽 앞에는 진주로 장식한 탁자와 화려한 캐시미어 소파가 놓여 있었다. 소파에는 번쩍거리는 쿠션이 놓였고, 바닥에는 작은 발소리도 흡수하는 부드러운 페르시아 양탄자가 깔려 있었다. 방 가운데에는 매끄럽고 번쩍거리는 작은 대리석 욕조가 있었다. 대리석의 모서리에 달린 황금으로 된 돌고래 머리에서는 작은 소리를 내며 끊임없이 물이 흘러나왔다. 대리석 분수 뒤의 방 반대쪽에는 단상으로 오르는 계단이 네 개 있었다. 바로 이 단상 위 터키 비단과 주홍색 벨벳으로 만든 쿠션들 사이에, 사릴리사는 표범 가죽 위에 배를 깔고 팔로 턱을 고인 채 엎드려 있었다. 체르케스인처럼 굵게 땋은 검은 머리가 그녀의 목을 감쌌다. 조끼의 단추들이 풀어져 석류 같은 가슴 위쪽이 드러나 있었다. 비단 슬리퍼 한쪽은 벗겨졌고 다른 한쪽은 헤나를 칠한 발가락에 아슬아슬하게 걸려 흔들거렸다.

브레두르는 몸을 부르르 떨었다. 하지만 이번에는 그의 목숨이 위태롭기 때문이 아니라 술탄의 딸에게서 느껴지는 신비한 아름다움이 오로지 리스바나 공주에게만 바쳐야 할 그의 마음을 사로잡았기 때문이다. 사릴리사는 그에게 좀 더 가까이 오라고 손짓했다. 브레두르는 정신을 차리고 그 말에 따랐다. 가까이에서 보니 술탄의 딸은 더욱 아름답고 매혹적이었다. 게다가 앞에 놓인 은쟁반 위에서 피어오르는 향료의 황홀한 향기와 희미한 조명, 어디선가 흘러나오는 알지 못할 악기의 진기하고 마음을 사로잡는 소리가 그의 욕망을 일깨웠다. 되도록 오래 여자 옷을 입고 자신을 숨겨야 한다는 생각과 당장 옷을 벗어던지고 싶다는 생각이 마음속에서 격렬한 싸움을 벌였다. 그러나 사릴리사 공주가 몸을 일으키며 그의 베일을 붙잡자 그는 단번에 베일을 떼어 버리고 셔츠를 머리 위로 벗어던지고, 왼발과 오른발을 번갈아 껑충거리며 바지를 벗어 버렸다. 그리하여 그는 마침내 무릎까지 오는 선원 팬티와 가슴에 난 털을 드러내 보이며 우아한 남성의 모습으로 공주 앞에 섰다. 공주는 소스라치게 놀랐다. 그녀는 비명을 지르며 브레두르의 발 앞에 몸을 내던졌다. 눈물을 흘리면서 처음에는 자기 나라 말로 다음에는 페르시아어와 아라비아어로 자비를 빌었다.

브레두르는 그녀 옆에 앉으며 바스카리아어로 말했다.

"고귀한 사릴리사 공주, 안심하세요. 나는 당신이 두려워해야 할 사람이 아닙니다. 부탁이니 제발 일어나세요."

"마법사 지니인가요?"

사릴리사도 바스카리아어로 말했다. 그녀는 바닥에 엎드려 얼굴을 손으로 가리고 있었다.

"아닙니다. 나는 당신처럼 피와 살을 가진 인간입니다. 그냥 남자입니다."

"남자, 남자라니! 나를 죽이지 마세요! 제발 죽이지 마세요!"

사릴리사가 울부짖었다.

"내 칼을 그대를 향해 쳐드느니 차라리 내 두 손을 잘라 버리겠습니다. 더구나 지금은 칼도 없습니다. 보세요. 당신이 안심할 수 있도록 당신 앞에 몸을 던지겠습니다."

브레두르가 외쳤다. 브레두르가 바닥에 엎드려 그녀의 자비를 빌고, 공주도 계속 그에게 자비를 빌면서 그들은 함께 양탄자 위에 엎드려 있었다. 브레두르가 그 자세로 자신의 진심과 호의를 표시하면서 어떤 나쁜 짓도 하지 않겠다고 맹세하자, 마침내 사릴리사 공주는 마음을 진정하고 무릎을 꿇고 앉았다. 그녀는 위엄을 되찾은 목소리로 무엇을 찾으러 이곳에 왔느냐고 물었다. 브레두르는 고롱지아 나무를 훔치기 위해 행복의 섬에 왔노라고 말했다. 그는 자신이 수치스러운 이익을 탐하여 이 일을 하는 것이 결코 아니며, 자신에게는 사릴리사만큼 아름다운 공주를 구해 내려는 숭고한 목적이 있다는 것을 강조했다. 공주는 그 아름다운 경쟁자가 도대체 누구이며, 그녀가 무엇으로 그의 마음을 사로잡았는지 물었다. 브레두르는 몸을 일으켜 무릎을 꿇고 앉아 자신의 사연을 털어놓았다. 리스바나 공주를 향한 그의 고귀한 사랑을 확신시키려고 하는 것이 술탄의 딸인지, 아니면 자기 자신인지 그로서도 알 수가 없었다. 사릴리사 공주는 입을 다물지 못하고 그의 얘기에 귀를 기울였다. 그러더니 그녀는 소파로 브레두르를 이끌고 물담배 파이프를 권하면서 모든 것을 다시 세세하게 얘기하도록 했다. 처음 얘기를 들었을 때 브레두르와 리스바나 공주가 약혼을 하는 것이 왜 어려운지 그녀로서는 이해가 가지 않았다. 그녀가 이해한 것은 납치에 대한 얘기뿐이었다. 아스투르의 공주들은 다른 술탄이나 술탄의 아들과 결혼하는 일이 거의 없고, 궁정 내의 지체 높은 인물과 결혼하기 때문이다. 브레두르가 북쪽나라의 풍습에 대해 설명하자 사릴리사는 리스바나 공주의 슬픈 운명, 아버지 프레두르 박커툰의 몰이해, 로타푸르 왕의 불신에 대해 거듭 탄식했다. 그녀는 위로의 표시로 브레두르의 팔에 여러 차례 손을 얹었다.

“이제 나의 얘기를 들었으니 당신의 얘기를 들려주세요. 왜 세상에서 멀리 떨어진 이 섬에서 살게 되었지요? 도대체 왜 내게 그토록 공포를 느꼈던 겁니까?”

브레두르가 물었다.

사릴리사는 담배를 깊이 빨아들여 코로 연기를 내뿜었다.

"용감한 북쪽나라 기사님, 나 사릴리사는 아스투르의 술탄의 막내딸로 태어나 아무 근심 없이 행복하게 자랐어요. 어떤 소원이건 내 입술 밖으로 나가기만 하면 그대로 이루어졌지요. 어릴 때부터 아름다움과 매력이 다른 어떤 여자보다 뛰어나서 아버지의 사랑을 독차지했으니까요. 그러던 어느 날 지금으로부터 칠 년 전, 술탄께서 이상할 정도로 우울한 표정을 지으며 기쁨의 방에 들어섰어요. 무희들의 춤도, 난쟁이 내시의 익살도 술탄의 무거운 마음을 풀어 줄 수 없었지요. 나는 어머니의 손을 놓고, 아버지의 무릎 위로 기어 올라가 수염을 쓰다듬으며 마음을 풀어 드리려 했어요. 하지만 아버지는 그저 한숨만 내쉬면서 나를 바라보시더니 눈물을 흘리시는 거예요. 그래서 내가 물었죠. '사랑하는 아바마마, 무슨 걱정이 있으신지요?' 술탄께서 다시 한숨을 내쉬면서 이렇게 대답했어요. '아, 내 귀여운 딸아, 어젯밤 꾼 꿈이 무슨 뜻인지 모르겠구나! 그 꿈이 내 마음을 견딜 수 없도록 짓누르고 있단다.' 그러자 젊은 내시가 머리를 조아리며 말했어요. '고귀한 지배자시여, 왜 은상자 안에 잡아 두신 지니에게 물어보지 않으십니까? 그는 마법의 귀신들 중에서도 가장 뛰어납니다. 그가 전하의 꿈을 해석할 수 있을 것입니다.' 술탄께서는 은상자를 가져오라고 보물창고를 관리하는 시종에게 명령했어요. 시종이 상자를 기쁨의 방 한가운데로 가져와 세 개의 뚜껑 중에서 가장 왼쪽 것을 열었어요. 그러자 검은 연기가 돔까지 솟아올랐고, 연기가 하나로 모이더니 불을 내뿜는 듯한 눈과 부싯돌 같은 이빨을 지닌 지니의 거대한 머리가 나타났어요. 어깨는 남자 여섯을 앉힐 수 있을 만큼 넓었고, 팔은 나뭇등걸 같았고, 손은 커다란 프라이팬 같았어요. 하지만 가슴 아래쪽은 연기로만 되어 있었어요. 두 개의 뚜껑이 닫혀 있는 한 그의 나머지 몸이 붙잡혀 있는 것이기 때문이지요. 술라이만의 봉인이 찍혀 있기 때문에 그 스스로는 뚜껑을 열 수 없답니다. 그의 눈길이 너무나 무서워서 그를 처음 본 무희들은 기절하고 말았지요.

아버지가 지니에게 소리쳤어요.

'내가 어제 꾼 꿈에 대해 듣고 그것이 무슨 의미인지 내게 말하라. 해몽을 못 하거나 내게 거짓말을 하면 너를 일주일 동안 내시들의 변소에 처넣겠다.'

'말씀을 그대로 따르겠습니다.'

지니가 대답했어요.

'제발 내시들의 변소에는 다시 집어넣지 말아 주십시오.'

아버지께서 말씀하셨어요.

'내가 특별히 귀하게 여기는 하얀 매를 데리고 사냥을 나가는 꿈을 꾸었나. 꿈에서 나는 매를 여러 번 사막으로 날려 보냈는데, 그 아름다운 새는 매번 내게 돌아왔다. 그런데 내가 매를 여덟 번째 날려 보냈을 때, 독수리 두 마리가 날아오더니, 그중 한 마리가 내 매에게로 다가갔다. 처음에는 내 매와 함께 노는 듯하더니 아무런 경고 없이 매에게 달려들었다. 그래서 매는 땅에 떨어져 죽고 말았다.

이 꿈이 무엇을 뜻하는가?'

'불행한 술탄이시여. 그 매는 전하께서 가장 사랑하시는 사릴리사 공주입니다. 앞으로 여덟 번째 생일을 맞기 전에 한 남자가 찾아와 공주님의 믿음을 얻은 뒤 죽게 만들 것입니다.'

아버지께서는 그 말을 듣고 너무 놀라셨어요. 나보다 더 놀라셨지요. 아버지께서는 지니가 들어 있는 은상자를 한 달 동안 내시들의 변소에 처넣으라고 명령하시고는, 어떻게 하면 이 운명을 피할 수 있을까 곰곰이 생각하셨어요. 결국 아버지께서는 왕국에서 가장 외진 이 섬에 궁전을 짓게 하셨어요. 그리고 궁전의 가장 안쪽 방을 두 개의 건물로 둘러싸게 하고 이곳으로 나를 보내셨어요. 나를 보호하기 위해 초병 백 명을 준비하고, 내가 편안하고 즐겁게 지내도록 시녀와 노예 이백 명도 보내 주셨지요. 없는 것이 없는 화려한 정원을 만들도록 정원사 백 명도 보내 주셨어요. 당신이 훔쳐가려 하는 고롱지아도 이곳에 있지요. 고롱지의 울음소리는 내 마음을 즐겁게 해 준답니다. 남자는 이 섬이 보이는 곳까지만 접근해도 사형에 처하도록 하셨어요. 아버지조차도 섬에는 절대 발을 들여놓지 않으세요. 나는 살인자가 찾아올까 봐 두려움에 떨며 살고 있어요. 아무런 불평도 하지 못하고 수백 명이나 되는 동무들 속에서도 때때로 고독을 느끼며 이 생활을 견디고 있답니다."

이번에는 브레두르가 사릴리사 공주를 위로해 줄 차례였다. 그런데 그의 목소리가 수상하게 떨리기 시작했다. 사릴리사 공주가 자신의 다리를 브레두르의 다리에 감았기 때문이다. 그들은 자연스럽게 양탄자 위로 미끄러져 내려갔다. 브레두르는 세상에서 가장 아름다운 여자는 사릴리사라고 더듬거리며 말했다.

"리스바나 공주보다 더 아름다워요?"

사릴리사는 부드럽게 속삭이면서 브레두르에게 기대 왔다.

"훨씬."

브레두르가 대답하며 왼손으로 그녀의 목을 안았다.

"오, 내 사랑, 당신이 원하는 대로 하세요."

사릴리사가 숨을 내쉬며 말했다. 그날 밤 리스바나라는 이름은 누구의 입에서도 더 이상 나오지 않았다.

불행

아침 햇살이 궁전의 나무 창살 사이로 비스듬히 비쳐들 때, 술탄의 딸과 그녀의 기사는 대리석 욕조의 따뜻한 물속에 몸을 담그고 있었다. 두 사람은 서로 손을 마주 잡았다. 사릴리사는 연인에게 키스 세례를 퍼부었다. 그는 꿈을 꾸고 있는 것 같았다. 그가 몸을 담그고 있는 따뜻한 물, 자신에게 기대 누운 사릴리사, 그녀의 얼굴에 달라붙은 젖은 머리카락, 둥근 어깨에 매달려 있는 물방울들, 그의 목에 감겨 있는 팔, 그 밖에도 더없이 아름다운 모든 것들이 그와 함께 있었다.

사릴리사는 브레두르를 바라보다가 졸린 듯한 표정으로 그를 껴안고는 이마를 만지며 부드러운 목소리로 실없는 말들을 속삭였다. 그러다 갑자기 그를 밀치면서 달아나 수영을 하려는 듯한 시늉을 했다. 브레두르는 그녀를 붙잡았다. 그들은 마치 언제나 그런 놀이를 해 왔던 것처럼 함께 뒹굴었다. 브레두르가 사릴리사를 설탕 과자, 새끼 제비, 무당벌레라고 불러 대면 그녀는 그를 꿀 묻은 곰, 행운의 잉어, 물어뜯기 대장이라고 부르며 얼굴에 물을 튀겼다. 사릴리사는 고양이처럼 날렵하게 물 밖으로 달아나 욕조 주위를 내달렸다. 브레두르도 욕조에서 나와 사릴리사를 쫓았다.

바로 그때 운명적인 사건이 일어나고야 말았다. 브레두르의 손이 사릴리사의 어깨에 닿으려는 순간, 그녀는 젖은 대리석 위로 미끄러졌다. 브레두르는 손을 내밀었지만 팔밖에 붙잡지 못했고, 불행하게도 오히려 그 때문에 사릴리사는 욕조 모서리에 머리를 부딪히고 말았다.

"사릴리사!"

브레두르는 몸을 굽혀 놀란 눈으로 그녀를 바라보았다. 그의 얼굴에 핏빛이 싹 가셨다. 입술까지도 회색빛이었다. 그녀는 그의 팔을 붙잡고 일어서려 했다. 눈꺼풀이 파르르 떨렸다.

"내 사랑 사리, 괜찮아?"

브레두르는 사릴리사를 팔에 안았다.

"괜찮아요, 내 사랑."

그녀의 코로 피가 쏟아졌다. 곧 눈이 감기며 온몸이 축 늘어졌다.

'있을 수 없는 일이야. 꿈을 꾸고 있는 게 분명해. 꿈에서 깨어나면 모든 것이 그대로 일 거야!'

그러나 이미 경악의 심연이 입을 벌리고, 얼음장 같은 손가락들이 브레두르의 심장을 후벼 팠다. 목에서 기이하고 공허한 소리가 울려나왔다. 그가 아니라, 그의 가슴속에 있는 어떤 짐승이 고통으로 울부짖는 듯한 소리였다. 입술이 떨리고 짐승의 소리가 점차 그의 목소리와 하나가 되더니, 마침내 브레두르는 어린아이처럼 울음을 터뜨렸다. 그는 자신의 얼굴을 사릴리사의 젖은 머리카락에 묻고 몸을 이리저리 흔들었다. 영원히 멈출 수 없을 것 같은 탄식이었다. 그때 마법의 방울이 떠올랐다. 브레두르에게는 아직 한 번의 기회가 있었다. 사릴리사의 머리를 조심스럽게 바닥에 내려놓고, 옷이 놓여 있는 소파로 가서 셔츠를 찢고 찌그러진 방울을 꺼냈다. 그는 방울을 머리 위에서 흔들며 소리쳤다.

"사릴리사 공주를 살아나게 해라!"

그는 대리석 바닥에 누워 있는 사릴리사에게로 다시 달려갔다. 대리석의 틈 사이로 피가 흘러내렸다. 브레두르는 그녀가 한숨을 내쉬거나 기침을 하기를, 갈색 눈을 뜨고 모든 것이 다시 원래대로 돌아가기를 기다렸다. 그러나 아무 일도 일어나지 않았다. 아무 일도! 브레두르는 사릴리사를 팔에 안고 흔들었다.

"당신이 다시 살아나기를 원해! 다시 살아나기를 원한단 말이야! 그걸 원한다구!"

브레두르는 울부짖으며 다시 방울을 흔들었다.

"일 년만이라도, 단 일 년만이라도!"

반응이 없었다.

"단 한 달만이라도! 한 주만이라도!"

그는 자신의 귀를 연인의 입술에 대 보았다. 사릴리사는 숨을 쉬지 않았다.

공주의 경호원 우사르가 새 노예를 데려가기 위해 방문을 처음 두드렸을 때, 안에서는 아무런 기척이 없었다. 한 시간 뒤에 다시 문을 두드렸을 때도 마찬가지였다. 걱정해야 할 아무런 이유가 없었지만, 그렇게 하는 것이 그녀의 의무였기 때문에 우사르는 문을 열고 경의를 표하며 안으로 들어갔다. 욕조 옆에 이교도로 보이는 남자가 앉아 있었다. 그의 하얀 몸은 털로 뒤덮였고, 팔에는 벌거벗은 공주의 시신을 안고 있었다. 결국 그 일이 벌어지고 만 것이다. 이교도는 조금도 달아나려고 하지 않았다. 그는 사릴리사 공주를 품에 안고 끊임없이 눈물을 흘리며 돌도 감동할 만큼 흐느꼈다.

우사르는 등 뒤로 문을 닫았다. 새로 온 여자 노예가 어떻게 벌거벗은 남자로 변신했는지 알 수 없었지만 한 가지만은 분명했다. 그녀가 공주를 지키지 못했다는 사실을 아스투르의 술탄이 알게 된다면 참혹한 형벌을 받게 될 것이라는 것. 끈에 묶인 채 자루에 넣어져 보스포러스 해협에 던져지는 것이 아마 그녀가 기대할 수 있는 최선의 경우일 것이다. 그녀는 손에 반달칼을 들고 울고 있는 브레두르에세로 다가갔다. 그러고는 그에게 속옷을 집어 건네주며 말했다.

"길에 떨어진 똥덩이로 너를 창조하신 알라신의 이름으로 명령한다. 부끄러운 곳을 가리고 무슨 일이 있었는지 내게 말해라! 먼저, 네 동료들이 이 섬에 몇 명이나 더 있는지 말해라!"

브레두르는 눈물로 범벅이 된 얼굴을 쳐들고 말했다.

"사릴리사가 죽었어! 죽었단 말이야! 그게 안 보여? 내 잘못이야! 내 머리를 칼로 내려치라구!"

그러더니 다시 가슴이 찢어지는 듯한 소리를 내며 울기 시작했다. 우사르도 동정심을 느낄 정도였다. 그가 조금 진정하는 기미를 보이자 우사르는 그에게 옷을 입도록 하고, 무슨 일이 있었는지 하나씩 캐물었다. 잠시 뒤 그녀는 사정을 알게 되었다.

"진정해! 인간의 운명은 이마에 새겨져 있어. 운명을 거부할 수 있는 인간은 없어. 사릴리사 공주는 어젯밤에 그런 일을 겪을 수밖에 없는 운명이었어. 그리고 네 이마에는 그녀를 죽여야 할 운명이 새겨져 있었고. 인간은 이마에 새겨진 운명대로 할 수밖에 없어. 네 운명에서 벗어나기 위해 네가 가장 높은 산에 오르고, 공주가 땅속으로 들어가거나 가장 깊은 바다 속에 있었다고 해도, 너희는 어차피 만났을 것이고, 너는 공주를 죽였을 거야. 이마에 새겨진 운명에서 벗어난 인간은 아무도 없다구."

"날 죽여! 그게 네가 해야 할 일이잖아. 뭘 기다리지? 그건 네 운명이 아니라는 건가? 그렇다면 나를 사릴리사의 아버지에게 데려다 줘. 죗값을 치를 수 있게. 나는 죽어 마땅해."

"멍청한 놈이군. 술탄이 너를 쉽게 죽일 거라고 생각해? 백년 동안 너를 고문할 거야. 그리고 나도."

우사르가 소리쳤다.

"상관없어. 내 가슴을 쥐어뜯는 이 불행보다 더 고통스러운 건 없으니까.”

브레두르가 흐느끼며 말했다.

“술탄이 네게 어떤 고통을 줄지 전혀 모르는군.”

우사르가 말했다.

“술탄은 몰래 다른 남자와 정을 통한 애첩 마파의 손과 발을 잘라 그것을 줄에 묶어서 목에 걸게 했어. 그녀의 정부 목구멍에는 끓는 버터를 부어 넣고, 산채로 화덕에 구웠지. 사람 고기를 요리하는 요리사 두 명이 내내 그의 심장을 물에 적신 해면으로 식혀서, 그는 죽지도 못하고 요리사들이 그를 칼로 써는 고통을 겪어야 했어. 술탄이 노예의 가슴을 갈라 심장을 꺼내 다른 노예의 입에 처넣는 것을 직접 본 적도 있지. 그들이 무슨 잘못을 저질렀던 게 아냐. 술탄은 그냥 심심해서 그랬던 거라구. 이제 가장 사랑하는 딸을 앗아간 자를 어떻게 할지 상상할 수 있겠어?”

“그렇다면 자살이라도 하겠어. 칼을 줘. 내 마음의 고통과 죄를 한꺼번에 끝낼 수 있도록.”

“네 생각만 하지 마! 공주가 죽었다는 사실이 알려지면 술탄은 공주의 노예들을 모두 공주와 함께 매장할 거야. 그걸 원해? 수백 명을 살해해서 네 죄를 더 크게 만들고 싶어?”

“물론 그건 아냐. 그럼 어떻게 하면 되지? 네 생각이 뭐냐고?”

우사르는 안도의 숨을 내쉬었다.

“우선 네가 이곳에 입고 들어온 옷으로 공주를 싸도록 하자.”

브레두르는 다시 눈물을 터뜨렸다. 우사르는 옆방에서 베일과 목까지 올라가는 공주의 옷을 가져와 그에게 주며 말했다.

"모술의 옷감으로 만든 옷입니다, 주인님."

브레두르는 그녀가 미친 것이 아닌가 하고 빤히 쳐다보았다.

"이제부터 넌 사릴리사 공주가 되는 거야."

우사르가 설명했다.

"너는 우리에게 빚이 있어. 네가 한 행동은 너 자신뿐 아니라 이 섬에서 살고 있는 사람들 모두에게 영향을 미칠 수밖에 없어. 초병들, 노예들, 정원사들에게 이제는 너를 섬겨야 한다고 말할 거야. 우리는 모든 것이 예전 그대로인 것처럼 행동할 거야. 아스투르에서 온 여자 선원들이 들어와도 아무 눈치 못 채게 할 거야. 언젠가는 이 일이 알려질 때가 오겠지. 늦어도 일 년 안에는. 사릴리사 공주가 다시 아스투르의 궁으로 돌아갈 때가 되면 우리는 모두 죽게 될 거야. 하지만 우리가 그때까지만이라도 알라신의 도움으로 살 수만 있다면 그것으로 만족해. 자, 이제 네 친구가 어디 있는지 말해. 그를 죽여야 한다는 사실은 변함없으니까."

백조

디에고 왕자는 밤새 대나무 숲에서 잠을 자지 않고 기다렸다. 하지만 라몬은 돌아오지 않았다. 예상했던 소동도 일어나지 않았다. 아침 녘에야 잠이 들었다. 그가 다시 깨어났을 때는 이미 모든 것이 끝난 뒤였다. 궁전 앞에 수많은 사람들이 모여 있었다. 시녀, 초병, 정원사들이 모두 모인 것 같았다. 여자들은 뒤엉켜 소리를 지르며 머리 위에 시체를 지고 날랐다. 시체는 녹색 옷으로 싸여 있었다. 라몬의 옷이었다. 시녀들이 시체를 내려놓았다. 여자 네 명이 사이프러스 나무 밑을 파기 시작했다. 디에고는 두 주먹을 불끈 쥐었다. 친구를 지키지 못한 것이다. 친구가 죽임을 당할 때 그는 잠을 자고 있었다. 그리고 지금 라몬이 동물처럼 매장되고 있는데 그는 비겁하게 숲 속에서 구경만 하고 있었다. 그때 베일을 쓰고 보라색 벨벳으로 온몸을 감싼 여인이 궁전에서 나왔다. 시녀들이 경의를 표하며 한쪽으로 물러섰다. 공주가 저렇게 베일을 쓰고 다닌다는 것은 이 섬에 또 한 명의 남자가 있다는 것을 여자들이 모두 알아 버렸다는 것을 뜻했다. 그들이 라몬을 고문한 것이 분명했다. 그렇지 않고서야 그가 입을 열지 않았을 테니까.

갑옷을 입은 초병들은 여덟 개 조로 나뉘어 섬을 수색하기 시작했다. 지금이 달아날 기회였다. 디에고 왕자는 모든 은폐물을 이용해 항구로 달려 내려가 카약에 올라탔다. 만의 중간쯤에 도달했을 때, 크고 작은 화살들이 그를 향해 비 오듯 날아왔다. 그가 화살을 맞지 않은 것은 기적에 가까웠다. 그러나 배는 여러 군데 구멍이 나서 물이 새, 점점 가라앉았다. 물에 흠뻑 젖은 양탄자와 쿠션을 배 밖으로 내던지고, 허리까지 물에 잠긴 채 계속 노를 저었다. 화살과 석궁의 사정거리 밖으로 벗어났을 때, 디에고 왕자는 상의를 작은 조각으로 찢어 눈에 보이는 구멍들을 서둘러 막았다. 그러고는 은쟁반으로 배 안의 물을 밖으로 퍼냈다. 그러나 곧 다시 물이 차올랐다. 계속 물을 퍼내야 했기 때문에 그가 나아가는 속도는 더딜 수밖에 없었다. 커다란 상어가 배로 바짝 다가와 나란히 헤엄치면서 그를 바라보았다. 그래서 노를 저을 때 팔이 배 밖으로 많이 나가지 않도록 조심해야 했다. 마침내 멀리서 금빛으로 반짝이는 마나티호의 후미가 보였다. 그는 더욱 힘을 내, 마침내 어두워지기 전에 배에 올라, 사건의 전말을 얘기할 수 있었다.

요하네스 뫼비우스는 고롱지아를 보고 열광했고, 선원들도 임금을 두 배로 받을 수 있게 되어 기뻐 날뛰었다. 럼주가 배급되었고, 누군가가 연주를 시작하자 춤을 추며 파티가 벌어졌다. 그러나 디에고 왕자만은 파티에 끼지 않았다. 그는 배 뒤쪽으로 가 환호하는 선원들을 불쾌한 표정으로 바라보았다. 뫼비우스와 선장이 다가와 그의 기분을 풀어 주려 했다.

"선원 하나 죽었다고 너무 상심하지 마십시오, 왕자님. 선원들을 보십시오. 그들이 상심하고 있는 것 같습니까?"

뫼비우스가 말했다.

"죽음은 뱃사람의 인생에서 가장 안정된 자리입니다. 여기서 슬퍼하는 사람은 하나도 없을 것입니다. 그 반대지요. 선원들은 뱃사람이 익사하면 행운을 가져다 준다고 믿습니다. 바다가 이미 먹이를 노획했기 때문에 나머지 선원들은 무사할 거라고 생각하는 거지요."

선장이 끼어들었다.

"그는 익사하지 않았어! 나를 배신하지 않으려고 죽을 때까지 고문당했다구. 그는 내 친구였어. 가장 친한 친구이자 뱃길의 동반자였어. 그런데 나는 그를 돕지 못했어. 이 모든 것이 그 빌어먹을 고롱지아 때문이야. 오, 가엾은 라몬! 오, 네 아름다운 신부는 어쩌라고! 어머니가 정원에 너무 집착했기 때문에 이런 일이 일어난 거야! 저주나 받아라! 정원 기술과 진정한 가치가 없는 일에 매달리는 모든 어리석은 여자들에게 저주가 내려라! 사람보다 식물을 더 귀하게 여기는 너희 모두 저주나 받아라!"

디에고 왕자는 소리치고는 선실로 들어가 버렸다. 그는 씨도 가져왔다는 사실을 뫼비우스에게 말하지 않았다. 어머니의 발 앞에 고롱지아 씨를 내던지는 만족감을 다른 사람에게 내주고 싶지 않았다.

바스코에 돌아온 디에고 왕자는 마중 나온 부모에게 대충 인사를 올리고는, 사람들이 그에게 리스바나 공주가 도망쳤다는 소식을 전하기도 전에, 곧장 말을 타고 성으로 달려갔다. 그는 공주를 만나 다시 용서를 구하고 빨래를 못 하게 할 생각이었다. 자신이 도와주지 못한 친구에 대해, 그리고 이제 사랑하지 않는 남자와 결혼해야만 하는 그의 연인에 대해 얘기하고 싶었다. 그리고 그녀에게 다시 자유를 주기로 했다. 배를 타고 북쪽나라로 가든지, 아니면 영원히 그의 곁에 남든지 선택하게 한 뒤 다시 청혼할 생각이었다.

황금동굴에 이르는 먼 길을 달린 왕자가 만난 것은 톨스테란 백작 부인뿐이었다. 그녀는 왕자의 백마를 막아서며, 우선 이사벨라 여왕과 레오 1세를 만나 보라고 권했다. 디에고 왕자는 푸른 살롱에 있는 부모에게 갔다.

"일이 제대로 됐다고는 할 수 없어."

이사벨라 왕비가 말했다.

그녀는 섬세한 붓으로 고롱지아 나무의 이파리를 닦아 내고 있었다. 그 붓을 오자무에게 건네 주고 페드시에게서 새 붓을 건네받으며 왕비가 말을 이었다.

"혼자서 담을 넘었을 리는 없고 누군가 도와준 게 분명해. 북쪽 나라 기사들이 이렇게 빨리 올 거라고는 생각지도 못했는데. 나는 공주를 하루 종일 감시하도록 했어. 그런데 네가 여행을 떠난 뒤 갑자기 땅속으로 꺼져 버렸구나. 지금쯤은 아마 북쪽나라에 도착했을 게야."

디에고 왕자는 허공에 손을 저으며 비틀거렸다. 그는 벽난로의 수평대를 붙잡아야 했다. 몇 주 사이에 유일한 친구와 일생일대의 사랑을 모두 잃어버린 것은 남자로서 감당하기 어려운 일이었다.

"어차피 이게 가장 좋은 해결책이었다."

창가에 앉아 사냥개에 관한 책을 보고 있던 레오 1세가 말했다.

"우리가 한 번 납치했고, 북쪽나라에서 다시 납치했으면 그것으로 서로 계산이 끝난 셈이다. 어느 쪽도 비난할 필요가 없게 된 거지. 그 고집 센 기사들이 쳐들어올 가능성도 완전히 배제할 수는 없었다. 전쟁은 불편하고 예측 불가능한 사건이다. 적이 아무리 약하다고 해도 말이다."

"그러니 이제 모두가 만족할 수 있게 됐어."

왕비가 쾌활한 목소리로 말했다.

"나중에 결혼 적령기 공주들의 명단을 함께 읽어 보자. 테스베타니아의 공주가 검은색 동물과 붉은색 정원에 훨씬 잘 어울린다고 생각하지 않니? 당연히 나는 우리 왕가의 문장을 파란색과 노란색 꽃으로 장식할 생각이야. 그러기만 하면 나는 네가 누구와 결혼하든지 아무 상관……."

왕자는 무서운 분노를 터뜨리며, 왕비의 스패니얼 사냥개를 정원으로 내던졌다. 페드시와 오자무는 그 개를 저녁때에야 터키정원 근처에서 찾아낼 수 있었다.

"어머니, 이 빌어먹을 결혼식, 빌어먹을 정원, 빌어먹을 고롱지아, 모두 없어져 버려요!"

디에고 왕자가 부르짖었다.

"항상 자신밖에 모르는군요. 자신만, 자기 자신만! 알아요? 어머니가 목을 매는 고롱지아 씨를 가져왔어요. 하지만 어머니께 드리지 않을 거예요."

그는 주머니에서 작은 접시만 한 씨를 꺼냈다. 왕비는 의자에서 벌떡 일어났다.

"내 가장 친한 친구가 이것 때문에 죽었어요. 내 친구가 말이에요! 도대체 친구가 뭔지 알기나 하세요? 그 친구의 신부는 그가 구해 주기만을 헛되이 기다리고 있어요. 그녀는 사랑하지도 않는 뚱뚱한 남작과 결혼하게 될 거예요. 하지만 이 모든 것이 어머니와는 아무 상관도 없겠죠! 중요한 건 빌어먹을 고롱지아뿐이고, 다른 건 모두 죽어 버려도 상관없겠죠!"

왕비는 최면에 걸린 것처럼 고롱지아 씨를 향해 다가왔다. 디에고 왕자는 씨를 쥔 손을 머리 위로 쳐들었다.

"한 발만 더 다가오면 불 속에 처넣을 거예요."

왕비는 굳어버린 듯 그 자리에 멈춰 섰다.

"안 돼. 그러면 안 돼. 그러지 마라. 씨를 내게 줘. 그건 고롱지아 씨야.”

왕비가 애원하듯 속삭였다.

“어머니는 저를 단 한 번도 사랑한 적이 없어요!”

소리치는 왕자의 눈에 눈물이 글썽거렸다.

“언제나 정원에만 관심이 있었어요. 제가 탐사까지 가서 어머니가 그토록 갈망하던 식물을 가져왔는데, 어머니는 제 전부인 여자도 제대로 지키지 못했어요. 제가 사랑하는 여자를 말예요. 그리고 저를 사랑했던 여자를. 그녀도 저를 사랑했어요. 아시겠어요? 사랑했다구요! 도대체 사랑이 뭔지 알기나 하세요?”

“그럼, 그럼. 네가 다 옳아. 그 문제에 대해서는 나중에 다시 얘기하자. 우선 고롱지아 씨를 이리 다오. 내 말 들리니? 이리 달란 말이야.”

디에고 왕자는 흐느끼며 고롱지아 씨를 벽난로 속에 던져 버렸다. 왕비는 표범처럼 재빠르게 달려가 맨손으로 뜨거운 불 속에서 씨를 꺼냈다.

“어머니는 이해 못 해요. 아무것도 모른다구요.”

왕자가 울부짖었다.

“이해하고 있단다.”

그의 어머니가 고롱지아 씨에 붙은 재를 조심스럽게 입으로 불어 떨어내며 말했다. 심하게 데인 손에는 신경조차 쓰지 않았다.

“이해하고말고. 사랑하는 아들아, 나는 너를 정말 사랑해. 이제 그만 진정해라. 이 씨를 가져와서 얼마나 기쁜지 모르겠구나. 넌 정말 내게 큰 기쁨을 안겨주었어."

"이사벨라, 너무 과장하지 마시오."

레오 1세가 말했다.

"지옥으로나 가 버리세요. 두 분 다요!"

디에고 왕자는 소리치며 밖으로 달려 나갔다.

그의 절망은 세상 사람들이 생각하는 것 이상으로 깊었다. 그는 자신의 방에서 나가려 하지 않았으며, 누가 말을 걸어도 대답하지 않았고, 다시는 행복하지 않겠다고 결심한 듯 돌처럼 굳은 표정으로 창밖만 내다보았다. 그의 탁자 위에는 리스바나 공주가 담장을 넘을 때 잃어버린 녹색과 금색이 섞인 구두와 라몬의 칼이 놓여 있었다. 그는 시종장을 불러 라몬 델가도가 묵었던 곳을 찾아내게 했다. 그러고는 황금닻 여관에 직접 찾아가 숙박비를 치르고, 그의 말과 칼, 소지품들을 찾아왔다. 라몬의 말이 리스바나 공주의 고향에서 자라는 다리 짧은 말처럼 생겼다는 것이 죽은 친구에게 더욱 친밀감을 느끼게 했다. 이제 그 말은 궁전의 정원에서 풀을 뜯고 있었다. 난쟁이들이 이 괴상한 말이 벌써 공작을 두 마리나 잡아먹었다고 하소연했지만, 왕비는 감히 말을 치우라고 하지 못했다.

여러 주가 지났다. 디에고 왕자는 방에 처박혀 리스바나 공주에게 무슨 일이 있었던 것인지 온갖 상상을 다 해 보았다. 리스바나 공주가 백조를 데리고 갔다는 것이 그에게는 유일한 위안이었다. 그사이에 레오 1세는 북쪽나라 공주가 혹시 어딘가에 나타나지 않

있는지 은밀히 정보를 수집했지만, 아무것도 알아내지 못했다. 왕비도 가만있지는 않았다. 고롱지아 씨가 난쟁이들의 보호 아래 온실에서 싹을 틔우는 동안 왕비는 결혼 적령기의 공주가 있는 모든 나라의 대사들을 초대했다.

그날 저녁에도 루르키스탄과 투칸 군도의 대사가 만찬에 초대되었다. 루르키스탄의 대사는 자기 나라 공주의 아름다움에 대해 찬양했다. 하지만 그는 미모의 세세한 부분에 대해서는 전혀 얘기하지 못했다. 그녀의 아버지 외에는 어떤 남자도 그녀를 보지 못했기 때문이다. 그는 그것만으로도 왕자와 이 왕가의 지위에 걸맞은 큰 장점이 아니겠느냐고 했다. 투칸 군도의 대사는 추장의 딸이 바스카리아 왕위 계승자의 신붓감으로 물망에 오른 이래로 오로지 대나무 매트리스 위에 누워 투칸의 국민 음식인 플람푸악이라는 팬케이크를 쉬지 않고 먹어 대고 있다고 열을 올리며 설명했다. 이전에도 추장의 딸은 뚱뚱함에 있어 누구도 비견할 수 없는 아름다움을 자랑하고 있기 때문에 심장이 없는 남자가 아니라면 그녀를 거부할 수 없을 거라고 떠들어 댔다. 더구나 지금은 날마다 우유를 칠 리터씩 마시고, 시녀들이 추장의 딸을 모래 위에 굴려 점토 마사지를 해 주어 몸 전체가 균일하게 뚱뚱하도록 만들었다고 했다. 모든 일에 무관심하던 디에고 왕자조차도 그 얘기에는 오랜만에 관심을 보이며 비만한 신붓감의 초상화를 바라보았다. 하지만 그게 다 였다. 결혼에 대해서는 여전히 아무 관심이 없었다.

루르키스탄의 대사가 자기 나라 공주에 대한 찬사를 다시 시작하려 할 때 만찬장의 문 앞에서 소란한 소리가 들려왔다. 왕에게 고기 요리를 나르던 시종장이 직접 문 앞으로 갔다가 돌아와, 왕실 사냥부 부장이 하얀 새를 가져왔다고 보고를 올렸다.

"그의 말에 따르면 그 새가 리스바나 공주가 길들인 백조라고 합니다."

"들어오라고 해. 당장 들어오라고 해!"

왕자가 소리쳤다.

사냥부 부장이 백조를 팔에 안고 들어왔다. 그는 머리를 깊이 조아리고 만찬을 방해해서 죄송하다고 거듭 용서를 구했다. 그러고 나서 백조를 숲 속 호수에서 잡았으며 그 직후 휘하의 모든 사냥꾼에게 그 일대를 수색하여 공주를 찾도록 했지만 헛일이었다고 보고했다. 그는 백조가 완전히 기진맥진한 것으로 보아 아주 멀리서 날아온 것이 틀림없다는 말을 덧붙였다.

디에고 왕자는 의자에 털썩 주저앉았다.

"다시는 그녀를 볼 수 없을 거야. 아, 왜 내 친구처럼 죽지 못했을까? 백조가 어디서 왔을 거라고 생각하나? 리스바나 공주와 같이 있었다면 말일세. 그냥 비슷한 백조가 아닐까? 혹시 먼 북쪽나라에서 온 게 아닐까?"

그는 한숨을 내쉬었다. 그러더니 갑자기 새로운 힘을 얻은 듯 벌떡 일어서며 말했다.

"뭘 해야 할지 알겠어요. 다시 북쪽나라로 가겠습니다. 배에 황금을 가득 싣고 가서 로타푸르 왕에게 안겨 주고, 용서를 구하겠어요. 그리고 리스바나 공주에게 다시 청혼하겠어요.”

“안 된다.”

레오 1세가 말했다.

“그건 수치스러운 짓이다. 게다가 그들은 너를 인질로 잡아 두려 할 게다. 절대로 안 된다. 그런 일에는 결코 내 배를 내줄 수 없다. 그리고 만일 공주가 그곳에 없다면 어쩔 셈이냐? 그럼 네 꼴은 또 뭐가 되는지 생각해 봐라. 전령들이 돌아올 때까지 기다려라.”

레오 1세는 사냥 부장에게 물러가도 좋다고 손짓했다. 하지만 그는 계속 머리를 조아리고 두 발을 비비면서 헛기침을 하더니, 한 가지 더 할 말이 있다고 했다.

“백조의 발에는 밀랍을 칠한 주머니가 씌워져 있습니다.”

“백조가 아픈 게 나와 무슨 상관이냐?”

절망으로 인해 판단이 흐려진 디에고 왕자가 소리치며 다시 의자에 털썩 주저앉았다. 하지만 다행스럽게도 레오 1세는 분별과 호기심을 충분히 갖고 있었다. 그는 백조를 자기 앞으로 가져오게 해서, 사냥 부장에게 백조를 꼭 붙잡고 있게 하고는 식사용 칼로 주머니에 묶인 끈을 끊었다. 그러자 백조의 시커먼 발이 나타났다. 물갈퀴 위에 단어들이 쓰여 있었다. 물갈퀴 하나에 한 단어씩 쓰여 있었지만, 바탕이 검은색이라서 잘 알아볼 수 없었다. 레오 1세는 물갈퀴를 펴서 촛불 앞에 갖다 댔다.

“도와줘요. 고스포로르…… 여기 쓰여 있는 것은 ‘고스포로르’, 아니면 그 비슷한 단어인데. 세 번째 단어는 ‘루다츠’인 것 같다.”

디에고 왕자가 벌떡 일어났다.

"공주는 루다츠에 있는 고스포로르 성에 잡혀 있어요! 내게 도움을 청하고 있는 거라구요. 도망친 게 아니라 납치당한 거예요. 그 악당을 가만두지 않겠어. 공주에게 무슨 짓을 했다면 절대로 가만두지 않을 거야."

"아들아, 원하는 만큼 군사를 데려가라!"

낭만적인 레오 1세가 외쳤다.

"잠깐, 기다려. 시간을 더 끌다 가면 공주가 훨씬 고마워하지 않을까?"

왕비가 말했지만 아무도 귀담아 듣지 않았다. 문제는 고스포로르 성이 어디 있는지 아무도 모른다는 것이었다. 루다츠라고 불리는 지역도 전혀 알지 못했다. 하지만 전령과 정보원들이 있지 않은가. 그들이 모든 정보를 보내 줄 것이다. 왕자는 백조의 발에 투명한 밀랍을 칠하게 했다. 그리고 귀한 글씨가 지워지지 않게 백조가 물에 들어가는 것을 막도록 명령했다.

새로운 사릴리사

아침에 눈을 떠 꿈의 세계와 현실 세계의 중간쯤 있을 때면 브레두르는 마음이 무겁지 않았던 예전과 같은 느낌을 잠시 누릴 수 있었다. 하지만 이 기이하고 공허한 순간이 지나가면 사릴리사의 죽음과 이를 초래한 그의 죄에 대한 기억이 돌덩이처럼 영혼을 짓눌렀다. 그러고 나면 그가 해야 할 일이 무엇인지 다시 명료하게 떠올랐다. 술탄의 딸이 지금까지 해 왔던 그대로 생활하는 것이 그에게 주어진 일이었다.

오전에는 목욕을 하고 마사지를 받아야 했다. 목욕 시중을 드는 노예들이 여러 가지 연고와 기름을 정해진 순서에 따라 정확하게 그의 피부에 발라 주면, 수건을 담당하는 노예가 특수한 방식으로 접어 순서에 따라 겹쳐 놓은 수건들을 차례로 건넸다. 물을 붓고 해

면으로 브레두르의 몸을 문지른 뒤 다시 수건으로 닦아 냈다. 머리를 빗질하여 뒤로 묶고, 손과 발에 헤나를 칠했다. 귓가에 무언가를 속살거리면서 얼굴에 마사지를 하고, 다른 노예들은 꿀 향기를 풍기는 연고를 그의 다리와 가슴과 턱에 바른 다음 털을 뽑아 냈다. 우사르 말고는 바스카리아어를 할 줄 아는 사람이 하나도 없었기 때문에 브레두르는 노예들이 하는 말을 알아듣지 못했다. 아마 그를 곰이나 악마라고 부르거나, 사람의 탈을 쓴 귀신이라고 부를 것이라고 그는 생각했다. 그다음에는 화장을 담당하는 노예가 바늘로 그의 눈가에 검은 아이라인을 그렸다. 브레두르는 이 모든 것을 받아들였다. 그는 우사르가 건네주는 물담배를 피우며 몽롱하고 마취된 듯한 상태에 빠져들었다.

목욕을 한 뒤에는 노예들의 시중을 받으며 옷을 입었다. 이 일에만도 노예 스무 명이 매달렸다. 엄격한 의식에 따라 옷을 함에서 꺼내, 천에 싸서 다음 노예에게 건네주면, 그것을 그의 코앞에 내밀어 승낙을 받은 다음 입혀 주었다. 모든 노예가 한 가지 역할만 하도록 되어 있었다. 바지를 입혀 주는 노예 두 명, 긴 상의를 입혀 주는 노예, 무릎까지 내려오는 진주 목걸이를 걸어 주는 노예, 찬란하게 반짝이는 허리띠를 매 주는 노예, 에메랄드 팔찌를 손목에 걸어 주는 노예가 따로 있었다.

이런 시중은 브레두르에게 많은 인내를 요구했으며, 그가 언제나 보라색 옷을 고르는데도 아침마다 열 벌의 옷이 그 앞에 놓여졌다. 옷을 다 입고 나면 진주로 장식된 굽 높은 나무 샌들을 딸깍거리면서 욕조가 있는 큰 방으로 갔다. 거기서 염소 가죽으로 만든 신발로 갈아 신고, 아무 일도 하지 않는 다른 시녀들 무리에 둘러싸여 표범 가죽 위에 누웠다. 그곳에서 그는 다시 물담배를 빨면서 오후 시간을 보내기 위한 우사르의 제안을 무심하게 들었다. 시녀들에게 음악을 연주하게 할 것인가, 붉은색 옷을 입힐 것인가 아니면 파란색 옷을 입힐 것인가, 정원으로 산책을 갈 것인가, 아니면 석류나무가 늘어선 길로 산책을 갈 것인가, 아니면 탬버린에 맞춰 우스꽝스러운 춤을 추는 고롱지를 구경하러 갈 것인가 따위였다.

"그래, 그래."

브레두르는 맥없이 고개를 끄덕였다. 나무 창살 사이로 비쳐드는 햇살이 푸른 담배연기 속에서 반짝거렸다.

브레두르는 "그래, 그래" 라고 대답할 때마다, 속으로는 '아니, 아니' 하고 생각했다.

'아니, 아니, 나쁠 건 아무것도 없지. 나는 이미 죽은 몸이니까. 그래, 나는 이미 죽은 몸이야. 여기 누워 있는 몸은 이 가엾은 여자들이 일 년간 더 즐겁게 생활할 수 있도록 사릴리사를 대신하고 있는 껍질일 뿐이야. 놀이를 망쳐서는 안 되지.'

우사르의 제안에 따라 오후에 정원에서 고롱지들과 놀거나 여자 노예들과 수련 분수에서 시간을 보낼 때면, 그는 여러 번 목욕을 하고 마사지를 받았다. 저녁이 되면 염소 가죽 신발을 끌며 궁전으로 돌아와 보석으로 장식된 허리띠에 파이프를 찬 채, 산더미처럼 쌓인 쿠션들 사이에 옆으로 길게 누워, 아편을 뿌린 빵을 먹고, 커피

담당 노예가 따라주는 차를 마셨다. 우사르는 늘 그에게 제대로 차려진 만찬을 들라고 권했지만 헛일이었다. 브레두르는 먹는 것에 관심이 없었다. 노예들과 시간을 보내는 것과, 우사르와 마주앉아 장기를 두는 것 말고는 어떤 일도 하고 싶지 않았다.

"이건 매우 지혜로운 형벌이야."

장기를 두면서 그는 우사르에게 말했다. 말을 하노라면 혀가 무겁게 느껴졌다. 생각을 제대로 표현하는 것이 너무 힘이 들어 그는 다시 물담배를 깊이 빨아들였다.

"특이하지만 지혜로운 형벌이야. 그래, 지혜로운 형벌."

말을 하면서 여러 차례 쉬어야 했다.

"모든 살인자들에게 이런 벌을 내려야 해. 살인자들에게 그가 죽인 사람과 똑같은 삶을 살도록 해야 해. 그들이 어떤 사람을 죽였는지, 분명히 알게 될 때까지 말이야. 그때까지 이런 형벌을 받도록 해야 해……"

브레두르는 머릿속이 뒤죽박죽 되어 가는 걸 느꼈다.

"그들이 사릴리사가 될 때까지. 그래서 그녀의 죽음이 그들 자신의 죽음으로 여겨질 때까지."

하지만 우사르는 그가 하는 말에 그저 이렇게만 대답했다.

"맞습니다, 주인님. 주인님께서 하시는 말씀은 항상 순수한 진리입니다. 주인님의 이성은 아침에 피어나는 꽃처럼 주인님의 생각을 활짝 열어 줍니다. 내일 오후에는 카약을 타고 뱃놀이를 하시는 게 어떨까요?"

브레두르는 졸린 듯한 표정으로 대답했다.

"그래 좋아. 아주 좋은 생각이야."

그러다가 그는 아무 소파나 양탄자 위에서 졸다가 아침에 우사르가 그를 깨워 담배를 새로 채운 파이프를 내밀면 이 권태로운 일과를 처음부터 다시 시작했다.

늪 속에 빠진 듯한 몽환적인 게으름 속에서 몇 날, 몇 주가 지나갔다. 무거운 벽걸이, 무거운 사향 향기, 번쩍이는 옷과 번쩍이는 보석, 끈적끈적하고 달콤한 음식과 순종적이고 부드러운 여인들에게 묻힌 채.

그러다 담배와 아편이 부족해졌다. 새로운 사릴리사가 이전의 사릴리사보다 네댓 배나 더 많이 담배를 피웠기 때문이다. 그래서 시녀들은 자신들에게 남아 있는 담배를 내놓아야 했다. 결국 하렘에 있는 꽃들까지도 말아서 피웠다. 새로운 사릴리사는 침착함과 온순함을 잃어버렸다.

"더 이상 못 참겠다. 내게 손대지 마! 이 여자 옷을 가져가고 내 옷을 돌려줘!"

브레두르는 아침부터 소리를 지르며 노예들에게 그릇과 접시를 내던졌다.

"네 옷도 여자 옷이었어."

우사르가 말했다.

"여자 차림으로 이 섬에 왔잖아. 뭐가 불만이지? 지금 입고 있는 옷이 더 화려하다는 게 불만인가?"

"빌어먹을 노예들! 저것들에게 아직 담배와 아편이 남아 있을 거야! 분명해. 나한테 숨기는 거라구. 저녁때까지 담배를 가져오지 않으면 모두에게 발바닥 태형을 내리겠다!"

브레두르가 소리쳤다.

며칠 동안 브레두르는 환자처럼 보였다. 그는 눈동자를 공허하게 이리저리 굴렸다. 잠을 이루지 못하고, 땀을 비 오듯 흘리며 궁전 안을 뛰어다녔다. 그러다가 울부짖으며 땅바닥 위에서 데굴데굴 구르거나, 보이지 않는 악마와 온갖 거친 몸짓을 해 가며 얘기를 나누었다.

"그래, 그래, 그래, 너는 당연히 알고 있겠지."

그는 창살에다 대고 욕을 퍼부었다. 그러더니 털썩 주저앉으며, 무릎을 껴안고 웅얼거렸다.

"내 손이 닿은 건 모두 잘못 됐어. 사릴리사, 사릴리사! 가엾은 내 무당벌레! 우리가 서로를 얼마나 사랑했는데!"

마침내 수송선이 도착했다. 브레두르는 약속대로 궁전 안에 몸을 숨기고 있었다. 오후 늦게 우사르가 담배를 채운 파이프와 황금을 칠한 아편이 담긴 접시를 들고 들어왔다.

"싫어. 안 피울 거야."

브레두르가 말하자 우사르는 놀란 표정을 지었다. 금단 현상을 이겨내려면 큰 고통을 참아야 했다. 귀한 담배가 풍기는 냄새 앞에서 그는 식은땀을 흘렸고 손을 심하게 떨었다.

"이런 일을 두 번 겪진 않을 거야. 난 정신을 똑바로 차려야 해."

“왜? 이 아편은 최고급이야. 하얀 양귀비와 에메랄드 가루, 잘게 빻은 진주로 만든 거라구.”

우사르가 말했다.

“그래도 싫어. 생각할 게 좀 있어.”

브레두르는 생각에 잠겼다. 그는 자신의 실수로 죽음에 이른 아름다운 사릴리사를 떠올렸다. 머리가 다시 맑아지자 낮이나 밤이나 그녀 생각이 떠올랐다. 그는 또 디에고 왕자를 생각했다. 아마도 그는 섬을 탈출해 리스바나 공주와 결혼했을 것이다. 브레두르는 그것을 막을 수 없었다. 그는 자신이 실패자라는 것을 진작부터 알고 있었던 아버지를 생각했다. 하지만 갑자기 이 모든 것이 부질없는 일로 느껴졌다. 고통과 슬픔을 알게 된 지금, 리스바나 공주의 사랑도, 늙은 아버지의 칭찬도 그에게 위로를 주지 못했다. 그에게 사랑은 두려운 것이며, 실패로 끝날 수밖에 없는 것으로 여겨졌다. 그러자 모든 일이 불행한 사고였다는 생각이 들었다. 사릴리사가 미끄러진 것은 어쩔 수 없는 일이었다. 그가 그녀의 팔을 잡지 않았다면, 아마도 더 심하게 넘어졌을 것이다. 지니는 술탄의 딸이 열일곱 살에 미끄러질 거라고 예언했던 것이다. 자신이 그 자리에 있었던 건 순전히 우연이었다. 하지만 곧 비겁하게 책임을 회피하려고 하는 자신에 대한 미움과 경멸이 솟구쳤다. 때로 브레두르는 마법의 방울을 꺼내들었다. 사릴리사를 살리지는 못했지만 그는 방울을 아직 가지고 있었다. 방울을 한참 동안 바라보다가 내던져 버렸다. 그러나 다시 노예들에게 방울을 찾아오도록 했다. 기분이 좋을 때면 위대한 가스파요리와 침을 많이 흘리는 착한 용 그렌델을 생각했다. 용을 훈련하는 것 말고는 아무런 걱정 없는 마법사는 얼마나 행복한가.

어느 날 오후, 브레두르는 보석 상자를 열어 보석을 수영장에 뿌리며 무희들에게 잠수해서 진주와 다이아몬드를 물어 오도록 했다. 그의 옆에 서 있던 우사르가 말했다.

"주인님께서 다시 놀이를 즐기시게 되어 기쁩니다. 아직도 사릴리사 공주가 생각나시면, 물담배를 채워 드릴까요?"

탬버린을 치는 시녀가 브레두르 바로 앞에서 물 위로 솟아오르며, 커다란 진주를 수영장 밖으로 뱉어 냈다. 브레두르는 몸을 굽히고 칭찬의 뜻으로 그녀의 젖은 머리카락을 쓰다듬어 주었다.

"이제 관심 없어. 왜 기분 전환 삼아 네가 직접 공주 노릇을 하지 않는 거지? 너희에게 빚을 지고 있다는 건 잘 알겠는데, 내가 여기서 여자 옷을 입고 돌아다닌다고 해서 더 나아지는 게 있을까? 너희에게는 내가 필요치 않아. 허수아비나 노예를 주인으로 모셔도 똑같을 테니까."

브레두르가 우사르에게 대답했다.

"노예를 주인으로 삼으면 살육이 일어날 거예요. 누구나 공주가 되고 싶어 할 테니까요. 그리고 시중을 들려고도 하지 않을 거구요. 그렇게 되면 이곳의 누구도 일을 하지 않을 테니, 정원에는 풀이 우거질 것이고, 모든 것이 엉망이 되겠죠. 그러면 파테 모하메드호의 선원들이 무슨 일이 있다는 것을 곧 알게 될 거예요."

"그만해! 그만하면 됐어. 너희가 원하는 건 단지 내가 너희들의 바보 같은 장단에 놀아나는 거야."

브레두르가 소리쳤다.

그는 보석 상자 안에 든 나머지 보석들을 수영장 안에 털어 넣었다. 헤엄치는 무희들의 팔다리가 수영장에 물거품을 일으켰다. 마치 피 흘리는 먹이를 놓고 싸우는 상어 떼 같았다.

"여기를 떠나고 싶어. 이만하면 날 충분히 가지고 놀았잖아. 내 도움이 진정으로 필요한 사람은 리스바나 공주뿐이야. 그녀는 나를 기다리고 있어. 그녀를 돕는 것이 내 임무야."

브레두르가 말했다.

우사르는 실눈을 뜨고 그를 바라보더니 그의 허락도 받지 않고 가 버렸다. 평소처럼 "주인님 뜻대로 하십시오"라는 말도 물론 하지 않았다. 브레두르는 자신이 실수했다는 것을 금방 깨달았다. 이곳에서 떠나겠다는 말을 해서는 안 되었다. 우사르는 사릴리사의 죽음을 숨기기 위해 무슨 짓이라도 할 것이다. 아마도 오늘 밤 그를 죽이려 할지도 모른다. 그러기 전에 도망가야 한다. 지금 당장!

탬버린을 연주하는 무희가 다시 브레두르의 발 앞에서 몸을 솟구치며 한 무너기의 보석을 대리석 위에 뱉어 냈다. 그는 무희에게 손을 내밀어 그녀를 위로 끌어올렸다. 두 사람이 함께 바다로 배를 저어가는 것을 이상하게 여기는 사람은 아무도 없었다.

몇 시간 뒤 그는 깊은 바다 한가운데서 홀로 파도와 싸우고 있었다. 항구와 가까운 만에서 무희를 배 밖으로 내던졌다. 날이 어두워지고 있었다. 아마도 지금쯤 우사르는 칼을 뽑아 들고 주인의 방으로 살금살금 다가가고 있을 것이다. 브레두르는 조류에 몸을 맡겼다. 어차피 그는 어느 방향으로 노를 저어야 할지 몰랐다. 그것이 그를 훨씬 빨리 앞으로 나아가게 했다. 다시 날이 밝아 왔다. 브레두르는 물을 가져오지 않은 것을 후회했다. 다시 어두워지고, 날이 밝았을 때, 다행스럽게도 조류는 그를 어느 해안으로 데려다 주었다.

하인

　장사에 서투른 브레두르는 진주 목걸이와 화려한 허리띠를 팔아서 마련한 돈으로 간단한 남자 옷을 사고 바스코로 가는 뱃삯을 치를 수 있었다. 바스코에 도착한 그는 우선 이발사의 동생을 찾아가 그의 동양 옷을 바스카리아 전통 복장과 바꾸었다. 그에게서 왕자의 결혼식이 아직 거행되지 않았다는 소식도 들었다. 남은 돈을 가지고 전에 묵었던 황금닻 여관으로 가서, 자신이 라몬 델가도라는 것을 알린 뒤 말과 칼, 그리고 다른 소지품들에 대해 물었다. 주인은 어깨를 움찔하며 사람들이 그를 죽은 것으로 생각했다면서 살아 돌아온 것을 축하했다. 그는 페드로 갈바노라는 사람이 찾아와 돈을 치르고 브레두르의 물건과 말을 가지고 갔다고 말했다.

　"자, 여기."

주인은 동전 한 닢을 내밀었다.

"이게 당신 물건을 팔고 남은 돈이오. 나머지는 숙박료와 말 사료 값으로 다 들어갔소."

브레두르는 바람이 스미는 벽난로와 넓은 침대가 있는 옛날 방을 다시 빌렸다. 하지만 이번에는 혼자서 그 방을 사용했으며, 탁자와 의자도 들여놓게 했다. 다음 날 아침 그는 시장에서 펜과 종이를 사고 긴 칼도 하나 샀다. 그러고는 왕실 식물학자가 사는 집을 수소문했다. 그가 사는 곳을 아는 사람은 아무도 없었다. 하지만 브레두르에게 칼을 판 상점 여주인이 뫼비우스가 '터키 튤립'이라는 식당에 자주 온다고 알려 주었다. 뫼비우스는 브레두르를 보더니 깜짝 놀라면서 어떻게 살아 돌아올 수 있었냐고 캐물었다. 하지만 브레두르는 이상할 정도로 말이 없었고, 그가 섬에 있으면서 겪은 예상치 못했던 어려움에 대해서도 몇 마디만 중얼거릴 뿐 제대로 얘기하지 않았다. 게다가 이사벨라 왕비를 알현하는 것조차 사양했다. 뫼비우스도 그가 고룽지아를 가져오지 않았다는 것을 알고 나자 그에게 더 이상 관심을 보이지 않았다. 그는 다만 페드로 갈바노가 그를 보고 싶어 할 것이라며, 그가 지금 묵고 있는 곳을 물어보았다. 이것이 브레두르가 원하던 바였다. 그때부터 그는 다락방에 머물며 디에고 왕자를 기다렸다. 그는 좀이 슨 야키를 수선하고, 마법의 방울을 옷에 다시 꿰매 달면서 시간을 보냈다.

친구가 아직 살아 있다는 소식을 들은 디에고 왕자는 곧장 황금 닻 여관으로 달려갔다. 그가 왕자라는 사실이 알려지는 것을 원치 않았으므로 평범한 옷을 입고 네 명의 경호원만 대동했다.

"라몬, 내 친구!"

디에고 왕자는 소리치며 그를 끌어안았다.

"살아 있었구나, 살아 있었어!"

"계속 이렇게 나를 눌러 대면 살아 있지 못할 거야."

브레두르가 말했다.

"네가 살아와서 얼마나 기쁜지 몰라. 그런데 네 시체를 땅에 묻는 것을 봤는데! 노예들이 들고 나간 게 네가 아니었어?"

"아니었나 보지. 페드로, 단 둘이 할 얘기가 있으니 저 사람들을 좀 내보내 줘. 어떻게 된 거야? 경호병들과 다니다니. 누구한테 쫓기고 있는 거야?"

"설명해 주지."

디에고 왕자가 손짓으로 경호원들을 밖으로 내보냈다.

"모든 것을 알게 될 거야. 마음껏 기뻐해. 널 행복하게 만들어 줄 테니까! 네 연인을 구출해서 그녀와 결혼할 수 있도록 도와줄게. 하지만 우선 네가 겪은 일을 얘기해 줘. 아니, 그 얘기를 하기 전에 먼저 나를 용서해 줘. 네 감정이 아직 좋지 않다는 것을 느낄 수 있어. 네가 살아 있다는 것을 알면서도 고의로 너를 버려둔 게 아니라는 것만 믿어 줘. 나는 네가 죽은 줄 알았어. 정말 그런 줄 알았다구. 네 무덤을 파서 확인해 봤어야 했는데. 왜 그렇게 안 했는지 내 스스로도 용서가 안 돼. 어쨌든 부디 나를 용서해 줘!"

"물론 이제 너는 내 연인을 구출할 수 있도록 나를 도와야 해. 하지만 네가 생각하고 있는 방식과는 다르게 말이야."

브레두르는 칼을 뽑아 디에고 왕자의 목에 들이댔다.

"성에다 편지를 써. 자, 여기 앉아! 펜을 잡아! 그리고 이렇게 써. 나, 바스카리아의 왕자 디에고는 지금 잡혀 있는 몸으로……."

디에고 왕자는 브레두르 쪽으로 몸을 돌리려고 했다. 그러자 칼날이 그의 목을 파고들었다.

"내가 누구인지 알고 있구나! 어떻게 알았어? 왜 말하지 않았지? 괘씸한 녀석! 칼을 집어넣어. 그만하면 충분히 재미를 봤을 테니. 아무것도 강제로 얻어 내려고 할 필요 없어. 네가 원하는 건 뭐든지 그냥 줄 거니까. 진심이야. 나는 엄청난 부자야."

브레두르는 칼을 치우지 않고 차갑게 말했다.

"그렇다면 리스바나 공주를 내게 줘."

"뭐라고?"

왕자가 소리쳤다.

"뭘 원한다구? 네게 줄 수 없는 단 한 가지가 있다면 바로 그녀야. 네 신부는 어떻게 하고? 그녀를 잊은 거야? 너를 백작으로 봉하고 결혼식을 열어서 행복하게 해 주려고 했어. 그런데 리스바나를 내놓으라니, 도대체 무슨 말이야?"

"내가 얘기했던 여자가 바로 리스바나 공주야. 다른 사람이 아니라 그녀라구. 네가 똑바로 듣지 못했을 뿐이지."

"하지만 넌 공주를 모르잖아!"

화가 난 디에고 왕자가 탁자를 내려쳤다.

"난 그녀를 사랑해! 그녀도 나를 사랑하고. 그녀를 어떻게 하겠다는 거야? 다른 여자를 선택하라구!"

디에고 왕자는 잠시 멈칫하고는 소리쳤다.

"네 우스꽝스러운 외국어 억양! 네 못생긴 말! 북쪽나라에서 왔구나? 그렇지?"

"아직도 나를 못 알아보는군."

브레두르는 한숨을 쉬며 잠시 그의 목에서 칼을 떼었다. 디에고 왕자는 그를 향해 몸을 돌렸다.

"알겠어! 이제 알겠어! 내 발을 걸었던 자로군. 수염만 깎았을 뿐이야."

"조용히 해."

브레두르가 왕자의 목에 다시 칼을 갖다 대며 말했다.

"아무도 네 발을 걸지 않았어. 이제 편지를 써. 네가 지금 내 포로로 잡혀 있고, 리스바나 공주를 당장 이곳으로 데려오지 않으면 네 두 귀와 코, 그리고 양손에서 손가락을 하나씩 잘라 버리겠다고 쓰란 말이야."

"너무 늦었어. 공주는 여기 없어."

디에고 왕자는 자신이 행복의 섬에서 돌아온 뒤 공주가 성에서 사라진 것을 알게 되었다는 것, 공주가 백조를 통해 소식을 전해 와 전령들을 파견해 알아보았지만 어디서도 공주의 흔적을 찾을 수 없었다는 것을 설명했다.

"한마디도 믿을 수 없어!"

브레두르가 소리쳤다.

"공주가 너를 사랑한다고 했다가, 이제는 공주가 갑자기 도망쳤다니. 춤만 서투른 게 아니라 거짓말도 서투르군. 편지를 써!"

"도망친 게 아니라구. 납치된 게 틀림없어!"

디에고 왕자가 말했다. 그러고는 브레두르에게 간청해서, 그의 경호원들에게 성에서 리스바나 공주의 백조를 데려오도록 명령했다.

"칼도 가져와. 내 방 탁자 위에 있는 것들을 전부 가져와. 그리고 정원에 있는 못생긴 말도!"

디에고 왕자가 소리쳤다.

"네 말은 미쳐 날뛰진 않지만, 거의 돌았더군. 공작새 네 마리와 토끼 여덟 마리를 잡아먹었어."

왕자가 브레두르에게 말했다.

그들이 기다리는 동안 브레두르는 디에고 왕자에게 거짓말쟁이에다 형편없는 자라고 계속 욕을 퍼부었다. 그가 리스바나 공주가 사라진 것을 열한 번째 얘기했을 때 디에고 왕자는 울음을 터뜨렸다. 그러자 브레두르는 겁쟁이라고 욕했다.

마침내 경호원들이 돌아와 문을 두드렸다.

"밖에서 기다려. 우선 물건들과 백조를 안으로 들여보내!"

브레두르가 소리치면서 문을 조금 열었다. 왕자가 그것들을 받아 탁자 위에 올려놓았다.

"이게 리스바나 공주의 구두야. 납치당할 때 떨어뜨린 거야."

왕자가 말했다.

"그건 보통 구두일 뿐이잖아. 리스바나 공주의 것이라는 아무 증거도 없어."

브레두르가 말했다.

디에고 왕자는 구두를 조심스럽게 자신의 옷 속에 넣고, 묶여 있는 백조를 브레두르 앞에 내밀었다. 백조의 오른발에는 가죽 주머니가 씌워져 있었다. 브레두르는 주머니를 풀었다.

"읽어 봐!"

그가 인상을 찌푸리며 디에고 왕자에게 말했다.

"여기 쓰여 있는 것은 분명히 '도와줘요'야. 두 번째 단어는 분명하지 않아. 고스포로르인지, 보스포루스인지, 아니면 가스포고리인지 그런 단어야. 글씨가 너무 흐려서 잘 모르겠지만 맨 끝에 'ㅣ' 자가 쓰여 있었던 것 같아. 피로 썼어. 공주 자신의 피겠지. 상상해 봐! 검은 물갈퀴 위에 써서 잘 보이지는 않지만 고스포로르가 맞는 것 같아?"

백조는 쉿소리를 내며 그의 손을 쪼려고 했다. 디에고 왕자는 무거운 마음으로 백조의 목을 붙잡아 공중으로 들어올렸다.

"세 번째 단어는 루다츠야."

브레두르가 망연자실한 표정으로 그를 바라보았다.

"잠깐, 다시 읽어 봐!"

그는 흥분해서 소리치며 칼로 디에고 왕자의 목을 세게 눌렀다.

"도와줘요, 고스포로르 아니면 가스포고리, 루다츠. 이제 보니

읽기가 그렇게 어렵진 않군.”

“루다츠를 혹시 루덱으로 읽을 수도 있어?”

디에고 왕자는 백조의 물갈퀴를 한참 바라보았다.

“그래. 네 말을 듣고 보니 정말 그렇군. 혹시 루덱이라는 기사를 알아?”

브레두르는 웃음을 터뜨리며 왕자의 목에서 칼을 떼었다.

“이제 믿어지는군. 리스바나 공주가 누구에게 납치됐는지 알겠어. 그 이유도 알겠고.”

브레두르는 계속 웃음을 터뜨리며 칼을 칼집에 넣었다.

“나를 그녀에게 데려다 줘. 제발 부탁이야. 나도 데려가 줘. 리스바나 없이는 살 수 없어!”

디에고 왕자가 소리쳤다.

“제정신이 아니로군. 내가 왜 너를 데려가야 하지? 너는 춤도 멍청하게 추더니 공주를 지키는 일에도 멍청했어. 너는 부당한 방법으로 그녀를 손에 넣고, 다시 잃어버렸어. 리스바나 공주에게 가장 어울리지 않는 사람이 있다면, 그건 바로 너야.”

“나를 데려가지 않을 거라면 이 자리에서 죽여.”

디에고 왕자는 브레두르에게 달려들어 그를 넘어뜨렸다. 그들은 서로 뒤엉켜 뒹굴었다. 브레두르의 힘이 더 셌지만, 디에고 왕자는 야생 동물처럼 싸웠다. 브레두르의 머리카락을 붙잡고, 손을 물어뜯고, 발길질을 해 대는 바람에 브레두르는 도저히 그를 제압할 수 없었다. 두 사람이 싸우는 소리가 너무 시끄러웠기 때문에 금지령에도 불구하고 경호원들이 들어와 주인을 도왔다.

"넌 또다시 다른 사람의 도움으로 이겼군."

손을 뒤로 묶인 채 바닥에 눕혀진 브레두르가 비웃었다.

"넌 혼자서는 아무것도 해내지 못해. 공주가 있는 곳을 말해 줄 거라고 꿈에도 생각하지 마. 절대 말하지 않을 거야. 나를 고문한다 해도."

디에고 왕자는 숨을 헐떡거리며 브레두르를 일으켜 벽에 기대 세웠다.

"너를 고문하진 않아. 이미 오래전부터 내가 어떤 짓을 했는지 잘 알고 있었으니까. 네가 믿건 말건 미안하게 생각하고 있어. 한때 우리는 친구였어. 나는 너를 친구라고 생각했지. 네가 그런 척했으니까."

디에고 왕자가 말했다.

"내내 그랬던 건 아냐. 배에서 보낸 첫 주 동안, 그러니까 네가 수염을 기르고 있었던 동안은 네가 누군지 정말 몰랐어. 나도 너를 친구로 생각했어. 하, 당치도 않은 일이지!"

"그렇다면 그 우정에 걸고 부탁할게. 나를 데려가 줘! 공주에게 다시 미안하다고 말하고 싶어. 너를 도와 공수를 구해 내서 조금이라도 빚을 갚고 싶을 뿐이야. 그러고 나면 집으로 돌아올 거야."

"그 대가는 뭐지?"

"우선 너를 감옥에 처넣지 않겠어. 그리고 내가 너와 함께 있는 한 난 너의 인질이야. 바스카리아 안에서는 누구도 너를 추적하기

나 해를 입히지 않을 거야. 또 리스바나를 구출할 때 누군가의 도움이 필요할 수도 있어. 너는 완전히 혼자잖아.”

브레두르는 잠시 생각에 잠겼다. 그가 북쪽나라로 돌아갈 때 리스바나 공주를 말에 태우고, 바스카리아의 왕자를 묶어 인질로 잡아가는 모습을 상상해 보았다. 그것을 보면 아버지는 소스라치게 놀랄 것이다. 아버지가 그를 어떻게 생각하는가는 이제 중요하지 않았다. 그런 것에 의미를 두기에는 너무 많은 고통을 겪었다. 하지만 어쨌든 그 일은 아버지를 놀라게 할 것이다.

“좋아, 데려가지. 하지만 너는 내 인질이 되는 거야. 공주를 구출한 뒤에 너는 내 포로로 북쪽나라까지 가야 해. 그리고 이제부터 내게 복종해야 해.”

“좋아.”

디에고 왕자가 대답했다. 그러고는 브레두르의 손목을 묶고 있던 끈을 끊어 버려 경호원들을 놀라게 했다.

켈피는 기쁜 듯 히힝 대며 주인에게 인사를 했다.

“성에서 돈을 가져올까? 제대로 된 말도 사고, 하인도 고용해야 하잖아.”

“생각도 하지 마!”

브레두르가 다리 짧은 그의 말에 올라타며 말했다.

“넌 내 하인이야.”

하인 디에고 왕자는 걸어서 가야 했다. 그는 탄식하는 경호원들에게 화려하게 장식된 그의 외투를 맡기고 대신에 브레두르가 주는 윗옷을 입어야 했다. 단, 황금 단추가 달린 벨벳 조끼는 입어도 좋다고 브레두르가 허락했다.

"이렇게 너무 과시하는 듯한 단추들은 어차피 아무도 진짜 순금이라고 믿지 않을 거야."

따스한 날씨인데도 노란색 야키를 걸친 브레두르가 말했다.

셉티메니아의 국경까지 엿새가 걸렸다. 디에고 왕자가 브레두르에게 철저하게 복종했을 뿐만 아니라, 리스바나 공주를 완전히 포기했기 때문에 이제는 그가 옆에 있는 것이 브레두르에게 오히려 편안하게 느껴졌다. 친구로 지내던 때와 똑같을 수는 없었지만 혼자 여행하는 것보다는 훨씬 나았다. 디에고 왕자가 계속해서 물었기 때문에, 브레두르는 행복의 섬에서 경험한 모험에 대해 얘기해 주었다. 사릴리사의 눈부신 아름다움, 그녀의 죽음, 그리고 그가 그녀의 대리 역할을 했던 것에 대해. 디에고 왕자도 리스바나 공주에 대해 얘기했다. 낮이나 밤이나 브레두르는 공주에 대한 왕자의 찬사를 들어야 했다. 왕자가 귀한 선물들로 그녀를 유혹하려 했지만, 그녀는 전혀 흔들리지 않았다는 것, 공주가 바스카리아 궁정의 풍습을 빨리 익혀서 며칠 지나지 않아 우아한 태도와 거동을 취할 줄 알았지만, 그녀는 차라리 빨래하는 쪽을 택했다고 왕자는 말했다. 그렇게 함으로써 아무도 흉내 낼 수 없는 고귀함을 보여 주었다는 것이다. 야영하기 위해 불을 피울 나무를 주워 온 뒤에도 디에고 왕자는 리스바나 공주의 얘기를 멈추지 않았다. 그녀가 얼마나 아름답고 지혜로우며, 얼마나 사랑스럽고 용감한가에 대해 얘기했다. 비록 공주가 그의 구애를 한 번도 받아들이지 않았지만, 자신을 사랑하고 있다는 것을 확신한다고도 했다. 다만 인간의 한계를 넘어선 자존심 때문에 그것을 표현하지 않았을 뿐이라고.

"결혼하면 그녀에게 잘해 줄 거라고 내게 맹세하게. 그녀에게 어울리는 남편이 되겠다고 맹세해!"

디에고 왕자가 말했다. 그러면서 자신은 그녀에게 어울리는 사람이 아니라는 것을 이제야 알게 되었다고 말했다. 자신은 무의미한 인간이고, 실패자이며, 그가 이 길을 내내 걸어야 하는 것도 자신이 치러야 할 마땅한 대가이고, 로타푸르 왕이 자신에게 가혹한 처벌을 내리기를 바란다고 말했다.

"아니, 아니."

브레두르는 불편한 감동을 느끼며 불규칙하게 자라난 수염을 긁적거렸다. 엄격한 리스바나 공주는 팔을 쓰다듬는 것은 허용했지만 처음 그가 키스하려 했을 때는 뒤로 몸을 뺐다. 그녀는 브레두르의 설탕과자이자 무당벌레였던 야성적이고 정열적인 사릴리사의 기억을 감당하지 못할 것이다. 하지만 사릴리사는 죽었다. 누구도 막을 수 없었던 끔찍하고 불행한 사고로. 리스바나 공주가 기사 신분인 자기에게 너무 고귀한 인물이며, 눈부시게 아름답다는 것은 모두 사실이었다. 하지만 디에고 왕자가 지칠 줄 모르고 찬양할 정도는 아니라고 생각했다.

‘디에고는 완전히 눈이 멀었군.’

셉티메니아의 국경을 넘기 직전에 브레두르는 왕자에게 자신의 계획을 설명하고, 마술사와 용에 대해 얘기했다.

“내 생각이 맞다면, 두 번째 단어는 ‘가스파요리’야. ‘루다츠’는 루덱을 말하는 것이고. 위대한 가스파요리가 살고 있는 성이지. 그는 좀 괴팍한 데가 있는 사람이야. 특히 자기가 기른 용에 대해서는. 하지만 그렇게 나쁜 사람은 아냐. 내 생각으로는 그렌델을 조련하기 위해 리스바나 공주를 납치했을 거야. 그는 늘 그런 얘기를 했거든. 용이 제대로 성장하기 위해서는 고귀한 처녀가 필요하대. 다 설명하기는 좀 어려워. 아니……, 너무 걱정하지 마. 용이 공주를 잡아먹지는 않을 테니까. 그렌델은 전혀 위험하지 않아. 오히려 사랑스럽지. 그게 바로 가스파요리의 걱정거리야. 그는 아마 내가 그냥 자신을 만나러 왔다고 생각할 거야. 별 의심 없이. 너는 성 앞에서 기다려. 그게 더 나을 거야. 내가 제대로만 하면…….”

“그는 너한테 리스바나 공주를 보여 주려고 하지 않을 거야. 분명 공주를 숨기려 할 거야.”

“그렇겠지.”

브레두르가 대답했다.

“그래서 내가 필요한 거야. 내가 네 하인으로 함께 성에 들어갈게. 네가 마법사와 지난 얘기를 나누는 동안, 마당에서 말과 기다리는 척하면서 공주가 어디 있는지 내가 찾아볼게.”

디에고 왕자가 흥분해서 소리쳤다.

자신이 아니라 디에고 왕자가 공주를 구출한다는 계획은-리스
바나 공주에게는 그렇게 보일 것이 틀림없다-브레두르의 마음에
전혀 들지 않았다.

"네 도움은 필요 없어. 첫째, 나는 가스파요리와 친한 사이고, 둘
째, 그는 힘없는 늙은이야. 경호병을 고용하지도 않았을 거야. 그는
거의 파산 직전이니까."

"그는 마법사야. 그리고 그가 리스바나 공주를 기꺼이 내주리라
는 보장도 없어. 나를 하인이라고 소개해. 그녀를 위험에 빠뜨려서
는 안 돼!"

디에고 왕자가 소리쳤다. 이 주장에는 브레두르도 반박할 수 없
었다.

"너는 그저 공주가 어디 있는지만 염탐해. 공주 앞에 나타나거
나, 공주와 얘기를 해선 안 돼. 어떤 경우든 용과 싸워서도 안 돼.
어떤 일이 있어도 용을 건드리면 안 된단 말이야, 알겠어? 멀리 떨
어져 있으라구!"

디에고 왕자는 그의 명예와 모든 선조들을 걸고 브레두르의 지
시에 따르겠다고 맹세했다.

루덱 성

관리가 제대로 안 된 허름한 성은 깊은 해자로 둘러싸여 있었다. 성으로 들어가는 도개교에 달린 사슬은 심하게 녹이 슬어 더 이상 다리를 들어 올릴 수 없을 것 같았다. 문은 경첩이 망가져 한쪽으로 기울어 있었다. 브레두르가 성안의 마당에 들어서자, 켈피의 말발 굽이 돌바닥 위에서 딸각 딸각 소리를 냈다. 그 소리는 무너져 내린 시커먼 성벽에 울리면서 메아리로 돌아왔다. 까마귀들이 둥지에서 새까맣게 날아올라 낮게 드리운 하늘과 대조를 이루었다. 모든 것 이 너무 쓸쓸하고 황량해서 브레두르는 등골이 오싹했다.

"여기 어딘가에 공주가 있겠지."

디에고 왕자가 숨을 죽이며 말했다.

브레두르는 종일 말을 달렸지만 왕자를 따돌릴 수 없었다.

　문이 열리더니 원숭이처럼 생긴 괴상한 사내가 그들에게 다가왔다. 걸을 때마다 흔들흔들 긴 팔로 몸의 균형을 잡았다. 켈피가 놀라서 낑낑대기 시작했다.

　“원하는 건?”

　그가 그르렁거리며 물었다. 흉터가 있는 얼굴에 가식적인 미소를 짓고 있었다. 머리에는 노랗게 염색한 변발을 늘어뜨렸고, 덧니 투성이 이빨은 일곱 개뿐이었다.

　“브레두르 폰 박커툰이라고 하오. 내 친구 위대한 가스파요리를 만나러 왔소.”

　브레두르가 대답했다.

　“기다리슈.”

　흉측한 사내가 명령하듯 말하고는 주인에게 알리려고 물러났다. 잠시 뒤 위대한 가스파요리가 두 팔을 활짝 벌리고 브레두르에게 달려왔다.

　“어서 오게! 어서 오게나, 내 친구. 나를 찾아오다니 정말 기쁘군! 그렌델이 얼마나 좋아할까!”

　그가 보여 준 기쁨은 너무나 솔직하고 열광적인 것이어서, 개구리 눈 같은 안경이 깨질 것만 같았다. 공주를 그에게서 빼앗아가려는 것이 미안할 지경이었다. 가스파요리가 기쁨에 날뛰자, 그의 하인도 함께 비틀거리며 날뛰었다. 가스파요리가 뛰다가 머리에서 뾰족모자를 떨어뜨리자 하인은 그것을 주워 깨끗이 턴 뒤에, 멍청한 미소를 지으며 눈을 내리깔면서 주인에게 건네주었다. 가스파요리는 거칠게 모자를 낚아채 다시 머리에 썼다.

"내 친구 브레두르, 도대체 어떤 서툰 녀석이 자네 수염을 이렇게 잘랐나? 자네 노랑말이 아니었다면 못 알아볼 뻔했네. 이리 오게. 내 성을 보여 주지. 먼저 작업실을 보여 주겠네. 그런데 칼은 여기 두는 게 좋겠어. 뭔가 베는 일은 나중에 하게나. 내 하인 플라체보에게 맡기게."

"제가 가지고 있겠습니다."

디에고 왕자가 재빨리 브레두르의 그라인데라흐를 받았다.

"플라체보, 내 친구의 하인을 식당으로 데려가 우유나 한 잔 주거라."

위대한 가스파요리가 명령했다.

플라체보가 자신을 따라오라고 디에고 왕자에게 손짓했다. 그는 왕자를 천장이 없는 식당으로 안내했다. 식당에는 불조차 때지 않았다. 플라체보는 우유가 든 병을 식탁 위에 놓더니, 디에고 왕자가 허리에 차고 있는 브레두르의 칼에 긴 팔을 뻗었다.

"뭘 하려는 거야? 내 주인의 칼을 달라는 거야? 그건 안 될 일이지. 도대체 나를 뭐라고 생각하는 거야?"

그러자 플라체보는 손을 거두고, 의심스럽다는 표정으로 웅얼거리며 탁자 옆에 앉았다.

그사이 브레두르는 가스파요리와 이끼가 낀 울퉁불퉁하고 미끄러운 계단을 따라 지하실로 내려갔다. 바닥에 다다르자 마법사는 벽에서 횃불을 뽑아 들고 물방울이 떨어지는 복도를 지나 육중하고 여러 곳이 부서진 문 앞으로 브레두르를 데리고 갔다. 삐걱거리는 문을 열고 안으로 들어가서는 벽에 달린 촛대들에 횃불로 불을 붙였다. 작업실은 루덱 성이 있는 암반을 깎아 만든 것이었다. 천장은 돔을 이루고 있었다. 브레두르 앞에는 여러 개의 탁자, 증류기, 도금판, 나선형 유리관, 역겨운 동물 미라, 더러운 것들이 담긴 그릇, 풀무, 너덜너덜한 필사본 등이 어지러이 널려 있었다. 그 한가운데 살찐 고양이 한 마리가 숨을 헐떡이며 앉아 있었다. 불을 켜자 한 무리의 쥐들이 탁자에서 급히 달아났다. 그 고양이는 쥐들에게 이미 오래전부터 두려움의 대상이 아닌 것이 분명했다. 벽에는 병, 도가니, 나무 상자 등이 놓인 선반이 달려 있었다. 그것들을 정돈한 방식은 가스파요리 말고는 아무도 알 수 없을 것 같았다. 그는 브레두르에게 주위를 둘러보라고 권했다. 브레두르는 상자 하나를 열어 보고 코를 찡그렸다. 말린 지네가 들어 있었다.

"근육통이나 티눈에 바르는 연고를 만드는 데 쓰네. 또 내가 개발한 특수한 풀의 접착력을 강화시키는 데도 쓰이고."

마법사 가스파요리가 설명했다.

브레두르는 디에고 왕자가 하인을 따돌리고 리스바나 공주를 찾아낼 시간을 벌어 주기 위해, 작업실의 물건들에 관심을 보이며 계속 여기저기 뒤져 보았다. 살아 있는 쌀벌레가 꿈틀거리는 통도 있고, 처형당한 사람의 이가 들어 있는 상자들도 있었다. 그 안에는 발톱, 손톱, 관에 박았던 못 따위가 같이 들어 있었다. 처녀의 머리카락, 천사와 악마의 머리카락도 있었다. 배가 불룩한 커다란 병에는 개구리 눈깔, 무당개구리 발, 두꺼비, 개의 허파 등이 술에 잠겨 있었고 그 아래 선반에는 수많은 연고와 분말, 녹색과 회색 물약이 놓여 있었다.

"이건 수은으로 만든 미용강장제야. 효과가 뛰어나서 아주 잘 팔리지."

가스파요리가 자랑스럽게 설명했다.

"그렇다면 플라체보에게도 먹이지 그랬어요."

브레두르가 말했다.

둥근 천장 밑에는 보자기를 매달아 약초, 풀뿌리, 오리발을 말리고 있었다. 암석 사이로 벽난로처럼 공기를 빨아들여 작업실의 습도를 유지하는 뛰어난 통풍 시스템에 브레두르는 경탄했다. 말린 식물들 옆에는 밀랍을 칠한 자루들이 걸려 있었다. 자루 안에 들어 있는 약초들이 마르지 않고 발효되도록 하기 위한 것이었다. 백조의 발에 묶여 있던 것도 바로 이런 자루였다. 리스바나 공주도 작업실을 구경하다가 말린 오리발과 밀랍을 칠한 자루를 보고 영감을 받은 것이 틀림없었다. 이제 문제는 공주가 어디에 있는가 하는 것뿐이었다.

디에고 왕자는 플라체보와 이야기를 나누기 위해 무진 애를 써야 했다.

"성이 너무 낡아서 할 일이 무척 많겠군. 안 그래?"

그는 하인과 하인 사이의 우애를 다지려 해 보았지만 플라체보는 그저 그르렁거릴 뿐이었다.

"하인이 너 혼자야? 말해 봐. 여기 일을 혼자 다 하는 거지?"

플라체보는 긍정도 부정도 하지 않고 다시 그르렁거렸다.

"이 사람, 자네 열쇠 꾸러미를 갖고 있구먼! 여기에 잠가 둬야 할 게 뭐가 있다고? 거의 다 허물어져서 오른쪽, 왼쪽, 위, 아래 어디서든 인사를 할 수 있을 거 같은데. 여기에서 보이지 않는 다른 방이라도 있나?"

"그르르르……"

"대답할 줄 모르는 거야, 아니면 하기 싫은 거야?"

디에고가 화가 나 소리쳤다.

"그르르르."

"서로 친하게 대화라도 나누자는 것뿐이야. 그러니 멍청한 주둥이를 좀 열어 보라구!"

대답으로 돌아온 것은 화난 곰이 내는 듯한 으르렁 소리뿐이었다. 디에고 왕자는 결국 그를 진정시키기 위해 두 손을 들었다.

한편 브레두르는 봉헌된 누더기 벨벳 옷과 나무 십자가 부스러기 등 성스러운 유물을 모아 놓은 선반을 바라보며 끊임없이 경탄의 말을 쏟아 냈다.

위대한 가스파요리는 브레두르에게 놋쇠로 세공한 작은 상자를 내밀었다.

"이건 갈매나무로 만든 걸세. 마력을 지닌 등대풀 뿌리를 보관할 수 있는 유일한 재료지. 등대풀 뿌리는 다른 재료로 만든 건 문이건 궤짝이건 모두 망가뜨리거든.”

그 밑에는 분류되지 않은 뼈가 하나 가득 든 상자가 있었다. 달팽이 기름이 담긴 병, 불가사리가 들어 있는 그릇, 페룰라 수지 한 통, 죽은 사람의 머리가 그려진 갈색 병들도 있었다.

마침내 박쥐 가죽과 말린 개구리 눈에 이르기까지 작업실에 있는 모든 것을 구경했다. 브레두르는 그것들을 충분한 시간을 두고 관찰하면서 온갖 경탄의 말을 쏟아 냈다. 가스파요리는 그를 다시 밝은 곳으로 안내했다.

“이리 오게. 자네에게 그렌델의 훈련장을 보여 주지. 성안의 폐허에 있네.”

사실 폐허는 성안에서 가장 넓은 곳이기도 했다. 성안에서 온전히 남아 있는 곳은 탑과 건물의 왼쪽뿐이었다. 플라체보가 몇 년 동안 잔해들을 한쪽으로 치워 그곳에 일종의 경기장을 만들었다. 브레두르는 아무 의심을 받지 않고 그렌델에 대해 물을 기회라고 생각했다.

“곧바로 그렌델을 만날 수는 없을까요? 고대의 괴물을 너무 오래 못 봤더니 정말 보고 싶군요.”

“그렌델을? 오, 그건 안 돼. 지금은 안 되네…… 지금은 낮잠을 자고 있거든. 휴식이 필요해. 훈련을 위해 아주 중요하지. 이해하지? 오늘 저녁에 훈련장에서 보여 주겠네. 요즘에는 지하 감옥에 있을 때 방해를 하면 싫어하더라구. 방해하면 화를 내. 그놈이 고집이 세다는 걸 잘 알잖나."

브레두르는 리스바나 공주가 그렌델과 함께 있다는 것을 분명히 알 수 있었다.

"지하 감옥은 어디지요?"

브레두르가 친절한 말투로 물었다.

"음…… 에…… 저 뒤에……."

위대한 가스파요리는 팔로 커다란 반원을 그리며 말했다. 결국 그는 성 전체를 가리킨 셈이었다.

"이제 다과실로 가서 뭘 좀 먹자구. 배가 고플 거야. 새로 쓰고 있는 책을 보여 주겠네. 성격이 까다로운 용을 교정하는 책이야."

디에고 왕자는 플라체보를 쉽게 따돌릴 수 없었다. 플라체보는 왕자가 소변이 급한 척하면서 허물어져 가는 헛간 쪽으로 갔을 때도 따라왔다.

"뭐 하는 거야? 내가 소변보는 걸 구경이라도 하겠다는 거야? 부탁인데 일 분만 혼자 있게 해 줘. 그래도 되지?"

숨을 헐떡거리며 뒤따라오는 플라체보에게 디에고 왕자가 소리쳤다. 당황한 플라체보는 뒷머리를 긁적였다.

"자, 좀 비켜줘. 쉬, 쉬……."

디에고 왕자는 한 손으로 쫓는 시늉을 하면서, 다른 손으로 바지 단추를 끄르기 시작했다.

플라체보는 내키지 않아 하면서도 건물 모퉁이로 어슬렁어슬렁

물러났다.

왕자는 곧 바지 단추를 채우고 헛간 안으로 달려 들어갔다. 플라체보를 따돌리기 위해 그는 필사적으로 다른 문이나 벽에 난 구멍을 찾아다녔다. 플라체보가 곧 헛간으로 달려들어 왔다. 디에고 왕자는 급히 술통 뒤로 몸을 숨겼다.

"어디? 어디, 어디?"

플라체보가 요란하게 외쳤다. 왕자는 숨을 죽였다. 플라체보는 헛간 안에 있는 술통, 널빤지, 상자들을 번쩍 들어 마구 내던졌다.

"어디?"

그는 계속 소리쳤다.

"어디?"

그가 점점 가까이 다가왔다. 디에고 왕자는 칼을 잡았다. 하지만 플라체보를 죽이는 건 좀 지나친 일 같았다. 조심스레 주위를 둘러보았다. 그리 멀지 않은 곳에 농기구들이 세워져 있었다. 커다란 삽자루가 눈에 띄었다. 플라체보가 왼쪽으로 돌고 있는 동안 디에고 왕자는 마차 바퀴 뒤에 숨어 오른쪽으로 돌아 삽자루를 집고, 벌떡 일어서서 소리를 지르며 그를 향해 돌진했다. 머리를 삽으로 두 차례 후려친 뒤에야 플라체보를 기절시킬 수 있었다. 디에고 왕자는 열쇠 꾸러미를 빼앗아 리스바나 공주를 구하러 달려갔다. 브레두르에게 했던 약속은 까맣게 잊었다. 중요한 건 공주가 어디에 있는가 하는 것이었다.

지하감옥

리스바나 공주는 성에서 가장 구석지고 깊은 지하 감옥의 짚더미 위에 앉아 있었다. 오래전에 감옥이자 고문실로 사용했던 곳이었다. 공주의 목에는 쇠고리가 걸려 있었고, 고리에는 벽에 단단히 박힌 짧은 쇠사슬이 달려 있었다. 그녀의 품에서는 그렌델이 냄새나는 입김을 내뿜고 있었다. 용의 머리에 짓눌려 있는 그녀의 발이 점차 저려 왔다. 괴물의 징그러운 턱주머니가 앞치마처럼 그녀의 무릎을 덮고 있었다. 벌써 여러 주 동안 리스바나 공주는 용의 거대한 머리를 품에 안고 당나귀처럼 생긴 귀를 쓰다듬어 주어야 했다. 한순간이라도 쓰다듬는 일을 소홀히 하면, 그렌델은 낑낑대면서 거친 혓바닥으로 그녀의 손을 핥으며 녹색 침을 뚝뚝 흘렸다. 한때 화려했던 리스바나 공주의 옷은 이제 더러운 누더기가 다 되었다.

게다가 불에 탄 구멍도 여러 곳이었다. 먹이를 줄 때 가끔 그렌델이 작은 불을 내뿜었기 때문이다.

공주는 거의 탈진한 상태였다. 이사벨라 왕비가 시킨 빨래를 하고 남은 마지막 힘을 지하 감옥에서 보낸 지난 몇 주 동안 다 써 버렸다. 피부는 거칠었고, 눈의 광채는 사라졌으며, 뺨은 쑥 들어갔고, 기름때로 더러워진 얼굴에는 눈물 자국이 말라 있었다.

"뭐가 그리 슬프다는 건지 이해를 못 하겠소. 너무 귀하게 자라서 그런가. 언젠가는 주는 것을 배워야 하는 법이오. 항상 받고, 받고, 또 받기만 할 수는 없소."

위대한 가스파요리는 공주를 질책했다.

공주는 목의 쇠사슬만이라도 풀어달라고 간청했지만 고약한 마법사는 들어주지 않았다. 그저 바닥에 얌전히 앉아 그렌델이 힘과 능력을 키울 수 있도록 도우라는 말만 했다.

"이처럼 귀하고 중요한 동물을 위해 일하고 있다는 것에 기쁨을 느끼시오. 그렌델이 공주를 얼마나 좋아하는가 보시오! 그렌델에게 부족한 건 공주뿐이었소. 내년에는 무적의 용사가 될 거요."

리스바나 공주는 용이 그녀의 힘을 빨아들이는 것만 같았다. 그렌델이 더 강해지고, 자신감을 얻을수록 그녀의 힘과 자신감은 사라져 갔다. 이제 용감한 왕자가 나타나지 않는다면 그녀는…….

리스바나 공주는 기사 브레두르가 아니라 디에고 왕자를 생각했다. 감옥 문에 달린 창살을 바라보며 그녀를 구하기 위해 칼을 뽑아 들고 그곳에 나타났으면 하고 바라는 사람은 브레두르도 그녀의 아버지도 아닌 바로 디에고 왕자였다. 디에고 왕자는 그녀를 사랑했다. 솔직하고, 열렬하게 그리고 아무런 조건 없이. 그의 사랑이 공주를 더욱 강하고, 아름답고, 빛나게 만들어 주었다. 그는 순수한 마음 말고도 많은 장점을 갖고 있었다. 디에고 왕자가 이곳으로 와서 끔찍한 용의 머리를 잘라 버릴 것이다. 그녀를 괴롭히고 탈진하게 하는 이 짐승의 머리를!

'당신을 사랑해요.'

리스바나 공주는 디에고 왕자에게 이렇게 말할 것이다. 오직 이 말만 할 것이다. 그는 믿을 수 없다는 표정으로 그녀를 바라보겠지. 그러고는 잘생긴 얼굴에 빛을 발하며 사슬을 자른 뒤에 그녀를 품에 안고 나가, 말에 태워 바스코로 데려갈 것이다. 궁전에서는 재단사들이 세상에서 가장 아름다운 결혼 예복을 만들어 주기 위해 공주를 기다리고 있을 것이다. 난쟁이 열두 명이 그녀의 예복을 붙들고 뒤따르고, 은색 옷을 입은 처녀 열두 명이 앞에서 행진할 것이다. 로자몬데와 페드시는 끼지 못하게 해야지. 그들은 북쪽나라 출신이니까. 그녀가 이곳에 붙잡혀 있는 모든 책임은 북쪽나라 사람들에게 있었다. 그들 모두에게! 이런 함정에 빠지게 된 것은 모두 다 그들 때문이야. 북쪽나라 사람들은 왜 그녀를 구하러 오지 않았을까?

용이 코를 쿵쿵대고 귀에서 연기를 내뿜으며 머리를 쳐들었다. 용은 사랑에 빠진 눈길로 공주를 바라보더니, 성의 해자로 이어지는 바깥문 쪽으로 천천히 걸어 나갔다. 용은 원래 이 해자 안에서 살았다. 하지만 리스바나 공주가 지하 감옥에 묶이게 된 이래로, 거의 종일 그녀 곁에서 보내고 해자는 화장실로만 썼다.

“그래, 바로 그거야. 나가 버리라구! 나가, 그렌델. 화장실로 가. 그곳에서 즐거운 시간을 보내라구. 다시 돌아오지 마!”

리스바나 공주가 이를 갈며 소리쳤다. 그녀는 기지개를 켜고 팔다리를 뻗으며, 추악한 짐승이 다시 돌아와 몇 시간 동안 그녀를 꼼짝 못하게 짓누르기 전까지 몸을 회복하려고 했다.

‘디에고.’

그녀는 다시 왕자를 생각했다.

‘사랑하는 디에고, 제발 내게 와 줘요. 나를 진정으로 사랑한다면 빨리 와 줘요!’

수천 번 그랬듯이 공주는 감옥 문의 창살을 바라보았다. 그녀는 낮은 소리로 비명을 질렀다. 누군가 플라체보의 열쇠 꾸러미를 들고 문을 열려고 했기 때문이다.

“누구예요?”

“나예요. 멍청이 무용수. 당신 신발을 가져왔어요.”

“오…… 디에고.”

리스바나 공주가 속삭였다. 더 이상 아무런 말도, 생각도 떠오르지 않았다. 그녀의 귀에서 피가 진동하는 소리가 들리고, 가슴이 터질 듯이 두근거렸다.

왕자는 거대한 빗장을 삐걱거리며 밀었지만, 커다란 자물쇠가 또 달려 있었다. 열쇠로 문을 여는 것이 그에게는 영원처럼 느껴졌다. 하지만 그는 결국 감옥 문을 열고 공주에게 달려갔다. 그녀 옆에 무릎을 꿇고 앉아, 더러워진 작은 발에 구두를 신겼다.

"꼭 맞는군. 다른 쪽 신발과 똑같아. 분명 당신 것이군요. 이 신발을 되찾을 시간이 되었어요."

"오, 디에고!"

왕자는 플라체보의 열쇠 꾸러미를 다시 가져와 어떤 것이 리스바나 공주의 목에 걸린 사슬을 푸는 열쇠인지 맞춰 보았다. 디에고 왕자가 열쇠 꾸러미와 씨름하는 동안 리스바나 공주는 계속 그의 이름을 불러 댔다. 그가 마침내 사슬을 풀어 공주를 일으켜 세우자, 그제서야 처음으로 다른 말이 떠올랐다.

"사랑해요, 디에고."

리스바나 공주는 침을 꿀꺽 삼켰다. 하지만 왕자는 아무 대답도 하지 않았다. 공주는 놀라서 그를 바라보았다. 사랑의 고백을 들은 연인의 감격한 표정이 아니었다. 디에고 왕자는 옆으로 눈길을 돌렸다. 공주가 그의 어깨를 잡으려 하자 그는 거칠게 손을 뿌리쳤다. 리스바나 공주는 땅에 쓰러지고 말았다. 이게 어떻게 된 일이지? 그의 사랑이 식었단 말인가? 그를 너무 오래 기다리게 해서 모든 것을 망쳐 버린 걸까? 왕자들의 마음은 정말 알 수가 없군. 긍지고 명예고 모두 악마나 가져가라지! 리스바나 공주는 이제야 자신이 그를 사랑한다는 것을 알게 되었다. 만일 그가 그녀를 사랑하지 않는다면 그녀의 삶은 아무 의미가 없었다. 공주는 디에고 왕자의 발앞에 몸을 던져 발목을 붙잡고 한 번 더 서로의 사랑을 위해 노력해

보자고 애원하고 싶었다. 그의 마음속 가장 구석 자리라도 좋으니 자신을 받아들여 달라고, 제발 마음에서 완전히 내몰지는 말아 달라고 애원하고 싶었다.

그때 등 뒤에서 익숙한 숨소리와 바깥문이 삐걱대는 소리가 들려왔다. 그렌델이었다. 그렌델은 이제 완전히 성숙한 용이 되어 있었다. 디에고 왕자가 정신을 빼앗겨 있었던 것은 바로 그렌델이었다. 그렌델의 촘촘한 이빨 사이에서 침이 줄줄 흘러나왔고 당나귀 같은 귀에서는 김이 뿜어 나왔다. 그렌델은 원형 천장의 높이에 맞춰 고개를 숙이고는 입에서 불을 토해 냈다. 십오 미터나 되는 꽤 먼 거리였지만 디에고 왕자의 머리카락이 곤두섰다. 왕자는 한 걸음도 뒤로 물러나지 않고 칼을 뽑아들었다. 그렌델이 성큼성큼 다가왔다.

"하, 이 괴물아!"

디에고 왕자가 소리쳤다. 그는 리스바나 공주 앞을 막아서면서 번개처럼 용의 코에 칼을 내려쳤다.

"내 칼을 받아라. 이것도, 이것도!"

하지만 가죽이 너무 두꺼워 칼이 들어가지 않았다. 디에고 왕자가 세 번째 내려쳤을 때에야 살짝 생채기를 냈을 뿐이다. 상처에서 피가 흘러내려, 마치 용이 코피를 흘리는 것처럼 보였다. 전혀 심한 상처가 아니었지만 그렌델은 낑낑대며 비명을 질렀다. 그렌델은 앓는 소리를 내며 앞발로 상처를 감싸 쥐었다.

"없애 버리겠어!"

디에고 왕자가 소리쳤다.

그렌델뿐만 아니라 공주도 비명을 질렀다. 그녀는 어쩔 줄 몰라 하면서 문 앞에 서 있었다.

"도망가요. 문밖으로 나가요. 내가 이놈을 유인할 테니."

디에고 왕자가 소리쳤다.

그렌델이 그를 향해 또다시 불을 내뿜었다. 이번에는 아주 가까운 곳에서 뿜었기 때문에 왕자는 땅바닥에 몸을 던지며 옆으로 굴러야 했다. 짚에 불이 붙어 곧 불길이 일기 시작했다. 금방 짙은 연기가 피어올랐다.

"어서 가요!"

디에고 왕자가 다시 공주에게 소리쳤다.

"당신을 두고는 못 가요."

리스바나 공주가 소리쳤다.

"금방 따라갈게요."

그렌델의 앞발에 칼을 내려치는 순간, 밖으로 달려나가는 공주의 구두 소리가 들려왔다. 용은 겁을 집어먹고 뒤로 물러섰다. 왕자는 이 순간을 이용해 감옥 밖으로 달려 나가 문을 닫고 빗장을 걸었다. 공주를 향한 그렌델의 사랑도 왕자의 사랑 못지않았다. 용은 포효하며 불타는 짚단 사이를 가로질러 온 힘을 다해 거대한 몸을 문에 부딪쳤다. 빗장이 부러지고 나뭇조각이 튀어 오르면서 문이 날아가 버렸다.

툭하면 울고, 우유부단하고, 겁 많던 그렌델의 모습은 찾아볼 수 없었다. 그렌델은 강력한 불길을 뿜어내기 위해 깊이 숨을 들이마셨다. 디에고 왕자는 힘껏 달려 리스바나 공주 뒤를 쫓아갔다. 왕자는 오른쪽으로 구부러진 지하 복도로 달려 들어가 아슬아슬하게 불덩어리를 피할 수 있었다. 그의 뒤에서 공기가 시뻘겋게 불타올랐고 앞에는 삼십 미터나 되는 긴 터널이 뻗어 있었다. 디에고 왕자는 있는 힘껏 내달렸다. 이제 곧 그렌델이 모퉁이를 돌아 그를 불고기로 만들 판이었다. 용이 숨을 헐떡거리며 발로 바닥을 긁어 대는 소리가 들려왔다. 다음 모퉁이까지는 십 미터나 남아 있었다. 그는 절망적으로 뒤를 돌아봤다. 그렌델의 몸이 모퉁이에 끼어 버둥거리고 있었다. 디에고 왕자는 왼쪽으로 몸을 던졌다. 등 뒤로 불덩이가 스쳐 지나갔다. 팔 미터를 똑바로 달린 뒤에 다시 왼쪽으로 돌았다. 이어서 다시 오른쪽으로 두 번. 그다음에는 성의 마당에서 흘러 들어오는 빛을 따라 달리기만 하면 되었다.

리스바나 공주가 숨을 헐떡이며 그를 기다리고 있었다. 공주는 넘어졌는지 얼굴에 생채기가 나고 코에서는 피가 흘러나왔다. 디에고 왕자는 그녀의 팔을 잡았다. 하지만 그들이 몸을 숨기기 전에 그렌델이 모습을 드러냈다. 그렌델은 뒷발로 서서 꼬리를 휘둘러 성벽에 붙은 주석 장식들을 떨어뜨렸다. 그 모습이 너무나 흉포해서 켈피도 성문 밖으로 달아나 버렸다. 디에고 왕자는 용을 향해 달려들었다. 그렌델은 울부짖으며 하늘을 향해 머리를 쳐들고 앞발을 허공에 휘둘렀다.

그때 브레두르는 가스파요리와 함께 식당에서 빵을 먹으며 삽화가 그려진 커다란 책을 보고 있었다. 문득 가스파요리가 소스라치게 놀랐다.

"저게 무슨 소리지?"

"아무 소리도 안 들리는데요."

브레두르가 시치미를 떼며 말했다. 하지만 가스파요리는 이미 창가로 달려가고 있었다.

"그렌델! 저건 그렌델이야! 자네의 망할 하인이 내 용을 괴롭히고 있어!"

그가 소리쳤다.

"말도 안 돼요. 함께 놀고 있겠죠."

하지만 말하는 브레두르도 자신의 말을 믿는 것 같지는 않았다. 가스파요리는 달리다가 문에 수염이 걸려 뽑히는 것도 아랑곳하지 않고 계단을 뛰어 내려갔다. 브레두르도 뒤를 따랐다.

마당에서는 그렌델이 발을 구르며 광란하고 있었다. 그렌델은 자신이 지닌 무기를 번갈아 사용해 디에고를 불로 태워죽이거나 때려죽이려 했다. 꼬리와 앞발이 점점 더 빨리 허공을 갈랐다. 단한 번이라도 적중한다면 왕자에게 치명적이었을 것이다. 하지만 디에고 왕자는 춤추듯 날렵한 동작으로 용의 주위를 돌며 앞발과 불덩어리를 피했다. 그러면서 한 번의 실수도 없이 그렌델에게 칼을 내려쳤다. 그의 칼이 단 한 번이라도 용의 가죽을 꿰뚫었다면 그것 또한 그렌델에게 치명적이었을 것이다. 하지만 그의 칼은 용의 가죽을 뚫지 못했다. 그렌델은 너무 화가 난 나머지 더 이상 고통을 두려워하지 않았다.

왕자가 칼을 내려칠 때마다 비명을 지르는 것은 오히려 리스바나 공주였다. 그녀의 비명은 그렌델을 더욱 자극했다. 그렌델은 날개를 퍼덕이며 무시무시한 소리를 질렀다. 불덩어리는 점차 디에고 왕자와 가까운 땅바닥에 떨어졌다. 하지만 왕자도 그렌델에 대적할 수 있는 방법을 깨달았다. 밑에서 칼로 목주머니를 찌르면 될 것 같았다. 그곳은 매우 약하고 예민해 보였다.

"안 돼!"

가스파요리가 수염을 휘날리며 마당으로 뛰어 내려왔다.

"내 용을 괴롭히지 마! 아직 어리단 말이야!"

디에고 왕자는 두 손으로 칼자루를 잡고 용의 턱주머니를 노렸다. 하지만 그렌델이 옆으로 피했기 때문에 아랫입술에 생채기를 냈을 뿐이었다. 그렌델은 끔찍한 비명을 지르며 몸을 뒤로 돌려 마지막 음을 연주하는 쳄발로 연주자처럼 앞발로 성문을 내려쳤다. 성문이 부서지자 바깥 성벽을 발로 가격했다. 돌무더기가 주사위처럼 마당으로 쏟아져 내렸다. 위대한 가스파요리와 브레두르는 아슬아슬하게 옆으로 몸을 피했다. 그렌델은 뒷발로 서서 머리를 뒤로 젖히며 하늘을 향해 울부짖었다. 이어서 어마어마한 불덩어리를 토해 냈다.

"그래, 그래에에에! 바로 그거야, 그렌델. 과감하게 불을 뿜어! 넌 할 수 있어. 바로 지금처럼 말이야!"

가스파요리가 소리쳤다.

"불이 얼마나 멀리 나가는지 봤지?"

그가 브레두르에게 소리쳤다.

"예…… 훌륭하군요."

리스바나 공주에게로 몰래 다가가려던 브레두르가 대답했다.

"무슨 짓을 하려는 건가?"

가스파요리가 소리쳤다.

그렌델도 브레두르가 무슨 짓을 하려는지 알아챘다. 그렌델은 펄쩍 뛰어 브레두르와 리스바나 공주 사이에 뛰어들었다. 땅이 진동했다. 그렌델은 브레두르를 향해 포효하며 불을 내뿜고 앞발을 휘둘렀다.

"바로 그거야!"

위대한 가스파요리가 목이 터져라 응원했다. 손님에 대한 배려는 더 이상 찾아볼 수 없었다.

"내장이 터져 나오도록 후려쳐! 그놈의 못생긴 귀를 불로 태워 버려! 네 공주를 빼앗기면 안 돼!"

"노망난 늙은이! 도대체 왜 이러는 거야? 나쁜 짓은 이것으로 충분하잖아! 리스바나 공주를 그만 풀어 줘!"

브레두르가 가스파요리에게 소리쳤다.

"데려가 봐! 데려가 보라구! 하하하하!"

그때 그렌델이 박쥐처럼 날개를 활짝 펼치고, 병풍처럼 공주의 앞을 막아섰다. 그러더니 자신이 날개를 가지고 있다는 것에 스스로도 놀란 듯, 앞뒤로 날갯짓을 하기 시작했다. 마당의 모래가 하늘로 날아올랐다.

"저것 좀 봐! 날갯짓을 하고 있어!"

가스파요리는 흥분해 소리쳤다.

"이제 날아오를 거야. 날 거라구."

가스파요리의 노란색 수염이 바람에 휘날리고, 네 배는 커진 눈에서 광기 어린 빛이 뿜어 나왔다. 그는 그렌델을 향해 달려갔다. 하지만 그렌델은 주인의 열광을 오해했다. 가스파요리도 공주를 빼앗아 가려는 것이라고 생각했다. 그렌델은 씩씩거리며 주인을 향해 목을 길게 뻗었다.

"아니야, 그렌델. 그렌델, 나야……. 그렌델……."

그 순간 용은 꼬리를 휘둘러 가스파요리를 허공으로 날려 버렸다. 가스파요리는 마당을 가로지르며 날아가 부서진 문 위에 내동댕이쳐졌다. 브레두르는 달려가 가스파요리를 안았다. 마법사의 귀에서 피 거품이 흘러나왔다.

그렌델은 포효하며 공주 쪽으로 몸을 돌렸다. 하지만 그녀는 이미 그곳에 없었다. 디에고 왕자가 기회를 틈타 리스바나 공주를 안고 성에서 가장 깊은 곳이자, 지금 이 순간 가장 안전한 곳인 지하 감옥으로 다시 달려가고 있었다. 자신의 여주인이 사라진 것을 안 그렌델은 절망적으로 몸부림쳤다. 용은 무너져 내린 돌무더기를 뒤집으며 공주를 찾았다. 모든 복도, 창, 문마다 목과 머리를 들이밀었다가, 고개를 쳐들어 천장과 지붕을 공중으로 날려 버렸다. 작업실로 가는 계단을 앞발로 파헤치며 돌덩이들을 사방으로 마구 내던졌다. 공주가 숨어 든 곳으로 통하는 입구가 돌무더기에 파묻히지 않은 것은 순전히 행운이있다.

"하느님 맙소사, 피를 흘리고 있어요."

지하 감옥에 도달한 왕자가 숨을 헐떡이며 말했다. 짚에 붙었던 불은 이제 꺼졌지만, 방 안에 꽉 찬 연기가 눈을 찔렀다. 디에고 왕자는 리스바나 공주를 성의 해자로 데리고 갔다. 용의 배설물 냄새가 났다.

"다쳤군요. 코와 입에 상처가 있어요. 미안해요. 모두 내 잘못이에요. 지금까지 일어난 모든 일이 다 내 잘못이에요. 너무나 미안해요. 당신을 납치한 것, 따귀를 때린 것 모두 용서해 줘요. 이제 당신이 나를 사랑하지 않는다 해도 받아들이겠어요. 내 말을 들어줘요. 이게 아마 내가 당신과 얘기할 수 있는 마지막 기회일 거예요. 당신이 나를 사랑하지 않는다는 것을 받아들이고 싶지 않았어요. 내가 응석받이로 자라났기 때문일 거예요. 그리고 당신을 너무 사랑하기 때문일 거예요. 그래요, 그것으로 용서가 될 수는 없겠죠. 지금 내가 원하는 건 당신을 이곳에서 빨리 구출해서, 브레두르가 고향으로 데려가도록 하는 것뿐이에요. 뭔가 보상을 원한다면 그렇게 해 드릴게요. 당신의 아버지에게도. 하지만 우리가 가진 빌어먹을 금을 모두 드린다 해도 보상이 될 수 없다는 걸 잘 알고 있어요. 피를 닦아드리고 용을 처치하게 해 주세요. 그러면 더 이상 괴롭히지 않겠어요."

그는 탁자 위에서 그리 깨끗하지 못한 수건을 가져와 리스바나 공주의 입가를 닦아 주었다. 그녀는 왕자의 목을 팔로 껴안았다.

"당신을 사랑해요."

리스바나 공주가 흐느끼며 말했다.

"이제 그걸 아셔야 해요. 그래요, 나는 항상 생각과 반대되는 말만 해 왔어요. 진실을 말하자면, 처음부터 당신을 사랑했어요. 당신을 처음 본 순간부터, 배에서 내리는 모습을 본 그 순간부터 당신을 사랑했어요. 검은 망토에, 검은 머리, 검은 장갑에, 파란색 레이스를 단 옷을 입은 당신을 보았던 그 순간부터요!"

"그랬군요."

디에고 왕자가 더듬거리며 말했다.

"그런데…… 파란색이었나요? 나는 붉은색 레이스라고 생각했는데."

그는 가슴에 안긴 리스바나 공주의 머리를 세게 끌어당기며 머리에 코를 묻었다.

"아니에요, 파란색이었어요. 틀림없어요. 그걸 본 순간부터 당신을 사랑하게 되었다니까요."

리스바나 공주가 자신의 턱을 왕자의 벨벳 조끼에 대고 말했다.

"당신이 나를 납치했을 때도 당신을 사랑했어요. 밤마다 당신을 그리워했어요. 하지만 고백할 수 없었어요."

"그래요, 이해해요. 고백할 수 없었겠죠."

왕자가 그녀의 갈라 터진 손을 자신의 입에 갖다 대며 말했다.

"당신을 너무나 사랑했기에 포로가 돼서도 나는 행복했어요. 당신을 너무나 사랑했기에 가장 천한 일도 기쁜 마음으로 할 수 있었어요. 그 모든 걸 오직 당신만을 위해서 했어요. 내 머리카락으로 당신의 장화를 닦아드려도 될까요?"

"안 되오, 절대로."

디에고 왕자는 리스바나 공주에게 키스했다.

그렌델이 날다

길고 열정적인 키스였다. 몇 달을 기다려야 끝날 듯한 그런 키스였다. 그들은 서로의 얼굴을 마주 보다가 다시 키스했다. 그러다가 다시 서로를 마주 보았다. 디에고 왕자가 먼저 몸을 떼었다.

"이제 브레두르를 도와 용을 처치해야겠어요."

"안 돼요. 당신을 물어 죽일 거예요."

공주가 가지 말라고 간청했지만 디에고 왕자는 그녀의 이마에 입을 맞추고는 지하 복도를 따라 쏜살같이 달려갔다. 밝은 곳으로 나왔을 때 그의 눈앞에 펼쳐진 풍경은 폐허 그 자체였다. 좁다란 탑 하나만 덩그러니 남아 있었다. 그렌델은 성벽의 잔해를 뒤집어엎고 파헤쳤다. 브레두르는 심하게 다친 가스파요리의 머리를 껴안고 앉아 부서진 안경을 씌워 주려 했다. 날뛰고 있는 그렌델에게는 전혀 신경을 쓰지 않았다.

디에고 왕자는 칼을 굳게 쥐고 용을 향해 다가갔다. 하지만 그가 칼을 목에 꽂을 만큼 충분히 가까이 다가가기 전에 그렌델이 바윗덩이를 들고 뒤로 돌아섰다. 적의로 번뜩이는 용의 눈길이 그의 발걸음을 멈추게 했다. 잠시 뒤 디에고 왕자는 토끼처럼 이리저리 뛰며 그렌델이 던지는 돌을 피해야 했다.

"좀 도와줘!"

그가 브레두르를 향해 소리쳤다. 하지만 그를 도운 것은 전혀 기대하지 않았던 사람이었다. 그렌델이 성을 온통 폐허로 만드는 동안, 놀랍게도 살아남은 플라체보가 깨어났다. 그는 무너진 헛간의 널빤지들을 헤치고 기어 나와 한눈에 상황을 파악했다. 플라체보는 손님들에 대한 보복은 일단 뒤로 미루고 우선 용부터 손보기로 작정했다. 그는 부서진 성문의 잔해 속에 있던 녹슨 쇠사슬을 들고 그렌델의 발을 묶기 위해 뒤에서 살금살금 다가갔다. 그렌델은 엄청나게 큰 돌덩이를 집어 들더니, 디에고 왕자에게 던지는 척하다가, 갑자기 뒤로 몸을 돌려 플라체보의 머리를 내려쳤다. 퍽 하는 끔찍한 소리를 들은 사람들은 이 성의 하인이 더 이상 삶의 고통을 느끼지 않게 되었다는 것을 바로 알 수 있었다.

그렌델은 날개를 펼치고 몇 번 앞뒤로 퍼덕거렸다. 그러고는 가볍게 무릎을 구부리더니 땅을 박차고 하늘로 날아올랐다. 씽씽 하는 바람 소리, 퍼덕대는 날개 소리와 함께 그렌델의 거대한 그림자가 성의 마당을 덮었다. 그렌델은 하늘로 더 높이 날아올라 탑 주위를 돌았다. 한 눈을 감고 다른 쪽 눈으로 성 안을 들여다보며 빼앗긴 여주인을 찾았다.

죽어 가던 가스파요리가 브레두르의 팔을 힘껏 쥐며 낮고 쉰 목소리로 말했다.

"날고 있어. 그렌델이 나는 것이 보이지? 녀석이 날 수 있을 거라고 믿었네. 공주만 있으면 녀석은 뭐든지 할 수 있어. 내년에는 비행 시합에 내보내야지. 모두들 놀랄 거야."

"그래요, 그래야지요."

브레두르는 가스파요리의 손이 이미 차가워진 것을 느끼며 깜짝 놀랐다.

"비행 시합뿐 아니라 다른 시합에도 나갈 수 있을 거예요. 그렌델은 모든 시합에서 승리해서 성의 벽난로 위를 우승컵으로 가득 채울 거예요."

"그래에에에, 정말 대단할 거야! 녀석이 나는 게 보여? 다른 사람이 그렌델에게 해를 입히지 못하게 해. 내 어린 용을 돌봐주게. 그렌델은 자네를 잘 아니까. 이제 녀석이 날게 되었으니……."

가스파요리가 큰 숨을 내쉬었다.

브레두르는 애써 씌워 주었던 망가진 안경을 다시 벗기고 그의 눈을 감겨 주었다.

그렌델은 탑의 천장을 때려 부수고 있었다. 광란하면서 탑을 헤집고 부순 뒤 안으로 머리를 밀어 넣었다. 그러더니 탑 가장자리를 꼭 붙들고 좁은 나선형 계단을 따라 목을 아래쪽으로 비비 틀었다.

낡은 탑은 더 이상 견디지 못하고 용과 함께 무너져 내렸다. 책들과 제본용 금박이 쏟아져 내리는 것을 보니 그 안에 서재가 있었던 것 같았다. 탑의 파편들을 옷깃처럼 목에 두르고 그렌델이 땅에 쓰러졌다.

"공격해!"

디에고 왕자가 칼을 뽑아들고 달려가 정신을 잃은 그렌델의 목을 자르려 했다.

하지만 브레두르가 그의 앞을 막아섰다.

"물러서! 공주가 죽게 돼!"

"비켜! 금방 다시 깨어날 거야!"

디에고 왕자가 소리치며 브레두르를 밀치고 돌진하려 했다. 브레두르는 그를 쓰러뜨리고 발을 꽉 붙들었다.

"공주도 죽는다구! 내 말 알아듣겠어?"

그가 소리쳤다. 그제야 왕자는 칼을 놓고 당황한 표정으로 브레두르를 바라보았다.

"용을 죽이면 리스바나 공주도 죽어. 둘은 너무 오래 함께 있었어. 용이 처녀와 일정 기간 함께 지내고 난 뒤에는 용이 죽으면 처녀도 죽고 말아."

"그 말은……?"

"그래. 네가 용의 앞발을 자르면, 리스바나도 손을 잃게 돼. 네가 리스바나의 목을 칼로 찌르면 용도 함께 피를 흘리게 되고. 그걸 공감대가 이루어졌다고 하지."

"그런 걸 다 알고 있다니."

브레두르는 디에고 왕자의 발을 풀어 주었다. 왕자는 몸을 일으키고, 브레두르에게 칼을 돌려주었다.

"그럼 이제 어떻게 하지?"

"용이 깨어나 날뛰기 전에 빨리 공주를 데려와야 할 것 같아."

"내가 데려올게."

"나도 같이 가야 해. 용이 기절했으니 공주도 정신을 잃었을 거야. 이리로 업고 와야 해."

"용이 많이 다치지 않았어야 하는데. 어디 부러진 데는 없을까? 피를 흘리지는 않아? 어디 피 흘리는 곳 있나 살펴봐."

디에고 왕자가 걱정스럽게 말했다.

"아니, 괜찮아. 그렌델의 머리는 돌보다 단단해. 이 정도로 상처 입지는 않아. 자, 가자."

그가 말한 대로였다. 리스바나 공주는 의식을 잃고 해자 안에 쓰러져 있었다. 얼굴은 창백했으며, 목과 팔에는 그렌델과 함께 성을 파헤치기라도 한 듯 긁히고 찢긴 상처투성이였다. 하지만 곧 안색이 돌아왔다. 디에고 왕자는 몸을 굽히며 걱정스러운 듯 공주의 이마를 쓰다듬었다.

"깨우지 마. 저쪽에 문제가 생기니까."

브레두르가 명령했다.

그들은 공주를 밖으로 옮겨 용의 머리 옆에 앉히고 등 뒤에 돌을 몇 개 쌓아 기대 주었다. 브레두르는 리스바나 공주의 다리를 그렌델의 부드러운 턱 밑에 밀어 넣었다.

"꼭 이렇게까지 해야 하나?"

디에고 왕자가 투덜댔지만 브레두르는 단호했다.

"공주에게 필요한 힘의 일부가 용에게로 건너가고, 또 그만큼의 힘이 공주에게 건너왔어. 이 공감대는 두 사람의 힘이 유기적으로 연결되어 있는 동안만 작용해. 어느 한쪽도 다른 쪽 없이는 살 수 없는 거지."

브레두르가 설명했다.

"그렇다면 이제 어떻게 해야 하지? 나는 도대체 뭘 어떻게 해야 하냐구?"

낙담한 디에고 왕자가 소리쳤다. 그는 브레두르가 설명한 것을 완전히 이해하지는 못했지만 결과만은 알 수 있었다.

"그렌델을 친절하게 대하고, 최선을 다해 돌봐야 해."

브레두르가 대답했다.

"용을 데려가겠다는 거야?"

"다른 방법이 없어. 용이 좋아져야 리스바나도 좋아져."

"하느님 맙소사. 오 미터나 되는 용과 여행을 해야 한다니. 일어서면 거의 팔 미터야. 어떤 배가 우리를 실어 주겠어?"

디에고 왕자가 소리쳤다.

"걸어서 갈 거야. 내 하인이자 포로인 네가 용을 돌보도록 해."

브레두르가 침착하게 대답했다.

"허, 대단히 고맙군."

공주가 신음 소리를 내면서 몸을 뒤척였다. 그러자 그렌델도 그르렁거리며 머리를 움직였다. 용의 목에 쌓여 있던 돌들이 떨어져 내렸다. 둘은 동시에 눈을 떴다. 용의 끔찍한 머리가 또다시 자신의 품에 안겨 있는 것을 본 리스바나 공주는 놀라서 비명을 질렀다. 그렌델은 만족해서 기분 좋은 듯한 소리를 냈다.

브레두르는 공주 옆에 앉아 용의 귀 뒤쪽을 쓰다듬었다. 그렌델은 험악하게 식식대면서도 가만히 누워 있었다.

"착하지. 그래, 그래…… 아주 착하다."

브레두르가 칭찬해 주자 용은 다시 진정하고 조용해졌다. 그저 꼬리만 약간 철썩거릴 뿐이었다.

"꼭 붙잡고 있어요. 그래야 해요, 당신에게는 저항하지 못하니까. 당신이 잡고 있으면 우리를 해치지 않을 거예요."

브레두르가 일어서면서 리스바나 공주에게 말했다. 공주의 눈에서 눈물이 쏟아졌다.

"왜 내가 해야 하나요? 왜 내가 당신들을 구해줘야 하는 거냐구요? 당신들이 나를 구해줘야죠. 더 이상 못 참겠어요. 용한테서 벗어나고 싶어요. 내 옷을 불로 다 태운단 말이에요!"

브레두르는 공주를 달래고 설득했다. 그는 참을성 있게 공감대에 대해 설명했고, 반드시 그녀를 구해주겠지만 약간의 시간이 필요하다고 이해를 구했다.

"공감대는 하루아침에 사라지지 않아요. 공감대를 풀기 위해서는 그것을 맺은 만큼의 시간이 필요해요. 갑자기 공감대가 단절되면 당신과 그렌델 둘 다 죽어요.”

리스바나 공주는 상황을 이해했지만 그것이 위로가 되지는 않았다. 하지만 디에고 왕자가 옆에 앉아 으르렁대고 물어뜯으려 하는 용의 주둥이를 두려워하지 않고 쓰다듬으며, 필요하다면 앞으로 낮이나 밤이나 그녀와 함께 용의 머리를 들어 주겠다고 위로하자 마침내 마음을 진정했다. 브레두르는 자신이 걱정해야 할 문제는 용과 공주의 공감대가 아니라 이 두 사람의 공감대라는 것을 깨달았다.

“그렌델을 종일 쓰다듬을 필요는 없어요.”

브레두르가 화난 표정으로 리스바나 공주에게 말했다.

“하루에 여러 차례, 모두 여섯 시간 정도면 충분해요. 다른 때는 용이 볼 수 있는 곳에 있기만 하면 돼요. 내일부터 시작해서 주마다 삼십 분씩 줄여 나갈 거예요.”

브레두르가 디에고 왕자를 바라보며 말했다.

“아직 잘 모르는 모양인데, 네가 만지는 건 아무 의미도 없어. 네 멍청함 때문에 공주가 죽을 뻔했어. 가서 내 말을 끌고 와. 가스파 요리와 하인을 묻어 줄 구덩이도 파고. 자, 서둘러. 저 두 사람이 죽은 것도 네 책임이야.”

왕자가 브레두르의 명령에 아무 말 없이 따르는 것을 보고 리스바나 공주는 적잖이 놀랐다. 디에고 왕자가 켈피를 찾으러 간 사이, 브레두르는 공주에게 그동안 있었던 일들을 설명했다. 특히 그녀를 구한 것은 왕자가 아니라, 바로 자신이라는 것을 강조했다.

“디에고는 그저 도운 거라구요?”

“도움은 무슨. 용과 싸워서 당신을 죽일 뻔했어요. 전혀 필요 없는 짓이었죠. 내 계획대로 했다면 당신은 긁힌 상처 하나 없이 구출됐을 거예요. 더구나 가스파요리는 내 친구였어요.”

“참 멋진 친구군요. 그는 나를 쇠사슬에 묶어 놓았다구요. 그자가 죽었어도 난 전혀 마음 아프지 않아요.”

“당신도 죽을 뻔했어요! 나는 디에고에게 용을 건드리지 말라고 경고했고, 그는 내 말을 따르겠다고 맹세했어요. 최악의 사태가 일어나지 않은 걸 다행으로 알아요. 디에고를 데려오지 말았어야 했는데.”

그때 왕자가 한 손에 곡괭이를 들고, 다른 손으로 켈피의 고삐를 끌며 돌더미 위로 기어 올라왔다. 그렌델은 옛 친구 켈피를 알아보고 벌떡 일어나 격렬한 몸짓으로 인사를 나누려 했다. 디에고 왕자는 고삐를 놓고 안전한 곳으로 피했다.

그렌델은 침이 뚝뚝 떨어질 정도로 켈피의 몸을 핥았고, 켈피는 킁킁거리며 그렌델의 몸에 코를 비벼 댔다. 그렌델과 켈피는 펄쩍펄쩍 뛰면서 서로를 맴돌다가, 평화로운 모습으로 나란히 누웠다. 하지만 그때도 그렌델의 머리는 리스바나의 품에 안겨 있었다.

그 순간 리스바나 공주가 디에고 왕자에게 눈길을 보내는 것을 브레두르는 놓치지 않았다.

“그걸로 무덤을 파겠다는 거야?”

브레두르가 곡괭이를 가리키며 디에고 왕자에게 소리를 질렀다.

"시간이 한없이 걸리겠군! 아니, 용 옆이 아니고, 그 뒤에 구덩이를 팠잖아! 그런 식으로 일을 하면 내일도 여길 못 떠나. 이리 와 봐. 내가 어떻게 하는지 잘 보라구."

리스바나 공주에게 그들의 얘기가 들리지 않을 만한 거리에 이르자 브레두르가 낮은 목소리로 화를 냈다.

"이봐, 내 말에 절대 복종하겠다고 맹세했잖아. 너를 데려온 조건이 그거였어. 그런데 왜 약속을 지키지 않았지?"

"그렇게 하려고 했는데, 돌발적인 사건이 많았잖아. 지금부터라도 약속을 지킬게."

"좋아. 이제부터 공주에게 한마디도 하지 마. 공주가 뭔가를 물어볼 때만, 가능하면 짧게 대답해. 공주를 바라보는 것도 안 돼. 눈길도 주지 마! 무슨 말인지 알지? 그리고 어떤 상황에서도 사랑이라는 단어를 꺼내면 안 돼! 절대로!"

디에고 왕자가 고개를 끄덕였다.

"지금부터 내게 복종하겠다고 맹세해! 무엇을 시키든, 무엇을 요구하든 말이야."

왕자는 다시 진지한 표정으로 고개를 끄덕였다.

"맹세해. 한때 우리를 묶어 주었던 우정에 걸고. 결코 네 말을 거역하지 않겠다고 내 명예를 걸고 맹세할게."

"네 명예를 건 맹세가 어떤 건지 잘 알지. 너 같은 사람은 약속을 지킬 능력도 없어."

"두고 봐."

디에고가 왕자는 화를 참으며 묵묵히 땅을 팠다.

그동안 브레두르는 그렌델의 등에 얹는 여행용 자루를 찾아 나섰다. 그는 나무더미 밑에 반쯤 깔려 있는 자루를 찾아냈다. 자루가 있는 곳까지 가기 위해서는 어마어마하게 쌓인 책 더미를 헤치고 가야 했다. 책 더미 속에서 그는 가스파요리가 쓴 용에 관한 책을 발견했다. 먼지와 작은 돌 조각들을 털어 낸 뒤 책을 팔에 끼었다. 그렌델과 여행하는 데 쓸모가 있을 것이다. 그는 글을 읽을 줄 몰랐으므로 디에고 왕자에게 큰 소리로 읽게 할 작정이었다. 적어도 책을 읽는 동안에는 공주에게 속삭이지 못할 거라는 생각이 들자, 그는 아무 책이나 세 권을 더 집어 여행용 자루에 집어넣었다. 돌아오는 도중에 주전자와 쇠로 만든 방울, 그 밖에 쓸모 있어 보이는 것들을 찾아냈다.

그사이 디에고 왕자는 구덩이를 다 팠다. 브레두르는 그를 도와 시신을 구덩이 안에 눕히고 흙으로 덮었다. 그리고 그 위에 돌을 쌓아 주었다. 마법사 가스파요리의 무덤에는 하인보다 두 배 많은 돌을 쌓아올렸다.

리스바나 공주와 용이 있는 곳으로 돌아온 브레두르는 로자몬데에 대해 물었다. 룬트람 기사가 기다리고 있으니 로자몬데도 데려와 함께 집으로 가야 한다고 고집했다. 그렌델의 귀 뒤를 긁어 주던 리스바나 공주가 손을 내저었다.

"로자몬데는 그냥 놔둬요. 북쪽나라로 돌아가는 것을 원하지 않을 거예요. 궁정 난쟁이의 부인이 되고 싶어 하니까요. 페드시와 결혼하겠대요.”

브레두르는 그 말을 믿을 수 없었다.

“로자몬데와 페드시가? 우리 궁정의 그 페드시? 말도 안 돼!”

그는 화를 내며 디에고 왕자에게로 몸을 돌렸다.

“너희가 강요한 거지, 개자식들!”

“아무도 강요하지 않았어. 아무도! 그녀가 그를 원하는 거라구. 알겠어?”

“아니, 몰라.”

결국 리스바나 공주가 나서서 로자몬데는 아주 잘 지내고 있다고 브레두르에게 설명했다.

브레두르는 찾아낸 쇠방울을 그렌델에게 걸어 주고, 녀석의 목에 사슬을 묶은 뒤, 그것을 공주에게 건네주었다. 그렌델은 순하게 공주의 뒤를 따라왔다. 얇은 비단 줄을 목에 걸고 끌었어도 그렇게 했을 것이다.

“그렌델이 디에고와 친해지면 사슬이 필요 없을 거예요. 그러면 내 말을 타고 가도록 해요.”

브레두르가 말했다. 그는 켈피의 고삐를 잡고 리스바나 공주 옆에서 걸었다. 왕자에게는 그렌델의 뒤에서 따라오라고 명령했다. 디에고 왕자는 묵묵히 그 말을 따랐다.

리스바나 공주도 왕자 쪽을 돌아보지 않았다. 자신을 구출한 것과 브레두르가 이룬 다른 영웅적 행동들로 인해 아버지가 자신을 그와 결혼시킬 것이 분명하다는 것을 그녀는 깨달았다. 이렇게 용감하고, 존경받는 영웅을 남편으로 맞는 것을 행복으로 받아들이는 것이 그녀의 의무였던 것이다. 마음속에서 디에고 왕자를 남편으로 결정하고, 그에게 사랑을 고백한 바로 그 순간 모든 것이 물거품이 되어 버렸다. 그녀의 삶은 왜 이리도 순탄치 않은 걸까?

편지

신의 은총으로 바스카리아의 국왕으로 재임하고 있는 본인 레오 1세는 스뇌글린두랄토르마의 선하고 지혜로운 로타푸르 왕께 존경의 인사를 전하는 바입니다.

유감스럽게도 전하께서는 귀국과 안개나라의 기사들을 우리의 아름다운 수도에 파병하여, 사람과 가축과 건물에 커다란 피해를 입혔습니다. 더구나 기사들은 우리의 수도 바스코가 자랑하는 베니스보다도 더 많은 다리 가운데 하나를 파괴하는 짓도 서슴지 않았습니다. 우리가 세 배의 병력을 동원하여 귀국의 기사들이 나타난 첫날 그들을 물리친 뒤, 도시 외곽에서 포위하여 잠시 전투를 벌인 다음 무장 해제 시키지 않았다면, 더 큰 피해를 입었을 것입니다. 전하께서는 이 패전에 너무 우울해하지 마시기 바랍니다. 귀국의 기사들은 분명 용감무쌍했지만, 이곳의 기후에 적응하지 못했던 것뿐입니다. 여러 명의 기사들이 비오듯 땀을 흘리다가 의식을 잃고 말에서 미끄러져 떨어지는 고통을 겪어야 했습니다. 또한 우세한 병력에 맞서 오래 항전한다는 것은 대단한 용기가 아니라 무분별을 입증할 뿐입니다. 귀국의 기사 백칠십사 명, 무기 시종 백팔십칠 명, 그리고 기마 시종 약 삼백 명은 지금 이곳의 여러 성에 수용되어 적절한 대접을 받고 있습니다. 귀국의 왕자와 안개나라의 왕자는 지금 바스카리아의 궁전에 머물며 손님으로 환대받고 있다는 것을 내 명예를 걸고 알려드립니다.

들려온 소식에 따르면 아마레트의 왕자이자 바스카리아의 왕위 계승자인 나의 사랑하는 아들 디에고가 스스로 귀국의 기사 브레두르 폰 박커툰의 인질이 되어 따라갔다고 합니다. 가슴 아프게도 우리의 보호에서 벗어난 폐하의 영애 리스바나 공주가 있는 곳을 안다고 기사가 왕자를 유혹했기 때문입니다. 브레두르 기사의 말이 사실이라면 아마도 그는 곧 리스바나 공주와 디에고 왕자를 대동하고 북쪽나라로 돌아갈 것입니다. 하지만 정확한 소식을 알지 못하기 때문에 나는 크게 상심하고 있습니다. 궁정회의의 협의와 동의를 얻어 폐하께 다음과 같은 제안을 하는 바입니다.

신의 은총을 입어 바스카리아의 국왕으로 재임하고 있는 나 레오 1세와 우리 정부는 즉시 두 척의 함선을 정비하여, 폐하의 영식 외르구르 왕자와 안개나라의 하랄드 왕자, 그리고 귀국의 기사와 하인들을 북쪽나라로 돌려보내 드릴 것을 약속합니다. 기마 시종들은 말과 함께 육로로 뒤따라갈 것입니다.

그 대가로 우리는 디에고 왕자를 건강한 모습으로 돌려보내 줄 것과 더 이상의 전쟁을 포기할 것을 기대하고 있습니다. 또한 귀하와의 우호 관계를 희망합니다. 이에 따라 공주의 납치를 사주했던 궁정 난쟁이 페드시를 내 부인과 협의 끝에—동의는 구하지 못했지만—돌려보내니 전하의 노여움을 그에게 돌리고 우리에 대한 노여움을 거두어 주기 바랍니다.

이 일은 에스페란토호와 산타 아르니미아호의 준비가 완료되는 대로 곧 시행될 것입니다. 우리의 기사들이 귀국의 고귀한 인질들과 함께 갈 것입니다. 하지만 만약 전하께서 내 아들을 돌려보내지 않으시거나 그에게 어떤 해라도 입힌다면 북쪽바다의 물고기들이 핏속에서 헤엄치게 될 것입니다.

우리의 궁전에서, 재위 12년 7월 2일

"자, 됐다."

레오 1세가 편지 밑에 커다란 글씨로 서명한 뒤 붉은 인주로 옥새를 찍었다.

"이보다 더 잘 쓸 수는 없다!"

모닥불

　예상과는 달리 브레두르 기사, 리스바나 공주, 포로 디에고의 여행길은 평화로웠다. 하지만 그들의 발걸음이 너무 더뎠기 때문에, 그들이 반쯤 왔을 때 이미 레오 1세의 편지는 북쪽나라의 궁정에 도착했다. 다른 이유보다도 브레두르가 디에고 왕자는 걸어서 가야 한다고 고집을 부렸기 때문이다. 왕자는 모든 명령을 그대로 따랐다. 그는 공주에게 단 한 번도 말을 걸지 않았고, 그녀의 눈길을 피했으며, 용의 먹이를 마련했고, 모닥불을 피워 음식을 요리했고, 녹색과 붉은색의 줄무늬 경기장용 천막을 펴고 또 접었다. 이 천막은 공주가 밤에 보다 안전하게 잠잘 수 있게 하면서도, 공주가 시야에서 사라져 용이 흥분하는 것을 방지하기 위해 브레두르가 사들인 것이다. 어떤 주막 주인이나 농부도 용을 끌고 다니는 그들에게 방을 내 주거나, 불을 붙일 수 있도록 허락하지 않았다. 기사와 왕자는 야외에서 잠을 자야 했다. 브레두르에게는 아무렇지도 않은 일이었지만, 디에고 왕자는 첫 주에 벌써 심한 감기에 걸렸다. 그들이 아직 따뜻한 셉티메니아의 들판에 있을 때였다. 리스바나 공주는 디에고 왕자를 돌보려고 했지만, 브레두르가 허락하지 않았다. 그녀는 기사의 말을 거역하지 않았다. 그리고 그녀의 진심을 그가 알아채는 것도 원하지 않았다. 한편으로는 그가 왕자에게 화풀이하는 것이 두려웠고, 또 한편으로는 그에게 부끄러움을 느꼈기 때문이다. 브레두르는 공주를 구하기 위해 떠나온 길에서 자신이 겪었던 몇 가지 고생들을 얘기했다. 그는 북쪽나라 왕과 기사들이 한가하게 외르구르 왕자와 안개나라 공주의 결혼을 기다리고 있을 때, 자신은 안개나라와 슬룬지아에서 얼어 죽을 뻔했고, 굶어죽을 뻔했다는 얘기를 했다. 그 얘기를 들은 리스바나 공주는 처음으로 밝은 표정을 지었다.

"오빠가 못생긴 노처녀 브리카 공주와 결혼했다고요? 그것 참 반가운 소식이네요."

저녁에 모닥불 가에서 리스바나 공주가 용을 쓰다듬어야 할 때면, 그렌델은 재채기를 하는 왕자의 무릎에 머리를 뉘었다. 왕자는 거대한 괴물을 싫은 기색 없이 받아들였다. 용의 더운 입김이 불보다 더 따스함을 느끼게 해 주었다. 심지어 왕자는 용의 비늘에서 나오는 녹색 인광을 불빛 삼아 브레두르와 리스바나 공주에게 마법사의 책을 읽어 주기도 했다. 그래서 디에고 왕자는 그렌델을 '내 거대한 개똥벌레’라고 불렀다. 그는 무서운 이야기들을 모아 놓은 붉은 책을 한 손에 들고 읽으며, 다른 손으로는 그렌델을 쓰다듬었다. 리스바나 공주가 옆에 있고, 켈피가 곁에 누워 있을 때 그렌델은 디에고 왕자가 쓰다듬는 것을 받아들였다. 이럴 때 공주는 브레두르 옆에 앉아 있었다. 두 사람은 왕자가 읽어 주는 이야기에 귀를 기울이는 척했다. 이런 세 사람의 모습은 매우 평화로워 보였지만 그들 마음속은 냄비처럼 들끓었다.

마음속의 냄비가 폭발한 사람은 뜻밖에도 브레두르가 먼저였다. 그가 싸움을 건 것은 오히려 디에고가 그럴 만한 구실을 주지 않았기 때문이다. 오 주째가 되어 공주가 용을 품에 안고 지내야 하는 시간이 세 시간 반으로 줄어든 어느 날 밤이었다. 브레두르는 이상한 소리에 눈을 떴다. 그는 몸을 움직이지 않고, 가늘게 눈을 떠 소리 나는 쪽을 바라보았다. 공주가 자신과 디에고 왕자가 있는 쪽으로 살금살금 건너오자 그렌델이 기뻐서 꼬리를 땅에 내려치는 소리였다. 공주는 왕자의 입을 손으로 막으며 그를 깨웠다.

“언제지요?”

리스바나가 그의 입에서 손을 떼며 속삭였다.

“리스바나.”

“큰 소리 내지 말아요. 빨리 말해요. 언제 도망칠 거예요?”

그녀는 자신의 입술을 그의 입에 비벼 댔다.

“도망칠 수 없어요. 브레두르에게 내 명예를 걸고 약속했어요.”

“그래서요?”

공주가 그의 얼굴에서 멀리 떨어지며 말했다.

“명예를 건 약속을 깰 수는 없어요.”

“이해할 수 없군요. 나를 납치한 것도 당신 명예와 관련된 일이에요. 그리고 이제 내 스스로 당신과 도망치려는데 안 된다니요?”

“브레두르는 내 친구예요.”

“브레두르는 당신 친구가 아니에요. 그는 당신을 미워한다구요. 그에게 한 약속이 나를 향한 사랑보다 더 중요하다는 건가요?”

그렌델은 불안해하며 두 사람을 번갈아 바라보았다. 그렌델의 인광이 더 밝아졌다. 그가 좋아하는 사람들이 다투는 것을 견딜 수 없었던 것이다.

“당신을 구해준 사람은 브레두르예요. 그가 아니었다면 영원히 당신을 찾아내지 못했을 거예요. 당신을 구해준 사람을 속일 수는 없어요. 그가 그렌델을 죽이려 하는 나를 막지 않았더라면 당신도 죽었을 거예요. 그 일 하나만으로도 나는 당신을 요구할 자격이 없어요.”

“설마 진심은 아니겠죠! 내가 가족과 북쪽나라를 배신하고 영원히 수치 속에서 살기로 결심했는데. 이제 와서……. 무슨 사랑이 그런가요?”

리스바나 공주는 속삭여야 한다는 것을 까맣게 잊고 소리쳤다. 두 사람은 놀라서 브레두르 쪽을 건너다보았다. 하지만 그는 깊이 잠든 것처럼 크고 깊은 숨 소리를 내고 있었다.

“브레두르가 나를 데려온 건 내 우정을 믿었기 때문이에요. 그가 당신 때문에 얼마나 많은 고초를 겪었는지 당신은 모를 거예요. 게다가 나는 그동안 너무 많은 잘못을 저질렀어요. 한 번이라도 제대로 해야죠.”

“아, 당신이 미워요! 다시는 당신을 보지 않겠어요!”

리스바나 공주는 소리를 죽이려 조심하지도 않고 천막으로 돌아가 버렸다. 디에고 왕자는 그녀를 부르려다가 그만두었다.

다음 날 아침, 브레두르는 아무것도 모르는 척하면서 가까운 강가로 가서 옷을 벗고 목욕을 했다. 그는 물에서 가까운 곳에서 야영을 할 때면 늘 그렇게 했다.

“정말로 상쾌하군. 놀라운 일이야.”

브레두르는 야영하고 있는 곳으로 돌아와, 기분이 좋은 척하면서 그사이에 다시 기른 수염에 묻은 물을 털어내며 말했다.

“정말이야. 두 사람도 한번 해 보지 그래?”

언제나 그랬듯이 리스바나 공주와 디에고 왕자는 이해하지 못하겠다는 표정으로 그를 물끄러미 바라보았다. 브레두르의 지나친 청결은 이들에게 수수께끼였다. 공주의 금발은 뒤엉켰고, 얼굴은 좋게 말해 먼지가 묻어 있었으며, 그토록 화려했던 녹색 옷은 시장 노점의 여주인도 입지 않을 것 같았다. 디에고 왕자도 마찬가지였다. 그의 턱은 면도를 하지 않아 수염이 덥수룩했고, 조끼는 용의 침과 요리할 때 튄 기름때로 얼룩져 있었다. 그는 여행용 자루에서 재료를 꺼내 아침식사로 고기죽을 끓이고 있었다. 그가 물 부대의 물을 주전자에 부을 때, 물방울 몇 개가 브레두르의 야키에 튀었다.

그 순간 브레두르는 억지로 짓고 있던 웃음을 거두고 그동안 참았던 화를 폭발시켰다.

"이 멍청아!"

그는 소리치며 디에고 왕자의 옆구리를 걷어찼다.

"수프 하나 제대로 못 끓이는 멍청이!"

한순간 왕자는 그에게 달려들 듯이 보였지만, 곧 시뻘건 얼굴을 돌리며 조심스럽게 고기뼈를 물에 담갔다.

"어쩔래? 한판 붙어 보겠다는 거야? 덤벼 봐!"

브레두르가 말했다.

그렌델이 낑낑대며 귀 뒤쪽을 거칠게 긁기 시작했다.

"아니, 싸우고 싶지 않아."

왕자는 작은 소리로 말하고는 아랫입술을 깨물었다.

"그게 현명할 거야. 어차피 내가 이길 테니까. 황금닻에서도 내 밑에 깔리니까 경호원을 불렀지."

브레두르는 말하며 재빨리 리스바나 공주쪽으로 눈길을 보냈다. 그녀는 그렌델을 진정시키는 것이 자신의 소임이라는 듯 용에게만 매달렸다.

"내가 부른 게 아니라 그들이 소리를 듣고 들어온 거야. 소동이 일어났으니까."

"흥, 항상 변명거리가 있군."

브레두르는 경멸하듯 등을 돌리더니, 디에고 왕자가 불을 잘못 피워 자신이 제대로 해야겠다는 듯 다시 불을 뒤적였다.

브레두르와 리스바나 공주를 뒤따라가는 디에고 왕자의 마음에 시커먼 구름이 드리웠다. 기사는 용을 타고, 공주는 켈피를 타고 있었다. 그는 두 사람이 얘기를 나누는 것을 보았지만 무슨 말인지 알아들을 수 없었다. 한번은 공주가 고개를 옆으로 기울이자 브레두르가 밑으로 손을 뻗어 그녀의 손을 잡는 것을 보았다. 아니면 브레두르가 그녀에게 빵을 건네주었던 것일까?

그날 저녁 다시 모닥불 가에 앉았을 때, 디에고 왕자는 리스바나 공주의 눈길을 피하지 않고 받았다. 그녀도 그의 눈길을 피하지 않고, 뚫어지듯 바라보았다. 브레두르는 못 본 척하면서 자신의 모험담을 늘어놓았기 때문에, 왕자는 그날 책을 읽을 필요가 없었다. 리스바나 공주는 미래의 신랑이 하는 얘기에 귀를 기울였다. 그녀는 그가 익살스런 얘기를 할 때마다 크게 웃음을 터뜨렸다. 때로는 엉뚱한 곳에서 웃음을 터뜨리기도 했다. 그리고 브레두르가 비위를 맞추려고 찬사를 늘어놓으면 얼굴을 붉혔다.

그날 밤 디에고 왕자는 오랜 시간 깨어 있었다. 몸을 뒤척거리며 브레두르에게 차인 곳을 만져 보았다. 갈비뼈를 꾹꾹 눌러 보았지만 부러진 곳은 없었다. 그렌델은 입맛을 다시고 코를 골며 잠을 잤다. 이것은 리스바나도 달콤한 꿈을 꾸며 편안히 잠들었다는 것을 의미했다. 모두가 잠이 들어 있었다. 디에고 왕자의 마음을 생각해 주는 사람도 동물도 없었다. 쓰라린 마음을 안고 그는 몇 시간을 더 뒤척거렸다. 그러다가 마침내 잠이 들었다. 십오 분만 더 깨어 있었다면 브레두르의 나지막한 울음소리를 들을 수 있었을 것이다.

공주는 더 이상 디에고 왕자에게 도망치자고 하지 않았다. 그녀와 그렌델 사이의 공감대가 완전히 해소되지 않았기 때문이기도 했다. 그들은 이미 안개나라에 들어와 있었다. 브레두르는 자신들의 소식이 이미 로타푸르 왕의 귀에 들어갔을지 곰곰이 생각했다. 디에고 왕자는 지난 몇 주 동안 아무 말도 하지 않고 우울한 표정만 짓고 있었다. 그러다 리스바나 공주와 완전히 헤어져 포로 생활을 해야 하는 때가 눈앞에 다가오자, 불안은 점점 커져 갔다. 북쪽나라의 국경이 몇 마일 남지 않은 곳에서 마지막 휴식을 취하고 있을 때, 왕자는 처음으로 말문을 열었다.

"브레두르, 물어보고 싶은 것이 있어."

브레두르가 놀라면서 고개를 쳐들고 그를 바라보았다. 리스바나 공주도 그에게 눈길을 돌렸다.

"너를 공격하려는 것이 아냐. 오해하지 말아 줘. 이제 모든 것이 결정되고 승자와 패자가 나뉘어 너에게는 신부의 방이, 나에게는 감옥이 기다리고 있어. 그러니까 지금은 우리 서로 진실을 말할 수 있을 거야."

브레두르는 헛기침을 하면서 깊은 주름이 잡힐 정도로 이마를 찡그렸다.

"물론 아무 의미 없는 일이겠지만, 난 알고 싶어."

디에고 왕자가 말했다.

"아무 의미가 없다면 입을 닥치고 있지 그래?"

브레두르가 짜증난 표정으로 말했다.

“나는 북쪽나라에서 춤을 출 때 네가 일부러 내 발을 걸었는지, 아니면 실수였는지를 알고 싶어. 순전히 궁금해서 묻는 거야.”

“아무도 네 발을 걸지 않았어. 네가 스스로 네 발에 걸려 넘어졌을 뿐이지.”

브레두르가 말했다.

그렌델이 머리를 쳐들며 인광을 더 밝게 내고는 두 사람의 안색을 살폈다. 또 시작인가?

“왜 그랬어? 나를 웃음거리로 만들려고? 나를 웃음거리로 만드는 건 용서 못 해.”

디에고 왕자의 마지막 말은 공주를 향한 것이었다.

“아무도 웃지 않았어. 그다음 순간 네가 모든 것을 엉망으로 만들었으니까.”

브레두르가 냉정하게 말했다.

리스바나 공주는 로자몬데도 브레두르가 발을 앞으로 내미는 것을 보았다고 말하려 했다. 하지만 어차피 자신이 브레두르의 아내가 되어야 한다면, 그 말은 의미가 없었다. 결국 그녀는 아무 말도 하지 않았다.

귀향

브레두르가 리스바나 공주를 데려오기 위해 아버지와 왕의 뜻을 어기고, 시종도 따라오려 하지 않는 길을 몰래 떠난 지 일 년이 지났다. 그때와 비교하면 모든 것이 얼마나 달라졌는가! 브레두르가 돌아왔다는 소식은 바람처럼 온 왕국에 알려졌다. 지나는 마을마다 사람들은 환호성을 올리며 그들을 맞았으며, 공주와 기사에게 신선한 빵과 물을 내밀었다. 농부들은 북쪽나라 공주와 기사가 편안하게 잘 수 있도록 자신들의 잠자리를 양보했다. 이제 그렌델은 공주와 떨어져 마당에 묶여 있었다. 사람들은 디에고 왕자를 위해서는 아무런 배려도 해 주지 않았다.

마침내 여행의 마지막 날 아침이 밝았다. 심지어 리스바나 공주와 디에고 왕자도 이날 아침에는 세수를 했다. 브레두르는 공주를 켈피의 등에 태우고, 자신은 사슬에 묶인 용을 끌고 걸어갔다.

"브레두르 만세! 리스바나 공주 만세!"

북쪽나라 백성들이 환호하며 밀 이삭을 이들의 발 앞에 뿌렸다. 그렌델도 이 환영식의 뜻을 아는 듯, 그 어느 때보다도 위엄 있게 걸었다. 그렌델의 뒤에는 긴 줄에 두 팔을 묶인 디에고 왕자가 고개를 땅에 떨군 채 따라갔다.

"바스카리아의 왕자를 처단하라!"

북쪽나라 사람들은 이 나라에서는 결코 익지 않지만 귀한 과일을 포로에게 집어던졌다. 작지만 아주 단단한 사과가 그의 이마에 정통으로 맞았다. 왕자가 신음 소리를 내자, 그렌델이 걱정스러운 듯 뒤를 돌아보았다.

종소리와 축포 소리가 울려 퍼지는 가운데 그들은 궁전에 도착했다. 바스카리아와의 전쟁에 참여하지 않은 몇 안 되는 기사들이 약간 녹슨 갑옷을 햇빛에 번쩍이며 양쪽에 서 있다가, 거대한 용이 그들 사이로 지나가자 경의를 표하며 뒤로 물러섰다. 왕과 왕비가 영웅을 향해 다가왔다. 로타푸르 왕은 여전히 녹색 허리띠를 두르고 있었다. 브레두르가 무릎을 꿇으려 하자, 왕은 만류하며 그와 팔짱을 끼었다.

"브레두르, 자네는 모든 시대를 통틀어 가장 위대한 영웅일세. 이제부터 자네는 내 수석기사야."

앞니를 하나 잃어버린 왕이 바람 새는 소리로 말했다. 늙은 기사들은 동의의 뜻으로 칼자루를 두드렸다. 왕비는 딸을 껴안았다. 그렌델은 뒷발로 귀 뒤쪽을 긁어 댔고, 디에고 왕자는 바닥에 깔린 용암석을 뚫어지게 내려다보았다. 그때 브레두르의 아버지 프레두르 박커툰의 천둥 같은 목소리가 들려왔다.

"내 아들아! 모두들 보시오! 전군이 출동해서도 해내지 못한 일을 그가 홀로 해냈소! 알겠소? 모두들 내 아들을 보시오!"

브레두르는 놀라서 뒤를 돌아보았다. 그는 아버지가 바스카리아에 있으리라고 생각했다. 하지만 그의 늙은 아버지는 왼발에 자작나무 가지 두 개를 동여매고 절뚝거리며 그를 향해 다가왔다. 프레두르 박커툰은 아들을 힘껏 끌어안고는 등을 두드렸다.

"장하다, 브레두르!"

늙은 기사는 자신의 아들이 자랑스러워 거친 숨을 몰아쉬며 떠들어 댔다. 하지만 브레두르는 스스로도 이상하게 여겨질 만큼 행복하지도, 아버지에 대한 사랑이 느껴지지도 않았다. 다만 당혹스러울 뿐이었다. 그는 아버지가 쏟아 붓는 애정을 그저 담담히 받아들였다. 로타푸르 왕이 딸을 그에게 주겠다고 말하자, 그는 사람들이 기대했던 대로 깊이 고개를 숙이며 감사를 표시했다. 왕이 하사한 물개 가죽 외투를 어깨에 두르며, 그는 자신이 리스바나 공주의 손을 잡고 있다는 것을 깨달았다. 그녀는 브레두르 옆에서 미소를 지으며 사람들이 보내는 환호성을 함께 듣고 있었다. 한편 디에고 왕자는 이리저리 끌려 다니며 농부들이 던지는 썩은 감자에 얻어맞았다. 브레두르는 숨을 깊이 들이쉬었다가 내쉬었다. 그가 바랐던 모든 일이 이루어졌다. 사람들이 그에게 기대하지 않았고 금지했던 모든 일이 운 좋게도 이루어졌다. 게다가 그는 거대한 용까지 데리고 왔다.

브레두르는 오래된 참나무에 그렌델을 묶었다. 그러고 나서 로타푸르 왕을 따라, 궁전으로 들어가 왕과 공주 사이에 앉았다. 그는 양의 심장에 돼지 콩팥으로 속을 채우고, 그 안에 다시 칠면조 심장을 채워 넣고, 그 안에 오리 심장을 채운 요리를 먹었다. 왕비가 손수 그의 잔에 술을 따라 주었다. 그는 술을 마시고 음식을 먹으며 얘기하고, 얘기하고, 또 얘기해야만 했다. 브레두르는 외르구르 왕자와 안개나라의 왕자, 그리고 그들의 기사들이 몇 달 전에 바스카리아로 출장했다는 이야기를 들었다. 가엾은 그의 아버지만 계단에서 굴러 떨어져 다리가 세 군데나 부러지는 바람에 이곳에 머물러 있어야 했다.

"그래도 나는 출전하려고 했다. 그런데 그들이 내 지팡이를 숨겨 버려 못 떠났다."

프레두르 박커툰이 툴툴댔다.

"기쁘게 생각하시오. 그 덕분에 가엾은 기사들이나 내 아들처럼 포로 신세가 되는 것을 면했으니까. 하지만 다행스럽게도 기사들을 디에고 왕자와 맞바꿀 수 있게 됐어. 당신 아들 덕분이오. 브레두르 기사를 위해 건배합시다. 브레두르 만세!"

로타푸르 왕이 말했다.

"브레두르 만세!"

사방에서 사람들이 외쳤다. 가장 크게 소리친 것은 물론 프레두르 박커툰이었다.

　그날 저녁, 용에게 건초를 주는 일은 브레두르밖에 할 수 없었기 때문에, 잠시 만찬장에서 빠져 나올 수 있었다. 갑자기 공허감과 피로가 몰려왔다. 그는 그렌델의 배가 젖지 않도록 쌓아올린 짚 위에 앉아, 신성한 참나무에 등을 기대고, 그렌델이 건초를 씹어 먹는 것을 바라보았다. 그렌델은 건초에서 머리를 떼고 고개를 들어, 호박처럼 노랗고 커다란 눈으로 그를 보았다. 브레두르는 그 눈을 바라보며 생각에 빠졌다. 그동안의 모험이 머릿속을 스쳐갔다. 하지만 그것은 아까 식탁에서 자랑스럽게 떠벌린 것과는 전혀 다른 것이었다. 그렌델과의 첫 만남, 쩍 벌린 거대한 입을 본 순간 그를 사로잡았던 공포, 배로 끌려가 디에고 왕자와 친구가 되었던 일, 둘이서 여자들만 사는 섬에 들어간 일 들이 생각났다. 사릴리사와 함께 목욕했던 행복한 순간이 떠올랐다. 그녀는 이제 다시는 자신을 행운의 잉어라고 부를 수 없게 되었다. 담배 연기에 묻혀 여자로 살아야 했던 시간이 생각났다. 왕자와 그의 경호원에게 짓눌려 포박당했던 일과 왕자가 그의 인질이 되겠다고 자청하여, 길동무가 되었던 순간이 떠올랐다. 이런 얘기들은 그의 아버지 마음에 들지 않겠지만, 바로 이것이 그가 경험한 모험이었다. 그렌델의 눈에서 브레두르는 그의 아버지나 다른 기사들의 찬사가 줄 수 없었던 그 어떤 것을 발견했다. 그는 참나무 밑에서 잠이 들어, 그렌델이 하늘을 날고, 가스파요리가 죽고, 성이 폐허가 되는 꿈을 꾸었다.

그때 리스바나 공주는 침대에 누워 몸을 뒤척이고 있었다. 결국 자리에서 일어나 매트리스에서 짚을 빼내 바닥에 깔고 그 위에 몸을 눕혔다. 그래도 나을 것이 없었다. 이제 브레두르와의 결혼을 받아들여야 했다. 어차피 이 결혼에서 자신의 의견은 중요하지 않을뿐더러, 자신을 구해준 용감한 기사를 실망시키는 것도 생각할 수 없었다. 그는 그녀를 위해 일년 동안 온갖 위험을 감수했다. 끝없이 깊은 숲 속을 헤매고, 미지의 바다를 항해하고, 마법사와 싸우고, 용을 길들였다. 그에게 뭐라고 말할 것인가. '미안해요, 하지만 그런 수고를 할 필요는 없었어요. 나는 디에고를 사랑해요' 라고? 안 될 일이다.

브레두르와 결혼하는 일보다 훨씬 더 나쁜 일이 일어날 수도 있었다는 것을 그녀는 인정할 수밖에 없었다. 디에고 왕자가 존재하지 않았다면, 그녀는 첫 번째로 그를 선택했을 것이다. 하지만 검은 왕자 디에고는 엄연히 존재했다. 그리고 지금 그녀의 마음을 사로잡고 있는 것은 바로 그였다.

니에고 왕자도 짚을 깔고 누웠지만 셋 가운데 유일하게 자의에 의한 것이 아니었다. 누더기를 걸친 백성들 사이로 끌려 다닌 뒤, 사람들은 그의 팔과 다리를 붙잡고 이 어두운 나라에서도 가장 어두운 망각의 탑 안에 그를 내던졌다.

다음 날 아침에야 다시 감옥 문이 열렸다. 널찍한 어깨의 대머리가 팔을 걷어붙이고 안으로 들어섰다. 그는 보리죽 그릇과 새 양동이를 가져다 놓고, 헌 양동이를 집어 들었다. 햇살이 열린 문을 통해 쏟아져 들어왔다.

"안녕하시오. 간수장이오?"

디에고 왕자가 몸을 일으키며 말했다.

"간수장이자 사형집행인이지요."

대머리가 자랑스럽게 말했다.

"이곳 사람들이 나를 어떻게 하려는지 혹시 알고 있소? 내가 여기에 얼마 동안 갇혀 있어야 하는지, 혹시 로타푸르 왕이 나를 처형할 것인지 알고 있냐는 거요."

"나도 몰라요. 안다고 해도 말해 주지 않을 거요. 포로를 미리 겁주는 건 아무 의미 없는 일이니까."

"아무튼 고맙소."

"천만에."

간수장은 양동이를 들고 나갔다. 빗장 세 개가 잠기는 소리가 들려왔다. 방이 다시 어두워졌다. 창살 사이로 빛이 약간 비쳐들었다. 왕자는 그 밑에 서서, 창살을 붙잡고 기어올랐다. 오랫동안 버티며 밖을 내다보았지만, 누렇게 물든 풀밭과 무성한 덤불뿐, 사람들을 이곳으로 오게 할 만한 건 아무것도 보이지 않았다. 거의 하루 종일 그는 창살을 붙잡고 보냈다. 저녁때가 되자 팔이 땅까지 늘어지는 것 같은 느낌이 들었다. 리스바나 공주는 어디 있을까? 그녀는 왜 오지 않는 걸까?

외롭고 슬픈 낮과 고통스러운 긴 밤이 계속 지나갔지만 리스바나 공주는 나타나지 않았다. 이제는 벽에 줄을 긋는 것도 잊어버려 시간이 흐르고 있는지, 이 주가 지났는지 삼 주가 지났는지도 알지 못했다. 옷은 완전히 너덜너덜해졌고, 수염은 무성하게 자라났으며, 눈은 붉게 충혈되었다. 하지만 그의 팔 근육만은 무척 강해졌다. 혹시 어제 리스바나 공주가 결혼한 것은 아닐까, 지금 그녀가 브레두르와 함께 침대에 누워 있는 것은 아닐까 하는 생각이 그를 괴롭히는 밤이 가장 견디기 힘들었다. 간수장은 반시간 정도 그와 함께 팔씨름을 하거나 대화를 할 정도로 친해졌지만, 이 일에 대해서는 아무것도 말하려 하지 않았다.

"말해 줄 수 없어요."

간수장이 대답했다.

"밖에서 일어나고 있는 일이나, 당신과 관련된 일은 아무것도 알려 줄 수 없어요. 다른 일만 물어봐요."

"좋소. 그렇다면 당신이 솜씨가 뛰어난 사형집행인인지 말해 주시오. 항상 제대로 잘 해내오? 가끔 실수로 목을 반만 자른다거나, 아니면 다른 끔찍한 일을 저지른다거나 하지는 않소?"

"걱정 말아요. 나는 최고의 사형집행인이니까. 쓱, 한 번만 칼을 휘두르면 아무 고통도 없이 다 끝나지요."

"문제가 있었던 사람이 하나도 없소?"

"전혀 없었어요. 팔씨름이나 한 번 더 합시다. 내 기술에 대해 말하는 것은 나와 어울리지 않아요."

간수장과의 대화는 디에고 왕자가 누릴 수 있는 유일한 기분 전환이었다. 나머지 시간 동안 그는 창에 매달려, 공주가 이제 그를 완전히 잊은 걸까, 더 이상 그를 사랑하지 않는 걸까 스스로에게 물으며 보냈다. 공주가 자기 앞에 나타나기 힘들게 되었다는 것을 그는 잘 알고 있었다. 하지만 단 한 번도 몰래 찾아오지 않고, 시녀도 보내지 않는 것은 너무 냉혹한 처사라고 생각했다. 결혼식 때 기분을 망치지 않기 위해 이제 그에 대한 생각조차 하지 않는 것이라고 추측했다. 브레두르는 물론 늠름한 신랑이었다. 그와 결혼하는 처녀는 슬퍼해야 할 이유가 하나도 없었다. 이런 저주받을! 디에고 왕자는 신음을 토해 냈다. 공주는 그를 더 이상 사랑하지 않는다. 한순간도 그를 사랑한 적이 없고, 단지 그런 척했을 뿐일지도 모른다. 그가 빼어난 미남이고, 세상에서 가장 부유하고 힘 있는 나라의 왕위 계승자라는 것이 이제 아무 의미도 없었다. 그는 자신이 사랑받을 만한 존재가 못 된다고 생각했다.

결혼 선물

그날도 디에고 왕자는 여느 때처럼 창살에 매달려 있었다. 너무 오랫동안 매달려 있어 상박 근육에 뾰족한 돌들이 찔러 대는 듯한 아픔이 느껴졌을 때, 누군가 밖에서 뛰어가고 있는 것이 보였다. 털모자를 쓰고 손에 막대기를 든 목동이었다.

"이봐, 거기 서. 돈 벌고 싶은 생각 없어?"

왕자가 소리치자, 목동이 멈춰 섰다.

"얼마나 줄 건데요?"

물론 왕자에게는 동전 한 닢도 없었다. 그는 더러워진 조끼에서 황금 단추 하나를 뜯어 창밖으로 던졌다. 그러는 동안 그는 왼팔만으로 창살을 붙잡고 있을 수밖에 없었다. 그동안 팔 근육이 대단히 강해지긴 했지만, 팔이 떨어져 나갈 듯 고통스러웠다. 목동은 단추를 집어 들었다. 아마 평생 단 한 번도 황금을 손에 쥐어 본 일이 없었을 텐데도, 그는 단추를 입에 넣고 전문가처럼 이리저리 씹어 본 뒤, 고개를 끄덕였다.

“궁정에서 어떤 일이 벌어지고 있는지 말해 줘. 그들이 나를 어떻게 하려고 하는지 알아봐 줘.”

“그건 누구나 아는 일인데요. 외르구르 왕자와 안개나라 왕자 그리고 파병되었던 모든 기사들과 교환될 거예요. 바스카리아 왕이 그들을 포로로 잡고 있어요.”

목동이 웃으며 말했다.

“그러면 혹시 공주가 나에 대해 무슨 얘기라도 했는지 알아 봐 줘. 아주 명민한 소년 같은데, 틀림없이 궁정 주방에 아는 사람이 있겠지?”

팔의 통증이 견딜 수 없을 만큼 심해졌다.

“문제없어요. 어차피 오늘은 모든 사람이 궁전에 들어갈 수 있거든요. 백성을 위한 축제가 열리는 날이에요.”

“축제? 백성이라니? 어떤 축제인데?”

“리스바나 공주와 브레두르 기사의 결혼식이오. 사흘간 열려요. 첫날은 백성을 위한 날이고 나머지 이틀은 안개나라의 왕과 왕비, 그리고 여기 남아 있는 늙은 기사들이 참가하는 축제예요. 사정이 그래서 축제 규모를 좀 줄였대요.”

“안 돼! 그럴 리가 없어. 사실이 아니라고 말해 줘!”

왕자가 부르짖었다. 더 이상 팔의 고통도 느껴지지 않았다.

“미안해요. 이 소식을 이런 식으로 들려드리게 돼서. 나는 당신이 이미 알 거라고 생각했어요. 망각의 탑을 찾아오는 사람이 별로 없는 모양이군요.”

디에고 왕자는 신음 소리를 내며 창살에 얼굴을 짓눌렀다.

“결혼식은 언제지? 첫째 날이야, 둘째 날이야?”

“둘째 날이에요. 그날 앞뒤로 축제를 벌이는 거예요. 결혼식은 내일 열려요.”

“하객들의 선물 증정은 언제 하지?”

“오늘이에요. 지금 하고 있어요.”

디에고 왕자는 조끼에서 단추를 하나 더 뜯어 목동에게 던져 주었다.

“내 부탁을 들어주면 여기 남은 단추도 마저 줄게. 가서 백조를 잡아 와. 그리고 나서 콧물을 깨끗이 닦고, 선물을 주기 위해 줄 선 사람들 틈에 끼어 있다가 리스바나 공주에게 백조를 건네줘. 누가 보냈냐고 물으면 이렇게 말해. ‘그의 사랑이 그를 배신하지 않는다면 쇠사슬과 포로 생활도 기꺼이 견디려 하는 불행한 사람이 보냈어요.’라고.”

“그의 사랑? 그게 도대체 누군데요?”

“그런 건 생각하지 말고, 그저 내가 시키는 대로만 해! 자, 뭐라고 말해야 한다고 했지?”

“그의 사랑.”

“아니, 전부 다 말해 봐!”

"그의 사랑이 그를 배신하지 않는다면 쇠사슬과 포로 생활도 기
꺼이 견디려 하는 불행한 사람이 보냈어요."

"훌륭해. 잊으면 안 돼. 자, 서둘러. 그리고 나면 곧장 이곳으로
돌아와서 공주의 반응을 말해 줘."

"쇠사슬에 묶여 있는데, 어떻게 창가에 매달려 있을 수 있지요?"

"그만 좀 물어! 백조나 잡으러 가!"

목동이 달려간 뒤, 비로소 왕자는 창살을 놓고 내려왔다. 팔이 헝
겊 조각처럼 밑으로 처졌다. 불타는 헝겊처럼. 그는 바닥에 주저앉
아 벽에 기대어 울었다. 어차피 보는 사람도 없었다. 소년이 비웃으
며 단추만 가지고 사라진다면? 살아 있는 동물을 궁전 안에 들이는
것이 비위생적이라는 이유로 백조를 들이지 못하게 한다면? 소년
이 가르쳐 준 말을 잊어버리고 '이 백조는 사랑하는 연인이 있는
쇠사슬을 파는 사람이 보냈어요' 따위로 엉뚱한 말을 한다면? 목
동이 멍청하게 굴면 모든 것은 끝장이었다. 하지만 일을 제대로 해
낸다고 해도 그것이 과연 도움이 될까?

리스바나 공주와 브레두르는 아침 일찍부터 자리에 나와 선물을
받았다. 그들은 북쪽나라 형편에서는 제법 화려하게 꾸며진 기사
의 방에 앉아 있었다. 하지만 바스카리아의 화려함을 체험한 리스
바나 공주에게는 방이 마구간처럼 느껴졌다. 그들은 단상에 올려
놓은 나무 옥좌에 앉아 있었다. 붉은 양탄자가 문 입구에서부터 방
을 가로질러 그들이 앉아 있는 곳까지 깔렸다. 늙은 기사들과 그들

의 부인들, 그리고 주변에 사는 농부들이 양탄자를 지나 결혼 선물을 주었다. 살아 있는, 혹은 구운 새끼 돼지와 닭, 새장에 든 비둘기, 자수를 놓은 식탁보, 짚으로 엮은 부부 모양의 인형, 개구리, 사슴 등 거의 다산을 기원하는 선물이었다.

"불에 잘 타는 것이라 다행이군."

브레두르가 신부에게 말하자, 그녀는 입을 손으로 가리고 킥킥댔다. 그러나 곧 리스바나 공주의 생각은 탑에 갇혀 있는 디에고 왕자를 향했다. 아마 그를 다시는 보지 못하겠지. 설사 그를 다시 본다 한들 무슨 소용이 있단 말인가. 어차피 아무도 살지 않고 오지도 않을 썩은 늪을 다스리는 기사의 부인이 되어 있을 텐데. 그곳에는 축제도, 정원도 없고 있는 것이라고는 술꾼들, 십이월의 크리스마스, 이월의 전쟁, 삼월의 시체 소각뿐이겠지. 아버지의 궁전보다 모든 것이 더 작고 누추하겠지. 이게 옳은 일일까? 공주는 불굴의 의지로 순결을 지켜 냈다. 심장을 강철 띠로 묶고, 외모와 성격 등 모든 점에서 뛰어난 훌륭한 왕자를 거부했다. 북쪽나라 전체를 장식할 만큼 많은 보석과 귀금속을 물리치고, 빨래를 하며 수모를 감수했다. 북쪽나라 기사들의 명예를 지켜 주기 위해. 하지만 행복을 물리친 대가로 그녀에게 돌아온 것은 세상 끝에서의 영원한 유배 생활이었다. 불공평하다. 너무나 불공평하다. 하지만 브레두르가 그녀 곁에 있을 것이다. 비록 디에고 왕자처럼 거침없는 열정으로 그녀를 사랑할 줄은 모르지만, 그래도 그녀는 브레두르를 좋아했다. 둘은 서로를 사랑과 예의로 대하고, 자주 따스한 침대에 함께 눕게 되겠지. 브레두르가 어떤 전투에서 두개골이 함몰되거나, 사냥을 나갔다가 북극곰에게 잡아먹히지만 않는다면.

리스바나 공주는 한숨을 내쉬었다.

브레두르가 그녀를 바라보았다.

"괜찮아요?"

"아, 괜찮아요. 괜찮고말고요."

"진심으로 나와 결혼하기를 원해요? 아니면 내가 싫은가요?"

브레두르가 물었다.

공주는 마음을 추스르려 애쓰며 그에게 속삭였다.

"아버지가 한 약속을 나는 결코 깨뜨리지 않을 거예요. 게다가 당신께 빚이 있다는 걸 잘 알아요. 걱정하지 말아요."

농부와 아내가 앞으로 나서며 짚으로 만든 사슴을 내놓았다.

"잠시 쉬어야겠군. 잠깐만 혼자서 선물을 받아요."

브레두르가 말했다.

"브레두르, 그건 예의가 아니에요. 이 사람들은 영웅인 당신을 보러 온 거예요."

리스바나 공주가 작은 소리로 말했다.

"멋진 사슴이군요. 고마워요."

그녀가 큰 소리로 부부에게 말했다.

"아니, 공주인 당신을 더 보고 싶어 할 거요. 아주 중요한 사람이 나타나면 나를 불러요. 순록을 수놓은 식탁보를 하나만 더 받으면 비명을 지르게 될 것 같아."

브레두르가 속삭였다.

"너무 오래 있지는 말아요!"

브레두르가 밖으로 나가자, 리스바나 공주는 목동에게로 몸을 돌렸다. 그는 식식대고 꽥꽥대는 야생 백조를 힘들게 안고 있었다. 한편으로 우습기도 하고, 또 한편으로는 감동을 느끼며 공주는 목동을 바라보았다.

"너 혼자서 잡았니?"

"네. 그러니까…… 꼭 그렇다고는 할 수 없어요. 어부 아저씨가 날개를 묶어 줬어요. 결코 쉽지 않은 일이라서, 황금 단추 반쪽을 줘야 했어요."

리스바나 공주는 그가 하는 말을 제대로 이해할 수 없었지만, 자세히 물어보기에는 몸이 너무 피곤했다. 그녀는 선물로 가득한 탁자를 조금 치우고 그곳에 백조를 내려놓도록 했다.

"이 선물은 제가 드리는 게 아니에요."

목동이 급히 말했다.

"그럼 이 수수께끼 같은 선물을 보낸 사람이 누구니?"

공주가 친절하게 물으며, 접시에서 특별히 큰 사탕을 집었다.

"이 선물은, 그의 사랑이 그를 배신하지 않는다면 쇠사슬과 포로 생활도 기꺼이 견디려 하는 불행한 사람이 보냈어요."

리스바나 공주의 얼굴이 새빨개졌다.

"가서 고맙다고 전해라. 그리고 사정이 허락하면 내가 꼭 찾아가서 감사의 인사를 올리겠다고 해."

그녀는 작게 속삭이고는 당황한 나머지 사탕을 자신의 입에 집어넣었다.

다음 하객이 앞으로 나섰다. 리스바나 공주는 신경이 거의 마비된 상태에서 식탁보인지, 새끼 돼지인지, 아니면 다른 것인지 분간도 못 하면서 선물을 칭찬하고, 감사 인사를 했다. 오늘 밤 탑으로 몰래 들어가야지. 디에고 왕자가 탈출할 방법을 알아내고, 함께 도망치자고 하는 것이 틀림없어. 아버지의 명예가 그녀와 무슨 상관인가? 브레두르가 그녀를 위해 감수한 노고와 위험이 모두 헛되이 되는 게 그녀와 무슨 상관인가? 그래서 어쨌다는 거야? 대부분의 사람이 죽기 전까지 노력하고, 시도하고, 희망을 품지만, 결국 그 모든 것이 허사가 되고 만다. 하지만 그녀는 절대 그렇게 되도록 놔두지 않을 것이다. 심장이 뛰는 한 희망을 묻어 버리지 않을 것이다. 아직 늦지 않았다.

요정

브레두르는 침대에 누워 있었다. 내일이면 리스바나 공주와 결혼하게 되고, 북쪽나라의 일부를 지배하는 주인이 된다. 많은 사람이 영웅으로, 그리고 용을 복종시킨 사람으로 그를 존경했다. 모든 일이 그가 원한 대로 이루어졌다. 하지만 그는 아직 이것이 자신에게 좋은 일인지 확신할 수 없었다.

리스바나 공주는 그를 사랑하지 않았다. 그녀는 디에고 왕자를 사랑했다. 아직도, 여전히. 그걸 느끼지 못했다면 눈먼 바보일 것이다. 하지만 어찌 할 것인가? 그녀와의 결혼과 그 밖의 모든 것들을 포기해야 한단 말인가? 그것은 누구에게도 도움이 되지 않는 일이다. 망각의 탑에 갇혀 있는 디에고 왕자는 결혼할 수 없으니, 공주는 다른 기사와 결혼하게 될 것이다. 브레두르는 자신의 모험을 멋지게 끝맺고 싶었다. 하지만 그것이 어떤 모습이어야 하는지 알 수 없었다. 매우 피곤했다.

그는 낡은 야키를 둘둘 말아 머리에 베었다. 숲에서는 늘 그렇게 하고 잠을 잤다. 하지만 지금은 그때처럼 편안하지 않았다. 야키를 이리저리 돌리고, 여러 방식으로 접어 보았지만 아무 소용이 없었다. 그러다가 벌떡 일어나 이리저리 뒤지더니 찌그러진 마법의 방울을 찾아냈다. 그는 그것을 꺼내 머리 위에서 흔들어 보았다. 부드러운 소리가 부지런히 울어 대는 귀뚜라미 소리처럼 들릴 정도로 방울을 흔들고 또 흔들었다. 거의 한 시간 동안 방울을 흔들어 댔다. 하인이 들어와 이것이 무슨 소리인지 물었다. 그는 하인을 내보내고 다시 방울을 흔들었다.

브레두르가 이 시끄러운 짓거리를 막 그만두려 할 때, 원하던 일이 이루어졌다. 안개가 방 안으로 스며들어와 침대를 스쳐 지나가더니, 방 한쪽 구석에 모아지며 하나의 형체를 이루었다. 의심할 바 없이 요정이었다. 요정은 브레두르보다 조금 키가 작았다. 요정은 등에 달린 투명한 잠자리 같은 날개를 부지런히 저으며 발이 땅에 닿지 않도록 애썼다. 요정의 옷이 너무 밝게 빛나서 브레두르는 눈을 가려야 했다. 요정이 손에 든 막대기 끝에 달린 별에서 빛이 나와 사방으로 퍼져나갔다. 요정의 모습이 숲에서 나무를 하던 노파와 전혀 닮지 않았는데도 브레두르는 거침없이 소리를 질렀다.

"드디어 나타났군! 내 세 번째 소원을 들어줘!"

요정이 투명한 손을 허공에 뻗으며 날카롭게 외쳤다.

“그 방울을 이리 내놔! 방울을 돌려줘! 이런 뻔뻔스러운 짓을 하다니. 내 머리가 깨질 뻔했잖아. 나는 세 가지 소원을 약속했고, 너는 세 가지 소원을 다 이루었어. 더 이상은 안 돼.”

요정은 방울을 내놓으라고 손을 뻗었다. 하지만 브레두르는 방울을 꽉 쥐며 말했다.

“두 가지 소원뿐이었어. 네가 세 번째 소원을 들어주기 전에는 방울을 주지 않을 거야. 낮이나 밤이나 방울을 흔들어 댈 거야. 내가 피곤해지면 시종을 시켜서 계속 흔들게 할 거야. 그가 피곤해지면 하인을 시킬 거고. 네가 세 번째 소원을 들어줄 때까지.”

“벌써 다 들어줬어!”

“아냐.”

“맞아!”

“두 가지뿐이었어. 그것도 절반만.”

“첫 번째, 너는 배를 채우기를 원했어. 들어줬지.”

“난 묽은 수수죽이 아니라 다른 것을 주문했어.”

“두 번째, 길동무.”

“나는 바스코로 가는 가장 빠른 길을 원했어. 길동무라고 한 적 없다구.”

“그렇게 말하지는 않았지. 하지만 네가 원래 원했던 것은 길동무였어. 너는 시종도 없이 외로운 여행을 하고 있었으니까.”

“내가 원하는 것을 나보다 더 잘 아는군.”

“세 번째……”

브레두르의 눈에서 눈물이 흘러내렸다.

"적어도 이 소원만은 들어줬어야 했어. 내가 그녀를 얼마나 사랑했는데."

"정말로? 단 하룻밤만에? 무엇을?"

브레두르는 대답을 하지 않았다. 하지만 그는 자신이 무엇을 사랑했는지 알고 있었다. 사릴리사가 그를 행운의 잉어라고 부르는 것을, 그녀의 부드러움과 우아함을, 모든 것을 해낼 수 있는 사람으로 자신을 믿어 준 것을 사랑했다.

"네가 사랑한 것이 그녀였어, 아니면 그녀와 함께 있을 때의 너였어?"

요정이 물었다.

"그건 같은 거야!"

"같지 않아. 뭘 모르는군."

"왜 그녀를 살려 내지 않았지? 내가 진정으로 원했던 건 바로 그거란 말이야."

"그녀는 너를 통해 부활했어. 새로운 사릴리사 공주가 궁전에서 계속 살면서 커피를 홀짝이지 않았나? 고롱지를 쓰다듬고, 시녀들과 수련분수에서 수영하지 않았어?"

"그런 뜻이 아니라는 걸 잘 알잖아! 왜 그때 한 번만이라도 제대로 들어주지 않았지? 너는 내게 아무것도 제대로 못 해내는 망가진 방울을 줬어. 요정이 그렇게밖에 못하다니. 누가 악마를 원한다고 했어?"

"나를 그만 모욕해! 마법의 방울이 잘못된 것도 아니고, 능력이 없는 것도 아냐. 네가 진정으로 마음을 다해 사릴리사를 살려 내려 했다면, 그녀는 살아났을 거야. 너는 그 사고를 원래대로 돌려놓기만을 원했어. 그건 내 잘못이 아냐. 사릴리사가 살아나기를 원했던 것이 아니라, 그녀와 하나가 되기를 원한 네 잘못이란 말이야! 너는 세 가지 소원을 빌었고, 세 가지를 다 이루었어. 그러니 이제 방울을 돌려줘."

브레두르는 망설이며 주먹을 펴고 요정의 얼굴을 바라보았다.

"그렇다면 네 번째 소원을 들어줘."

"세 번, 나는 세 번이라고 말했어. 더 이상은 안 돼."

"왜 그렇게 쩨쩨하게 굴어! 내게 빵을 구걸했던 것 기억 안나? 나는 마지막 부스러기까지 네게 주었어. 그런데도 네 번째 소원을 들어주지 못하겠다는 거야? 그런다고 네가 더 가난해지는 것도 아니면서."

브레두르는 앞서 방울을 흔들 때처럼 고집스럽게 간청하고 애걸했다. 심지어 그는 요정에게 방울까지 내주었다. 그러자 마침내 요정이 네 번째 소원이 무엇이냐고 물었다.

"리스바나 공주가 온 마음을 다해 나를 사랑하게 하고, 디에고를 잊도록 해 줘."

요정은 절망적인 눈길로 하늘을 바라보며, 투명한 입술로 측은하다는 듯 혀를 찼다.

"너처럼 자신이 진정으로 원하는 것이 뭔지 모르는 사람은 정말 처음 본다. 네 소원은 들어줄 수 없어. 너는 지금 네 마음을 속이고 있어.”

요정이 말했다.

“그렇다면 모든 것이 잘되도록 해 줘.”

“모든 것? 모든 것이라고? 너무 많다고 생각하지 않아?”

“내가 무슨 말을 하려는 건지 잘 알잖아.”

절망한 브레두르가 소리치며 침대에 몸을 던졌다. 요정이 한쪽으로 비켜서며 침대 머리 맡의 의자에 앉았다.

“리스바나와 꼭 결혼해야 하는 이유가 뭐야?”

“나도 몰라.”

브레두르가 천장을 바라보며 말했다.

“긴 여행, 추위, 굶주림…… 그녀를 포기하면 그 모든 것이 허사가 되잖아. 지난 몇 주 동안 나는 그녀와 디에고를 떼어 놓는 데 너무 몰두해서, 내가 진정으로 그녀를 원하는지 아닌지 곰곰이 생각할 여유가 없었어. 내 말은…… 그녀는 아름답고 매력적이야. 하지만 중요한 건 그게 아니라…….”

“그럼 뭐가 중요하지?”

“멍청한 소리로 들릴 텐데…….”

요정은 아무 말도 하지 않았다.

“멍청한 소리로 들리겠지만, 그녀에게 해가 될까 봐 두려워. 그녀가 갑자기 죽을까 봐. 사릴리사처럼 말이야. 그녀가 죽은 건 내 책임이야. 그런 일을 또 겪고 싶지 않아.”

“멍청한 게 아니라 슬프군.”

요정이 말했다.

브레두르는 침을 꿀꺽 삼키고 헛기침을 했다.

“어떻게 해야 하지? 나는 리스바나를 구해야 했어. 사릴리사의 죽음에 책임이 있으니 적어도 리스바나만은 구해야 한다고 생각했어. 하지만 그녀를 불행하게 만들 것 같아.”

“네 생각은 뭔데?”

“모르겠어.”

“아니, 넌 알고 있어. 네 세계가 바뀌어야 한다는 것을 너 말고 또 누가 알 수 있겠어.”

브레두르는 일어나 요정에게로 몸을 돌렸다. 하지만 요정은 막 사라지려 하고 있었다.

“내 소원은? 소원을 들어주겠다고 약속했잖아!”

브레두르가 소리쳤다.

“그건 네 스스로 이룰 수 있어.”

요정이 작은 소리로 속삭이더니, 방울과 함께 사라져 버렸다. 브레두르는 요정이 있던 곳에 구리 접시를 집어던졌다.

아무것도 할 수 없어. 아무것도. 내일은 결혼식이 거행된다. 이제 곧 기사들과 시종들이 음탕한 농담을 지껄이기 위해 그를 찾아올 것이다. 그들은 그에게 생각할 시간을 주지 않을 것이다.

망각의 탑

보름달이 밝은 밤이었다. 모든 것이 원만하라는 뜻으로 결혼 날짜를 보름으로 잡은 것이다. 거의 쉬지 않고 세 시간을 창살에 매달려 있던 디에고 왕자는 잠시 썩은 짚단 위에 앉아 달빛이 벽에 그린 창살의 그림자를 바라보며 쉬고 있었다. 리스바나 공주가 이곳으로 올 것이라고 목동이 말했다. 사정이 허락한다면. 사정이 허락했다면 이미 오래전에 그녀가 찾아왔을 것이다. 디에고 왕자는 리스바나 공주를 헛되이 기다린 셈이지만, 그녀가 그를 아직 사랑하고 있을 가능성은 더 커졌다. 리스바나 공주가 오는 것을 바라야 할지, 오지 않는 것을 바라야 할지, 알 수 없었다. 그녀는 처음부터 줄곧 그를 사랑했다고 말했다.

"디에고, 디에고!"

디에고 왕자는 창가로 달려가 창살에 매달렸다.

"디에고, 내 사랑. 어디 있어요? 아직 탑 안에 있나요? 아, 나는 당신을 잃게 돼요. 영원히."

"오, 내 사랑 리스바나! 당신이 찾아온 것이 나를 얼마나 행복하게 하는지 모를 거예요. 이제 나는 모든 것을 견딜 수 있을 것만 같아요."

디에고 왕자가 떨리는 목소리로 말했다.

"난 아니에요. 견딜 수 없어요. 그들이 나를 결혼시키려고 해요. 그것도 바로 내일요."

"그게 내 잘못이라는 건가요? 왜 이제야 온 거죠? 왜 더 빨리 오지 않았어요. 나를 잊은 건가요? 이 탑에서 내가 어떻게 지냈는지 알기나 해요?"

"오, 나의 사랑하는 디에고, 당신을 위해 내가 무엇을 할 수 있을까요?"

"아니, 부족한 건 없소. 썩은 짚단과 최고의 보리죽. 게다가 조금만 기다리면 당신 오빠와 교환될 테니. 적어도 내게 그런 사실을 알려 줄 수는 있었을 텐데. 내가 어떻게 지내는지 관심이 있었다면. 이곳에 갇힌 채 바깥 소식을 듣지 못하는 건 정말 고통이에요."

"당신 말이 맞아요. 그동안 내 생각만 했어요. 이곳으로 올 수가 없었어요. 내가 당신을 찾아오면 브레두르와 결혼할 수 없을 테니까요. 그가 나를 위해 한 고생을 결혼으로 보상받을 자격이 있다고 생각했어요."

“고생? 브레두르가? 그는 이미 보상을 받았어요. 그가 몇 달 동안 행복의 섬에서 실컷 즐긴 건 어떻게 생각해요? 그는 사백 명의 여자와 있었어요. 게다가 브레두르는 정열을 불태우는 타입이 아니에요.”

“하지만 나는 그와 결혼해야 해요. 아버지가 그것을 원하고 모든 백성이 원해요. 내가 만약 그렇게 하지 않으면 모두 크게 실망할 거예요.”

“당신도 그걸 원하는 것 같군요.”

“아니에요. 내가 원하는 건 당신뿐이에요.”

“그렇다면 왜 한 번도 이곳에 나타나지 않았어요? 잠깐만, 팔을 좀 주물러야겠어요.”

디에고 왕자는 창에서 사라졌다가 삼십 초도 지나지 않아 다시 올라왔다. 리스바나 공주는 울고 있었다.

“당신을 잊으려고 노력했어요. 우리는 결혼할 수 없으니까요. 아무도 내가 브레두르를 원하는지 묻지 않았어요. 단지 나를 그와 결혼시키려고만 해요. 만일 내가 당신을 사랑한다고 말하면, 당신을 죽일 거예요.”

“울지 말아요. 당신이 아무것도 할 수 없었다는 것을 잘 알아요. 그리고 당신과 결혼하는 사람이 브레두르라는 것이 적어도 내게는 위안이 돼요. 나는 하는 일 없이 시간을 보내거나, 인질 노릇을 하는 것 말고는 여기서 할 일이 없어요.”

“난 브레두르와 결혼할 수 없어요. 당신이 이렇게 있는데 어떻게 그와 결혼하겠어요!"

공주가 훌쩍이며 말했다.

"큰 소리로 말하지 말아요. 누가 듣겠어요."

"모든 사람이 알도록 소리치고 싶어요."

"아, 사랑하는 리스바나. 정신 차려요. 브레두르와 결혼하지 않으면, 사람들의 분노만 살 거예요. 내가 봐도 그는 정말 멋진 남자예요. 그보다 더 나은 사람은 없어요."

"그 사람을 사랑하지 않아요."

"하지만 그에게 친절할 수는 있겠죠. 안 그래요?"

"나를 왜 이곳으로 오라고 했나요? 나는 당신이 나와 도망칠 거라고 생각했어요. 도대체 나한테 원하는 게 뭐죠?"

리스바나 공주가 절망적으로 소리쳤다.

"당신을 사랑해요. 리스바나, 당신을 사랑해요. 내가 당신에게 말하고 싶었던 것은, 당신을 언제까지나 사랑할 거라는 거예요. 나는 바보천치예요. 나를 용서해 줘요."

디에고 왕자가 소리쳤다.

"당신을 사랑해요, 바보천치님!"

그는 다시 창문에서 내려갔다 곧 다시 올라왔다.

"잘 자요, 리스바나."

"오, 디에고, 우리에게 구원의 길은 없는 건가요?"

"없어요. 행복해요, 리스바나."

"잘 살아요, 검은 왕자."

"한 번만 더 말해 줘요."

"잘 살아요, 검은 왕자."

"잘 살아요, 세상에서 가장 아름다운 여인!"

그들은 한참 동안 서로를 바라보았다.

리스바나 공주는 손으로 입을 막고 흐느끼며 쐐기풀을 헤치고 궁전으로 돌아갔다.

결혼식

밤이 지나고 아침이 왔다. 북쪽나라에만 있는 쌀쌀하고 청명한 구월의 아침이었다. 서리도 약간 내렸지만, 오후부터 기온이 올라 여름 같았다. 화려한 예복을 입은 신랑 신부가 나무로 만든 단상 위에 모습을 드러냈다. 로타푸르 왕과 안개나라의 왕, 왕비들이 이들을 맞고, 누더기를 입은 백성들과 늙은 기사들이 환호했다. 갑옷의 동판이 구릿빛 바다를 이루며 리스바나 공주의 웨딩드레스에 번쩍거리는 빛을 던졌다. 주교가 단상으로 올라갔다. 리스바나 공주의 가슴이 차갑게 얼어붙었다. 주교가 막 설교를 시작하려 할 때, 브레두르가 손을 쳐들며 앞으로 나섰다.

"두 분 국왕님, 왕비님들, 나의 부친, 스뇌글린두랄토르마의 기사, 숙녀, 국민 여러분, 내 말을 들어주십시오."

소란스런 이야기 소리와 어수선하던 분위기가 순식간에 잠잠해졌다.

"조용히 해!"

사람들 중에 누군가가 소리쳤다.

"조용히 해! 브레두르 기사님이 할 얘기가 있으시대."

브레두르는 우선 신부를 향해 몸을 돌렸다.

"사랑하는 리스바나, 다른 누구보다 당신께, 그래요, 오직 당신께만 내가 지금 말하고 행하려는 일에 용서를 빌어요. 나는 오랫동안 심사숙고했어요. 지난 밤 내내. 그리고 나는 이곳에 있는 모든 분께 이 말을 해야 한다는 결론을 내렸어요."

그는 다시 로타푸르 왕과 다른 사람들이 있는 쪽으로 몸을 돌리고 말했다.

"나는 공주와 결혼할 수 없습니다. 나는 공주의 남편이 될 자격이 없으며, 기사로서도 자격이 없습니다."

"오오오오오!"

누더기를 입은 백성들이 소리쳤다.

"아들아, 무슨 소리냐! 업적만으로도 너는 최고의 기사다. 마음을 다잡고 네 신부의 손을 잡아라. 우리에게 장난은 그만 치고!"

상기된 얼굴로 프레두르 박커툰이 소리쳤다. 브레두르는 숨을 깊이 들이마셨다.

"내 부친께서는 속고 계십니다. 여러분께 말씀드리지 않은 것이 있습니다. 여행길에서 나는 공주만큼 높은 신분의 여인을 죽음에 이르게 했습니다. 내 마음을 사로잡고 있는 것은 그녀입니다. 리스바나는 살아 있는 모든 사람 중에서 가장 아름다운 여인입니다. 하지만 내 마음은 어두운 죄의식으로 덮여 있기 때문에 결코 좋은 남편이 될 수 없을 것입니다.”

“친애하는 브레두르 기사! 자네가 무슨 짓을 했든 다 용서하겠네. 그 일들은 내 딸을 구해 내고, 내 명예를 회복시키려다 생긴 일이니까. 자네에겐 아무 잘못이 없어. 이 기쁜 날 우리 모두를 우울하게 만드는 일은 이제 그만 하게.”

로타푸르 왕이 놀라서 말했다.

“그가 나를 원하지 않는다고 하잖아요!”

리스바나 공주가 발을 구르며 소리쳤다.

“입 닥쳐라!”

로타푸르 왕이 소리쳤다.

“기사에게 무슨 짓을 했기에 그가 이 최고의 명예를 받아들이지 않겠다는 것이냐? 불행이로다. 너는 불행한 일만 만들어! 네 소중한 오라비와 최고의 기사들이 너 때문에 포로로 잡혀 있다!”

“영웅이 된 브레두르 기사에게 버림받을까 봐 이 애의 정신이 흐려진 거예요.”

왕비가 말했다.

“아니요. 내 정신은 아주 맑아요. 나는 브레두르를 사랑하지 않아요. 나는 디에고 왕자를 사랑해요. 그를 처음 본 순간부터 지금까지 그를 사랑해요. 더구나 브레두르가 나를 원하지 않는다는데, 내가 왜 그와 결혼해야 하죠?”

공주가 소리쳤다.

“오!”

안개나라의 왕과 왕비가 소리쳤다.

“오오오오오오……”

백성들의 입에서 탄식이 새어나왔다.

“이런 악마의 자식 같으니!”

로타푸르 왕이 펄펄 뛰며 다시 바람 새는 소리를 냈다. 브레두르가 공주를 보호하기 위해 앞을 막아섰다.

“리스바나에게는 아무 잘못이 없습니다. 저야말로 불행의 씨앗입니다. 그때 저는 디에고 왕자의 발을 걸었습니다. 디에고 왕자가 나를 친 것은 정당한 행동이었습니다. 제가 그때 분수를 알고 질투심을 참았다면 바스카리아와의 적대 관계는 생기지도 않았을 것입니다. 기사의 명예를 상징하는 이 칼을 반납하겠습니다.”

그는 칼을 땅바닥에 내려놓고 장화에서 은박차를 떼어 버렸다.

“오, 브레두르.”

리스바나 공주가 한숨을 내쉬며 재빨리 그의 손을 잡았다.

“뭐라고?”

늙은 기사들이 소리쳤다.

“무슨 짓을 했다고? 디에고 왕자의 발을 걸었어?”

“뭐라고? 무슨 짓을 했다고?”

로타푸르 왕이 외쳤다.

“그의 발을 걸었습니다.”

브레두르가 말했다. 뜻밖에도 표정이 밝았다.

프레두르 박커툰이 단상으로 올라가더니 아무 말 없이 브레두르의 칼과 박차를 집어 들고, 박차를 쥔 손으로 아들의 따귀를 때렸다. 뺨에서 두 줄기 피가 흘러내렸지만, 브레두르는 가만히 있었다. 동정심 많은 백성들이 신음 소리를 냈다. 이렇게 흥미진진한 사건은 처음이었다.

“브레두르, 너는 이제 기사가 아니다. 네 목숨을 살려 주는 것은 오로지 네 부친이 내게 너무나 귀중한 사람이기 때문이다.”

로타푸르 왕이 말했다.

“저를 생각해 주실 필요 없습니다.”

프레두르 박커툰이 말했다. 마치 무덤에서 흘러나오는 듯한 목소리였다.

“왜 우리끼리 있을 때 얘기하지 않았느냐?”

로타푸르 왕이 바람 새는 소리로 물었다.

“나를 수백 번이나 부당한 일에 휘말리게 한 것으로도 충분치 않았단 말이냐! 이렇게 큰 소리로 말해서 내 궁정의 수치를 온 세상이 떠들게 만들었어야 했느냐!”

“그렇다면 전하께서는 이것을 비밀로 하셨을 거라는 말씀이십니까? 명예와 관련된 이 문제를?”

“그렇다!”

로타푸르 왕이 소리쳤다.

“하지만 명예라는 것은⋯⋯.”

“네게는 더 이상 명예가 없다.”

로타푸르 왕이 펄펄 뛰었다.

“너는 그 말을 입에 올릴 자격이 없다. 너는 그 단어로 목을 졸라 죽어 마땅하다. 결혼식 망토를 당장 벗어라! 지금 당장 망각의 탑으로 가서 디에고 왕자에게 네가 직접 모든 사실을 말하라. 왕자에게 너를 심판하도록 하겠다. 어떤 판결이 내려지건, 오늘 당장 집행할 것이다.”

“옳소. 현명한 판단입니다!”

백성들이 소리쳤다. 그들은 망각의 탑으로 향하는 브레두르와 로타푸르 왕을 따라갔다.

디에고 왕자는 짚단 속에 쥐새끼처럼 몸을 웅크리고 울고 있었다. 그때 누군가 감옥의 빗장을 열었다. 급히 일어나 눈물을 닦는 순간, 감옥 문이 활짝 열렸다. 리스바나 공주가 안으로 들어왔고, 왕비와 여러 명의 기사가 뒤를 따랐다. 로타푸르 왕이 자주색 외투를 그의 어깨에 걸쳐 주었다. 브레두르가 그의 앞에 몸을 던지며 무릎을 꿇었다. 디에고 왕자는 어리둥절해서 사람들의 얼굴을 둘러보았다.

“왕자님 말이 맞습니다.”

브레두르가 고개를 숙인 채 말했다.

“왕자님께서 주장하셨던 대로 그때 저는 왕자님의 발을 걸었습니다. 일부러 그랬습니다. 우리의 국왕께서는 왕자님이 제게 판결을 내리시라고 말씀하셨습니다."

"자비를 베풀지 마십시오!"

수염을 무성하게 기른 늙은 기사가 소리치며 디에고 왕자의 손에 칼을 쥐어 주었다.

"용서하지 마십시오! 이 녀석은 동정을 받을 자격이 없습니다. 나는 이 녀석이 못된 놈이라는 것을 알고 있었습니다. 예전부터 알고 있었다고!"

디에고 왕자는 생각을 가다듬고, 왕과 다른 사람들에게 자신과 브레두르만 두고 잠시 밖으로 나가 달라고 부탁했다.

"다 끝나면 문을 두드리겠습니다."

둘만 남자 왕자는 칼을 벽에 기대 놓고, 브레두르의 어깨를 잡아 일으키며 말했다.

"네가 지금 나를 위해 하는 일을 어떻게 보상하면 좋을까?"

"이건 나 자신을 위한 일이야."

브레두르가 대답했다.

"리스바나를 위한 일이기도 하고. 너도 약간은 상관이 있겠지. 너는 훌륭한 용 사육사였고 성실한 하인이었으니까."

그는 주먹으로 왕자를 가볍게 툭 치고 잠시 생각에 잠겼다가 다시 말했다.

"오, 왕자님, 제가 또다시 주제 넘는 짓을 했습니다. 다시 용서를 구합니다. 왕자님께서 오랫동안 제 포로였기 때문에 무심코 말실수를 한 것입니다."

"이제부터 영원히 넌 내 친구야!"

디에고 왕자는 그를 껴안았다. 브레두르도 당황하며 왕자를 안았다.

"우선 네게 어떤 판결을 내리면 좋을지 말해 줘. 그러기 전에는 밖에 있는 사람들이 계속 시끄럽게 굴 거야."

"영구 추방이 어떨까?"

"영구 추방은 심한 형벌이야."

디에고 왕자가 펄쩍 뛰며 말했다.

"어차피 나는 이 나라 기사들이 긴 겨울 동안 술 취해 내지르는 헛소리와 심한 허풍이 항상 거슬렸어. 게다가 앞으로는 이 얘기를 두고두고 내 앞에서 떠들어 댈 거야. 지금 내가 이렇게 떠난다 해도 이곳에 다시 돌아오고 싶지는 않을 것 같아."

"네 가족은 어쩌고?"

"내게 가족이라곤 아버지뿐이야. '자비를 내리지 마십시오' 하고 계속 소리치던 그 노인네 말이야."

"이해해."

디에고 왕자가 중얼거렸다.

"추방이 내게 가장 좋은 판결이야. 그리고 기사 작위를 박탈해. 그렇게 하겠다고 내가 이미 말하긴 했지만 너는 아직 모르는 것으로 알 테니까. 그리고 약간 자비를 베풀어서, 늙은 켈피와 용과 마법사의 책들을 가지고 갈 수 있게 해 줘."

"그래. 책들을 가져가. 나중에 나를 찾아오면 너를 위한 최고의 낭독자를 고용할게."

"고맙다. 나중에 한번 찾아가지. 새롭게 얻은 너의 행복을 너무 일찍 방해하고 싶지는 않으니까. 이제 네가 공주와 결혼하는 데 더 이상의 방해물은 없을 거야."

"난 정말 바보 같아. 너도 리스바나를 사랑한다는 사실을 잊고 있었어. 내가 너무 무심했지?"

디에고 왕자가 말했다.

"괜찮아."

브레두르가 다정하게 말했다.

"리스바나에게 관심이 없다고는 말하지 않겠어. 하지만 우리가 함께 행복해질 수 있을지는 의문이야. 그녀가 모든 사람들 앞에서 너를 진심으로 사랑한다고 외치는 것을 네가 들었어야 했는데. 처음부터 사랑했다고 말했지. 멋진 여자야."

"그래, 알고 있어."

디에고 왕자가 기쁨에 겨워 상기된 얼굴로 말했다. 그는 프레두르 박커툰이 자신에게 건네준 칼을 집어 들어 브레두르의 어깨에 얹으며, 무릎을 꿇으라고 명령했다.

"자, 얼른 무릎을 꿇어. 이로써 나는 그대를 트라페준트의 백삭으로 임명하노라. 우리가 다시 다스리게 된 작고 아름다운 곳이야. 지중해가 내려다보이는 성이지."

"그래도 되는 거야?"

"원래는 안 돼. 우리 아버지의 권한에 속한 일이니까. 하지만 내가 부탁드리면, 당장 들어주실 거야. 이런 일에 쩨쩨하게 구신 적은 한 번도 없으니까. 자, 그러면 이제 너를 추방시켜야지.”

디에고 왕자가 감옥 문을 두드렸다.

“고맙다.”

브레두르가 속삭였다.

그가 무릎을 꿇고 있는 동안, 로타푸르 왕과 왕비, 리스바나 공주와 다른 기사들이 안으로 들어왔다.

“브레두르 박커툰의 기사 작위를 박탈한다. 또한 그를 영구히 북쪽나라에서 추방한다. 그의 늙은 말과 냄새나는 용, 아무짝에도 쓸모없는 책들 말고는 아무것도 가지고 가서는 안 된다. 즉시 이 나라를 떠나도록 하라. 지체하지 말고. 내가 그에게 내리는 유일한 자비로 칼과 넉넉한 식량을 주도록 하겠다.”

“관대해, 너무 관대해.”

프레두르 박커툰이 투덜거렸다.

“저도 그렇게 생각합니다.”

간수장에게 끌려가다 아버지 옆을 지나게 되었을 때 브레두르가 말했다. 그가 원했던 만큼 재치 있는 대꾸는 아니었지만, 그래도 기분이 후련했다.

모두가 망각의 탑에서 나온 뒤, 로타푸르 왕은 한쪽 무릎을 꿇으며 디에고 왕자에게 용서를 구했다. 디에고 왕자는 왕에게 정중한 인사말을 올리며, 다시 일으켜 세웠다. 그는 두 나라가 앞으로는 적이 아니라 동지가 되기를 원한다고 말했다.

“저도 부당한 일을 저질렀습니다. 부당하게 당한 일을 부당한 짓으로 갚은 셈이지요.”

“흠, 맞는 말이오. 엄밀히 말하면 납치가 다리를 거는 것보다 훨씬 심하지.”

로타푸르 왕이 말했다.

“저처럼 자부심이 강한 사람에게는 꼭 그렇지만은 않습니다.”

디에고 왕자가 말을 받았다.

로타푸르 왕이 더 날카롭게 응수하려 하자, 왕비가 얼른 끼어들었다.

“두 나라의 우정을 결혼을 통해 더욱 단단히 하는 것이 어떨까요? 디에고 왕자가 이곳에 온 이유가 무엇이던가요? 결혼식 준비는 다 되어 있으니, 신랑의 자리를 다시 돌려드리세요.”

“그거야말로 기쁜 일이오.”

로타푸르 왕이 밝은 얼굴로 말하자, 디에고 왕자도 소리쳤다.

“온 마음을 다해 기꺼이 받아들이겠습니다!”

그는 리스바나 공주의 손을 잡았다.

그때 말을 탄 전령이 달려왔다.

“폐하께 전갈이 왔습니다. 외르구르 왕자님과 기사들을 태운 바스카리아의 함선이 안개나라 해안의 북쪽 끝을 통과해 두 시간 안에 도착한다고 합니다.”

“큰일이군. 이제 무엇으로 포로 교환을 하지? 작년에 무리해서 사들인 순록 떼는 지난 겨울에 모두 굶어 죽었는데.”

로타푸르 왕이 소리치며 자신의 머리를 쥐어뜯었다.

"아무 걱정 마십시오. 제 부친은 그런 일에 매우 관대하시니까요. 곧 알게 되실 겁니다."

"아 그래, 다행히 그분은 엄청난 부자지."

왕이 안도의 숨을 내쉬며 말했다.

로타푸르 왕은 바스카리아의 함선으로 전령을 보내서 달라진 상황을 레오 1세에게 알리게 했다. 함선이 우호를 표시하는 깃발을 나부끼며 입항했고, 곧 인질들이 석방되었다. 북쪽나라와 안개나라의 기사들은 난간에 앉아 다리를 흔들며 부인과 연인에게 손짓했다. 에스페란토호의 뱃머리에는 레오 1세가 친히 나와 얼굴 가득 환한 표정을 지으며, 커다란 수건을 흔들었다. 배에서 발판이 내려지자 왕이 배에서 내렸다. 그 뒤를 따르는 사람은? 페드시였다! 가발과 온갖 화려한 장식을 하고 있었다. 그리고 그의 팔짱을 끼고 있는 사람은……

"로자몬데, 너도?"

리스바나 공주가 놀라움을 감추지 못하고 소리쳤다.

"페드시 혼자 돌아가게 할 수는 없었어요. 이곳에서 이 사람을 도울 거예요."

로자몬데가 말했다.

"너 페드시를 진심으로 사랑하는구나!"

"로자몬데는 정말 멋진 여자예요. 그녀 안에 있는 좋은 것들이 피어나게 도와주기만 하면 되죠."

“공주님도 이 사람을 봤어야 했어요.”

로자몬데가 말했다.

“왕비께서는 그를 보내려고 하지 않으셨어요. 그러자 페드시가 말했어요. ‘그렇다면 제가 자원하겠습니다. 왕자님을 홀로 곤경 속에 내버려 둘 수는 없습니다.’”

“너는 그때 거기 없었잖아?”

페드시가 당혹스러운 표정으로 말했다.

“그래서? 오자무가 다 말해 줬어.”

“로자몬데, 내 결혼식에 들러리를 서 줘.”

리스바나 공주가 말했다. 그러나 공주는 더 이상 말을 이을 수 없었다. 레오 1세가 그녀의 허리를 껴안고 한 바퀴 돌렸기 때문이다.

“정말 훌륭한 처녀야! 정말 멋진 처녀야!”

그가 외쳤다.

“결혼식에서 원래 내 아들과 결혼하고 싶었다고 말해야 한다. 그리고 디에고가 너를 사랑한 만큼, 너도 그 애를 사랑해야 한다.”

사방에서 기사들과 부인들이 서로 껴안으며 환호하고, 입을 맞추고, 눈물을 흘렸다. 심지어 레오 1세와 로타푸르 왕도 껴안았다. 하인들은 성안에 있는 모든 탁자와 의자를 밖으로 가지고 나왔다. 그곳에 자리를 잡지 못한 사람들은 배 위에서 파티를 벌였다. 어디를 둘러봐도 웃음을 터뜨리며 술을 마시는 모습뿐이었다. 다만 못생긴 부인 옆에 앉은 외르구르 왕자와 우울한 표정의 룬트람 기사가 앉은 탁자만 조금 가라앉은 분위기였다. 하지만 아무도 그들을 눈여겨보지 않았다.

그사이 디에고 왕자는 배에서 수염을 깎고, 옷을 갈아입었다. 세상에서 가장 아름다운 신랑과 신부가 모습을 드러냈다. 시녀가 꽃다발을 들고 달려왔다. 오 킬로미터 반경 내의 모든 꽃들을 모아 묶은 것이었다.

"꽃은 안 돼! 디에고는 꽃을 싫어한단 말이야."

리스바나 공주가 소리쳤다.

"그렇지 않아요."

디에고 왕자는 꽃다발을 받아 들고 코를 깊이 묻었다.

"북쪽나라에 이렇게 아름다운 꽃이 있었다니, 누가 상상이나 했겠소?"

주교가 그들을 축복하자, 본격적인 축제가 시작되었다. 디에고 왕자가 가장 춤을 잘 춘다는 것을 모두가 인정할 수밖에 없었다.

"네 어머니에게 정원에서 결혼 축제를 열 수 없게 되었다는 말을 어떻게 전해야 할지 모르겠다."

함께 춤을 추던 레오 1세가 말했다. 그는 스텝을 멋대로 바꿔 가면서, 네 명의 춤 대형을 만들 때마다 항상 디에고 왕자와 리스바나 공주 사이에 끼어들었다.

"축하연을 한 번 더 열죠 뭐. 리스바나와는 아무리 여러 번 결혼한다고 해도 싫지 않아요."

디에고 왕자가 말했다.

그는 리스나바 공주를 꼭 껴안으며, 그녀에게 키스를 했다. 모두가 박수를 보냈다.

한편 트라페준트 백작이 된 브레두르는 그리 멀리 떨어지지 않은 곳에서 숲을 향해 말을 달리고 있었다. 그가 쇠사슬에 묶어 끌고 가는 그렌델은 음악과 말소리가 들려오는 뒤쪽을 계속 돌아보며 작게 낑낑거렸다. 해안이 끝나는 곳에 이르자, 바람도 약해졌다. 커다란 암벽이 솟아 있고, 수풀은 미동도 하지 않았다. 모기떼가 달려들었다가 갑자기 닥쳐오는 냉기에 달아났다. 그림자가 벌써 길어져 있었다. 그는 마지막 민가를 지나 젖은 자작나무 잎을 밟고 숲 속으로 들어섰다. 버섯이 잘 자란 해였다. 이끼 위로 갈색과 붉은색 버섯이 여기저기 솟아 있었다. 브레두르는 시냇물을 찾아다녔다. 시냇가에서 야영할 생각이었다. 그가 물 흐르는 소리를 들으려 귀를 기울이고 있을 때, 헐떡거리는 숨소리와 나뭇가지 부러지는 소리가 들려왔다. 누군가 그의 뒤를 따라 달려오고 있었다.

"브레두르님, 브레두르님!"

옛 시종이었다.

"비갈트, 너를 보게 되다니 기쁘구나. 바스카리아의 함선을 타고 왔느냐?"

"네, 그런데 기사님은 벌써 떠나셨더군요. 이게 그 용인가요? 정말 거대하군요! 저도 데려가 주세요, 기사님."

"난 이제 기사가 아니다. 그동안 누구를 섬겼느냐?"

"룬트람 기사요. 하지만 기사님에게 돌아가고 싶어요."

"함께 갈 수 없다, 비갈트. 난 이제 기사가 아니기 때문에 시종도 거느릴 수 없다."

"그러면 제게 용 다루는 법을 가르쳐 주세요. 저를 룬트람 기사에게 돌려보내지 마세요. 그분 변덕이 얼마나 고약한지 모르실 거예요."

"그를 너무 나쁘게 생각하지 마라."

"제가 한번 끌어 봐도 될까요?"

비갈트가 그렌델을 가리키며 물었다.

"잠깐 동안만요."

"그래라. 그런 다음에는 돌아가야 한다. 그리고 물기 있는 것을 먹지 않도록 잘 살펴라."

그는 시종에게 사슬을 던져 주었다.

"기사님께서 이 용을 다른 괴물과 싸우게 했다는 것이 사실인가요? 디에고 왕자님이 얘기해 줬어요."

"이 용이 격투기용이라는 건 맞다. 하지만 중량급 비행 시합과 불뿜기 시합에도 내보낼 수 있지. 그렌델에게는 아마 유황 A급이 적당할 거다."

"그렌델……."

비갈트는 그렌델의 이름을 부르며 녹색 비늘을 조심스럽게 쓰다듬었다. 용은 물레처럼 그르렁거렸다.

"안개나라에서 다음번 용 경연대회 날짜와 장소를 알 수 있을 게다. 아직 늦지 않았을 거야."

브레두르가 혼잣말처럼 중얼거리며, 옆에 찬 주머니를 뒤져 혹시 동전이 들어 있는지 확인했다.

"저를 데려가 주세요."

비갈트가 다시 애원했다.

"나를 따라와 봐야, 네가 결코 기사로 승격될 수 없다는 것을 알고 하는 소리냐?"

브레두르가 진지하게 물었다.

"될 수 있어요. 디에고 왕자님께서 기사님이 트라페준트 백작이 되셨다고 제게 다 말해 주셨어요. 백작이시니까 저를 시종으로 데려가시면 되잖아요. 기사님이 저를 데려가시면, 내년에는 제게 기사 작위를 내려 주시겠다고 왕자님께서 말씀하셨어요."

"그래…… 바스카리아에서는 그렇게 할 수 있겠지. 그런데 너 정말 그렌델을 잘 다루는구나. 자, 그렌델의 등에 올라타고 네 배낭을 여행용 자루에 집어넣어라. 겨울이 오기 직전에 북쪽나라와 안개나라를 횡단하는 것이 겁나지 않는다면 따라와도 좋다는 뜻이다."

브레두르가 말했다.

"전혀 겁나지 않아요."

비갈트가 씩씩하게 대답했다.

"기사님과 함께라면 어디라도 갈 수 있습니다!"

-끝

납치된 공주

ⓒ 느림보 2010
재판 1쇄 발행일 · 2010년 2월 22일

글쓴이 · 카렌 두베 | 옮긴이 · 안성찬 | 펴낸이 · 윤은숙
편집 · 이현주 박미숙 | 디자인 · 조현주 | 마케팅 · 구본건 나다연 최강섭
펴낸 곳 · 도서출판 (주)느림보 | 등록일자 · 1997년 4월 17일 | 등록번호 · 제10-1432호
주소 · 경기도 파주시 교하읍 문발리 파주출판단지 513-9
전화 · 편집부 (031)955-7391 영업부 (031)955-7374 | 팩스 · (031)955-7393
홈페이지 · www.nurimbo.co.kr

ISBN 978-89-5876-106-8 (43850)
책값은 뒤표지에 있습니다.